KB215229

광부아리랑

광부아리랑

miner arirang
박이선 장편소설

한때 동양 최대의 민영 탄광이 있던 곳, 수천 명의 광부와 그 가족들이 치열한 삶을 이어

가며 정을 나누던 곳에 카지노가 들어섰다. 막장을 직접 들어가 보고 80년대 탄광촌의

모습을 고스란히 재현해 낸 작품,

작가 박이선의 탄광촌 이야기 !

도서출판 **바밀리온**

처음 탄광을 소재로 삼아 소설을 쓰고 싶다는 생각이 든 것은 10여 년 전의 일이다. 자료를 모으는 한편, 직접 눈으로 봐야겠다는 생각에 태백과 사북을 찾아갔다. 이미 사북은 옛 풍경을 많이 잃어버리고 탄광촌의 모습을 찾기 힘들 정도로 변해 있었다. 탄광은 사양산업으로 변해 광부들은 그곳을 떠나고 없었다. 몇 명의 전직 광부들이 남아 허름한 탄좌의 건물을 지키고 있을 뿐이었다.

그들로부터 과거 이곳이 얼마나 번성했는지, 광부 사택이 어디쯤 있었는지, 그 시절 탄광촌에 대한 이야기를 소상하게 들을 수 있었다. 아직도 시커먼 갱구가 보였지만 안전상의 이유로 출입할 수 없었고, 오직 한곳만 남아 탄광을 체험해 보고 싶은 사람들을 구경시켜 주고 있었다.

전직 광부들을 따라 인차를 타고 굴속으로 들어갈 때 느꼈던 그 서늘한 감정, 천장에서 뚝뚝 떨어지는 물방울, 입구의 밝은 빛이 점점 작아져 나중에는 바늘구멍보다 더 작게 보이고 결국 빛과 완전히 차단된 암흑, 모든 것이 새롭고 난생처음 경험해 보는 공포였다.

사북에 하룻밤 묵으며 이곳저곳 둘러보았다. 빈 점포가 눈에 많이 띄었고 전당포만 수십 군데 성업 중이었다. 광부들이 퇴근길에 들러 먹었음직한 식당을 찾아 광부처럼 삼겹살을 구웠다. 마침 안주인이 광부의 딸이란 말을 듣고 얼마나 반가웠는지 모른다. 자연스레 오가는 이야기 속에 소설의 소재를 많이 얻을 수 있었다.

『광부 아리랑』은 이렇게 쓴 소설이다. 그동안 발표할 기회가 없어 묵혀두고 있었는데 이번에야 세상에 선보이게 되었다. 생각해 보면 석탄이 저 수백, 수천 미터 지하에 묻혀 있는 것처럼 이 작품도 그렇게 묻혀 있었던 것 같다.

광부들이 지하에서 두더지처럼 굴을 파고 채탄하듯, 필자도 저 깊은 땅속에 묻혀 있는 소설을 한 글자씩 고통스럽게 끄집어냈다. 더하고 빼고, 옥석을 쪼개고 다듬는 마음으로 소설을 다시 썼다.

80년대 탄광촌을 배경으로 했다. 어느 날 갑자기 찾아온 춤 선생과 절름발이 여자, 그리고 이곳의 주인인 광부와 그 가족들이 옥신각신 다투고 화해하며 또 정을 나누는 이야기다. 특별하달 것 없는 평범한 삶, 어쩌면 인생은 평범하게 사는 것이 가장 힘든 것인지도 모른다. 가족을 위해, 가장의 책임을 다하기 위해 묵묵히 석탄을 캐던 광부들의 모습이 새삼 대단해 보인다.

행여 탄광촌에 살던 사람들에게 누를 끼치지나 않을까 걱정스럽기도 하지만, 탄광이라는 소재를 가지고 작가들이 독특한 방식으로 이야기를 풀어 내다보면, 결국 그것이 석탄처럼 쌓이고 쌓여 탄광촌의 모습을 오롯이 되살릴 수 있을 것으로 생각한다.

지금도 석탄을 캐고 있는 세상의 모든 광부들과, 마음 졸이며 가장이 무사하게 돌아오기만 기다리고 있을 가족들에게 이 작품을 바친다. 그 시절을 직접 경험해 보지 못한 사람들이 소설을 통해 조금이라도 공감할 수 있게 된다면 더 바랄 것이 없다.

표지에 들어간 판화는 김한창 화가의 작품이다. 화방에서 시커먼 고무판을 사다 직접 파고 찍었다. 묵묵히 작업에 몰두하는 모습을 보고 있노라니 마치 그가 광부처럼 여겨졌다. 바닥에 떨어진 고무 조각은 석탄 부스러기와 같이 보이기도 했다. 책이 나오도록 힘써 준 도서출판 바밀리온 편집자에게도 감사의 마음을 전한다.

소설가 박이선

//목 차//

1

사북의 겨울

탄광이 호황을 누리던 시절 수천 명의 광부들이 출퇴근하느라 늘 시끌 벅적한 곳이 있었다. 통행금지가 적용되지 않는 탄광 마을에는 음식점과 술집, 그리고 다방이 많았다. 땅속에서 지루하고 힘든 노동에 시달린 광부들은 지상으로 나와 맑은 공기를 쐬고 돼지고기와 술로 목에 낀 탄가루를 씻어냈다. 대도시의 문화 혜택을 쉽게 접할 수 없는 그들이 퇴근길에 삼삼오오 모여 술잔을 기울이는 것은 낯선 풍경이 아니었다. 첩첩산중 좁은 계곡에 자리 잡은 사북, 길거리에 날리는 탄가루 때문에 하얀 옷을 입기 두려운 마을이었지만 한때 수만 명의 사람들이 서로 부대끼며 정을 나누던 탄광촌이었다.

그렇게 번성했던 탄광이 문을 닫고 아이들로 북적거리던 사택은 광부들과 함께 흔적도 없이 사라졌다. 대신 그 자리에 카지노가 들어섰다. 예전에는 기차가 가장 좋은 교통수단이었다. 구곡양장처럼 꼬인 험한 산길을 통해 버스가 간간이 드나들 뿐이었다. 하지만 지금은 잘 뚫린 도로를 따라 많은 사람들이 도박을 위해 찾아온다. 덕분에 구시대의 유물로 생각되던 전당포가 스무 곳 이상 호황을 누리고 우후죽순처럼 솟아난 모텔과 술집이 오가는 손님을 잡아끈다. 딱 한 번만, 한몫 잡으면 미련 없이 이곳을 뜨겠노라 작정했던 사람들이 빈털터리가 되어 타고 왔던 자동차를 팔고 금붙이를 전당포에 맡긴다. 그렇게 받은 돈을 밑천 삼아 또 카지노를 찾는다.

결국 집에 돌아갈 여비도 면목도 없는 사람들은 여기에 주저앉아 허드렛일을 시작하게 되는 것이다. 언젠간 한몫 잡아서 돌아가야지, 금의환향의 꿈을 꾸지만 그 꿈을 이룬 사람을 찾아보기 힘들다. 사북역 아래 손바닥만큼 작은 광장에 세 명의 광부 동상이 있다. 도시락을 놓고 장화를 뒤집어 탄가루를 털어내고 있는 광부들의 모습이 바로 여기가 한때 탄광이 있던 곳이었음을 보여준다. 그 앞 벤치와 주위에 어지럽게 놓인 술병을 보면 누군가 어젯밤 늦게까지 술판을 벌였다는 것을 짐작할 수 있다. 역(驛)으로 향하는 비탈길을 천천히 오르면서 30여 년 전 탄광촌에 살던 사람들은 어디로 갔을까 생각해 본다.

한창 탄광이 성업을 이루던 시절, 남쪽에서 봄바람이 불고 개나리가 꽃을 피웠다는 소식에 지루했던 겨울이 저만치 달아나던 때였다. 한낮이면 제법 따스한 햇살에 잔기침을 콜록콜록 달고 사는 노인들이 양지바른 곳에 옹기종기 모여앉아 오가는 사람들을 지켜보며 간섭하기 좋은 날씨였다. 하지만 아직도 이곳은 겨울임이 분명했다.

해발 700미터가 넘는 산악지대 탄광 마을은 높은 산으로 둘러싸여 있어 농사지을만한 땅 한 뼘 찾아보기 힘들었다. 주위를 둘러보면 회색 물감을 뿌려놓고 구두약을 덧바른 듯 시커멓고 여기저기 쌓아놓은 돌무더기가 기괴하고 을씨년스러웠다. 겨울이 길어도 오는 봄을 막지는 못한다. 머지않아 개울가에 개나리가 피고 산비탈에 연분홍 진달래가 활짝 피어 분위기를 밝게 해줄 터이지만 아직 겨울이었다. 어쩌면 저렇게 삭막할 수 있을까 싶을 정도로 검고 칙칙하고 메마른 곳, 탄광촌의 분위기는 대부분 비슷하다. 광산 개발과 더불어 사람들이 모여들고 급하게 이룬 마을이다 보니 인간이 살기에 최소한으로 필요한 시설만 갖추고 있었다. 마을 앞으로 흐르는 냇물은 검었고 돌과 바위는 광산에서 나온 철분에 의해 산화되어 검붉은 색이었다.

하지만 이곳에서도 아이들이 태어나 자라고 있었다. 어제 내린 진눈깨비 때문에 탄가루가 쌓여 푸석거리던 길이 검은 깨죽을 풀어놓은 것처럼 질척거렸다. 용케 그곳을 피해가며 놀던 아이들에게 하루해는 짧기만 하다. 저녁 무렵 얼기설기 지어놓은 듯 보기에도 위태로운 집집마다 연기가 피어오르고, 산비탈에 자리 잡은 회색 광산 사택에서 아이들을 부르는 엄마의 소리가 들려왔다.

기차가 들어온 것은 그때였다. 기차는 험준한 산맥을 뚫고 승객과 짐을 가득 싣고 오느라 몹시 지친 기색이다. 마치 늙은이가 해소 기침을 토해내듯 힘들게 기적소리를 한번 울리고 역으로 들어와 멈추었다. 청량리에서 출발한 열차는 상당히 많은 승객을 내려놓고 동해를 향해 다시 출발한다. 그러나 오르막 경사에서 앞으로 쉬 나아가질 못했다. 영락없이 꾀 많은 당나귀가 주인 눈치를 살피며 게으름 피우는 것처럼 보였다. 역 구내에는 열차가 도착하기 전부터 마중 나와 있던 사람들이 지루하게 앉아 있다가 승객들이 쏟아져 나오는 것을 보고 손을 흔들었다. 이곳에 익숙한 사람들은 호주머니에 손을 넣고 종종걸음으로 사라지고, 낯선 사람들은 역사를 나와 마주친 풍경에 난감한 표정을 지었다. 도무지 질척거리는 탄가루 진흙길을 걸어갈 엄두가 나지 않는 모양이었다.

그러나 처음 발을 떼기 어려워서 그렇지 한 발 떼고 나면 길이 쉬운 법이다. 갈까 말까 망설이던 사람들이 몇 발작 걷지 못해 신발에 달라붙는 진흙을 난감한 표정으로 바라보다가 이내 포기하고 모두 제 갈 길로 가버렸다.

을씨년스러운 역 광장 한편에 있는 공중전화 부스가 있다. 거기 기대선 채 나오는 사람들을 하나 둘 살펴보며 누구를 기다리는 사내가 있었다. 그는 역 구내로 들어올 생각이 없는지 오래전부터 밖을 서성거렸다. 검은 방한복에 장화를 신었는데 탄가루 진흙이 묻어서 더욱 검게 보였다. 사람들이 밀물처럼 빠져나가고 장터처럼 시끌벅적했던 역 구내가 갑자기 조용해졌다. 산골의 낮은 짧았다. 어느새 역사에 불이 켜지고 밤이 다가오고 있었다. 플랫폼에서 오소소 떨고 있던 역무원이 안으로 들어가고 마지막으로 한 쌍의 남녀가 느릿하게 걸어 나왔다. 어디 아는 친척이라도 찾아오는 것처럼 서둘지 않는 모습이었다.

그때 장화를 신은 사내는 자라처럼 고개를 내밀고 그들을 살펴보았다. 플랫폼을 따라 느릿하게 걸어 나오는 두 사람을 기다리고 있었는지 얼굴에 화색이 돌았다. 어깨에 커다란 가방을 메고 보자기로 감싼 나무 궤짝 같은 것을 들고 있는 남자, 그리고 발목까지 내려오는 치마를 입고 옷 보따리를 들고 있는 젊은 여자였다. 남자는 키가 훤칠하고 이목구비가 뚜렷하여 어디 가서 못생겼단 소리를 듣지 않을 것 같았다. 반걸음 뒤 젊은 여자는 행여 흙이 묻을새라 조심스레 치마꼬리를 잡아 올렸다. 발걸음을 뗄 때마다 치마 사이로 분홍색 구두가 살짝 보였다.

그들이 구내를 벗어나기 전, 밖에서 기다리고 있던 사내가 소리쳤다.

"무열이 맞지?"

"응, 자네는 강섭일 테고?"

"이 사람 도대체 이게 몇 년 만인가. 벌써 십 년이 다 되어갈 걸."

강섭이라 불린 사내는 무열의 손을 잡고 흔든다. 무열의 뒤에 다소곳이 서 있던 여자는 남자들의 해후에 끼어들어야 할지 말아야 할지 몰라 눈동자를 떨어트렸다. 강섭은 무열에게 뒤에 있는 여자가 누구인지 눈짓으로 물었다.

"내가 데리고 있는 성화야. 이쪽은 내가 중동에 있을 때 함께 지냈던 강섭이란 친구다. 어서 인사하거라."

"처음 뵙겠습니다."

성화의 목소리는 차분하고 맑았다. 강섭은 성화의 인사에 황급히 고개를 숙인다.

"네, 저는 이 친구와 형제나 다름없는 사이올시다. 그 짐 이리 주시죠."

강섭은 그녀가 들고 있는 커다란 보따리를 빼앗다시피 받아들고 앞장섰다. 하지만 무열과 성화는 질척거리는 길 때문에 발을 쉽게 떼지 못하고 망설이는 눈치였다.

"여기는 마누라 없이는 살아도 장화 없이는 못 사는 곳이야. 장화부터 한 켤레 장만해야겠군. 조심해서 따라오게."

거침없이 걸어가는 강섭의 뒷모습에 두 사람은 결심한 듯 진흙길로 발을 디뎠다. 강섭이 안내한 곳은 냇가에 위태롭게 걸쳐있는 집이었다. 큰물이라도 지면 삽시간에 떠내려가지나 않을까 걱정스러워 보였다. 학교 옆으로 뻗어 있는 골목길 왼편에 비슷한 집이 여러 채 있었다.

"여보, 손님 모시고 왔어."

엉성한 나무 대문을 발로 차는 소리를 듣고 안에서 머리를 다글다글 볶은 여자가 뛰어나왔다.

"에구, 오셨어요?"

"손님들 시장할 테니 어서 저녁상부터 들이라구."

"벌써 차려놨어요. 이쪽으로 올라오세요."

무열은 처음 보는 강섭의 아내에게 인사하고 짐을 작은 마루에 내려놓았다. 두 사람이 앉으면 엉덩이가 부딪힐 정도로 작은 마루였다. 강섭의 아내는 성화에게 반가운 눈빛을 보내며 어서 올라오라고 잡아끌었다. 방안에 올망졸망한 애들이 엉거주춤한 자세로 서 있더니 낯선 손님을 보고 꾸벅 고개를 숙인다.

"이놈들, 큰 소리로 인사해야지. 누가 보면 밥도 못 먹고 사는 줄 알겠다. 이놈이 큰 놈 준섭이야."

아버지의 호통에 아이들은 다시 허리를 굽혀 인사한다. 무열은 아이들의 손을 잡아 앉히고 지갑을 꺼내 지폐를 한 상씩 쥐여주있다. 그 모습에 아이 엄마가 손을 내젓고는 아이들을 향해 눈을 부라렸다.

"에유, 애들 버릇 나빠져요."

"아닙니다. 삼촌이 용돈 좀 쥐여줬기로서니 뭐가 어때서요. 괜찮습니다. 애들도 같이 식사해야죠."

"아니에요. 손님 기다리느라 저녁이 늦어질 것 같아서 먼저 먹었어요."

강섭은 흠흠 작은 기침 소리를 내 아이들을 작은 방으로 내몰았다.

"준섭이는 동생들 데리고 건너가거라."

아이들이 지폐를 흔들며 기쁜 얼굴로 사라지고 난 후에 준섭 엄마는 쟁반에 국을 떠서 들어왔다. 성화가 자리를 일어나 건네받았다.

"드세요. 산골이라 뭐 변변한 찬거리도 없고 입맛에 맞으실지 모르겠어요."

"무슨 말씀을 하십니까. 보기만 해도 배가 부릅니다."

"아무쪼록 많이 드세요."

강섭은 아내가 앉는 것을 보고 뭐 잊은 것이 없느냐는 표정으로 아내를 바라보았다.

"술 좀 내오지."

"참, 내 정신 좀 봐. 여기 있어요."

아내는 쪽문을 열고 손을 뻗어 소주를 들였다. 소박한 저녁상을 앞에 두고 강섭과 무열은 소주잔을 기울였다. 식사를 마치고 준섭 엄마와 성화는 설거지하러 부엌으로 나갔다. 손님에게 무슨 설거지를 시키겠느냐, 준섭 엄마가 굳이 만류하는 것을 성화가 마다하고 따라 나간 것이다. 강섭은 기다렸다는 듯 눈짓으로 부엌을 가리키곤 무열에게 소리를 낮추었다.

"누군가?"

"응, 어쩌다 보니 내가 데리고 있게 됐네."

"자네 부인이 저렇게 젊지는 않을 테고, 보아하니 몸이 불편한 것 같은데?"

"이야기하자면 사연이 길어. 차차 말하지 뭐. 그나저나 이런 집을 구하려면 돈 많이 들겠지?"

무열은 고개를 두리번거리고 방 구하는 것으로 화제를 돌린다.

"돈만 주면 무엇을 못하겠나. 돈이면 귀신도 부릴 수 있다는데. 작년 가을에 내가 여기로 이사 왔으니까 벌써 반년이 넘었군. 광산에서 사택을 내줘 몇 년 동안 잘 살았지. 그런데 애들이 커가니까 집이 좁아 여러 가지로 불편한 게 많더군. 사택은 대여섯 평밖에 되지 않아서 말이야. 왜 방을 구하려고?"

"응, 방을 구해야 짐을 풀고 살 수 있지 않겠나."

"괜히 돈 쓰지 말고 차라리 사택으로 들어가는 게 어때?"

"사택?"

"여기가 이래 봬도 인구 5만 명이 넘는 곳이야. 자리 잡을 때까지 돈 모으며 생활하기에 사택만큼 좋은 곳이 없거든. 낯선 곳에서 사람들 안면 익히기도 수월할걸세."

"사택은 광부에게 제공되는 것일 텐데 나 같은 사람에게 내어줄까?"

"내가 잘 말해줌세. 빨리 정식사원이 될 수 있도록 힘써보지."

세상 어디에서나 줄이 있으면 일이 쉽게 풀리는 법이다. 강섭은 친구를 위해 광산에 일자리를 구해볼 생각이었다. 하지만 무열은 강섭의 말에 잠시 난감한 표정을 짓고는 말을 이어갔다.

"자네 호의는 고맙네만 여기에 광부 되려고 온 것이 아니야. 오래 있지 않고 떠날 것이니 적당한 방을 하나 구해주면 고맙겠네."

강섭은 의아한 표정을 지었다. 탄광촌에 광부가 되지 않겠다면 무엇 하러 여자를 달고 왔단 말인가. 그는 무열의 속셈을 짐작할 수 없어 궁금했지만 쉬 말해주지 않으니 답답했다. 부엌에서는 준섭 엄마가 설거지하는 둥 마는 둥, 성화를 붙잡고 이것저것 캐묻고 있었다.

"새댁은 이런 촌구석에 뭐 하러 왔수?"

"장사하고 사람들도 만나구요."

"장사? 어디 좋은 데 가게를 얻어서 무슨 장사를 하려고 그러우?"

"차차 알게 되겠지요."

성화는 웃고는 말을 아낀다. 준섭 엄마가 몇 차례 더 물어보았지만 성화는 입을 꼭 다물고 그릇을 헹굴 뿐이다. 준섭 엄마는 뾰로통한 표정을 짓고 손을 탈탈 털더니 그릇을 성화에게 밀어버리고 아궁이 앞에 쪼그려 앉는다.

"말해주면 입에 덧나우? 좋은 일이면 내가 동네방네 쫓아다니면서 소문을 내줄 터이고, 우리 바깥양반도 광산에 가서 가다방 사람들에게 말해주면 오죽 좋겠수."

"그게 아닌데, 죄송해요."

성화는 저녁을 얻어먹고 이 집에서 하룻밤 묵게 될 형편이라는 것을 잘 알고 있었다. 괜히 안주인 심기를 불편하게 만들었나 싶어 조심스러워졌다. 준섭 엄마는 아궁이 불에 마음이 훈훈해졌는지 온화한 표정을 짓고 다시 물었다.

"그럼 저 양반이 새댁 신랑이우?"

"네?"

"내가 언뜻 보기에 스무 살은 차이 나는 거 같은데, 가시버시가 아니고서야 이런 산골 탄광촌까지 어떻게 오겠수?"

준섭 엄마는 어서 대답하라는 듯 조리 있게 질문을 던졌다.

"글쎄요."

"글쎄요라니, 부부가 아니면 딸이란 말이우?"

"딸은 아니에요."

"암 그래야지. 다 큰 딸을 데리고 대처로 떠돌며 단칸방에 묵는다는 건 있을 수 없는 일이지."

그녀는 혼잣말처럼 몇 마디 내뱉었다.

"딸이 아니라면 부부가 분명할 터, 대답이 어찌 똥 누다 만 것처럼 시원찮고 뜨뜻미지근하구먼."

성화는 배시시 웃을 뿐 더는 대답하지 않았다. 준섭 엄마는 궁금증이 부아로 바뀌어 치미는지 부지깽이를 들고 애꿎은 아궁이를 사정없이 뒤적였다. 밤이 깊어 무열과 강섭이 작은방으로 건너가고 여자들과 아이들은 큰방에 자리를 폈다. 저 멀리 바위산에서 부엉이가 처량하게 울고 기차가 플랫폼으로 들어오는 소리가 들려왔다.

이튿날 날이 밝기 무섭게 강섭은 무열을 데리고 복덕방을 찾아 나섰다. 밤새 솟아오른 땅바닥이 걸을 때마다 바스락거렸다.

"자네 출근시간 늦으면 어떡하지?"

"걱정 말게. 오늘부터 을방이니까 오후에 일 나간다구."

탄광은 갑방, 을방, 병방 3개조로 나누어서 잠시도 쉬지 않고 석탄을 캔다. 갑방은 오전 8시부터 오후 4시까지, 을방은 오후 4시부터 밤 12시까지, 병방은 밤 12시부터 아침 8시까지 일한다. 근무는 일주일마다 바뀌었다. 강섭은 오후 출근 전까지 무열과 함께 집을 구하러 다닐 생각이었다. 그들이 찾은 복덕방은 구멍가게를 겸하고 있는 허름한 곳이었다. 할머니 혼자 가게를 보고 있다가 강섭으로부터 방을 구한다는 말을 듣고 안을 향해 소리를 지른다.

"영감, 빨리 나와 보슈. 여기 방 구하러 온 사람 있수."

잠시 후 낡고 두툼한 방한복을 걸치고 머리가 하얗게 새어버린 노인이 얼굴을 내밀었다. 광산에서 일하다 허리를 다친 전직 광부였다. 그때 받은 보상금에 부인이 악착같이 모아온 돈을 보태서 구멍가게와 복덕방을 열어 소일하고 있는 노인이었다.

"방 구하러 오셨수?"

"안녕하세요. 반장님."

강섭은 노인을 반장님으로 불러주고 자못 친근한 표정을 지었다. 광산은 굴진조를 비롯해서 역할에 따라 광부들이 여러 조로 나뉘어 일한다. 반장은 경험 많고 통솔력 있는 사람이 맡는다. 노인은 광산에서 일할 때 반장이 입원하는바람에 우연찮게 임시반장을 맡은 일이 한번 있었을 뿐이었다. 그런데도 사람들이 반장으로 불러주면 무척 좋아했다. 정식 반장이 아니고 임시로 맡은 직책은 한더위에 털 감투 같았지만, 지내놓고 보니 그래도 그에게는 그때가 봄날이었던 것으로 생각되는 것이다.

"누구일까?"

"네, 저는 여기 탄좌 채탄부에서 일하고 있습니다. 반장님께 말씀드리면 좋은 방을 구해주신다고 하길래 친구와 함께 왔습니다."

"원, 사람들도. 고래적 일을 아직까지 기억하고선."

노인은 매우 흡족한 표정으로 강섭의 옆에 서있는 무열을 잠시 바라보더니 작은 나무의자를 당겨 앉으며 검은 공책을 꺼내들었다.

"그래, 어떤 집을 원하는고?"

"그저 좋은 집을 구해주십쇼."

"어허, 이사람. 자네가 살 집인가? 아니라면 뒤로 빠지게. 당사자 말을 들어봐야 어떤 집이 안성맞춤인지 구해줄 거 아닌가."

노인의 핀잔에 강섭은 뒤로 물러나고 무열이 앞으로 나섰다.

"조용한 집이면 좋겠습니다. 부엌 딸린 작은방 하나, 그리고 널찍한 큰방 하나."

"딸린 식구가 많은가?"

"그건 아닙니다. 필요해서 그러니 큰방은 되도록 넓을수록 좋습니다."

"거 참 이상한 사람도 다 있군. 어디 보자."

노인은 돋보기안경을 코에 걸치고 입에 침을 묻혀가며 공책을 넘긴다. 그러더니 강섭을 바라보고 말을 건넨다. 아무래도 여기에서 살고 있는 강섭에게 말하는 것이 좋다고 생각한 모양이었다.

"여기가 좋겠는데. 한번 가볼 텐가?"

"어딘데요?"

"재작년에 쫄딱구덩이에서 붕괴사고가 나 세 명이 한꺼번에 죽은 일이 있었지 않은가. 그때 한 사람 시신을 찾지 못했지. 가다는 제삿날도 같다는데 그 사람은 결국 실종처리 되고 말았잖아."

"그렇지요. 아주머니가 어찌나 구슬프게 통곡을 하던지 그 광경을 보고 눈물을 훔치지 않는 사람이 없었습니다."

"맞네. 광부들이 그 사람 이름을 세 번 네 번 부르면서 아무리 가자고 해도 시신을 못 찾았단 말이야. 시신을 찾지 못했을망정 혼백은 나왔겠지. 암, 그래야 하고말고. 누구는 집마다 3천만 원짜리 흑돼지를 키운다하지만, 그것은 광업소나 탄좌 이야기지 쫄딱구덩이에서 굴을 파고 있는 사람에게는 언감생심 꿈도 꿀 수 없는 소리야. 아마 그 사람도 진폐의증을 판정받았을 거야. 쫄닥구덩이에서 일하는 광부들 상당수가 그렇거든. 나는 천만다행이지. 아무튼 그 집에 머리가 하얗게 새어버린 할망구 한 사람만 살고 있다네. 방을 구하는 사람들이 처음에는 계약할 듯 집을 가보지만, 나중에 그런 일이 있었다는 것을 알고 나면 왠지 꺼림칙한 기분이 드는가 봐. 모두 싫다고 해서 여태 거래를 성사시키지 못하고 있다네."

무열은 노인과 강섭이 주고받는 말을 제대로 알아들을 수 없었디. 그도 그럴 것이 광산에서만 쓰이는 독특한 말이 섞여 있었기 때문이다. 쫄닥구덩이는 영세한 민영탄광을 일컫는 말이고 가다는 같은 조를 뜻한다. 탄광에서 사고가 일어나면 함께 일하던 근무조가 매몰되거나 죽는 일이 많기 때문에 가다는 제삿날도 같다는 말이 나온 것이다.

탄광지역에는 대한석탄공사에서 운영하는 광업소와 민영으로 개발한 대형탄광인 탄좌, 그리고 영세한 민영탄광인 쫄닥구덩이, 가장 작은 규모로 막장 하나를 가지고 광부 대여섯 명이 채굴하는 모작이 있었다.

광부들은 정부가 운영하는 광업소나 대형 민영탄광인 탄좌에서 일하고 싶어 했지만 아무나 들어갈 수 없었다. 간신히 들어가더라도 광부가 진폐증 전단계인 진폐의증에 걸리면 내보냈기 때문에 그곳에서는 광부생활을 하기 어려웠다. 회사는 재해보상을 축소하기 위해 진폐의증으로 판정받은 광부들을 퇴직시켰다. 쫓겨난 그들이 마땅히 갈 곳은 없었다. 결국 배운 게 도둑질이라고 영세한 민영탄광으로 자리를 옮겨 채탄작업을 계속하는 것이 보통이었다.

탄광에서 사람이 죽으면 함께 일하던 동료들이 그 이름을 세 번 부른 후에, 곧 발파가 있으니 어서 나가자고 구슬려 혼백을 밖으로 이끄는 풍속이 있었다. 노인이 소개해 주는 집은 영세탄광에서 일하다 죽은 광부의 집이다. 그 시신을 찾지 못하여 광부들이 꺼림칙하게 생각하고 있다는 소리였다. 행여 자신도 나중에 그 광부와 같은 처지가 될까 봐 두려웠을 것이다.

"괜찮습니다. 저에게 그 집을 한번 보여주시죠."

무열은 노인에게 집을 보여 달라고 요청했다. 노인은 오랫동안 거래를 트지 못하고 묵혀두었던 집을 이번에 성사시켜 볼 요량으로 굽었던 허리를 꼿꼿하게 펴고 비탈길을 올라갔다. 이른 댓바람에 들이닥친 이들을 보고 집주인 할머니가 깜짝 놀랐다.

"이 사람이 집을 소개시켜달라고 해서 왔수다."

노인의 말을 듣고 할머니는 무슨 상황인지 금방 알아차렸다.

"바람이 찬데 고생이 많수. 아침을 자셨을라나? 아직 식전이면 들어와서 한 술 뜨시구랴."

"목탁귀가 밝아야 한다는 말도 못 들어봤수? 사설 목청껏 늘어놓을 필요 없이 어서 방이나 구경시켜 주시우."

복덕방 노인은 빨리 거래를 성사시키고 추위로부터 벗어나고 싶은 마음뿐인지 주인을 재촉했다. 무열은 할머니를 따라 집을 살펴보았다. 함석지붕으로 된 낮은 집으로 할머니가 기거하는 본채에서 조금 떨어진 곳에 길쭉한 모양의 집이 또 한 채 자리하고 있었다. 큰방과 작은방은 부엌을 사이에 두었다. 작은방은 장롱과 책상 하나씩 집어넣고 두 사람이 눕기에 적당한 크기였으며, 큰방은 본래 두 칸이던 방의 벽을 헐어 합쳤기 때문에 상당히 넓게 보였다. 할머니는 골칫거리로 묵혀두었던 방을 세주게 되어 기분이 좋은 모양이었다.

"영감이 두더지처럼 악착같이 굴속을 드나들며 장만한 보람이 달랑이 집 한 채 뿐이라오. 날마다 쓸고 닦고 말끔히 단장해놓아도 살겠다고 들어오는 사람이 없으니 원, 저 놈의 닭장 같은 사택을 성냥으로 확 불질러버렸으면 속이 시원하겠네."

하소연을 하다가 갑자기 눈에 쌍심지를 돋우고 저 멀리 사택을 바라보며 욕설을 퍼부었다. 그것도 잠시, 어느새 얼굴색을 바꾸고 나긋나긋한 말투로 무열을 안내했다.

"속속들이 잘 살펴 보시우. 근동에서 이런 집 찾기 힘들 것이구먼. 월세는 반장님이 말씀해 주셨을 테지."

할머니는 눈을 찡긋거리며 노인을 쳐다보았다. 그러나 노인은 고개를 돌려버린다. 지금껏 방치하다시피 묵혀두던 방이란 것을 생각지 않고, 겨우 구하는 사람이 나타난 마당에 새삼 욕심 부리는 얼굴이 마뜩찮은 모양이었다.

"욕심이 과하면 될 일도 안 되는 법이라오. 부엉이 같은 욕심 부리지 말고 내가 성의껏 거래를 성사시켜볼 테니 잠자코 계시구랴."

잠시 후 집안을 둘러보고 무열과 강섭이 나왔다. 강섭은 친구보다 자기가 말하는 게 낫겠다 싶은 생각이 들었다.

"세가 적당하면 이 친구가 살겠다고 합니다. 이번에 집이 나가지 않으면 또 일 년이고 이 년이고 묵혀야 할지도 모를 일이니 깎아서 내놓으시죠."

할머니는 눈을 동그랗게 뜨고, 그게 무슨 소리냐는 표정으로 복덕방 노인을 바라본다. 하지만 노인은 그럴 줄 알았다는 얼굴이다.

"틀린 말은 아니네. 집주인이 내놓은 금이 있으니 거기에 맞춰서 조금 깎아주면 되겠군. 그래도 다른 집 보다 훨씬 싼 셈이야."

할머니는 약간의 불만을 토로했으나 복덕방 노인 말대로 따를 수밖에 없었다. 정말이지 이번에도 성사가 되지 않는다면 또 얼마나 기다려야 할지 알 수 없었으니까. 외아들 잡아먹은 할미 상을 하고 오가는 무열을 나귀 샌님 대하듯 하던 할머니는 계약을 하고 얼마 지나지 않아 성화가 간단한 짐을 들고 들어오자 반색하였다. 딸린 아이가 없고 바리바리 싣고 온 세간이 없으니 집주인으로선 나쁘지 않은 일이었다.

나중에는 저들이 어떻게 밥을 지어 먹을까 걱정이 되었는지 자기 집에서 굴러다니던 밥상 하나, 한쪽 다리가 흔들거려서 그릇을 올려놓을 때 중심을 잘 잡아야 하는 상이다. 그리고 그릇 몇 개, 냄비를 부엌살림으로 내어주고 장롱 속에 묵혀두었던 이불까지 꺼내어 덮으라고 내놓았다. 할머니는 그동안 사람이 그리웠던 모양이다.

"연탄은 우리 집에서 가져다 쓰고 계산은 나중에 해. 방이 뜨셔야 몸이 성하지 냉골에서 자면 골병든다니까. 된장도 없지? 삼 년 묵은 된장부터 나 혼자 먹으려면 죽을 때까지 먹고, 그 나머지로 사람들 불러다 내 초상 치러도 남을 김치가 저 뒤에 묻혀 있다네. 아직 푸성귀 나올 철이 아니니 같이 먹으면 되고, 사람이 죽으란 법 있는가. 아무 걱정 말고 맘 편히 지내시구랴."

할머니는 세간살이 없이 빈손으로 나타난 무열과 성화가 쉽게 자리 잡을 수 있도록 많은 도움을 주었다. 그동안 집을 깔끔하게 관리해놓아서 청소할 것도 많지 않았다. 강섭은 시간 날 때마다 오르내리며 필요한 것이 없는지 물었다. 자기가 직접 사다주기도 하고 어디서 구하면 되는지 소상하게 알려주었다. 무열이 고향에 돌아온 것처럼 손쉽게 거처를 마련하고 생활하게 된 것은 순전히 소박한 탄광 마을 사람들 덕분이었다. 겉으로는 억세고 투박하게 보이지만 그 속은 눈처럼 하얗고 순박한 듯했다.

며칠 후 강섭이 쉬는 날을 택해 무열을 찾아왔다. 집에 특별한 세간살이를 들여놓지 않았지만 자질구레한 물건들이 정갈하게 정리되어 있어 성화의 깔끔한 성격을 알 수 있을 것 같았다. 두 사람은 큰방에 마주 앉았다. 어디서 주어왔는지 나무책상 하나가 귀퉁이에 자리하고 가운데 벽면에는 커다란 카세트가 놓여 있었다. 강섭의 눈길은 자연스레 카세트로 향했다.

"자네가 낑낑대며 들고 왔던 물건이 저것이지?"

그 질문에 무열은 빙긋 웃었다.

"어디 보자, 독수리표 쉐이코 카세트라. 이거 음질이 꽤 빵빵하겠는걸?"

"소리는 뭐 그럭저럭 들을 만하다네. 다리 달린 전축은 이동하기가 불편해서 말이야."

"그런데 자네가 음악에 관심이 있었던가? 먹고 살기 바쁜 세상에 카세트를 애지중지 끌어안고 다니는 것을 누가 보면 음악선생인 줄 알겠군."

강섭은 친구에게서 새로운 면을 발견하곤 놀란 눈치였다. 두 사람이 쉐이코 카세트를 놓고 이야기를 나누고 있을 때 성화가 술상을 들였다.

"곧 아주버니께서 찾아올 것이라고 해서 준비해놨어요. 차린 게 없지만 맛있게 드세요."

"아이구, 무슨 말씀을 그리 하십니까."

강섭은 자신을 아주버니라고 높여 불러주는 성화를 어떻게 불러야 할지 몰라 난감한 기분이 들었다. 아주버니란 남편과 비슷하거나 조금 나이 많은 사람에게 쓰이는 호칭이 아닌가.

그런데 무열과 성화가 서로를 부르는 호칭을 보면 부부라고 확정짓기에 뭔가 미심쩍은 부분이 있었다. 무열은 성화를 '이보게, 저보게' 하대했고, 성화는 '여보세요, 저보세요' 또는 '아저씨'라는 호칭을 간간이 쓰기도 했다.

이들이 처음 그의 집을 다녀간 후에 아내는 두 사람의 관계가 이상하다고 고개를 갸우뚱거렸다. 그리고 한참 동안 자신을 붙잡고 호들갑 떨었던 일이 있었다.

'내가 새댁에게 캐물어도 웃기만 할 뿐, 입에 단추를 채웠는지 아무 말도 않습디다. 딸이 아니고 마누라도 아니라면 남의 여편네와 눈이 맞아서 이 산골로 도망쳐 온 것일까? 에유, 답답해. 당신이 가서 알아보고 답답한 내 마음 좀 풀어 주시우.'

강섭은 아내의 말을 떠올리고 그녀가 나가기를 기다려 무열에게 물었다.

"궁금한 것이 있는데…."

"말해보게."

무열은 대충 짐작하고 있다는 표정을 지으며 부엌 쪽을 한번 바라보고 친구에게 눈길을 주었다.

"두 사람은 어떤 사이인가? 집사람 말을 들어보니 부부가 아니고 딸도 아니라고 했다던데."

"그것이 그리 궁금한가? 하긴 중년 사내가 어림잡아 스무 살 정도 차이 나는 젊은 여자를 달고 다니면 궁금하기도 하겠지."

"우리만 그런 것이 아닐 거야. 한번 말해보게나. 무슨 사정이 있어 이 산골 탄광촌으로 들어왔는지, 두 사람은 어떤 관계인지 속 시원히 말해보란 말일세. 그리고 저 커다란 카세트는 뭔가. 도대체 자네 속을 알 수가 없군."

"이야기 하자면 길어. 어디서부터 말을 시작해야 할까."

"여기는 열에 아홉은 광부이거나 그 가족일세. 간혹 장사치가 드나들기는 하지만 집을 구해 오래 머무는 경우가 드물거든."

무열은 친구의 말에 소주잔을 들어 쭉 비워버리고 한숨을 푹 내쉬더니 천천히 이야기를 시작했다.

2

춤바람

　월남 패망으로 철수한 한국 건설업체들은 새로운 일감을 찾지 못할 경우 국내 사업만으로는 한계가 있었기 때문에 도산할 위험에 처해 있었다. 엎친 데 덮친 격으로 오일쇼크가 발생하여 원유 값이 폭등해버리자, 중화학공업 육성을 선언하고 수출을 통해 경제발전을 이루하고자 했던 정부는 큰 난관에 봉착하고 말았다.

　1차 오일쇼크가 발생했던 1973년에 배럴당 3달러 하던 원유가격이 7년 만인 1980년에 30달러에 이르렀으니, 7년 만에 무려 열 배가 오른 셈이었다. 중화학공업은 경공업보다 에너지 소비가 엄청나기 때문에 원유가격 인상은 국내물가에 직접적 영향을 주었고, 산유국에 지불해야 할 달러가 늘어나 외환보유고는 바닥을 보이고 말았다. 이로 인해 천시 받던 석탄이 다시 주요 에너지원으로 각광받고 광산마다 증산을 독려하기에 이르렀다.

　무열이 중동근로자로 파견된 것은 2차 오일쇼크가 오기 한 해 전인 1977년이었다. 중동 산유국은 오일쇼크를 통해 석유를 무기화할 수 있다는 것을 알게 되었다. 그리고 경제발전을 위해 사회 기반시설을 확충할 필요성을 느꼈다. 그래서 도로와 항만건설 등 많은 사업을 펼쳤다. 이 때 한국 건설업체들이 중동으로 많이 진출하였던 것이다. 외환보유고가 바닥을 보이고 있던 한국에게 있어 중동은 병 주고 약 준다는 속담이 딱 들어맞는 상대였다. 중동에서 벌어들인 달러는 경제발전의 초석이 되었기 때문이다. 무열은 사우디아라비아 주베일 항만 공사현장에서 일했다.

60년대는 노동집약적인 경공업 공장에서 나이 어린 여공들이 만든 제품을 수출하여 달러를 벌어들였고, 70년대는 펄펄 끓는 열사의 땅 중동에서 남자들이 노동하여 달러를 벌어들였던 시대다. 우리가 오일쇼크라는 큰 산을 넘고 단기간에 경제발전을 이룩하게 된 바탕에 중동에 파견되었던 근로자들의 피와 땀이 있었던 것은 분명한 사실이다.

근로자들은 급료의 20%만 현지에서 지급받고 나머지는 본국으로 송금하여 원화로 지급받았다. 공사현장은 격오지에 있는 경우가 많고 숙소에서 단체생활을 하기 때문에 돈 쓸 일이 거의 없는 편이었다. 한 달에 한 번 정도 시내로 바람을 쏘이러 나가봐야 입에 맞는 음식이 드물고 술 먹기도 쉽지 않아서 돈을 아낄 수 있었다. 대부분의 노동자는 현지에서 받은 급료까지 고스란히 저축하여 귀국하였다.

무열도 예외는 아니었다. 그는 겨우 세 살 된 아이를 키우고 있는 부인에게 돈을 송금하고 중동에서 꼬박 삼 년을 일했다. 먹고 살기 어려운 시대에 그가 중동을 택한 것은 어쩔 수 없는 선택이었다.

당시 좋은 대학을 졸업하고 이름난 회사에 취직해도 한 달에 30만 원이 채 안되었다. 하지만 중동 건설노동자로 선발되어 파견되면 50만 원 정도인 1천 달러를 받았다. 국내 고졸자 평균 월급이 20만 원 아래였음을 감안해 볼 때, 변변히 배우지 못한 무열이 큰돈을 벌 수 있는 곳은 중동 밖에 없었던 셈이었다. 그를 비롯한 많은 사람들이 중동으로 가기 위해서 요로에 줄을 댔고, 인력소개업소가 난립하여 중간 소개비만 받아먹고 줄행랑을 놓는 일까지 있었다. 아무튼 어렵사리 중동에 파견된 무열은 그곳에서 강섭을 만났던 것이다.

"귀국하면 뭐 할 거야?"

점심을 먹고 난 후 그늘에 누워 낮잠을 청하던 무열에게 동갑내기 강섭이 물어왔다.

"뭐 하긴, 집부터 한 채 장만하고 처자식과 함께 오손도손 살아야지."

"집만 있다고 먹을 게 나오나? 사업을 하든 다시 취직을 하든 먹고 살 방편을 마련해야 될 텐데."

"그러는 자넨 무슨 계획이라도 세워놨어?"

강섭은 친구가 이렇게 물어오길 기다렸다는 듯 벌떡 일어나 앉더니 밤낮으로 구상해놓았던 계획을 말하기 시작했다.

"모름지기 사람은 계획이 있어야 된단 말일세. 남들은 위를 보고 살면 못 쓰고 아래를 보며 살아야 된다고 하지만, 여기서 돈맛을 보고 나니까 귀국해서 어떤 일을 제대로 할 수 있을지 걱정되는 것도 사실이야. 생각해 보라구. 두 배나 많은 임금을 받고 있다가 귀국하면 다시 쥐꼬리 같은 임금을 받을 것 아닌가. 그래서 나는 사업을 해볼 작정이야."

"사업?"

"그래, 누구는 태어나면서부터 금두꺼비를 안고 태어난 것도 아니잖아. 나라고 해서 보란 듯이 성공하지 말란 법은 없으니까."

강섭은 벌써 자신이 사업가로 성공한 것처럼 얼굴에 홍조를 띠고 열변을 토했다.

"그러니 자네도 신중하게 생각하라구."

무열은 친구의 말을 듣고 피식 웃었다.

"왜 웃어? 내 말이 뜬 구름 잡는 거 같아서 그래?"

"아닐세, 여기서 허구한 날 용접봉만 잡고 일하는 줄 알았더니, 언제 그런 계획을 세우고 있었는지 기특해서 그러네. 자네가 씨 바른 고양이처럼 보이는구먼. 그래 사업방향은 정해놓았나?"

"예끼 이사람. 사람을 어린애 취급하고 그래. 당연히 사업계획을 세워놓았다마다."

그는 목에 두르고 있던 수건으로 얼굴을 한번 훔친 다음 사업계획을 펼쳐 보였다.

"먼저 트럭을 한 대 사는 거야. 그것으로 운송업을 하는 것이지. 한국도 고속도로 건설을 여기저기 하고 있잖은가. 그것을 보면 머지않아 물동량이 증가할 수밖에 없단 말일세. 사업이 잘 되면 사람을 쓰고 월급 줘가면서 사장님 소리를 듣지 않겠는가."

"대단하군."

무열은 친구의 말에 진심으로 경탄을 표해주었다.

"아무튼 여기 중동은 두 번 다시 오고 싶지 않은 곳이야. 돈 때문에 버티는 것이지 누가 여기를 오고 싶겠어."

두 사람이 중동에서 건설노동자 생활을 마치고 귀국한 후에는 서로 생활이 바빴다. 또 일에 몰두하다 보니 연락이 뚝 끊겨버렸다. 그리고 언제 그 사람을 알았던가 싶을 정도로 기억마저 희미해져갔다. 무열과 강섭은 중동에서 꿈꾸었던 것을 제대로 실현하지 못한 채 암울한 인생을 살게 되었다.

무열의 경우 귀국했을 때 기다리고 있던 사람은 손주를 안고 있는 노부모뿐이었다. 아내와 가끔 편지를 주고받아 별 일 없으리라 생각했는데 엉뚱한 상황이 펼쳐져 있었던 것이다.

"에구 무열아. 그 가마솥처럼 뜨거운 중동에서 얼마나 고생이 많았니.

모처럼 태수 되니 턱이 떨어진다더라고, 네가 그렇게 고생한 것이 모두 허사가 되었구나. 이를 어쩌면 좋으냐."

어머니가 손주를 등에 업고 버선발로 쫓아 나오며 울음을 터트렸다.

"아니, 집사람 어디 갔어요?"

"그것을 알면 우리가 이러고 있겠니. 그 썩어죽을 년이 귀가 얇아서 여기저기 치맛바람을 일으키며 쫓아다니더니, 집에 들어오지 않은 지가 벌써 석 달이다."

"네에?"

무열은 하늘이 무너지는 것 같았다. 어깨에 메고 있던 커다란 가방을 아버지에게 넘겨주고 마루에 털썩 주저앉았다. 아버지는 아들의 손을 잡아 방으로 이끌었다.

"일단 들어가자꾸나. 들어가서 이야기하자."

어머니는 손주의 머리를 쓰다듬으며 무열에게 인사를 시켰다.

"네 아버지다. 어서 인사하거라."

아들은 무열이 낯선지 자꾸만 할머니 뒤로 숨으려 한다.

"이놈도 불쌍하지. 늙은 시어미한테 아들을 맡겨 놓고 어미가 밖으로만 싸돌아다녔단다. 그런고로 아버지 얼굴인들 알아보겠니. 아이고 내 팔자야."

어머니는 북을 치듯 주먹으로 가슴을 두드리며 푸념했다.

"아버지, 도대체 어떻게 된 일이에요?"

"나도 모르겠다. 나야 뭐 바깥에서 일하고 다니느라 집안이 어떻게 돌아가는지 몰랐지. 최근에야 일이 심상치 않게 돌아가고 있다는 것을 알게 되었단다."

아버지는 무거운 표정으로 밖을 내다본다. 지금이라도 며느리가 들어오길 바라는 눈치다. 그것을 보고 어머니가 톡 쏘아부쳤다.

"밖은 미쳤다고 쳐다 보시우? 열 길 물속은 알아도 한 길 사람 속은 모른다고, 그년 속을 우리가 어떻게 알았겠느냐. 마방집이 망하려면 당나귀만 들어온다고 하지 않든. 알고 보니 그년이 당나귀지 뭐야. 시부모 무식하다는 핑계로 통장을 채갔을 때부터 이상하긴 했다. 아, 밖으로 뻔질나게 나돌아다니면서 홀라당 날려먹고 너 볼 낯이 없으니까 어디로 숨어버린 게지."

"그럼 그 사람이 어디 있는 줄 모른단 말씀이십니까?"

"늙은 우리가 어떻게 알겠니. 내가 뭐라든? 명태하고 팥은 두들겨서 껍질을 벗기고 촌놈하고 계집은 두들겨서 길을 들여야 한다니까, 네가 내 말을 듣지 않고 불면 날아갈까 쥐면 부서질까 마나님 대우해 주니 그년이 기고만장했던 거야."

어머니는 며느리를 진작 휘어잡지 못했던 것이 아쉽고 후회스러운 모양이다. 그때까지 밖을 바라보고 있던 아버지가 어머니를 나무라고 나섰다.

"어허, 이 사람. 무슨 쓸데없는 사설이 그리 길어? 잘하면 사람 세워놓고 입관하겠네."

"아버지가 말씀 좀 해주세요."

"오냐, 그러니까 며늘아기가 저리 된 것은 불과 일 년 밖에 안 된 듯싶다. 처음에는 동네 우물터나 좀 다니고 살림에 열심을 내더라. 그런데 무슨 바람이 불었는지 아낙들 서넛이 우르르 몰려다니며 땅을 보러 다닌다는 거여. 네가 중동에서 일하고 있으니 제 딴에는 뭐라도 해서 살림을 늘려 놓고 싶었겠지."

아버지의 말이 끝나기 무섭게 어머니가 콧방귀를 뀌었다.

"흥, 얌전한 강아지 부뚜막에 먼저 올라간다는 말도 못 들어 봤수? 나는 진작 알아봤다니까. 그년이 분을 찍어 바르고 요사스럽게 행차하는 것을 내가 한두 번 말렸어야 말이지. 하지만 내 말은 콧등으로 넘기고 모르면 잠자코 있으라니 내가 화병 나서 죽을 지경이었다. 요즘 젊은 것들은 다 그런 모양이더라."

"그래도 두 분이 굶어 죽지 않은 것을 보면 쌀이라도 좀 팔아놓은 모양이군요."

"너는 아직도 정신을 못 차리고 그년 성화를 드는 게냐? 가는 년이 방아 찧어놓고 갈까. 얼마나 살림을 허술하게 했는지 사흘 지나니까 먹을 게 뚝 떨어져서 풀죽도 끓일 수 없더라. 그래도 네 아버지가 부지런해서 다행이지, 그렇잖으면 세 사람 모두 굶어 죽을 뻔했단다. 전쟁 나서 남들이 배를 곯고 죽어 자빠질 때 네 아버지는 날마다 감자 몇 알이라도 가져왔잖니. 나이 들어도 부지런하기는 여전하더구나."

이 와중에도 어머니는 아버지 자랑이었다. 무열은 하늘이 노래지고 머리가 깨질 듯 아팠다. 꿈에서도 생각지 못했던 일이 벌어지고 아내가 종적을 감추어버렸으니 이를 어떻게 수습할까, 아무리 고민해도 뾰족한 수가 생각나지 않았다. 방법은 하나밖에 없었다. 일단 아내를 찾는 것이다. 찾아서 도대체 무슨 일이 있었는지 왜 그랬는지 묻고, 오해가 있었다면 차근차근 풀고 마음을 달래면 될 것 같았다. 생각이 여기에 미치자 그는 더 이상 집에 앉아 있을 수가 없었다.

그는 부모가 일러준 대로 아내가 드나들었다는 이웃집 아낙들과 복덕방을 찾아가 아내의 행방을 수소문하기 시작했다. 부모의 말은 어느 정도 사실이었다. 돈이 돈을 번다고 부동산 경기에 불이 붙자 돈을 은행에만 넣어두는 것은 어리석은 짓이라고 생각했던 모양이다. 가만히 앉아 있으면 사람들이 내 돈을 다 쓸어가기라도 할 것처럼 조바심이 나 몰려다니는 아낙들 틈에 끼어들었던 것이다. 무열이 이곳저곳 복덕방으로부터 들은 소리는 한결 같았다.

"돈은 도적맞을 수 있어도 땅은 도깨비도 떠메고 갈 수 없으니까."

모두들 땅에 미쳐 사놓기만 하면 언제까지나 내 땅으로 보존되고, 값이 오르면 앉은 자리에서 떼돈을 만질 것처럼 생각하고 있었다. 물론 땅장사로 돈을 만지고 팔자 고친 사람이 적지 않았다. 하지만 세상일이 어디 녹록하던가. 동네 쉬파리 모여들 듯 돈이 모이는 곳에는 으레 사기꾼이 들끓기 마련이다. 여자들이 제아무리 조심성 있게 행동한다 해도 마음먹고 덤비는 사기꾼을 당해내기는 어려웠다. 몇 명은 사기꾼에게 털리고 일부 땅을 사긴 했지만 전혀 쓸모없는 땅을 사서 골머리를 앓았다. 그런데 아내의 경우는 좀 특별했다. 다른 사람처럼 땅을 사려다 사기당한 것이 아니었다.

무열이 아내의 행방에 대해 탐문을 계속하고 있을 때, 이를 지켜보기 딱했는지 트럭 운전을 하는 정씨가 그를 불렀다. 나이가 예닐곱 살 많아 길에서 마주치면 형님으로 인사 정도 나누는 사이였다.

"자네, 아직도 못 찾았는가?"

"네. 면목 없습니다."

"면목은 무슨, 자네에게 해줄 말이 있으니 저녁에 대폿집에서 만나지."

해질 무렵 대폿집에 마주 앉았을 때 정씨는 무열을 보고 혀를 끌끌 찼다. 마치 비 맞은 중처럼 행색이 형편없게 변해버렸기 때문이다.

"무슨 하실 말씀이라도?"

"일단 목부터 축이게. 사람 꼴이 그게 뭔가."

정씨는 잔을 내밀고 가득 채워주었다. 단숨에 들이키는 것을 보고 이번에는 안주를 권했다.

"좀 먹으라구. 자네 안사람 말이야. 내가 이 말을 할까 말까 망설였는데, 날이 갈수록 변해가는 자네를 보니 남의 일 같지 않아. 잠자코 있을 수가 없군."

무열은 정씨의 말에 안주를 집으려다 말고 귀를 쫑긋 세우며 다가앉았다.

"어서 말씀해주세요."

이번에는 정씨가 잔을 거침없이 들이켰다. 말을 꺼내려니 속이 타는 모양이었다.

"말하기 남부끄러워서 참, 하지만 자네를 보면 몇 달 전 내 모습을 보는 것 같이 안타까워."

무열은 도대체 무슨 말을 하려고 이렇게 뜸을 들일까 싶어 애가 탔다. 한참 동안 미적거리던 정씨가 그에게 들려준 이야기는 정말 놀라웠다.

"하릴없는 여편네들이 시장 주단집 여자가 땅 투기로 떼돈을 벌었다는 소리에 눈이 뒤집힌 게야. 몇몇은 그 여자랑 어울려 다닌 모양이더구먼. 내 마누라하고 제수씨도 돈을 묵히느니 굴리는 게 낫다면서 건축업자들을 만나고 다녔는데."

"어디서요?"

"보채지 말고 들어보게나. 여자들이 험한 공사현장을 찾아갈 수 없고 함바집을 열 수도 없었겠지. 결국 건축업자들이 많이 모인다는 카바레를 찾았던 것이지."

정씨의 말에 무열은 맥이 탁 풀려버렸다. 여기까지만 들어도 이야기가 어떻게 전개될지 알 수 있을 것 같았기 때문이었다.

"카바레는 순진한 주부들이 찾을 만한 곳이 아니지. 빙빙 돌아가는 조명 아래 먹잇감을 찾고 있는 제비들이 모여 있네. 놈들에게 딱 걸려들기 좋은 곳이 바로 카바레야."

"그럼 춤바람이 난 것입니까?"

그는 거의 신음을 토해내듯 간신히 물었다.

"맞네. 내가 트럭을 몰고 나가면 일주일 만에 들어올 때도 있는데, 마누라는 거기에 빠져 정신을 못 차리고 있더군. 이때다 싶었는지 물 만난 고기처럼 파닥거리며 카바레를 들락거리고 있었던 거야. 나도 누가 귀띔해주어서 겨우 알게 되었지. 여우같은 마누라가 감쪽같이 속이는 것을 어떻게 알 수 있었겠는가. 하여튼 카바레를 급습해보니 정말 가관도 아니었어. 집에서 보는 마누라 모습을 상상하면 안 돼. 정말 술집여자는 저리 가라 할 정도로 분칠했더군. 쥐 잡아먹은 것처럼 삘간 립스틱을 바르고 어디서 꿔다 입었는지 하얀 블라우스에 잠자리 날개 같은 치마를 입고 있더라니까. 그리고 굽이 높은 구두를 신고."

"그만 하세요."

무열이 더는 듣기 어려운 모양이다. 술에 취하지도 않았는데 머리를 쥐어뜯으며 괴로워했다. 그의 머릿속에 정씨가 말해주는 카바레의 풍경이 영사기 돌아가듯 그대로 상영되고 있는 것 같았다.

"아니, 들어야 하네. 우리가 몰랐던 여자들의 실체를 똑똑히 알아야 한단 말이야. 이런 말 하는 내 마음이 편한 줄 아는가? 나도 괴로워. 자네처럼 나도 똑같은 괴로움에 몸부림을 쳤단 말일세. 대충 짐작만 하고 찾으러 나섰다간 오히려 놓치거나 봉변만 당할 거야."

"그래도."

"들어보라니까. 그년들은 지들이 무슨 무도회라도 온 듯 착각하고 이놈 저놈 손잡아 주는 대로 끌려 나가서 춤을 추었다네. 처음 문을 열고 들어갔을 때 나도 어안이 벙벙하더군. 도대체 여기가 어딘가 싶어서 말이야. 바깥세상과 완전히 단절되고 새로운 생명체가 사는 곳, 그런 별천지가 따로 없었어."

정씨는 잠시 무열의 반응을 살피고 말을 계속 이어갔다.

"어떤 놈 품에 안겨 블루스를 추고 있던 마누라를 간신히 발견하고 쫓아갔지. 나를 보고 화들짝 놀라자빠지더군. 남 볼 게 뭐 있겠나. 그 자리에서 머리끄덩이를 잡아 질질 끌고 나왔다네. 모르긴 해도 아마 자네 부인도 그 자리에 있었을 거야. 그날 저녁 온 동네가 떠나가도록 두들겨 패고 가위로 파마머리를 싹둑 잘라버렸어. 그래도 분이 풀리지 않더라니까."

"제 아내가 그런 곳에 들락거리긴 했답니까?"

"사실이래도. 마누라는 누구 꾐에 빠져서 재미로 한번 두번 가본 게 전부라고 발뺌했지. 어떻게든 빠져나가느라고 함께 갔던 여자들을 굴비 엮듯 줄줄이 다 말해주었어. 그래서 제수씨도 춤바람이 난 것을 알게 되던 것이지. 들어보니 나이도 젊고 인물이 반반해서 제일 인기가 좋았다고 하더구먼."

"그만 하세요."

"이 사람, 왜 나한테 역정을 내고 그래?"

"도저히 듣고 있지 못하겠군요. 더는 남의 일에 관여하지 마세요."

무열은 술잔을 탁 내려놓고 자리에서 벌떡 일어섰다. 이야기를 조금 더 들으면 정씨의 멱살을 잡고 바닥에 패대기칠 것 같았다. 정씨는 벌겋게 달아오른 무열의 얼굴을 보고 이해한다는 표정을 지었다.

"부인을 찾으려면 자네도 어쩔 수 없이 카바레를 들락거려야겠지. 발을 적시지 않고 어떻게 미꾸라지를 잡는단 말인가. 더구나 종적을 감췄다면 찾기가 더 어려울 수도 있어."

대폿집 문을 열고 나가는 무열의 뒤꼭지에 정씨의 말이 달라붙었다.

그날 이후 무열은 정씨 아내를 비롯해서 함께 카바레를 들락거렸다는 여자들을 찾아가 아내의 행방을 알고 있는지 물었다. 하지만 그들은 한결같이 고개를 가로저었다. 아예 모른다고 손사래를 쳤다. 행여 자신이 카바레를 들락거렸다는 사실이 새어나갈까 봐 그와 이야기하는 것조차 꺼려 했다. 결국 그는 서울시내 카바레를 직접 뒤지고 다니는 수밖에 도리가 없었다.

그러나 드넓은 서울에서 춤추는 곳은 카바레뿐이 아니었다. 댄스교습소에서 춤을 배우고 댄스홀로 진출을 하게 되니 수백 곳을 뒤져야 할 판이었다. 카바레는 그래도 불을 켜고 영업하지만 댄스교습소나 댄스홀은 비밀리에 영업을 하는 곳이 많기 때문에 찾기 어려웠다. 어렵사리 찾았다 하더라도 문전박대를 당하기 일쑤였다.

헐렁한 잠바를 걸치고 낡아 빠진 구두나 작업화를 신고 나타난 무열에게 어서 옵쇼 하며 입장시킬 무도장이 없었던 것이다. 할 수 없이 그는 무도장에 출입하기 위해 옷차림부터 고쳐야 했다. 말쑥한 정장을 맞추고 윤이 반질반질 나는 구두를 샀다. 누가 보면 어디 좋은 회사에 출근하는 줄 알았을 것이다. 처음 어머니도 정장을 차려입고 나서는 아들에게 이렇게 말한 일이 있었다.

"잘 생각했다. 중 도망은 절에나 가 찾지. 맘먹고 숨어버린 년을 어떻게 찾을 수 있다니? 잔디밭에서 바늘 찾기다. 지가 사람이라면 남편은 잊어도 자식새끼를 찾아오겠지. 그런데 어떤 회사이기에 출근이 이리 늦으냐?"

어머니는 아들이 아내 찾기를 포기하고 회사에 출근하는 것으로 생각하는 모양이었다. 무열은 별 다른 말을 하지 않고 아내가 있을 만한 댄스홀과 카바레를 계속 찾아다녔다. 그런 곳에 가서 그가 할 수 있는 일은 없었다. 그저 한쪽 구석에 형사처럼 잠복해서 사람들을 훑어보고 한참을 기다려도 아내가 나타나지 않으면 다른 곳으로 옮기는 것이었다.

그러던 어느 날 댄스홀에서 일하는 어깨들이 그를 막아섰다.

"형씨, 누구 찾아 오셨수?"

대뜸 시비조로 묻는 말이 심상치 않았다.

"왜, 들어가면 안 됩니까?"

"안 되는 게 아니라 여기는 춤추러 오는 사람들만 출입할 수 있소. 형씨를 지켜보니 춤은 추지 않고 누구를 기다리는 것 같던데?"

무열이 춤을 못 추는 것은 사실이었으므로 춤을 추러 왔다고 거짓말할 수 없었다. 사실대로 이야기하고 양해를 구하는 편이 낫겠다는 생각이 들었다.

"집에 코흘리개 아이가 있어요. 아내가 집을 나간 이후로 집안 꼴이 엉망입니다. 제발 아내를 찾게 도와주십시오."

"이 사람이 아직도 말귀를 못 알아듣는구먼. 여기는 댄스홀이지 마누라 찾아주는 흥신소가 아니란 말요. 춤을 배워서 오든가 아니면 썩 꺼지라니까."

목소리가 높아졌다. 어깨들이 팔짱을 끼고 문을 막아서자 무열은 화가 치밀어 올랐다.

"뭐? 춤을 배워 오라구?"

"그래, 새끼야. 오죽 못났으면 마누라가 바람나서 집을 나갔겠니? 괜히 얼쩡거리다 험한 꼴 당하지 말고 좋은 말로 할 때 꺼져."

마누라까지 입에 올리고 비아냥거리는 말을 듣고도 가만있으면 남자가 아니다. 그는 불끈 주먹을 쥐었다.

"이런 개새끼들."

무열이 달려들자 놈들은 기다렸다는 듯 매타작을 시작했다. 순식간에 코피가 터지고 양복 깃이 우두둑 떨어졌다. 어깨들은 그를 질질 끌어다 한쪽 골목에 내던지고 침을 뱉었다.

"못난 새끼. 춤바람 난 여편네 찾으러 온 새끼들이 사내답지 않게 징징거리는 걸 보면 제일 추접해."

놈들은 다시 돌아가 멋지게 차려입은 손님들을 향해 연방 '어서 옵쇼'

를 남발했다. 이렇게 몰매를 맞고 난 후 무열은 분통이 터져 살 수가 없었다. 옷차림만 번지르 하게 갖추면 될 줄 알았는데, 매를 맞고 보니 당장 기름을 사가지고 쫓아가서 댄스홀을 불질러버리고 싶었다. 하지만 댄스홀이 그곳 하나만 있는 것이 아니었기 때문에 불을 지른다고 해결될 일이 아니었다. 괜히 방화범으로 몰려 옥살이를 할 게 분명했다.

그는 한동안 방에 틀어박혀 바깥출입을 하지 않고 어떻게 하면 아내를 찾을 수 있을지 궁리했다. 댄스홀 밖에서 오가는 사람들을 지켜보고 있을 수도 없는 노릇이었다. 보다 쉽게 찾으려면 안으로 들어가는 것이 나아 보였다. 자신이 이렇게 시간을 보내고 있는 동안에도 아내는 다른 놈 품에 안겨서 춤을 추고 있을지 모른다. 생각이 여기에 미치자 그는 미칠 것 같았다. 당장 쫓아가서 두 연놈을 잡아다 족치고 싶었다. 그런데 어떻게 찾는다? 포기하든가 아니면 다른 방법을 찾아야 했다. 머리를 싸매고 며칠 동안 고민한 끝에 무열은 자리를 털고 일어섰다.

그가 찾아간 곳은 집에서 멀지 않은 무도교습소였다. 전에 아내를 찾기 위해 들렀던 곳으로 춤을 가르치는 선생이란 작자의 얼굴이 그나마 선해 보였던 기억이 있었다. 교습소는 시장을 나와 왼쪽으로 꺾어진 건물 지하에 자리 잡고 있었다. 입구에서부터 퀴퀴한 곰팡이에 섞인 이상한 냄새가 코를 찔렀다. 아마 곰팡이를 제거하느라 약품을 뿌렸던지 아니면 향수를 듬뿍 뿌린 것 같았다. 혹시 모르지. 여기에 출입하는 여자들이 떡칠한 화장의 흔적 때문인지도.

무열은 역겨움에 코를 막고 싶었지만 꾹 참고 어두침침한 계단을 내려가 교습소 문을 열었다. 어서 오시라 인사하려던 교습소장이 그를 알아보고 이내 얼굴을 찡그렸다. 이제 오십 줄에 들었을까, 얼굴에 주름이 생기기 시작하고 벗겨진 머리를 양쪽에서 몇 올 걷어 올려 간신히 덮고 있는 사내다.

"왜 또 오셨소. 선생 부인은 여기에 없다니까."

"오늘은 그것 때문에 온 것이 아닙니다."

"그럼 무슨 다른 볼일이 남았소?"

"예, 댄스를 배우러 왔습니다."

교습소장은 어이없다는 표정을 지었다.

"개가 겨를 먹다가 말경 쌀을 먹는다더니 선생을 두고 하는 말 같소만."

"뭐라 해도 좋습니다. 저에게 춤을 가르쳐 주시기만 하면 됩니다.

한때 집 나간 마누라를 찾아왔던 사람일망정 돈을 내고 춤을 배우겠다는 데야 마다할 까닭이 없었다. 교습소장은 왜 춤을 배우려고 하는지 묻지 않고 춤에 대한 다짐부터 받았다.

"일단 춤을 배우겠다고 생각했으니 하는 말이네만 남자는 여자에 비해 춤으로 행세하기가 어려워. 여자는 사교댄스를 석 달만 바짝 배워도 파트너를 찾을 수 있지. 그러나 남자는 몇 년을 공들여야 춤 좀 춘다는 소리를 간신히 듣게 된다네. 반년이면 겨우 스텝이나 밟을 줄 아는 신출내기고, 일 년쯤 지나야 여자를 무리 없이 리드할 수 있지. 여기에 왈츠, 자이브, 탱고까지 익히려면 최소 삼 년은 투자해야 될 거야. 일단 댄스홀부터 드나들어야겠지. 기본이 되는 지르박, 블루스, 트로트만 익혀보자구. 자네가 사교댄스를 제대로 배워보겠다면 가르쳐줌세."

생각할수록 어이없었다. 중동에서 일하는 동안 아내가 춤바람 나서 집을 나가고 백방으로 아내를 찾으러 다니던 자신이 뜻하지 않게 춤을 배우게 되다니. 누가 들으면 삶은 소가 웃다가 꾸러미 째질 일이라고 할 게 분명했다. 하지만 도리가 없었다. 아내를 찾으려면 댄스홀을 들락거릴 수밖에 없고 춤을 출 줄 알아야 들어갈 수 있으니 말이다.

무열은 복잡하게 생각할 겨를이 없었다. 매일 출근 도장을 찍다시피 교습소에 나타나 부지런히 춤을 배워나갔다. 교습소장의 말대로 춤은 그냥 배우는 것이 아니었다.

그가 처음 가르쳐준 것은 사교춤으로 불리는 지르박, 트로트, 블루스였다. 빠르기로 따지자면 지르박이 기본 여섯 스텝을 경쾌하게 밟기에 가장 빠르다. 트로트는 4박자에 맞추어 지르박으로 가빠진 숨을 조금 느린 스텝으로 돌리는 것이고, 블루스는 잔잔한 호수에 기러기가 미끄러지듯 부드럽게 춘다.

무열은 춤에 자질이 있었는지 소장이 놀랄 정도로 빠르게 익혀나갔다. 그것은 아마 배우고자 하는 열정 때문이었을 것이다. 빨리 춤을 배우고 댄스홀을 찾아가 아내를 찾아내고 싶은 욕심뿐이었다. 석 달이 지나기 전에 소장은 손을 들었다.

"자네에게 더 가르칠 것이 없네. 내가 잘 하는 것은 사교의 기본 동작 세 가지뿐이니 이제 그것을 가지고 자네가 직접 현장으로 나가야 해. 거기서 필요하면 왈츠를 배우고 탱고도 배우겠지. 그건 내 능력 밖이야. 안타깝구먼."

소장은 모처럼 열의 있는 제자를 얻어 가르친 것이 보람 있는 얼굴이었다. 무열은 소장의 말대로 댄스홀을 출입하면서 분위기를 익혔다. 그리고 여자들 손을 잡아가면서 춤을 추기 시작했다. 여자에게 손을 내밀거나 춤을 출 때에도 그의 눈은 사방을 훑어가며 아내를 찾고 있었다. 그러나 아내의 자취를 찾기 어려워서 여기저기 댄스홀만 전전할 뿐이었고, 그에게 예상치 못했던 일이 생기기 시작했다. 여자들 사이에 무열은 치근대지 않고 예의 바른 신사로 통하고 있었던 것이다. 그가 들어서면 쿵쾅거리는 음악 속에서도 임금에게 간택되기를 기다리는 궁녀들처럼 기다란 의자에 나란히 앉아 있던 여자들이 일제히 눈길을 주었다. 다른 남자와 춤추던 여자가 올빼미처럼 고개를 거꾸로 돌리고, 아예 대놓고 살짝 윙

크하거나 요염을 떠는 여자도 있었다.

댄스홀에서 여자가 먼저 남자에게 춤을 추자고 할 수는 없는 일이다. 남자가 여자에게 다가가 '한 곡 추실까요?' 물으면, 여자가 쓱 훑어본 후에 한 곡 추거나 마음에 들지 않을 경우 정중하게 거절하는 것이 댄스의 기본 예절이다. 여자들은 무열이 언제 자기에게 한 곡 추자고 다가올까 조바심을 내며 기다렸다.

그는 어느 정도 댄스홀 분위기에 익숙해지고 사교춤을 잘 한다는 소리를 듣기 시작하면서부터 새로운 것이 눈에 들어오기 시작했다. 교습소장은 지르박, 트로트, 블루스 외에도 다른 춤이 필요할 것이라고 말했었다. 그동안 그가 드나들던 곳은 오로지 기본 사교댄스만 추는 곳이었다. 그제야 댄스홀도 물이 나뉘어 있다는 것을 알게 되었다. 보다 고급 춤을 추는 사람들이 모이는 댄스홀이 따로 있고, 그곳에서 춤을 추려면 왈츠, 탱고, 자이브 같은 춤을 익혀야 한다는 것을 말이다. 이때까지만 해도 무열은 아내를 찾아야겠다는 일념밖에 없었다.

그는 교습소장에게 물어 새로운 스승을 소개받았다. 배우면 배울수록 춤이란 것은 참으로 묘한 것이었다. 지르박 하나만 보더라도 6박자를 정확하게 찍고 다니며 춤을 추는 사람이 있는가 하면, 적당히 스텝을 뭉개고 추면서도 고수 소리를 듣는 사람이 있었다. 또 대구 지르박은 남자의 스텝이 굉장히 와일드하고 여자를 힘차게 돌리는 하바춤을 추고, 전라도 지르박은 약간 부드럽고 여자를 살며시 끌었다 밀었다 하는 느낌이었다. 사람마다 다르고 지역마다 춤이 다르니 한 가지만 배웠다고 하여 잘 춘다는 소리를 듣기 어려웠다.

아무튼 무열은 중동 현지에서 지급받은 돈을 곶감 빼먹듯 야금야금 빼먹으며 전국각지로 부지런히 춤을 배우러 다녔다. 그 열정을 목격한 사람들은 젊은 사람 하나 버렸다고 혀를 끌끌 찼다.

3

억지춘향

"이제 보니 자네 제비였구먼."

친구의 얘기를 듣고 강섭은 전염병 환자와 마주 앉아 있기라도 한 듯 뒤로 물러나 앉았다. 그도 그럴 것이 신문지상에 간간히 오르는 기사에 춤바람 난 여자가 남편과 애들을 버리고 가출했다는 둥, 제비에게 홀려서 돈을 뜯기고 몸을 버렸다는 둥, 정부에서 아무리 단속을 해도 비밀 무도교습소가 활개치고 있다는 내용뿐이기 때문이었다.

강섭은 말로만 듣던 제비를 눈앞에 마주하고 앉아 있으려니 모골이 송연해지는 것 같았다. 자칫하면 세상물정 모르는 아내가 제비에게 푹 빠져서 춤바람 날지도 모를 일이었다. 큰방 윗목을 차지하고 앉은 시커먼 독수리표 쉐이코 카세트가 이제 제비집처럼 보였다. 당장이라도 들어다 마당에 내팽개치고 싶었다.

"처음 역에서 자네를 봤을 때부터 심상치 않다고 생각했어. 생김새가 탄 캐러 온 것 같지 않았고 저 카세트를 들고 나타난 것은 자네가 제비란 것을 증명해주지."

"어떻게 생각해도 좋아. 하지만 자네가 생각하는 것처럼 나는 제비가 아니야. 제비 노릇하려면 서울 같은 대도시에서 돈 많은 여사님들 노리고 살아야지, 뭐 하러 이런 산골 탄광촌에 들어오겠는가. 여기에 돈 많은 귀부인들이 많이 사는 것도 아닐 테고."

하긴 그랬다. 그의 말처럼 여기는 탄광촌이고 광부 아내들은 남편의 작업복을 추운 겨울에도 네 번씩 헹궈가며 빨아야 했다. 그런 여자들이 한가하게 댄스를 배우고 무리지어 춤추러 다닐 여지는 없어 보였다.

"그거야 모를 일이지. 자네가 춤 선생인 것을 알았더라면 집을 알아봐 주지 않았을 거야."

"너무 그렇게 생각지 말게나. 사람은 제각기 살아가는 방법이 있는 법이야. 자네는 여기서 한 밑천 잡아 뜨고 싶은 생각을 갖고 있잖은가. 나는 이곳저곳 다니며 장사하고 아내의 행방을 찾는 것뿐이니까 오해를 말아주게."

"무슨 장사? 자네는 춤 밖에 모르니 장사를 못 할 테고."

"맞네, 내가 아니라 성화가 장사를 해. 서울에서 화장품을 화물로 보내오면 그것을 받아다가 파는 것일세. 광부 아내들은 화장하지 말란 법 있는가? 그건 아니지. 여자들 마음은 다 똑 같단 말이야. 아이든 할머니든 예쁜 꽃을 보면 마음 설레지. 화장품을 보면 열어보고 싶고 얼굴에 발라보고 싶거든."

"하여간 여기서 사달나면 나는 책임 못 져. 조용히 있다 떠나는 게 좋을 거야. 그게 아니라면 나하고 같이 탄을 캐러 가든지."

강섭은 무열에게 인사를 하는 둥 마는 둥 자리를 털고 일어났다. 안녕히 가시라는 성화의 말조차 귀에 들어오지 않는 듯 서둘러 집으로 돌아가 한동안 친구를 찾지 않았다. 그가 화난 얼굴로 나가버리자 작은방에 있던 성화가 걱정스런 얼굴로 건너왔다.

"아저씨, 괜찮으세요?"

"걱정 말거라. 집 떠나 떠돌면서 이 보다 더 험한 꼴도 겪어보았으니까."

그녀는 익히 알고 있다는 표정으로 고개를 끄덕였다.

처음 성화가 무열을 본 것은 2년 전이다. 무열이 전국각지의 춤 선생을 찾아다니며 춤을 배우느라고 그녀가 살던 곳으로 내려왔던 것이다. 그 때 성화네 집에 셋방을 얻어 살았는데 그가 무엇을 하는 사람인지 아무도 아는 사람이 없었다. 무슨 공장이 있는 곳도 아니고 평범한 항구도시에 불과한 곳에 세를 얻어 산다는 것이 어색해 보였다. 그의 차림새는 말쑥하여 누가 보면 관공서에 출근하는 공무원이나 학교로 발령받아 온 선생쯤으로 여길 만했다.

하지만 그가 아침 일찍 일어나는 경우는 한 번도 없었다. 성화 아버지가 새벽에 배를 타러 가고 어머니는 어판장이나 밭으로 일하러 가고, 남동생이 학교에 간 후에야 무열이 느릿하게 일어났다. 그때는 성화가 밀린 빨래를 하고 점심을 준비하기 위해 부엌을 들락거리는 시간이었다. 다른 사람 같으면 아침에 도시락을 들려 보내겠지만, 그는 점심을 집에서 먹기 때문에 여간 성가신 게 아니었다.

점심을 먹고 오후에 집을 나서면 몇 시간 지나지 않아 쪼르르 돌아왔다. 얼핏 회사에서 퇴근하는 것처럼 보였다. 어둑해진 저녁 무렵 남자들이 대포 한 잔 걸치고 들어올 그 시간에 돌아왔기 때문이다. 그것만 보면 영락없는 직장인의 모습이었다. 그래도 방세 밀리는 법 없고 사람이 점잖기 때문에 성화 부모는 그를 괜찮은 사람이라고 생각하는 모양이었다. 맛난 것이 있으면 불러 같이 먹고 친근하게 대했다.

무열이 그녀의 집에 사는 동안 두 가지 큰 사건이 있었다. 하나는 성화의 첫째 동생이 대학을 다니다 무슨 데모에 휩쓸려서 잡혀간 일이 있었다. 부모가 백방으로 조그만 연줄이라도 잡아보려 노력했지만 누구 하나 아는 사람이 없었다. 혹시 아는 사람이 있다손치더라도 공안사범으로 붙들려간 마당에 자칫하면 자기까지 덤터기를 쓸 수 있기 때문에 몸을 사렸다. 그런데 허구한 날 방구석에 틀어박혀 늦잠만 자던 무열이 무슨 재주를 부렸는지 동생을 풀려나도록 했던 것이다.

날마다 걱정과 한숨으로 밤을 지새우던 부모에게 그기 무슨 일인지 물어왔다.

"섣달에 들어온 머슴이 주인마누라 속곳 걱정한다더니, 자기 살 궁리나 할 일이지 주제넘게 왜 남의 집안일에 관심을 가지실까?"

성화 어머니는 만사 귀찮다는 투로 그를 박대했다. 신경이 곤두서 있기 때문이었다.

"그게 아니라 듣자 하니 아들이 데모하다 잡혀갔다고 하는 것 같던데요. 어떻게 돌아가고 있는지 궁금해서 그럽니다."

무열의 말을 듣고 마루에 앉아서 담배만 빨고 있던 성화 아버지가 헛기침으로 아내를 물러나게 하고 그를 불러들였다.

"들어보게나. 우리가 바라보는 것은 그놈 하나뿐일세. 이 바닥에서 공부를 잘한다는 소문이 나 어려운 살림에도 불구하고 서울로 대학을 보내지 않았겠는가. 그런데 어떤 급살 맞아 뒈질 놈들이 꼬드겼는지는 몰라도 데모에 휩쓸려 잡혀갔다네. 내가 서울을 다녀오고 백방으로 알아봐도 어디로 갔는지 알 수 없고 지금 생사조차 모른단 말이야. 지금 우리가 밥을 먹겠는가 잠을 제대로 자겠는가."

"정말 눈썹에 불이 붙은 셈이군요. 하지만 사람이 죽으란 법은 없지요. 저도 한번 힘닿는 데까지 알아보겠습니다. 며칠만 기다려보시죠."

그 말을 듣고 부모는 그냥 가만있기 미안해서 해보는 소리라고 여겼다.

그런데 정말 귀신이 탄복할 일이 생겼다. 그동안 아들이 누구에게 잡혀 어디로 끌려갔는지 무슨 고초를 당하는지 알 도리가 없었는데, 그의 말대로 며칠 만에 집으로 돌아왔던 것이다. 아들이 돌아온 것을 보고 부모는 기쁜 얼굴로 무열에게 좇아갔다.

"모래밭에도 금강석이 있다는 것을 내 미처 모르고 있었네. 미안하이."

"제가 뭐 한 일이 있나요. 몸조리나 잘 시키세요."

그러고 보니 아들이 멀쩡하게 돌아온 것은 아니었다. 반쯤 얼이 빠진 상태로 서울로 갈 때의 총기는 모두 사라지고 없었다. 잠잘 때 헛소리를 심하게 하거나 몽롱한 상태로 밖을 싸돌아다니기 일쑤였다. 주변에서는 미친 게 분명하다고 수군거렸다. 그래도 이렇게 돌아온 것이 어딘가. 부모는 몸에 좋다는 것을 찾아 먹이고 어르고 달래면서 아들 구환에 노력했다.

무열이 성화의 동생을 구해낸 것은 순전히 춤 덕분이었다. 그가 춤을 추러 다니는 동안 예의바른 신사 소리를 들었지만, 그렇다고 해서 돌부처처럼 여자와 담을 쌓고 지냈던 것은 아니다. 댄스홀에 오는 여자들치고 최고급 화장품과 옷을 입지 않는 여자가 없었다. 한껏 멋을 내고 고급 향수를 뿌렸다. 마음에 드는 파트너가 있으면 그 마음을 사로잡기 위해 안달이 났다.

특히 무열은 훤칠한 키에 춤을 잘 출 뿐만 아니라 예의가 있어 인기였다. 여자들이 그에게 손을 잡히고 빙글 돌다가 그 품에 안기면 마치 젖먹이 강아지가 어미 품에서 잠을 청하듯 편안하고 좋은 모양이었다. 어떤 여자든지 그가 춤을 청할 때면 홍조 띤 얼굴에 눈을 슬그머니 내리깔고 고개를 끄덕일 수밖에 없었다. 그가 이끄는 대로 넓은 댄스홀을 무아지경에 빠져 헤집고 다녔던 것이다. 춤이 끝나고 헤어질 때 여자들이 하는 소리는 한결 같았다.

"언제 또 오세요?"

여자들은 그가 묻기도 전에 자기가 댄스홀에 오는 날짜와 시간을 정확히 알려주었다. 그리고 잊지 말라는 말을 몇 번씩 거듭했다. 그런 여자들 가운데는 기관에서 고위급으로 근무하는 남편을 둔 사람도 있었다. 일명 남산 누님이라고 부르는 사람이 그런 류다. 남산 누님은 나랏일로 밤낮없이 바쁜 남편 때문에 침울해진 기분을 댄스홀에서 푸는 것이 유일한 낙인 여자였다. 그녀는 무열보다 나이가 서너 살 많았지만 자신의 스타일과 꼭 맞는 파트너를 찾았다는 생각에 열심이었다. 묻기도 전에 남편이 뭐 하는 사람이며 돈은 많은데 심심해서 죽겠다는 둥, 어디 바람이라도 쏘이고 오면 참 좋겠다는 말로 그를 여러 차례 유혹했다.

하지만 무열이 덤덤하게 대하니 여자는 더욱 몸아 달아올라 그가 손을 잡아주지 않으면 미칠 지경이 되었다. 남자는 여자가 적극적으로 다가오면 자신도 모르게 떠미는 경향이 있다. 무열은 부담을 느끼고 그 여자가 오는 댄스홀 출입을 자제했다. 그리고 춤선생을 찾아 지방으로 떠나는 바람에 자연스럽게 잊혔던 것이다. 여자는 무열이 아무 말 없이 사라지자 애가 닳았다. 어제 오지 않았으니 오늘은 올까, 아니 내일은 올까 기다렸지만 그는 나타나지 않았다.

그런데 어느 날 갑자기 그가 전화를 걸어왔던 것이다. 잘 계시냐고 묻는 소리에 너무 기뻐 눈물이 찔끔거렸다. 마치 옥중에 있던 춘향에게 이도령이 나타난 것 같았다. 그녀는 목이 메어 코맹맹이 소리를 냈다. 그에게 갑자기 연기처럼 사라지면 어떻게 하느냐, 언제 올라오느냐 투정을 부리고, 올라오면 다시 손을 잡아줘야 된다고 당부했다. 이야기 말미에 문득 왜 갑자기 전화했느냐고 물었다. 무열은 그제야 집안 형님의 아들이 이러저러한 사정으로 잡혀가 고초를 겪고 있으니 누님이 힘을 써주면 고맙겠다는 말을 꺼냈다. 여자는 자신이 다가갈 때마다 물러나던 그가 먼저 전화를 걸어오고 부탁하는 것을 오히려 고맙게 여겼다.

"동생, 나중에 올라오면 꼭 연락해."

그녀는 저녁에 퇴근한 남편을 붙들고 친정 식구의 아들이 잡혀 있다, 세상 물정 모르는 학생이니 당장 풀어 달라고 통사정했다. 기관에서 사람 하나 풀어주는 것은 무른 땅에 말뚝 박기보다 쉬운 일이었다. 전화 한 통화로 간단하게 해결되었고 집으로 돌아왔던 것이다. 물론 이런 사정을 성화네 가족이 알 리 없고 무열이 요로에 손을 써서 아들을 구해냈다는 정도로 대충 짐작할 뿐이었다. 평소 늦잠 잔다고 입방아를 찧어대던 성화 어머니는 그를 깍듯하게 대했고 반찬도 눈에 띄게 달라졌다.

또 하나의 일은 무열에게 일어난 일이었다. 일이 해결되고 두어 달이나 지났을까. 그는 춤 선생에게 춤만 배우러 다닌 것이 아니고 배운 것을 댄스홀에서 실습하기도 했다. 지방의 특색 있는 스텝이나 지르박 후까시, 블루스 스핀 같은 기술을 익히고 있었던 것이다. 어느 날 댄스홀에서 돌아오던 그를 가로막고 나선 남자들이 있었다. 첫눈에 보기에도 지역 깡패들인 듯했다.

"어이, 오늘 재미 좋았나보지?"

"누구십니까?"

그들은 무열 앞으로 다가와서 다짜고짜 주먹부터 날렸다. 무열이 얼굴과 배를 감싸고 푹 쓰러질 때 거침없는 욕설이 쏟아졌다.

"이 새끼야. 어디서 굴러왔는지는 몰라도 짠물 맛 한번 볼래? 사시미칼로 회를 떠서 그냥 고기밥으로 던져줄까 보다."

"형씨들, 왜 그러세요."

무열은 숨이 턱 막히는 것을 참고 간신히 물었다.

"몰라서 물어? 생긴 것도 꼭 제비 새끼같이 생겨가지고 어디 할 짓이 없어서 선량한 부녀들을 후리고 다녀? 너 같은 놈은 죽어야 돼.”

그들은 땅바닥에 쓰러진 무열을 복날 개 패듯 지근지근 밟고 걷어찼다. 한참 동안 무차별적인 폭행이 이어지더니 키 작은 사내가 나섰다.

“너, 건설업자 부인, 백 여사 알아 몰라?”

그제야 이들이 누구인지 알 것 같았다. 댄스홀에서 몇 번 손을 잡아주었던 백 여사의 남편이 보낸 깡패들이 분명했다. 그와 백 여사 사이에 무슨 특별한 일이 있었던 것은 아니다. 그녀 혼자 몸이 달아올라 무열하고만 춤을 추려고 하는 바람에 다른 여자들의 눈총을 받은 일이 몇 번 있었을 뿐이다. 그가 그녀를 특별하게 대해준 것은 아니었다. 그럼에도 백 여사는 마치 자기만 무열과 춤출 수 있는 특권을 부여받은 것처럼 행동했다. 그것이 사람들의 눈살을 찌푸리게 만들었던 것이다.

지역사회는 좁은 곳이다. 누군가 백 여사가 춤바람 났고 제비족 무열에게 푹 빠져 정신없이 지낸다는 다소 과장된 소문을 퍼트렸다. 그것이 사장의 귀에 들어간 것은 물론이다. 백 여사 남편은 분기탱천하여 수하에서 일하는 깡패들을 시켜 무열을 손봐주도록 만들었던 것이다.

“이 새끼 아주 사내 구실을 못하게 요절내버려.”

그들은 무열의 사타구니를 집중적으로 걷어찼다. 그렇게 흠씬 두들겨 맞은 무열은 걷다 쓰러지길 수차례, 간신히 집 앞까지 오긴 했지만 더는 발걸음이 옮겨지지 않았다. 그는 문고리를 잡다가 그대로 정신을 잃고 말았다. 그 때 성화 부모는 마을회관에 회의가 있어 집에 없었고, 동생 둘은 정신없이 잠에 빠져 있었다. 성화는 몸이 불편한 대신 귀가 밝았다. 누군가 집으로 다가오더니 대문을 흔들다 조용해진 것을 느꼈다. 그녀는 동생들을 깨울까 하다가 문을 빼꼼 열고 내다보았다. 누구냐고 물어도 아무 대답이 없어 겁이 덜컥 났지만 무슨 일이 있으면 소리를 지르면 될 일, 자던 동생들이 뛰쳐나올 것이다. 이렇게 생각하고 그녀는 용기를 냈다. 고양이처럼 살금살금 대문까지 가 무열이 피를 흘리고 쓰러져 있는 것을 발견했다.

"에구머니, 이를 어째. 아저씨, 아저씨 정신 좀 차리세요."

성화의 비명을 듣고 곤히 잠들어 있던 동생들이 뛰어나왔다. 그들 또한 놀라기는 마찬가지였고 무열을 그대로 두었다간 죽을 것 같았다. 일단 방으로 옮겼다. 동생들은 무슨 일인지 몰라 눈을 껌벅이다 비로소 무열의 사타구니가 피로 흥건한 것을 발견했다. 그들은 옷을 갈아입히느라고 바지를 벗겼다. 낭심을 얼마나 걷어차였는지 불알이 터지고 물건도 상한 것 같았다. 잠시 후 성화가 들어와서 따뜻한 물과 수건으로 무열의 얼굴을 닦아주었다.

무열이 기력을 회복한 것은 순전히 성화 덕분이었다. 며칠 동안 얻어맞은 자리가 욱신거리고 담이 결려 잔기침조차 제대로 하기 어려웠는데, 그녀가 지극정성으로 미음을 쑤어오고 약을 지어다 먹이고 시중을 들어준 덕분에 간신히 바깥출입을 하게 되었던 것이다. 그는 성화가 진심으로 고마웠다. 비록 세 살 때 앓은 소아마비 때문에 절름발이 처녀로 불렸지만 마음씨가 비단결처럼 고왔다.

성화네 가족이 어려울 때 무열이 도와주었고, 이번에는 성화가 무열을 도와줌으로써 서로 빚을 갚게 된 셈이었다. 하지만 무열과 성화는 서로 빚을 갚기는커녕 크게 신세졌다고 생각했다.

몸을 회복한 후에도 그녀는 무열의 방에 들락거리는 것을 어려워하지 않았다. 워낙 나이 차가 있어 경계심을 가지기 어려웠고, 다정하게 대해주는 그가 싫지 않았던 탓도 있었다.

하지만 이것이 두 사람에게 큰 폭풍으로 다가올 줄을 그 때는 알지 못했다. 부모가 일하러 가고 첫째 동생은 친구 집으로 둘째 동생은 학교에 가고 없을 때, 성화는 무열의 방에 늦은 아침을 들여놓고 있었다. 그날 무열이 밖에 다녀올 일이 있어 평소보다 일찍 일어나 아침을 부탁했던 것이다. 그는 이부자리를 채 걷지 못하고 대충 아랫목으로 밀어놓은 채 밥상을 받았다.

하필이면 그때 이웃집 아낙이 성화 어머니를 찾아올 게 무엇이란 말인가. 그녀는 집에 들어서기 무섭게 목청껏 부르려다 무열의 방 앞에 나란히 놓은 신발 두 켤레를 보았다. 마치 신방을 차린 부부가 사이좋게 벗어놓은 것 같았다. 갑자기 이상한 마음이 들어 입 밖으로 터져 나오려던 소리를 꾹 눌러 삼키고 가만히 다가가 귀를 기울였다. 아니나 다를까. 그녀가 떠올렸던 상상대로 방안에서는 무열과 성화가 밥상을 앞에 두고 희희낙락하는 소리가 흘러나왔다.

이웃집 아낙은 벌건 대낮에 저게 무슨 짓인가 싶어 얼굴이 화끈거렸다. 그녀는 도둑괭이처럼 뒷걸음질로 물러난 후 우물가로 쪼르르 달려갔다. 그리고 숨넘어가는 것을 아랑곳하지 않고 자기가 보고 들었던 것을 나발불었다. 자신의 상상력을 아낌없이 보탰음은 물론이다. 고양이가 얼굴은 좁아도 부끄러워할 줄은 안다는데 저것들은 사람도 아니지, 인두겁을 쓰고 어쩌면 저럴 수 있을까, 마치 자기 서방을 빼앗긴 것처럼 성토했다.

우물가에 올 때마다 무슨 재미있는 일 없으려나 기대하고 왔던 아낙들은 시집도 안간 처녀와 삼촌뻘 되는 남정네가 아침부터 이불속에서 시시덕거린다는 소리에 손을 멈추었다. 아예 빨래통을 깔고 앉았다. 여자들은 따분한 일상에 한줄기 단비라도 만난 것처럼 입방아를 찧어댔다. 떡 도르라면 덜 도르고 말 도르라면 더 도른다는 옛말이 하나도 틀린 게 없었다. 눈덩이는 구를수록 커지고 말은 돌릴수록 불어나는 법이다. 나도 봤다는 사람이 또 나섰다. 사람들은 이제 그 연놈들이 날마다 한 이불 덮고 자는 게 분명하다고 확정지었다. 나중에는 무열과 성화가 신방을 차려놓고 얼마나 운우의 정을 쌓는지 요상한 소리가 담장을 넘는다는 둥,

이미 그 집에서는 딸을 무열에게 시집보낸 것이나 다름없다는 둥, 누구는 성화의 아랫배가 예전 보다 부른 것 같다는 말을 서슴없이 내뱉었다.

나중에 이 사실을 알게 된 성화의 부모가 펄쩍 뛰게 된 것은 불문가지다. 우물가에서 성화 어머니는 입을 삐죽거리며 소문을 퍼나르던 어떤 여자와 머리채를 붙들고 한바탕 싸우고 난 다음, 미친년처럼 풀어헤친 머리를 묶지도 못하고 집으로 달려왔다. 하필이면 그때도 성화는 무열의 방에 있었다. 어머니가 고래고래 소리 지르는 것을 듣고 그녀가 문을 열었다.

"어머니, 왜 그러세요? 에구머니나, 무슨 일이 있었어요?"

"일? 오냐, 오늘 너 죽고 나 죽자. 이년, 당장 이리 나오지 못해? 아직 시집도 안간 처녀가 어디 드나들 데가 없어서 총각인지 홀아빈지 모를 놈에게 푹 빠져 가지고 흉흉한 소문이 나돌게 만들어? 이년아, 남의 옷 얻어 입으면 걸레감만 남고 남의 서방 얻어 가면 송장치레만 한다는 말도 못 들어봤니? 애지중지 키웠더니 부모 얼굴에 똥칠을 하는구나. 네가."

집이 발칵 뒤집혔다. 어머니는 한바탕 울음을 놓고 남편이 달려들어 달랜 후에야 겨우 멈추었다.

"이를 어쩐단 말이우. 동네방네 소문나서 이제 딸년 시집보내긴 다 틀렸수."

"험험, 가만히 좀 있어보래도."

그 상황에서도 성화 아버지는 머리를 굴리고 있었다. 범에게 물려가도 정신만 바짝 차리면 된다고 하지 않던가. 어차피 이리 된 거, 성화를 저 놈에게 치워버리면 어떨까. 그는 소아마비로 다리를 저는 딸을 볼 때마다 가슴이 찢어지는 듯 아팠던 것이 떠올랐다. 소문이 없더라도 좋은 혼처를 찾아 시집보내기 어려울 텐데, 저년 나이가 올해 몇이더라? 한숨을 푹 내쉬면서 딸의 나이를 가늠해보고 무열에 대해 이것저것 생각해보았다. 가만히 보니 저놈이 춤을 추러 다녀서 그렇지 아들놈 구해준 것을 보면 능력이 없는 사람도 아니지 않은가. 발 없는 말 천리 간다고 이제 이곳에서 딸년 시집보내기는 그른 것이 분명했다. 멀쩡한 놈이 아니고서야 누가 절름발이에다 흉측한 소문이 나도는 처녀를 데려다 장가 들까. 생각이 이에 미치자 그는 더욱 냉정해졌다.

"이보오. 이참에 저놈에게 성화를 줘버리는 것이 어떨까?"

남편의 말에 성화 어머니는 다시 억장이 무너지는 것 같다. 그녀는 물 밖으로 나온 물고기처럼 펄쩍펄쩍 뛴다. 절대 안 될 일이라고 손사래를 쳤다. 하지만 그녀도 몸이 불편한 딸을 정상적으로 시집보내기 어렵다는 것을 잘 알고 있었다. 고슴도치도 자기 자식은 예쁘다고 한다. 어미의 눈에 절름발이 딸의 단점은 보이지 않고 얼굴 예쁘고 마음씨 착한 것만 보였을 테지만, 혼기를 넘어서고부터 한숨이 끊이지 않았던 것이 사실이었다. 절대 안 될 일이라고 반대하던 그녀도 남편의 설득에 마음이 조금씩 흔들렸다. 이미 엎질러진 물이라고 생각되는 상황을 받아들이지 않을 수 없었던 것이다. 체념하고 보니 무열이 그리 나쁘게만 보이는 것도 아니었다. 키 크지, 얼굴 잘 생겼지, 일 처리하는 것을 보면 남자답고 여러모로 칭찬할 만한 것이 눈에 들어왔다. 다만 나이차가 있다는 것과 홀아빈지 총각인지 알 수 없다는 것이 마음에 걸렸을 뿐이다. 부부는 결국 마음을 정하고 무열과 성화를 불러 앉혔다.

"우리가 곰곰이 생각해 봤는데 딸년이 여기에서 시집가기는 다 글렀네. 그건 자네도 알겠지? 자네가 원하든 아니든 벌어진 일에 대한 책임은 져야 할 것이 아닌가. 그래서 하는 말이네만."

"어르신, 지금 무슨 말씀을 하십니까?"

무열은 상황을 짐작하고 말을 가로막았다. 하지만 부부의 뜻은 공고했다.

"자네가 거절해도 소용없어. 이미 우리는 딸년을 자네에게 맡기기로 결정했으니까. 자네가 본처와 자식들을 두고 있다 해도 그건 자네일이야. 남의 딸년 혼사를 망쳐놓고 태평스럽게 아무 일 없었다는 듯 모른 체 할 텐가? 가는 방망이에 오는 홍두깨라고 했네. 자네가 우리 뜻을 정 받아들이지 않는다면 우리도 이판사판이 될 수밖에 없어. 성화 네 뜻은 어떠하냐?"

그녀는 대답을 못하고 고개만 푹 숙일 뿐이다. 따지고 보면 모든 일이 자신의 경솔한 행동에서 비롯된 것이다. 지금에 와서 그게 아니라고 발명하기 어렵고 부모 뜻을 거스르기 어려웠다. 더구나 그녀는 무열을 따라 이 답답하고 지긋지긋한 어촌을 떠나고 싶었다. 딸이 아무 말을 못하고 있자 아버지는 자신의 말에 수긍한 것으로 간주했다.

"자, 이제 자네 차례네. 어찌할 텐가? 만약 자네가 마다한다면 우리는 어쩔 수 없이 딸년의 머리를 박박 밀어서 절로 보내는 수밖에."

"곱다고 안아 준 아기 바지에 똥 싼다더니, 저에게 어찌 이러실 수 있습니까?"

"뭐? 이 사람이 뚫린 입이라고 말을 함부로 하는구먼. 우리도 자네가 아들 구명에 힘써준 것은 고맙게 생각하고 있어. 그런데 자네가 초죽음 되어 쓰러졌을 때 누가 보살펴주었나? 우리 딸 성화였지."

그때까지 입을 움씰거리며 끼어 들 기회만 노리고 있던 어머니가 남편의 말에 콩고물이라도 묻을세라 냉큼 받았다.

"흥, 색시 귀신에 들리면 발을 못 뺀다는 말도 못 들어본 모양이지? 정 싫으면 관두소. 우리 모두 세간을 꺼내다 탕탕 때려 부수고 불을 싸지르면 그만이지. 딸년 욕보여서 이제 시집도 못 가게 생겼으니 남부끄러워 어떻게 산단 말이우. 딸년은 절간으로 보내고 우리도 여기를 떠서 타향으로 가야지, 암."

무열은 난감하기 이를 데 없었다. 성화와 아무 일도 없었는데 이상한 소문이 나도는 것을 핑계로 자기에게 딸을 떠맡기려고 하니 정말 미치고 팔짝 뛸 노릇이었다. 버선목이라 오장을 뒤집어 보이지도 못하고, 이 난관을 어떻게 헤쳐 나갈까 아무리 궁리해도 뾰족한 수가 떠오르지 않았다. 만약 남모르게 짐을 싸 도망간다면 성화는 어떻게 될까. 부모를 보니 그냥 흰소리로 하는 것 같지는 않았다. 그렇게 밀고 당기며 된다 안 된다 입씨름하길 두어 시간. 결국 그는 손을 들고 말았다.

쥐죽은 듯 한쪽에서 무릎을 세우고 있던 성화가 벌떡 일어나 울음 섞인 목소리를 내던졌기 때문이다.

"그만 두세요. 절까지 갈 거 뭐 있어요. 그냥 치마 뒤집어쓰고 물에 빠져 죽으면 그만이지."

그리곤 절룩절룩 방을 가로질러 뛰쳐나가고 말았다. 순간 방안이 조용해졌다. 부모가 놀라가지고 어떻게 좀 해보라는 눈빛으로 무열을 바라보았다. 무열은 솜뭉치로 가슴을 칠 일이었지만, 온 가족이 합세해서 이리 나오는 것을 보고 더는 모른 체 할 수 없었다.

다만 자신에게는 아들이 있고 지금 집 나간 마누라를 찾으러 다니는 길이라는 사실을 밝혔다. 그래야 나중에 오해가 없을 것 같았다. 그의 말을 듣고 성화 아버지는 그럴 줄 알았다는 표정으로 아내를 바라보며 해죽 웃었다.

"얻은 도끼나 잃은 도끼나 따질 게 무에 있나."

조금 전까지 살벌하던 분위기가 금방 밝아졌다. 무열도 덩달아 쓴웃음을 지었다. 하지만 자신이 이제 사내 구실을 못하게 되었다는 말까지 차마 할 수는 없었다.

4

독수리표 쉐이코 카세트

절름발이 성화는 얼굴이 참하고 차분한 성격에 붙임성이 있었다. 스물 다섯을 먹도록 시집을 못 가고 있다가 무열을 따라나서게 되었지만, 시중 드는 것을 보면 누구나 탄복하지 않을 수 없었다. 아무리 날씨가 추워도 그가 따뜻한 물로 세수할 수 있도록 물을 데워 대령했고, 두 사람이 먹 기에 과분하다 싶을 정도로 푸짐한 밥상을 차렸다. 고향을 떠나기 전부 터 그녀의 손은 맵고 다부졌다. 아무도 그녀가 만든 음식을 두고 타박하 는 사람이 없을 정도였다.

예전부터 이곳 탄광촌 남자들은 갱 속에 들어가 탄을 캐고, 여자들과 아이들은 낙탄을 주어다 체로 거르고 물에 개서 주먹탄을 만들었다. 그 것이라도 팔아야 먹고 살 수 있었다. 이제 시절이 변해버려 더는 주먹탄 을 만들지 않게 되었다 하더라도 여자들은 마땅한 부업거리를 찾아 몸 을 놀리려고 했다. 탄광 선탄부나 배전실 또는 압축기실에 취업하는 것이 그나마 좋은 일자리였다. 그러나 그것은 하늘의 별따기처럼 어려웠다. 사 고로 죽거나 다친 광부의 아내나 딸이 우선적으로 채용되었기 때문이다.

회사는 사고가 났을 때 유가족이 찾아와 책상을 뒤집어엎고 난동피우는 것을 골치 아파했다. 조용히 넘어가도 좋을 일을 온 세상이 다 알도록 떠들고 다른 광부들의 사기까지 꺾어버리니, 회사입장에선 사태를 빨리 수습하는 것이 절실했다. 이 같은 사정을 알고 있는 유가족들은 한 푼이라도 더 보상금을 받아내기 위해 일단 사고가 났다 하면 사무실로 쫓아가는 것이다. 우는 놈에게 떡 하나 더 준다는 말처럼 묵묵히 있으면 남보다 못한 보상을 받게 되므로 서로의 사정을 뻔히 알면서도 어쩔 수 없었다. 집안에 힘깨나 쓰는 사람이 나서면 회사는 똑 같은 사고를 두고 보상의 질을 다르게 해주기도 했다.

광부 아내들은 우스갯소리로 집에 삼천만 원짜리 흑돼지가 살고 있다고들 했다. 이는 남편이 죽을 경우 그 보상금이 삼천만 원 정도 된다는 소리다. 참 가슴 아프고 서글픈 말이지만 광부들은 자신이 불의의 사고를 당해 죽을 경우 가족들이 보다 넉넉하게 보상받기를 원했다. 가정을 책임지고 있는 가장들은 자신이 비록 죽더라도 든든한 기둥이 되어 집안을 떠받치고 싶은 것이다.

탄광촌은 다른 지역에 비해 유동인구가 많은 편이다. 일자리를 찾아 온 사람, 떠나는 사람, 뜨내기 장사치들까지 뒤섞여 매일 적잖은 사람들이 들고나기를 반복했다. 그래서 낯선 사람이 동네를 배회하더라도 크게 이상한 일이 아니었다. 하지만 무열과 성화는 이곳에서 조금 특별한 주목을 받게 되었다.

광부 아내들이 옹기종기 모여 정보를 교환하고 신세를 한탄하는 우물가는 온갖 소식이 모이고 확대 재생산 되는 곳이었다. 사람들이 우물방송이라고 부르는 데는 이유가 있었다. 행여 남의 흠을 들추다 당사자에게 발각되어 도대체 어떤 년이 그런 소리를 하더냐고 따져 물을 때, 우물방송에서 들었다고 발뺌하면 그만이었다.

"들었수? 저기 쫄닥구덩이에서 죽은 양반집에 세 들어 사는 새댁네 말이우. 그 집 남자 얼굴을 언뜻 봤는데 훤칠하고 얼굴이 준수하던걸."

"에유, 언제 그런 것까지 다 훔쳐봤을까. 난 어떤 사람이 이사 왔나 궁금하더라구. 그래 지나는 길에 새댁하고 인사를 나누지 않았겠어. 참 사람도 그런 사람이 없대. 말이 조근조근 오뉴월 늘어진 엿가락처럼 부드럽고 예의바른 것이 뭐라도 하나 챙겨주고 싶더라니까."

"그 집 바깥양반은 뭐 하는 사람이래? 온 지 보름쯤 되었는데도 통 얼굴 보기가 어렵더라. 방구석에 틀어박혀 있는 것을 보면 탄 캐러 온 사람은 아닌 거 같은데, 혹시 남의 집 여편네 꼬여서 도망질했을까? 나이차가 상당한 것을 보면 아무래도 그런 것 같아. 누가 한번 알아보지 그래."

"얼씨구, 하는 말이 과부집 수고양이 같구먼. 터무니없는 소문 퍼트리지 말고 나중에 한번 새댁 얼굴이나 보러 가유."

"달아놓은 주둥이라고 못하는 말이 없네그려. 아무리 괴 딸 아비처럼 보인다 해도 없는 말 지어내면 안 되는 법이야. 한번 두고 보면 알겠지."

여자들은 부지런히 손을 놀리면서도 입을 쉬지 않았다. 그들에게 무열과 성화는 관심의 대상이었다. 얼마 지나지 않아 그녀가 가가호호 방문을 하는 바람에 우물방송은 더 바빠지기 시작했다. 커다란 사각가방을 어깨에 걸친 성화가 사택을 찾아 화장품 판매를 시작했기 때문이다.

광부 아내들도 여자다. 남편의 작업복에서 후두둑 떨어지는 탄가루와 바람이 불면 온 동네를 시커멓게 덮는 석탄가루 때문에 흰옷 입기를 꺼린다 해도, 화사한 봄꽃이 사람들의 눈길을 끄는 것처럼 그들 또한 얼굴에 무엇이라도 찍어 바르고 예뻐지고 싶은 마음이야 한결 같았다. 가끔 아모레 아주머니가 초록색 유니폼에 바둑판처럼 넓적한 초록가방을 메고 방문하는 일이 있었지만, 그 가격이 만만찮아 선뜻 지갑을 열기 어려웠다.

그런데 성화는 어디서 구했는지는 몰라도 태평양, 한국화장품, 나드리, 럭키드봉, 쥬리아 제품을 다양하게 들고 와 눈이 휘둥그레질 정도로 펼쳐놓았다. 게다가 남성용 화장품까지 몇 세트씩 있었다. 이제 남자들도 피부를 위해 밀크로션 하나쯤 있어야 된다는 말에 귀가 솔깃해졌다. 여자들은 평소 화장품 판매원의 방문을 달갑게 여기지 않는 남편들에게 호감을 살 요량으로 주머니를 열었다.

그녀가 사택을 방문하면 어떻게 알았는지 이웃집 여사들이 우르르 몰려와 빙 둘러앉았다. 주전부리를 먹으면서 화장품을 찍어 바르고 수다를 떨다가 종국에는 이렇게 묻는 것이었다.

"그런데 그 댁 아저씨는 뭐 하는 분이래?"

"험한 일 하는 사람으로 보이진 않던데, 어디 아픈가?"

"이사를 왔으면 서로 안면을 트고 살아야지, 허구한 날 횃대 밑 사내처럼 방구들을 차지하고 여자에게 돈벌이를 시키남?"

여자들은 궁금한 것이 많았다. 높은 고지대 탄광으로 유배 오다시피 남부여대하고 와서 살고 있지만, 새롭게 흘러들어온 사람과 바깥세상이 늘 궁금했던 것이다. 물론 텔레비전이나 신문을 통해 세상이 어떻게 돌아가는지는 알고 있었다.

탄광 사택은 대여섯 평 정도로 좁고 집들이 다닥다닥 붙어 있었다. 첫집이 부부싸움을 하면 끝집에서 그 내용을 소상히 알고 이튿날 우물방송을 통해 널리 퍼져나갔다. 또 한 집이 전축을 사면 뒤질세라 우르르 전축을 사들이고, 컬러텔레비전을 샀다하면 며칠 지나지 않아 집집마다 텔레비전을 장만했다. 문화생활을 즐길 여유나 형편이 되지 못했던 탄광에서 여자들이 마음을 쓰는 것은 가전제품이 일 순위였다. 화장품도 마찬가지다. 누가 남편에게 향기 나는 밀크로션을 사줬다는 소리가 들리면 성화가 오기를 기다려 하나씩 장만하는 것이다.

"그건 그렇지 않아요."

성화는 물건들을 방바닥에 모양 있게 쭉 펼쳐놓으며 배시시 웃었다.

"서방 욕하는 말은 듣기 싫은 모양이지?"

"그이가 하는 일은 따로 있어요. 저는 이게 일이구요."

그녀가 무열을 두고 '그이'라고 부르는 것은 여자들끼리 모였을 때뿐이었다. 여자들은 서로 얼굴을 바라보곤 그럼 그렇지, 실눈을 뜨고 눈을 깜박였다. 그러다 누가 뭐랬나 하는 표정으로 눈에 쌍심지를 돋우곤 성화를 다그쳤다.

"무슨 일? 여기서 탄 캐는 일 말고 남자가 할 수 있는 일이 뭐래?"

"그이는 무용을 가르쳐요."

"무용? 텔레비전에서 나오는 그런 무용? 에그 망측해라."

여자들은 시키면 남자가 좌우로 손을 높이 올리고 깨금발을 짚는 것을 상상하는 모양이었다.

"그게 아니라 현대무용인데."

"현대무용이라면 춤? 에어로빅?"

"비슷한 것이에요. 언제 한번 놀러 오세요. 여기에 갖고 오지 못한 화장품도 많이 있으니까."

성화의 말에 여자들은 반색하며 까르르 웃었다. 광부 아내들은 젊었다. 30대가 대부분이고 마흔을 넘으면 큰 언니 소리를 들었다. 남편을 일터로 보내고 아이들 건사하랴 집안일 하랴 바쁜 와중에도 일상이 따분했다. 그래서 뭔가 재밌는 일이 없을까 늘 궁리하는 그들이었다.

이튿날 여자들은 저마다 무엇인가를 들고 성화를 찾아왔다. 그들이 내민 것은 성냥, 빨래비누였다. 간혹 얇은 종이로 곱게 싼 세숫비누를 들고 온 이도 있었다. 처음 방문하는 성화에게 좋은 선물을 주고 싶은 마음이 아껴두었던 고급 세수비누를 고르게 했던 것이다.

그들이 집으로 들어서기 전 귀를 간지럽힌 것은 큰방에서 들려오는 경쾌한 음악소리였다. 독수리표 쉐이코 카세트는 전축보다 출력이 약했지만, 그래도 중저음을 꽤나 잘 표현해주었기 때문에 쿵쿵거리는 드럼소리가 가슴속 깊은 곳을 자극하기에 충분했다. 여자들은 이게 무슨 소리인가 싶어 서로 얼굴을 바라보고 킥킥거렸다. 남편이 현대무용을 한다더니 정말인가 보다, 살다 보니 세상에 진귀한 구경을 다 하는구나, 산뜻 기대한 눈빛으로 들어섰다.

성화가 안내한 큰방은 광부 아내들이 그동안 보지 못했던 전혀 다른 방이었다. 새하얀 벽지로 도배해 깔끔한 분위기였고, 검은색 카세트로부터 흘러나오는 음악에 맞추어 무열이 한창 춤을 추고 있었다. 하얀색 와이셔츠의 소매 단추를 풀어 한 겹 걷어 올리고, 주름 잡힌 까만색 바지를 입은 채 방안을 빙빙 돌고 있는 모습은 여자들의 혼을 쏙 빼놓기에 충분했다. 지금까지 검은색이라면 누구보다 익숙하게 봐왔던 여자들이었건만, 지금 보고 있는 그의 까만 바지는 색다른 느낌으로 다가왔다. 그가 빙글빙글 돌 때마다 하얀 극장 화면에 영사기가 돌아가는 것처럼 보였다. 여자들은 자기도 모르게 얼굴이 발개졌다. 쿵쿵거리는 음악소리에 맞춰 그들의 작은 심장이 사정없이 북소리를 울려대기 시작했다.

"뭐 하세요. 이리들 앉아요."

성화의 목소리를 듣고 그제야 여자들이 정신을 차렸다. 무열은 서둘러 음악을 껐다. 그는 손님이 온 것을 모르고 춤에 열중하고 있어 죄송하다는 표정으로 여자들을 바라보았다.

"여기 사는 언니들이에요."

"안녕하세요. 무열이라고 합니다."

여자들은 그를 바로 보지 못한다. 처음 전학 와 인사하는 여학생처럼 매우 조신스럽다. 무열은 여자들에게 자리를 내주고 책상으로 옮겨 무엇인가 뒤적이는 시늉을 한다. 성화가 마실 것을 내오자 킥킥대던 여자들 말문이 겨우 트였다.

"새댁도 무용을 하우?"

"저는 못해요. 그저 박자나 조금 맞출 뿐이지요."

게 중에는 용대기 내세우듯 아는 체를 하는 사람도 있었다. 광부 아내가 되기 전에 서울에서 회사 생활을 했다는 송가네가 그 사람이었다. 사람들은 그녀의 행실을 두고 볼 때 회사 생활은 터무니없는 소리고, 아마 다방이나 변두리 술집에서 일했음이 틀림없다고 수군거리기 일쑤였다. 이 역시 우물방송을 타고 퍼져나가 결국 송가네 귀까지 들어가는 바람에 누군가와 머리채를 잡고 한바탕 싸운 일까지 있었다.

"사교춤 같은데, 내 말이 맞지?"

송가네가 콕 집어 말하는 것을 성화가 어찌 대답하지 못하고 우물거렸다. 책상에 앉아 여자들의 대화를 듣고 있던 무열이 자신의 춤에 대해 이야기하는 것을 듣고 불쑥 끼어들었다.

"맞습니다. 사교춤이죠. 사교는 사람과 사람이 예의를 갖춰 인사하고 사귀면서 정을 돈독하게 하는 것이에요. 생각처럼 나쁜 것이 아닙니다. 사교댄스는 그 때 필요한 것이구요. 우리나라는 아직 사회적 인식이 따라주지 못해 사교댄스에 대해 나쁘게 생각하는 경향이 있더군요. 처음 사교춤을 췄던 사람들은 난다 긴다 하는 사람들이었어요. 말하자면 상류층의 전유물이 사교춤이었던 거죠. 서민들이 뭐 춤에 대해 아는 것이 있습니까? 그저 막걸리 한 잔 걸치고 지화자 좋다, 덩실덩실 어깨춤을 추는 게 전부라고 해도 과언이 아니에요."

그는 타래에서 실이 줄줄 풀려나가듯 막힘없는 일장연설을 늘어놓았다. 듣고 있던 여자들 중 몇 사람은 고개를 끄덕이고 몇은 그저 몽롱한 눈빛이었다. 하지만 송가네는 다 알고 있다는 표정으로 그의 말을 반박하고 나섰다.

"자칫하면 춤바람 난다구요. 누군 춤을 몰라서 춤바람 나는 줄 아시나 봐요."

"선무당이 사람 잡는다는 말이 괜히 있는 게 아닙니다. 어설프게 덤벼들었다 일명 제비 같은 남자에게 홀려서 몸 버리고 패가망신하는 경우가 아주 없지는 않지요. 하지만 제대로 배워 사교를 하면 건강에 좋고 생활의 활력소가 됩니다."

다시 무슨 말인가 주어 삼키기 위해 침을 삼키던 송가네 옆구리를 교수댁이 쿡 찌르며 눈을 깜박였다. 남편 따라 여기 오기 전 대학교수 집에서 식모 일을 잠깐 했다 하여 교수댁으로 불리는 여자다.

"쓸데없는 말일랑 집에 가서 이불 뒤집어쓰고 하지 왜 여기서 야단이야? 여기가 무슨 춤에 대해 아는 체 하는 곳인감? 선생님 말씀하시는데 누가 깨진 사발 아니랄까봐 톡톡 끼어들고 그래."

교수댁의 말을 듣고 여기저기 맞장구를 쳤다. 남의 집에 와 예의 없게 그 무슨 경거망동이냐는 투다.

"그럼 새댁이 박자를 맞출 줄 안다고 하니 우리에게 그 사교댄스 한번 보여주시면 되겠네. 우리 눈으로 봐야 그게 쓸 만한 춤인지 아닌지 알 거 아니겠수?"

교수댁의 말이 끝나자 이번에도 여자들은 모내기 한 논에 개구리 울어대는 것처럼 와글와글 떠들어댔다. 어서 춤 한번 춰보라고 성화를 밀어냈다. 그녀는 떠밀리듯 마지못해 일어서서 절룩절룩 기울어지는 걸음으로 무열에게 다가갔다. 그 모습을 바라보는 사람들은 저래 가지고 무슨 춤을 출까 걱정되는 표정을 지었다.

하지만 그것은 기우에 불과했다. 무열은 음악을 틀고 성화와 마주서서 잠시 리듬을 타는 것처럼 발끝을 까닥까닥 하더니 손을 내밀었다. 그녀가 가느다랗고 하얀 손을 살짝 얹자마자 귀신이 조화를 부린 것처럼 쓱 딸려가더니 가벼운 걸음으로 춤을 추기 시작했다. 누가 저를 절름발이라고 볼 것인가. 성화는 부드럽게 발을 끌다 옮기며 무열이 이끄는 대로 안겼다 풀리고, 빙글 한 바퀴 돈 후에 저쪽으로 치마를 살랑살랑 나비처럼 걸어갔다. 마치 고양이가 쥐를 놓고 희롱한다고 해야 할까, 아니면 모래사장에서 두루미 두 마리가 서로 고개를 부미며 사랑을 나눈다고나 해야 할까, 아무튼 그런 모습으로 남자가 여자를 밀었다 당겼다 하며 팽팽한 긴장감을 유지하다가, 어느 순간 자신이 빙글빙글 돌면서 성화의 곁을 지나쳤다. 그리고 반대쪽으로 손을 끌어당겨 살짝 안았다.

그때 여자들은 저도 모르게 나지막한 한숨을 내쉬었다. 마치 자기가 무대로 나가 춤을 추고 있는 양 착각하여 턱 떨어지는 줄도 모를 정도였다. 어떤 이는 한숨으로 부족한 듯 몸을 부르르 떨기까지 했다. 특히 춤에 대해 안다며 이것저것 따져 묻고 관여하던 송가네는 금방이라도 벌떡 일어나 무열에게 달려갈 태세였다. 그것을 주저앉힌 것은 역시 교수댁이었다.

"이것이 춤이란 것이구먼."

말을 하는데 어쩐지 코맹맹이 소리가 나는 것 같다. 무열은 그럼 더 놀다 가시라 인사하고는 무대에서 퇴장하는 무용수처럼 밖으로 나갔다. 그가 나가자마자 여자들이 성화를 불러 앉히고 온갖 새살을 떨기 시작했다.

"부끄럽기는 한데 나라고 못할 이유는 없겠네."

"배우는 것이야 타박할 사람은 없겠지. 옛말에도 논 자취는 없어도 공부한 공은 남는다고 하지 않아? 이참에 우리 한번 배워볼까? 좋은 선생 왔을 때 배워야지 이런 춤 배우려면 돈깨나 들여야 한다던데."

"형님도 참. 그 좋은 말을 이런 데다 갖다 붙이고 그러시우. 누가 보면 하라는 공부는 않고 개잡이를 배웠다고 하겠수."

"공부는 공부지 뭐."

여자들은 저마다 한 소리씩 하며 성화에게 춤을 어떻게 배웠는가, 얼마나 배우면 그녀처럼 출 수 있는가, 남자하고 손잡고 춤을 추면 쑥스럽지 않은가, 묻고 싶은 말을 모두 쏟아놓았다. 그리고 미처 대답할 겨를조차 주지 않고 또 질문을 퍼부었다. 성화는 손사래를 치며 물러났다.

"아유, 정신없어. 누구나 출 수 있어요. 저는 뭐 어머니 뱃속에서부터 춤을 배웠나요. 저 이가 가르쳐 주는 대로 하다 보니 어느새 박자를 맞추게 되었지요."

그녀의 말은 여자들에게 자신감을 심어주었다. 절름발이도 이 정도 출수 있는데 사지 멀쩡한 자기가 못 할 이유는 없어 보였다.

이후로 여자들은 성화를 친동생처럼 살갑게 대했다. 행여 그녀가 앞으로는 집에 오지 말라고 으름장을 놓지나 않을까 염려할 정도였다. 성화는 비탈길과 계단을 오르내리며 화장품을 팔러 다닐 필요가 없었고, 여자들이 몇 명씩 무리를 이루어 방문하는 통에 집은 항상 북적거리게 되었다. 그들은 화장품을 산다는 핑계로 일부러 찾아왔고 성화를 졸라 여러 가지 기본 스텝을 익혔다.

남자에 비해 여자들은 춤을 배우기가 비교적 수월한 편이다. 눈썰미 좋고 몸치 아닌 여자는 얼마 지나지 않아 남자가 리드하는 것에 따라 지르박 정도는 출 수 있게 되었다. 그들이 돌아갈 때 빈손으로 가는 것은 아니었다. 화장품은 소모품이다 보니 어차피 구입할 것이라면 그녀를 통했고 정 살 것이 없다면 비누를 하나 샀다. 눈요기만 할 뿐 살 형편이 못되는 사람은 성화가 들려주는 작은 샘플이라도 하나 챙겨가지고 흐뭇한 기분으로 돌아가는 것이었다.

본의 아니게 수지맞은 사람은 집주인 쫄닥구덩이 할머니다. 선뜻 가지고 친정 간다고, 여자들이 올 때마다 푸성귀며 장에서 산 과자부스러기를 가져왔다. 하다못해 식은 밥을 비벼먹자 들고 와서 할머니에게 나눠주는 사람도 있었다. 할머니는 남편이 죽고 난 후 썰렁하기 그지없던 집이 성화네가 들어온 후부터 북적거리게 되자 좋아 죽을 지경이었다.

"감사 덕분에 비장 나리 호강한다더니 늘그막에 이 무슨 일이래?"

그녀는 찾아오는 손님들이 놓고 가는 자잘한 호의가 눈물겹도록 고마웠다. 그래서 성화를 친딸처럼 돌보고 몸이 불편한 것을 가슴 아파했다.

"에그, 인물이 저 정도면 평양 가서도 일품 기생을 하게 생겼다. 어쩌다 몹쓸 병에 걸려 저리 되었누. 쯧쯧."

그녀는 요즘 이웃사촌이란 말을 실감하고 있었다. 머리가 굵어지자마자 탄광을 떠난 자식들, 행여 부모로부터 연락이라도 올까 봐 노심초사하는 그놈들 보다 성화가 훨씬 가깝게 느껴졌다. 성화 또한 고향에 계신 어머니 생각을 하면 할머니에게 소홀할 수가 없었다. 마을 아낙들이 가져온 물건 가운데 쓸 만한 것을 추려 가끔씩 쓰시라고 전해주었다. 노인도 삼년 묵은 된장은 물론 안방까지 내어줄 정도로 인심을 썼다. 솜씨 좋은 할머니 덕분에 성화가 찬거리 걱정할 일은 없었다.

성화네 집을 다녀온 후부터 여자들 머릿속에는 커다란 쉐이코 카세트가 들어앉은 것 같았다. 도마질을 하거나 설거지할 때, 아니면 자리에 누워 까만 천정을 멀뚱멀뚱 바라보고 있을 때도, 어디에선가 쿵쿵거리는 음악이 귓전을 울려댔다. 어두운 굴속에서 탄을 캐고 돌아와 코를 골며 자고 있는 남편, 그 옆에 외로 누운 그녀들 머릿속을 채운 것은 단 하나, 어서 춤을 배워 보란 듯이 무도회를 가고 싶은 마음 밖에 없었다. 그래서 더욱 밤이 길게 느껴졌고 어서 날이 밝기를 기다렸다.

검은색에 익숙해진 탄광 마을에서 성화네 집은 별천지였다. 새하얀 벽지가 백열전구 아래 은은하게 빛을 내뿜고 한껏 모양을 낸 귀부인들이 모여들어 무도회를 여는 곳, 그곳에서 온갖 세상시름을 잊고 한바탕 춤을 추고 싶었다. 누군가 자기에게 손을 내밀어 준다면, 아니 그 사람이 무열이라면 얼마나 좋을까. 차마 떠올리기조차 부끄러운 상상을 하며 뒤척이다 새벽닭이 우는 소리를 듣고서야 잠깐 눈을 붙이기 일쑤였다.

5

광부는 산업전사다

　다른 지역과 마찬가지로 탄광을 터전으로 먹고 사는 사람들도 계를 많이 만들었다. 석유 값이 올라가고 대체 연료로써 석탄의 소비가 늘어남에 따라 탄광은 조금이라도 더 캐내기 위해 증산을 독려했다. 갑방, 을방, 병방으로 조를 나누어 24시간 쉬지 않았다. 연일 지하에서 발파하고 물을 빼내고 동발을 세우고 레일을 깔아 석탄을 실어냈다. 회사는 한 달에 한 번 휴일을 보장해 주었고 광부들은 그때 계모임을 갖는 경우가 많았다.

　같은 조에 속한 사람들끼리 만든 가다계, 고향 사람들이 서로 안부를 묻고 소식이나 듣자고 만든 동향계, 막장 방우리별로 만든 방우리계, 일하다 친해진 사람들끼리 만든 친목계, 동갑내기들끼리 만든 갑계가 있었다. 이에 뒤질세라 여자들도 계를 만들었는데 주로 돈을 불릴 목적으로 만든 계가 많았다. 남자들이 먹고 노는 것에 열중한 반면, 여자들은 살림 밑천이라도 마련하기 위해서 계를 부었다.

　강섭은 모처럼 휴일을 맞이해 방바닥을 뒹굴고 있다가 오늘 가다계 모임이 있다는 것을 생각해내고는 길을 나섰다. 날씨가 풀려 나들이하기 좋을 때라면 가까운 방패골, 절골, 소도당골 계곡을 찾아 넓적한 돌을 주어다 괴어놓고 불을 피워 돼지고기를 굽겠지만, 아직 봄이 오지 않은 터라 근처 음식점에서 계모임을 하게 되었던 것이다.

남자들이 모였을 때 먹는 음식은 돼지고기가 보통이었다. 돼지고기가 목에 낀 탄가루를 씻어낼 수 있는 것으로 생각해 광부들이 가장 즐기는 고기였다. 고기가 귀했던 시절에는 진득한 엿이 탄가루를 쓸어간다 믿고 많이 먹었다. 돼지고기 대신 엿을 먹었다는 것을 신참광부들에게 물어보면 그게 사실이냐고 되물을 정도로 이미 옛날이야기가 되어 있었다.

탄광촌 사람들이 돼지를 얼마나 사랑했던지 70년대까지만 해도 회사에서 직접 돼지를 잡아가지고 광부들에게 고기를 지급했다. 어떤 부지런한 광부는 흑돼지 새끼를 한 마리 사다 구정물로 키우고 내다팔아서 살림에 보태기도 했다. 수요가 늘어나자 회사는 직접 돼지 사육장을 만들었다. 그만큼 돼지고기는 탄광에서 가장 즐기는 기호 식품이었고 꼭 필요한 고기였다.

그가 식당에 도착하자 이미 많은 사람들이 모여 있었다. 왜 이리 늦었느냐는 타박을 들으며 엉거주춤 서있을 때, 얼굴에 주름이 깊게 팬 박씨가 그를 향해 손짓한다. 자기 옆으로 앉으라는 소리다.

"어서 오라구. 자네를 햇돼지로 잡을 때가 엊그제 같은데 한 오 년 됐지?"

"벌써 그리 됐나요."

햇돼지는 이제 탄광에 갓 들어온 신참 광부를 일컫는 말이다. 같은 조에 속한 사람들이 신참 광부를 데리고 가 신고식을 치르면 음식값이며 술값을 모두 신참이 냈다. 그 비용이 만만찮아 강섭은 두 번째 간조날까지 가정경제 적자를 봤다. 덕분에 아내가 가뜩이나 어려운 살림에 도와

주진 못할망정 이렇게 햇돼지를 잡는 법이 어디 있느냐고 투덜거렸던 일이 있었다.

"그 때 간조날이 어찌나 기다려지던지요."

"나도 그랬네. 모두 한 번씩 겪었던 일이지."

간조는 임금이나 품삯을 뜻하는 일본말이다. 우리나라 탄광이 본격적으로 개발된 것은 일본인들에 의해서였기 때문에 현장에서 쓰는 일본말은 광부들의 입에 익숙했다. 물론 그것이 무슨 말인지 모르고 그냥 선배에게 듣고 배운 것을 그대로 사용하는 것이다. 어떤 조직이든지 신참이 들어오면 나름대로 신고식을 한다.

조선시대 과거에 합격하고 치르는 신고식은 통과의례였다. 과거에서 1차 시험격인 소과, 2차 시험격인 대과에 합격하면 백패나 홍패를 받았다. 합격자 명단인 문무과방목(文武科榜目)에 이름이 올라가 어엿한 양반가임을 증명하게 되는 것이다. 소과에 합격하기도 어렵지만 대과에 합격하기는 더욱 어려워 과거 준비만 하다 늙는 유생들이 많았다. 소과에 합격하면 생원이나 진사가 될 수 있고 지역에서 학식이 높은 사람으로 인정받았다.

소과 합격자가 났을 때 집으로 방군이라고 하는 심부름꾼을 보내는데 이들의 아우성이 지나쳤다. 행패도 그런 행패가 없었다. 술과 떡은 물론이요, 한 상 부러질 정도로 음식 대접을 하고 그들이 돌아갈 때 돈이나 쌀을 안겨주어야 조용했다. 이들뿐이 아니다. 방군들이 물러가면 소과에 합격한 선배들이 떼거지로 몰려왔다. 후배 합격자를 상대로 접방례를 하는 것이다. 노래를 부르라면 노래를 부르고, 춤을 추라면 춤을 췄다. 모욕감을 느낄 정도로 희롱해도 이것은 합격자가 치러야 할 당연한 관례로 생각하고 넘어갈 수밖에 없었다.

이제 대과다. 대과에 합격하면 한양으로 올라가 선배 관료들에게 신래(新來)불리기라는 절차를 거쳐야 했다. 선배 두 사람이 신참의 양쪽 겨드랑이를 끼고 음악에 맞추어 앞뒤로 끌거나 얼굴에 고양이 수염을 그렸다. 만약 이것을 거부하면 합격자가 가장 고대하고 바라는 유가행진을 못하게 막았다.

관직을 받으면 선임자들에게 허참례와 면신례라는 신고식을 하고 중간에 중일연을 베풀었다. 허참례는 예비신고식으로서 술잔치를 벌여주는 것이고, 면신례는 한 달쯤 후에 선임자들에게 기생까지 붙여주는 술자리 회식을 말한다.

면신례 때 선임자들은 신참이 기생과 함께 술잔을 들고 상관을 부르는 호종례(呼鐘禮), 뒷짐 지고 머리를 숙이고 머리에 쓴 사모를 들었다 내렸다 하면서 상관의 직함과 이름을 외우는 예수(禮數)를 시켰다. 만약 틀리면 기발한 벌칙을 만들어서 괴롭혔다.

당향분(唐香粉)이라고 이름붙인 시궁창 오물을 얼굴에 칠하거나, 더러운 물속으로 관과 의복을 찢고 밀어 넣어 뒹굴게 하거나, 방 가운데서 서까래처럼 큰 나무를 들게 하고, 들지 못하면 상관 앞에 내려놓도록 한 다음 한 사람씩 신참의 무릎을 때렸다. 또 연못으로 밀어 넣은 뒤 사모로 물을 퍼내고 물고기 잡는 놀이를 시키고, 부엌 벽을 두 손으로 문질러 숯처럼 새까매진 손을 바가지에 씻게 한 다음 그 물을 마시라고 하였다. 이를 거미잡기라 불렀다. 어디 이것뿐인가. 청가묘무(淸歌妙舞)를 시키기도 했다. 음란한 이야기를 종일토록 하고 춤추게 만드는 것이다.

관료들은 신참이 혹독한 신고식을 거친 후에야 비로소 동료로 인정해주었다. 이 밖에도 윗사람들 집집마다 돌아가며 청지기나 종을 통해서 명함 만들어 돌리느라 또 돈이 들어갔다. 허참례는 신참에게만 해당된 것이 아니었다. 누군가 상관으로 왔을 경우에도 허참례를 치르지 않으면 상관으로 인정해주지 않았다.

신래 턱을 내다가 가산이 기울고 심지어 죽는 일까지 발생하기도 하였다. 오죽했으면 중종 35년 사헌부가 신래 턱의 폐단에 대해 임금에게 아뢰었을까 싶다.

"예문관의 신래가 된 자가 전지와 주택 등 가산을 모두 팔아서 그 비용으로 쓰고 빚을 갚지 못하고 죽자 과부가 된 그의 아내가 눈물로 일생을 보낸 경우도 있습니다. 유속의 폐단이 이 지경에 이르렀으니 신들은 통탄스러운 마음 금할 수 없습니다. 사관의 행수 관원과 공사원을 모두 파직시키소서."

신래 턱이 예부터 심각했음을 알 수 있다.

시절이 변했다고는 하나 탄광에도 신고식이 남아 있어 강섭은 선배들을 모시고 가서 거한 술자리를 마련하고 섭섭지 않게 대접했던 것이다. 만약 요즘에 이런 일이 발생한다면 갑질이라고 뒤집어질 일이지만 당시만 해도 당연하게 여겨지고 있었다. 술이 몇 순배 돌자 분위기가 무르익었다.

유사를 맡은 최씨가 얼콰한 얼굴로 자리에서 일어나더니 경과보고를 시작했다. 구성진 목청이 좋아 상여 나갈 때는 의례 상두꾼을 맡는 사람이다. 혹시 최씨 근무 날 상여가 나가게 되면 사람들은 그를 결근시키고 상주가 섭섭잖게 목청 값을 치러주었다. 계원들은 최씨의 말을 듣는 둥 마는 둥 귀 기울이지 않고 앞사람과 주거니 받거니 술잔을 돌렸다. 최씨는 살짝 미간을 찌푸리고 더욱 목소리를 높였다.

"좀 조용히들 해보시오. 술은 날이 새도록 마셔도 될 만큼 충분해요. 계가 어떻게 돌아가는지 알아야 되지 않겠습니까. 이제 햇돼지를 어떻게 할까 의논해야 되는데."

"뭐, 햇돼지?"

최씨의 말이 끝나기 무섭게 박씨가 좌우로 흔들던 몸을 멈추고 되물었다.

"이번에 우리 가다에 햇돼지 두 마리가 들어오지 않았습니까. 이번 달에 한 마리를 잡고 다음 달에 또 한 마리를 나눠서 잡을까요, 아니면 한꺼번에 잡을까요?"

햇돼지 이야기가 나오자 사람들은 잡담을 멈추었다. 이번에도 나이 많은 박씨가 대답한다.

"나눠서 잡을 게 무에 있겠나. 막장에 들어가면 오늘 죽을지 내일 죽을지 모르는 게 우리 팔자 아닌가. 이번 달에 두 마리 모두 잡기로 하지. 기왕 먹을 거 푸짐하게 먹는 게 좋지 않겠어?"

여기저기 옳소 하는 소리가 들린다. 간혹 하루살이처럼 한 끼만 먹고 죽을 거냐고 반대 의견을 내는 사람도 있었지만 조용히 묻히고 말았다. 다른 직종과 달리 탄광은 들고 나는 사람이 많았다. 광부가 되기 위해 들어올 사람이 줄을 섰고 호기롭게 시작한 광부생활이 힘들어 한달 만에 그만둔 사람, 몸에 이상이 생겨 퇴직한 사람, 사고로 부상을 입어 입원한 사람들이 뒤섞여 있었다.

회사는 광부를 양성하기 위해 동원훈련원을 설립했다. 광부가 되기 위해 찾아온 사람들은 훈련원에서 체계적인 교육을 받았다. 하지만 실제 막장으로 들어가면 배운 것과 많은 차이가 있었다. 그래서 신참들은 매사 서툴고 겁먹은 눈빛이었다. 선배들이 끌어주지 않으면 낯선 환경에 적응하기 힘들었다.

오늘 을방 가다계 모임에서 지난달에 들어온 신참 두 명의 신고식을 언제 하는 것이 좋을까 의논했던 것이다. 뒤로 미룰 것 없이 이번 달에 신고식을 치르자는 쪽으로 결정되었다. 최씨는 한 가지 안건을 마무리 짓고 다음 안건을 꺼냈다.

"이번엔 까치집 건이올시다. 며칠 전 우리 가다에서 발견한 것인데, 갑방이 자꾸 까치집을 지어놓는 바람에 우리가 고생을 했습니다. 이참에 분명히 짚고 넘어가지 않으면 필시 사고로 이어질 것이니 의견을 모아주시우."

가다 역시 일본말이다. 편 가르기를 할 때 우리 편, 짝을 뜻하는 말로 탄광에서는 같은 조로 쓰인다. 최씨가 말하는 까치집 짓는 것은 갱을 지지하는 동발을 세울 때, 쐐기를 대충 박거나 동발 틀을 엉성하게 넣는 날림 시공을 뜻한다. 갑방 근무자들이 성의 없게 일을 해놓으면 교대한 을방 근무자들이 재시공을 하게 되고 시간을 허비하게 되어, 그만큼 채탄 작업이 더뎌질 수밖에 없었던 것이다. 최씨 말을 듣고 이제 삼 년쯤 경력이 쌓인 김씨가 소리쳤다.

"갑방만 그런 것이 아닙니다. 병방은 도투마리 잘라 넉가래 만들기보다 쉽게 동발 깎아먹기를 합디다. 애써 해놓은 남의 일을 자기가 한 것인 양 둔갑시키더군요. 따끔하게 지적해서 고쳐야 합니다."

다들 귀가 밝은 모양이다. 남에게 뒤질세라 나도 그것을 목격했다는 소리가 터져 나왔다. 동발 깎아먹기는 앞선 작업조가 해놓은 동발표식을 뒤의 작업조가 칼로 깎아내고 마치 자기들이 한 것처럼 눈속임하는 것이다. 동발 세우는 것도 작업량에 들어가고 임금에 반영되므로 이것 또한 까치집 짓는 것만큼이나 나쁜 일이었다.

"그럼 누가 나서서 말할까요?"

최씨가 묻자 와글와글하던 방안이 일순간 조용해지고 모두들 꿀 먹은 벙어리처럼 입을 다물었다. 다른 조에게 무슨 일을 그렇게 하느냐고 따져 묻는 것은 고양이 목에 방울 다는 것처럼 내키지 않는 일이었기 때문이다. 조금 전 동발 깎아먹기 문제를 제기했던 젊은 김씨가 박씨를 바라보며 넌지시 운을 뗐다.

"그런 일은 아무래도 나이든 사람이 나을 것 같은데. 우리 반장은 너무 물러서 따지고 들지 못하니까."

하지만 박씨의 소개로 탄광에 들어온 최씨는 다른 의견을 냈다.

"곤란한 일이 생기면 모두 박씨에게 떠민단 말인가? 갱 안에서 박씨가 짊어지고 가는 동발을 나눠 지는 사람이 한 명이라도 있다면 모를까, 힘든 일은 마다하고 곤란한 일만 떠밀어? 그러면 안 되지."

"지금 나보고 하는 말이우?"

"자네뿐만 아니라 모두들 동료의식이 없다구. 가다는 제삿날도 같다는 말 못 들어봤어? 세상 인심이 야박하게 변하더라도 갱 속에서 그러면 안 되는 거야."

김씨는 '에이 씨' 불퉁거리며 남아있던 술잔을 톡 털어버렸다. 어색해진 것은 박씨다. 괜히 자기를 가운데 두고 이러쿵저러쿵 말이 나오는 것이 편하지 않았다.

"왜들 그래, 모처럼 좋은 자리에서 서로 얼굴 붉히지 말자구. 동발 깎아먹는 것은 내가 한번 말해봄세."

그는 나이 많은 죄로 자신이 해결해보겠노라고 중책을 자임하였다. 다시 방안은 왁자해졌고 밤이 늦어서야 자리를 파했다. 거나하게 취한 광부들이 두세 명씩 무리를 지어 어둠속으로 사라졌다. 강섭은 박씨와 함께 걸었다.

"왜 그랬어요? 형님이 나서지 않아도 될 일인데."

"아니야, 나잇값을 해야지. 그렇지 않아도 힘이 부쳐 젊은 사람들을 힘들게 하고 있지. 이런 일까지 마다한다면 어떻게 탄광에서 버티겠는가."

강섭은 가슴이 쩌르르 울리는 것 같았다. 큰 형님뻘 되는 박씨는 사람이 좋아 따르는 사람이 많았지만 이제 나이를 먹으니 퇴물취급을 받고 있었다. 강섭은 그게 안타까웠다.

"내가 그 새끼를 잡아다 콱 족쳐버릴까 보다. 세상 무서운 것을 모르고."

"아서, 김씨가 틀린 말 했다고 볼 수 없어. 그냥 내버려두게."

젊은 김씨가 저렇게 건방지게 나서는 데는 이유가 있었다. 탄광은 어둡고 깊다. 두더지 같은 인생을 사는 사람들이 모여 있는 막장이었다. 언제 죽을지 알 수 없고 하는 일이 워낙 거칠고 힘들기 때문에 나도 모르게 욕설이 튀어나왔다. 깜깜한 막장에서 예의 바른 존대는 어울리지 않는다고 생각해서인지, 일상적으로 욕설을 입에 달고 사는 사람이 많았다. 오죽하면 '위로 십 년 아래로 십 년은 모두 친구'란 말을 서슴없이 하겠는가. 보통 서너 살 정도는 친구로 지내는 경우가 많았다.

하지만 아무리 그래도 아버지뻘 되는 박씨에게 젊은 김씨가 한 행동은 너무했다. 강섭은 집으로 돌아와서 언제고 꼭 한번 그 놈을 잡아다 손봐주어야겠다는 생각을 하다가 잠에 빠져들었다.

계모임이 있은 후 병방과 교대가 맞지 않아 며칠이 훌쩍 지났다. 어느 날 강섭은 박씨와 함께 옷을 갈아입으며 작업준비를 했다. 먼저 속옷 위에 방수복을 입고 작업복을 걸친 다음 허리띠를 차고 장화를 신는다. 그리고 헤드랜턴이 달린 안전모를 쓰고 마스크를 한다. 목에 수건을 두르고 톱과 손도끼, 줄, 망치 등 개인장비가 들어 있는 가방을 어깨에 멘다. 손에 아내가 챙겨준 도시락과 물통을 들고 마지막으로 곡괭이를 어깨에 걸치면 준비가 완료되는 것이다. 누가 보면 영락없는 군인 같다. 하긴 그래서 광부들을 산업전사라고 부르는 것인지 모른다.

처음 탄광 마을에 온 사람들은 시커먼 작업복에 안전모를 쓰고 가방을 걸친 광부들이 무리를 지어 묵묵히 걸어가는 것을 보고 군인들로 착각하는 경우도 있었다.

강섭 일행은 인차를 타고 갱 속으로 들어갔다. 어둡고 조용한 터널에 전등이 불을 밝히고 인차는 덜컹덜컹 소리를 내며 마치 블랙홀로 빨려 들어가는 것처럼 멈추지 않고 내려갔다. 새로 온 신참 광부의 눈에는 아직도 인차를 타고 가는 것이 재미있는 모양이었다. 그는 점점 멀어지는 구멍의 밝은 빛이 점점 작아지는 것을 보느라고 고개를 돌렸다.

"임마, 입갱할 때는 뒤돌아보는 거 아니야."

강섭이 앞에 앉은 신참 광부의 안전모를 툭 치며 주의를 줬다. 밖에서는 상상하지 못할 정도로 어둡고 습한 막장, 그곳에서 일하는 광부들에게 몇 가지 금기가 있었다.

그중 하나가 입갱할 때 뒤돌아보지 말란 것이다. 휘파람 불지 말라는 것도 있었다. 이는 낙반이나 붕락 직전에 나는 바람 소리가 꼭 휘파람 소리 같다고 하여 갱내에서는 절대 휘파람을 불지 못하게 했다. 또 까마귀가 우는 소리를 들으면 그 즉시 침을 퉤퉤퉤 세 번 뱉었다. 까마귀는 영리하고 신령스런 동물이고 예지력이 있다고 여겼기 때문에 까마귀가 우는 것을 불길하게 생각했다. 혹시 자신에게 붙을지도 모를 액운을 떼어내기 위해 침을 세 번 뱉었던 것이다. 왜 세 번 뱉느냐고 묻지 말자. 한번으로 부족해서 두 번 뱉고, 이것도 안심이 안 되어 세 번까지 뱉는 주술적 의미로 생각하면 될 것이다. 그만큼 광부의 삶 속에는 죽음의 그림자가 드리워져 있었다.

인차를 타고 단숨에 도달하는 작업장이 있고 중간에 갈아타야 도달하는 막장도 있었다. 강섭 일행은 인차를 갈아타고 반시간이 넘어서야 작업장에 도착했다. 교대조를 기다리고 있던 병방 근무자들이 시커먼 얼굴로 눈을 반짝이며 하얀 이를 드러냈다. 반가움의 표시다.

"어서 오라구."

"애썼네."

잠시 인사가 오간 다음 작업 내용에 대해 서로 인수인계했다. 교대를 마친 광부들은 어서 밖으로 나가고 싶어 안달이었다. 굴속에 하루 안 들어가면 쇠고기 열 근 먹는 것보다 낫다는 말이 있을 정도로 일이 끝나면 빨리 나가고 싶었던 것이다. 하지만 박씨는 며칠 동안 벼르던 일이 있었기 때문에 자신의 장비를 대충 내려놓고 병방 반장에게 다가갔다.

"잠시 이야기 좀 하세."

그는 반장을 한쪽으로 불러냈다. 그리고 동발 깎아먹기에 대해 몇 마디 꺼냈다. 다시는 그런 일이 없었으면 좋겠다는 투로 좋게 이야기를 하는데 반장이 벌컥 화를 냈다. 숨 막히는 갱에 들어와 버티다가 이제 겨우 맑은 공기를 맡으러 나가려는 차에 항의를 들으니 기분이 나빴던 것이다.

"에이 씨팔, 어떤 개자식이 그딴 소리를 지껄여?"

"이 사람아, 싸우자고 하는 소리가 아니잖은가. 혹시 그런 경우가 있었으면 앞으로 잘해보자는 소리지."

"이게 지금 잘해보자는 소리요? 가뜩이나 힘들어 죽겠는데 일 분이라도 더 탄가루 마시다 뒈지란 소리지."

언성이 높아지자 인차에 올라타고 어서 출발하기만 기다리고 있던 광부들과 이제 막 일을 시작하려던 광부들이 몇 명 모여들었다. 반장의 억센 말투와 욕설에 박씨는 기가 죽은 모양이다. 보다 못한 강섭이 박씨를 두둔하고 나섰다.

"없는 말 지어낸 것도 아닌데 뭘 그리 역정이시우?"

"시끄러워 임마. 사람 칠 줄 모르는 것이 코피만 낸다 그랬어. 주제 모르고 함부로 나서지 마라. 우리는 뭐 할 말이 없어서 잠자코 있는 줄 알아?"

"뭐? 뚫린 입이라고 그렇게 말 함부로 해도 되는 거야?"

이제 불똥이 강섭에게 옮겨 붙었다. 때리는 시어미 보다 말리는 시누이가 더 밉더라고, 반장은 우세하게 몰고 가던 말싸움에 버릇없이 끼어든 강섭을 괘씸하게 여겼다. 강섭 또한 잘못을 인정하지 않고 대충 얼버무리려는 반장의 태도에 화가 치밀었다. 난처해진 것은 박씨였다. 괜히 말을 꺼냈다가 갱내 분위기만 망친 것 같아 마음이 불편했다. 그는 어서 상황을 정리하고 싶었다.

"왜들 그래, 내가 말을 괜히 꺼냈구먼. 어서 올라가게."

박씨는 반장의 손을 이끌어 억지로 인차에 태웠다. 하지만 반장은 강섭을 노려보면서 고래고래 악을 썼다.

"을방에는 반장이 없어? 어디서 개뼈다귀 같은 놈들이 나서고 지랄이야. 너 임마 두고 봐."

"흥, 나중에 두고 보자는 놈 치고 무서운 놈 없더라."

강섭도 뒤질세라 소리를 질렀다. 싸움을 구경하던 병방 광부들이 잔뜩 굳은 얼굴로 인차에 올랐다. 차가 갱도를 울리며 사라지고 이제 일을 본격적으로 해야 할 시간이었다.

광부들은 저마다 장비를 챙겨들고 맡은 구역으로 가 탄을 캐기 시작했다. 마스크를 쓰고 있지만 30도를 넘는 온도와 습도 때문에 한 시간이 채 지나지 않아 마스크에 탄가루가 잔뜩 달라붙어 숨쉬기 불편했다. 가만히 있는 게 아니라 등에 동발을 지고 좁은 굴속을 네발로 기다시피 옮기고, 발이 푹푹 빠지는 석탄더미를 기어올라 무거운 곡괭이질을 쉼 없이 하다 보면, 일 보다 숨쉬기가 힘들어 죽을 지경이었다. 결국 마스크를 잠깐 벗어 먼지 가득한 공기를 몇 모금 들이마시고 다시 마스크를 껴야 했다.

착암기와 곡괭이를 든 선산부와 뒤에서 이를 보조하는 후산부, 그리고 쏟아지는 석탄을 끌어내고 광차에 옮기는 사람, 동발을 등에 지고 좁고 가파른 수직갱도를 오르는 사람, 모두 지옥에서 일한다 해도 과언이 아닐 정도로 악전고투를 하고 있었다. 한 마디로 갱내에 있는 광부들은 모두 죽을힘을 다해 싸우고 있는 산업전사였다.

사방이 어둡기 때문에 시계가 없다면 시간이 어떻게 흘러가는지 알 수 없었다. 식사 시간에 광부들이 일손을 멈추고 도시락을 모아놓은 곳으로 하나둘 모여들었다. 어떻게 알고 왔는지 쥐 두어 마리가 도시락 주변을 서성이다 인기척에 놀라 어둠속으로 사라졌다. 신참 광부가 돌멩이를 들어 쥐가 사라진 쪽으로 집어던졌다.

"내버려두라고. 쥐는 우리 친구인 것을 몰라? 막장에서 쥐 잡으면 못써."

박씨는 신참 광부를 만류하고 목에 둘렀던 수건으로 얼굴을 닦았다. 이미 새까맣게 변해버린 수건에 얼굴을 닦아봤자 소용없지만, 그래도 모래처럼 굵은 탄가루 정도는 대충 털어낼 수 있었다. 쥐는 구석에서 고개를 내밀고 어서 광부들이 식사 끝내기만을 기다렸다. 탄광에서는 쥐를 잡지 않는다. 쥐가 살 수 없으면 사람도 살 수 없기 때문이다.

탄광은 갑종탄광과 을종탄광으로 구분한다. 갑종탄광은 일산화탄소나 메탄 같은 유해가스가 높은 농도로 차있어 질식이나 폭발위험이 있었다. 반면 을종탄광은 유해가스의 발생량이 적거나 없는 곳이었다. 그러므로 쥐가 스스로 도망을 친다면 갱도에 위험이 도사리고 있다고 봐도 무방했다. 그때는 광부들도 서둘러 갱을 빠져나가야 했다. 쥐가 서식하지 않는 곳은 매사 조심해서 살피는 것이 우선이었다. 말하자면 쥐가 위험을 미리 알려주는 셈이니 광부들이 싫어할 이유가 없는 것이다.

박씨는 밥을 한 숟가락 떠 쥐가 사라진 어둠속으로 던졌다. 박씨는 일을 시작하기 전에 있었던 소동의 원인을 자기가 제공한 것 같아 마음이 편치 못했다.

"미안하이, 괜히 자네까지 끼어들게 해서 말이야."

"아니에요. 같은 가다 일인데 어찌 가만히 있을 수 있겠습니까. 너무 마음 쓰지 말고 어서 식사나 하세요."

강섭은 박씨를 위로하며 도시락을 열었다. 아내가 꾹꾹 눌러 담았을 밥에 아직까지 온기가 남아 있는 것 같았다. 광부 아내들은 도시락을 쌀 때 절대로 네 주걱을 담지 않는다. 아마 죽을 사(死)와 숫자 4의 발음이 똑같기 때문일 것이다. 도시락뿐만 아니라 광산에서는 숫자 4를 끔찍이 싫어했다. 사택에서도 1호, 2호, 3호로 가다가 바로 5호로 이어졌다. 작업을 마치고 씻은 다음 옷을 갈아입는 옷장에 숫자 4가 없는 것은 물론이다.

강섭은 아내의 정성이 가득 담긴 밥을 오물오물 씹으며 생각해 본다. 3년만 하고 떠나자 했던 탄광에 5년이 넘도록 붙어 있는 자신이 처량하게 느껴졌다. 그동안 어두운 갱에서 얼마나 많은 도시락을 먹었던가. 아내는 도시락을 싸면서 무슨 생각을 할까. 그 마음을 이해할 수 있었다. 자신의 노동으로 받은 월급을 쪼개고 아껴 적금 붓는 아내, 한 시도 쉬는 법 없이 살림하느라고 사방으로 종종걸음을 하며 아이들을 가르친다. 하루라도 일하지 않으면 월급이 줄어들기 때문에 정말 일어나지 못할 정도로 아프다든가, 집안에 피치 못할 큰일이 있는 경우를 제외하고 출근하지 않는 때가 없었다.

식사를 마친 후 광부들은 편평한 바닥에 굴러다니는 화약상자를 깔고 잠시 휴식을 취했다. 옆에 누웠던 박씨가 어둠을 비추는 전등을 무심한 눈으로 바라보더니 혼잣말을 한다.

"예전에는 간드레를 사용했는데 지금은 참 좋아졌어."

이 소리에 하릴없이 얼굴을 닦거나 장화를 벗어 탄가루를 털어내던 광부들이 픽 웃었다. 특히 김씨는 늙은 광부 박씨가 영 탐탁찮은 모양이다.

"좋아지긴요. 간드레가 전등과 헤드램프로 바뀌었다고 해서 시절 좋아졌다니, 이제 노망든 모양이우."

"자네 간드레를 아는가?"

"광부치고 간드레 모르는 사람도 있습니까? 아주 예전 탄광에서는 깡통을 주어다 카바이드 덩어리를 넣고 불을 붙였다지요."

"잘 알고 있구먼. 그 때는 간드레 불꽃이 가스와 접촉해서 폭발사고가 일어나기도 했어. 지금은 폭발사고가 줄어든 셈이지."

"헛소리 좀 그만 하슈. 그 때나 지금이나 광부들이 동발 지고 바닥을 기는 것은 매일반이니까."

젊은 김씨가 비아냥거리듯 말하고 뒤로 벌렁 누어버렸다. 그는 몹시 피곤했는지 등을 붙이자마자 코를 골아대기 시작했다. 박씨는 무덤덤한 얼굴로 연장 가방에서 톱과 줄을 꺼내 무뎌진 톱날을 가느라고 사각사각 소리를 낸다.

휴식시간은 짧았다. 지하 수백 미터의 좁은 공간은 웅웅거리며 돌아가는 장비의 소음 외에 아무런 소리도 들리지 않는다. 눈을 감으면 내가 무덤 속에 누워있는 것은 아닐까 하는 착각이 들기도 한다. 광부들이 잠깐 눈을 붙이다 소스라치게 놀라 일어나는 이유다. 그럴 때 동료의 코고는 소리가 이곳에 혼자 있지 않다는 것을 확인해주었다. 광부들은 동료의 코고는 소리를 벗 삼아 잠시 눈을 붙인 다음 작업을 위해 자리를 털었다. 이제 또 작업이 시작되는 것이다. 짧은 휴식이지만 지쳤던 광부들은 몸을 회복한 것 같았다. 다시 동발을 져다 나르고 부지런히 곡괭이질을 해댔다. 하지만 작업이 힘든 탓으로 여기저기 거친 욕설이 흘러나왔다.

동발 지주목을 세울 때는 거꾸로 뒤집어 세운다. 석탄은 두더지처럼 땅 속을 파들어 가면서 채굴하기 때문에 갱이 언제 무너질지 모른다. 붕락사고를 방지하기 위해 동발을 세우고 나무를 걸쳐 안전을 확보해야 한다. 동발을 거꾸로 세우면 위에서 내리누르는 힘을 잘 견디고 나무가 갈라지지 않는다. 바깥세상과 달리 나무를 거꾸로 세우고 일하는 곳이라는 특수성 때문일까. 탄광에서는 동발이 거꾸로 서있는 것처럼 세상이 거꾸로 간다는 말을 하곤 한다. 너나없이 시커먼 얼굴로 똑 같이 바닥을 기고 곡괭이질을 하기 때문에 나이에 연연하지 않고 너나들이를 하는 게 보통이었다. 바로 전에 일한 광부들이 동발을 세워놓고 나가면 다음 광부가 들어와서 하는 말이,

"에이 씨팔 좆같네. 어떤 새끼가 동발을 좆같이 해먹었어."

투덜대며 욕설을 퍼부었다. 아버지가 속한 조에서 작업을 했더라도 그렇다. 또 연장이 필요하면,

"저기 겐노 좀 던져줘. 큰 망치 말이야. 니미 힘들어 죽겠구먼."

늘 욕설로 뒤범벅된 곳이 탄광이었다. 그래도 누구 하나 불쾌하게 생각하는 사람 없고 덩달아 욕설을 내뱉음으로써 속에 쌓인 울분과 스트레스를 푸는 것이었다.

전국 각지에서 모여든 사람들의 말투가 서로 달라 퍼붓는 욕설 또한 다양했다. 광부들 스스로 여기는 팔도공화국이라 불렀다. 그중에서도 가장 적나라하고 실감나는 욕설은 단연 전라도 출신 광부들이다. 어디서 배워왔는지 두어 사람이 합세하여 욕싸움을 벌여도 전라도 광부 한 사람을 당해내기가 힘들었다. 그들이 한번 욕설을 시작하면 생전 들어보지 못한 쌍욕이 시원스럽게 터져 나왔다. 그것을 듣고 있는 사람들은 진저리를 치면서도 자기도 모르는 사이 탄가루로 꽉 막혔던 속이 시원해지는 것을 느꼈다. 어떤 광부는 욕설 들은 것이 오히려 시원한 표정으로 이런 말을 했다.

"정말 전라도 욕은 돼지 비곗덩어리 같다니까."

여름철 쉬는 날을 잡아 계곡으로 천렵을 간다. 주위에서 넓적한 돌을 주어다 불판 삼아 고기를 구워 먹으려 해도 마땅한 돌을 찾기 어려웠다.

좋은 돌은 작년에 누군가 이미 불판으로 써먹어서 시커멓게 그을려 있기 일쑤였기 때문이다. 찾다 찾다 못 찾으면 한쪽으로 치워놓았던 시커먼 돌을 가져 와 써먹는 수밖에 없었다. 돌이 슬슬 달궈지기 시작할 때 돼지비계로 쓱 닦는다. 그러면 거짓말처럼 시커먼 그을음이 사라졌다.

광부들이 돼지고기를 즐겨먹는 것은 돼지비계가 그을음이나 탄가루를 깨끗이 닦아내기 때문이었다. 어디 불판에만 그을음이 끼던가. 살다 보면 자기도 모르는 사이 삶 곳곳에 그을음이 끼기 마련이다. 광부들은 고된 일을 할 때 터질 듯 치밀어 오르는 울분과, 숨통을 꽉 막고 있는 탄가루를 씻어내지 않고는 견디기 어려웠다. 그들이 일하는 동안 내뱉는 욕설은 일종의 돼지 비곗덩어리였던 셈이다.

6

광부 돈은 굴 밖으로 나오면 녹는다

　탄광에서 일하는 광부들은 몇 가지 유형으로 나눌 수 있었다. 계획을 세우고 딱 3년만 하고 뜨자는 사람, 3년만 하자던 일이 어찌하다 10년을 넘기고 20년을 넘긴 사람, 그만 두고 싶어도 할 줄 아는 게 없어 죽지 못해 하는 사람, 농촌에서 땅 파먹는 것 보다 벌이가 좋기 때문에 계속 하는 사람, 도시에서 하던 사업에 실패하거나 사랑에 상처받고 들어온 사람 등으로 나눌 수 있었다.

　촌놈 황인덕은 마지막 경우에 해당하는 광부다. 그는 소처럼 우직하고 남을 의심할 줄 몰라 그를 부리는 사람들은 정말 일 잘하는 황소를 한 마리 얻은 것처럼 좋아했다.

　그가 탄광에 들어오기 전 일하던 곳은 시골의 조그만 방앗간과 공장이었다. 부모는 산골에서 화전을 일구는 농부였다. 제 아무리 산비탈을 일구어 돌멩이를 주어내고 농사를 지어도 식구들은 밥을 먹는 것 보다 굶는 일이 더 많았다. 새끼 많이 둔 소 길마 벗을 날 없다고, 일곱이나 되는 자식들을 건사하려면 하루해가 짧도록 일해도 부족했다. 간신히 쌀을 한 줌 구해 솥단지에 넣고 밥을 할 때는 철에 따라 쑥, 취나물, 무, 시래기, 감자, 옥수수 같은 것을 몽땅 집어넣고 그나마 흔한 된장을 퍼다 죽을 끓였다. 아이들은 밥이라고 부르기 남부끄러운 상을 받아놓고도 부모 생각은 뒷전인 채, 서로 먹겠다고 아웅 거리며 게걸스럽게 먹어댔다. 한창 클 나이에 접어든 아이들이 제대로 먹지 못하고 굶기를 밥 먹듯 했던 탓이다. 부모는 저것도 밥이라고 게걸스럽게 먹는 것을 보면 가슴이 찢어지게 아팠다. 논에 물들어 가는 것과 자식 입에 밥 들어가는 것이 제일 보기 좋다고 하건만, 자식들 밥 먹는 것을 보고도 마음이 편치 않았다. 인덕이 열다섯 살 되던 해 부모는 그를 앉혀놓고 이야기했다.

"애야, 집구석이 고양이 죽 쑤어 줄 것 하나 없고 생쥐 볼가심할 것 없을 정도로 가난하구나. 한창 클 나인데 부모 잘못 만나 제대로 못 크는 것 같아서 보기가 안타깝다. 저기 읍내로 가는 삼거리길 방앗간에서 마침 일꾼을 구한다. 누가 너를 이야기했나보더라. 와서 일하라고 하니 어서 짐 챙겨갖고 가봐라. 방앗간은 쌀이 흔전만전 넘치는 곳이라 네가 밥 굶을 걱정은 없을 것이야."

부모 말대로 방앗간에서는 밥걱정이 없었다. 무거운 나락을 나르고 발동기 돌아가는 굉음과 먼지 속에서 하루 종일 일하는 게 쉽지 않았지만, 그래도 일한 삯으로 받은 쌀을 집으로 보내줄 수 있으니 보람 있었다. 그가 방앗간에서 일하게 된 후 동생들이 밥다운 밥을 먹으며 자랄 수 있다는 것은 다행이었다. 방앗간 주인은 인덕을 보고 좋아 죽을 지경이었다.

"이게 웬일이랴. 요즘 곶감 죽을 먹고 엿목판에 엎드러진 것 같네. 사업이 흥하려고 그러나 보다. 조상님이 돌봐주셔서 그야말로 복덩이가 굴러왔구나."

인덕은 참을성 있고 속이 무던해서 제 아무리 힘든 일을 시켜도 불평할 줄 몰랐고, 발동기가 멈춘 늦은 밤까지 뒷정리를 한 다음에야 비로소 잠자리에 들었다. 방앗간 주인 역시 부지런한 사람이라 그를 데리고 열심히 일한 덕에 읍내에 쌀가게를 내고 사업을 확장하기에 이르렀다. 인덕은 방앗간에서 스물이 되기 전부터 덩치가 정말 황소처럼 변했다. 날마다 무거운 쌀가마니를 들고 나르는 일을 한 덕분에 근동에서 힘으로 그를 누를 사람이 없었다.

단오 씨름대회에서 내로라하는 씨름꾼들을 번쩍 들어 집어던지고 황소를 타기 시작한 것은 열아홉 때였다. 물론 매해 우승했던 것은 아니지만 그래도 삼 년에 한번은 우승했으니 집안에 큰 힘이 되었고 장사로 이름난 것은 당연했다. 그가 처음 황소를 몰고 올 때 산비탈 화전을 일구던 부모는 호미를 집어던지고 데굴데굴 구르다시피 달려 내려와 고삐를 넘겨받았다.

방앗간은 삼거리에 있어 어떤 사람들이 오가는지 훤히 보였다. 학생들이 읍내에 있는 학교에 가려면 좁은 길을 걸어 나와 수레 두 대가 교차할 정도로 넓은 길에 들어서고, 신작로 옆에 있는 방앗간을 지나야 했다. 방앗간이 목을 지키고 있는 형국이라 근동에 사는 사람들은 인덕의 얼굴을 익히 알고 있었다. 지나는 사람들만 그를 알고 있었던 것은 아니다. 그 또한 바쁘게 일하는 와중에도 오가는 사람들을 살펴보는 게 낙이었다.

그 가운데 눈길을 끈 학생이 있었다. 부모를 따라 깡충깡충 뛰며 장에 가더니 어느새 양쪽으로 머리를 곱게 묶은 처녀가 되었다. 제법 가슴이 봉긋하게 오르고 엉덩이가 동글납작하게 변했다. 인덕은 멀리서 바라보기만 해도 가슴이 뛰고 얼굴이 달아올라 어떻게 자신을 주체해야 될지 알 수 없었다.

그는 날마다 소녀가 친구들과 재잘거리며 학교에 가고, 해가 서산으로 기울어질 때 무거운 가방을 들고 타박타박 걸어가는 뒷모습을 바라보았다. 간혹 소녀들은 길옆에 피어있는 코스모스를 꺾어 향기를 맡고 손가락으로 꽃잎을 튕겨내는 놀이를 하기도 했다. 때론 서로의 머리에 꽂아주고는 뭐가 그리 좋은지 깔깔거렸다. 그 웃음소리가 바람을 타고 날아와 인덕의 귓전을 간지럽혔다.

하지만 그는 소녀에게 말을 건네거나 정면으로 바라본 일이 없었다. 그저 가슴속에 담아두고 혼자 끙끙거릴 뿐이었다. 어느 날 소녀를 직접 볼일이 생겼다. 소녀의 아버지가 나락 섬을 맡겨두고 방아를 찧어달라고 했다. 나중에 몸이 아파서 갈 수 없으니 집으로 실어딜라는 부탁을 했던 것이다. 인덕은 기쁜 얼굴로 쌀가마니를 들어 경운기에 싣고 소녀의 집으로 갔다. 마침 소녀는 어머니를 도와 마루에서 나물을 다듬고 있었다. 소녀의 아버지가 방에서 간신히 뒤춤을 잡고 걸어 나왔다. 그는 인덕이 일하는 것을 지켜보고는 감탄을 금치 못했다.

"과연 듣던 대로 장사네 장사야. 장비 저리 가라 하겠구먼."

그 말을 듣고 인덕은 누가 도와준다면 양어깨에 쌀을 한 가마니씩 메고 옮기는 것을 보여주고 싶었다. 일을 마치고 수건으로 먼지를 털어내고 있을 때 소녀가 물을 가져왔다.

"드세요."

그때 인덕은 처음으로 소녀의 얼굴을 가까이에서 바라보았다. 백옥같이 흰 얼굴에 까만 눈동자와 갸름한 턱, 곱게 땋아 내린 양 갈래 머리와 자그마한 어깨를 보고 그는 물을 어떻게 마셨는지 모른다. 벌컥벌컥 마시자니 시간이 아깝고 고양이 물 먹듯이 아껴먹자니 손이 떨려 그릇을 떨어뜨릴 것만 같았다.

일을 마치고 온 후부터 그의 가슴속에 불덩이가 들어앉았다. 누구에게도 말을 못하고 혼자 끙끙거리며 앓기를 삼 년, 어느덧 소녀가 졸업할 때가 가까워졌다. 그는 더 이상 참을 수가 없어 주인을 보고 어렵게 말을 꺼냈다.

"사장님, 나 장가 좀 보내 주시우."

뜬금없는 소리에 주인은 아닌 밤중에 홍두깨라더니, 이놈이 무슨 소리를 하는가 싶은 얼굴로 뚫어지게 바라보았다.

"저기 물 건너 샘골에 사는 정선달 댁 있잖아요."

그제야 주인은 무슨 말인지 알 것 같아 무릎을 탁 쳤다. 그 집 딸이 참하고 예쁘다는 소문이 자자했다. 곰 발바닥에도 꾀가 있다더니, 이놈이 미련한 것 같아도 보는 눈이 있어 욕심을 내는구나 하는 생각이 들었다. 이놈아, 언감생심도 유분수지 겨우 초등학교만 졸업한 놈하고 어울린다든? 이 말을 해주고 싶었다. 하지만 부리는 사람 입장에서 그의 부탁을 모른 체 할 수 없었다. 결국 소녀의 아버지인 정선달을 찾아가 말을 전했다. 정선달은 말을 들어보더니,

"뭐요? 별 미친 소리를 다 들어보겠네. 누가 들으면 개가 웃을 일이라고 하겠군. 우리 딸은 졸업하고 서울 친척집에 가서 회사에 다니기로 했어요. 제 놈이 힘 하나 빼고 뭐 내세울게 있다고 욕심을 낸담."

단박에 거절했다. 주인은 이 말을 그대로 전해주면 인덕이 낙담할게 분명하다고 생각했다. 그래서 아직 때가 이르고 딸이 서울 가서 취직하기로 했으니 나중에 한번 생각해보마, 하더라고 대충 얼버무렸다. 인덕은 말을 전해 듣고 첫 술에 배부를 수 있으랴, 몇 해 지나면 정식으로 청혼해야겠다고 마음을 겨우 가라앉혔다. 그런데 어찌된 일인지 그때부터 소녀의 얼굴을 보기가 힘들어졌다. 인덕의 마음을 알고 난 후 그 집에서는 방앗간을 지날 때 각별히 조심하라는 주의를 주었기 때문이다. 소녀는 친구들 무리에 숨거나, 아예 고개를 돌리고 뜀박질로 방앗간을 지나치곤 했다. 인덕은 저게 부끄러워서 그러는 것이려니 혼자 좋을 대로 생각하고 히죽거렸다.

그렇게 시간이 지나 소녀가 학교를 졸업하고는 훌쩍 서울로 떠나버리고

말았다. 그래도 그는 희망을 잃지 않고 이제나저제나 그녀를 기다렸다. 그러던 어느 날 청천벽력 같은 소식이 전해졌다. 그녀가 공장에서 어떤 놈팡이를 만나 눈이 맞았고, 여자 집에서는 번갯불에 콩 구어 먹듯 서둘러서 시집을 보내버렸다는 것이다. 아마 인덕의 귀에 들어가면 무슨 사달이 날지 몰라 쉬쉬하며 일을 치른 모양이었다. 인덕은 솥단지에 들어갔다 나온 낙지 모양으로 축 늘어진 얼굴로 주인에게 따져 물었다.

"이게 어떻게 된 일이우?"

"누이 믿고 장가 안 간다더니 바로 네 놈을 두고 하는 말이구나. 이놈아, 그 집에서는 애당초 뜻이 없었어. 너만 헛물켜고 있었던 것이지."

그는 바보가 된 것 같았다. 사람들이 아무 것도 모르고 일만 하는 자신을 얼마나 비웃었을까. 화가 치밀어 올랐다. 괜히 주인에게 화풀이를 하고 다투다가 결국 그날부로 방앗간을 그만 두었다.

그리고 아무 계획도 없이 무작정 서울로 올라갔다. 서울에서 그가 할 수 있는 일은 쉽게 찾아지지 않았다. 스물다섯이 다 되도록 방앗간에만 처박혀 있었으니 별 다른 기술이랄 게 없어 그저 공사판을 전전하든지, 아니면 공장에 들어가서 몇 개월 일하다 도저히 적성에 맞지 않아 그만 두기 일쑤였다.

그렇게 세월을 보내다 어느새 서른에 가까워졌고 탄광으로 가면 큰돈을 만질 수 있다는 친구의 말을 따라 광부가 되었던 것이다. 친구는 두 달을 견디지 못하고 도망치듯 서울로 떠나버렸다. 하지만 인덕은 소처럼 우직하고 힘이 좋아 동발 나르고 곡괭이질 하는 것쯤이야 그리 어렵지 않았다.

사람들은 인덕이 인감증을 뒷주머니에 차고 길을 나서면, 처녀들이 서로 시집오겠노라 줄을 설 것이 분명하다고 추켜세웠다. 하지만 정작 그에게 딸을 시집보내겠다는 사람은 한 명도 없었다. 인덕 또한 결혼에 별 뜻이 없는지 이리저리 혼처를 알아보거나 부탁하지도 않았다.

  탄광촌에서 쓰이는 인감증은 광부의 신분증이나 마찬가지다. 처음 회사에 들어오면 임시직이 되어 0번으로 시작되는 사번을 받고 결근 없이 일정기간이 지나면 정식직원이 될 수 있었다. 그 때 사람들은 '드디어 0 떨어졌다'고 축하하며 이제 본격적으로 고생문이 열렸다는 말을 해주었다. 정식직원이 되었을 때 사진과 사번이 붙어 있는 인감증을 발급받는다. 총각은 사진이 달랑 한 장이고 기혼자는 아내 사진이 나란히 붙어 있었다.

  아직 신용카드가 없던 시절이었음에도 탄광촌에서는 인감증이 신용카드 보다 더 요긴하게 쓰였다. 인감증만 들고 가면 음식점, 술집, 상점에서 외상으로 거래가 가능했다. 심지어 태백 인켈대리점에서 인감증을 믿고 커다란 전축을 실어다 줄 정도였다. 물론 공짜는 아니다. 어디까지나 외상거래일 뿐 간조날이 되면 갚아야 했다. 회사에서 지정한 거래처에서 상거래를 했을 경우에는 미리 대금청구가 들어오고 회사는 그 액수만큼 공제하고 광부에게 월급을 지급했다. 그만큼 광부의 일은 힘들어도 농촌이나 도시 생활에 비해 벌이가 괜찮았던 셈이다.

  이렇게 신용이 좋으니 뒷일을 생각지 않고 흥청망청 돈을 물 쓰듯 하는 사람도 있었다. 인덕의 경우가 그랬다. 고향으로 일정 액수를 송금하고 남은 돈은 거의 술집으로 흘러들어갔다. 이를 보다 못해 박씨처럼 걱정해주는 사람이 있긴 했지만 소용없었다.

  "하루만 살고 말 텐가? 사람이 넘어지기 전에 지팡이 짚으라고 했네. 홀몸이라 해도 자네처럼 기마이 쓰고 다니면 필시 불알 두 쪽밖에 남는 게 없을 거야."

  기마에(きまえ)는 기질이나 호기를 뜻하는 일본말이다. 기마에 쓴다는

것은 돈을 아낌없이 시원스럽게 쓴다는 뜻이다. 기마에가 기마이로 바뀌어 탄광에서는 총각 광부가 동료들과 어울려 술 먹고 흥청거리는 것을 기마이 쓴다고 하였다. 사람들이 인덕을 좋아하는 이유는 그가 돈을 잘 쓴다는 것 말고도 의리가 있기 때문이었다.

그러니까 몇 년 전 탄광에서 태백산이 놀라 쩌르르 울릴 만큼 큰 사건이 벌어진 적이 있었다. 어용노조가 광부들이 요구했던 임금인상에 훨씬 못 미치는 협상안을 내밀고 사측 입장만 앵무새처럼 반복했다. 이에 항의하는 광부들이 대규모 시위를 벌였던 것이다.

광부들은 보통사람이 상상할 수 없는 열악한 환경 속에서 고된 노동을 하고도 복잡한 임금계산법 때문에 저임금을 지급받고 있었다. 이를 개선하기 위해 노력해야 할 노조가 어용으로 변해 회사와 짝짜꿍 손발을 맞추고 광부들의 요구를 외면하였던 것에 분노가 폭발하고 말았다. 격분한 광부들이 시위를 벌이자 노조지부장은 놀라 도망쳐버리고, 현장에서 사태를 지켜보던 경찰이 허겁지겁 차를 빼다가 그만 항의하던 광부들을 치고 달아나는 일이 벌어졌다. 경찰이 몰던 차에 사람이 깔리는 사고가 발생한 후에 광부는 물론 그 가족들까지 시위에 합세하였다. 그동안 쌓이고 억눌렸던 울분이 한꺼번에 터져나오기 시작했다.

시위대는 철로를 차단하고 기차가 못 들어오게 막았다. 그리고 노조지부장 집을 박살내고 탄좌사무실로 몰려가 집기를 부수었다. 정부는 깜짝 놀라 경찰병력을 대거 출동시켰다. 하지만 험한 일과 무거운 연장 사용에 익숙한 광부들을 경찰이 상대하기에는 역부족이었다.

그때 인덕은 언덕 위에서 엄청나게 큰 바윗돌을 번쩍 들어 집어던지고, 두 사람이 죽을 힘을 써야 겨우 옮길 수 있는 철도 침목을 마치 나무젓가락 다루듯 옆구리에 끼고 휘둘렀다. 그것을 본 사람들은 입을 쩍 벌렸다. 저 사람이 고향에서 씨름으로 황소를 여러 마리 탔던 장사라더니 정

말이구나 싶었다. 경찰들과 대치하고 몸싸움을 벌일 때, 인덕이 안전모를 쓰고 몽둥이를 들고 나서니 마치 임꺽정이 되살아 난 것처럼 그 위용이 자못 놀라웠다. 그렇지 않아도 경찰들은 힘센 광부들과 맞서는 것이 내키지 않아 미적거리는 판국이었다. 그런데 소도둑놈 같이 생긴 놈이,

"이 놈들, 죽고 싶거든 앞으로 썩 나서라."

쩌렁쩌렁 울리는 고함과 함께 몽둥이를 휘두르고 달려오자, 누가 먼저랄 것도 없이 슬금슬금 물러나다가 모두 내빼고 말았다. 그 모습을 보고 광부들은 배를 잡고 웃었다. 하지만 인덕은 우직하고 고집이 세달 뿐 천성이 유순해서 남을 직접 때리거나 피를 보는 성격이 아니었다. 그는 동료들의 부추김에 따라 앞에 나서고 힘자랑으로 경찰에게 겁을 주었을 뿐이다.

그래서 시위가 끝난 후에 경찰서장의 옷을 찢고 폭행한 광부들이 무거운 처벌을 받은 것에 비해 인덕은 집행유예를 받고 풀려났다. 아무튼 광부들의 시위로 인해 그는 새로운 별명을 얻었다. 황장사. 인덕은 황장사로 불리는 것을 무척 좋아했다.

고된 일을 마치고 결혼한 광부들은 집으로 돌아가는 것이 보통이지만 총각 광부들은 끼리끼리 어울려 술추렴을 하는 경우가 많았다. 인덕이 즐겨 찾는 술집은 서울옥이었다. 산골 탄광촌엔 밖에서 생각하는 것과 달리 술집과 다방이 많았다.

장사치들은 탄광 간조날을 귀신같이 알았다. 험한 산길을 뚫고 들어와 물건을 풀어놓으면 좁은 계곡에 자리한 탄광 마을이 순식간에 시끌벅적한 장터로 변했다. 주부들이 마을을 돌며 물건을 파는 장사치들로부터 필요한 생필품과 생선 같은 반찬거리를 사고 있을 때, 총각 광부들은 술집으로 향하기 전부터 어수선한 분위기에 취하기 마련이었다.

서울옥은 이름에서 알 수 있듯 서울에서 내려온 퇴물 작부가 개업한 술집이었다. 그곳엔 술 따르고 손님 앞에서 노래를 불러주는 작부가 서너 명 정도 있었다. 인덕은 서울옥에서 항상 송양을 옆에 앉혔다. 행여 먼저 온 광부가 송양을 끼고 있기라도 하면, 그가 일어날 때까지 들락거리며 송양을 기다렸다. 작부는 산도적처럼 생긴 그가 그리 반갑지 않았지만 돈을 화통하게 쓰기 때문에 거절할 수 없는 손님이었다. 다른 작부들은 그녀가 호구 하나 물어서 좋겠다고 부러움을 보냈다. 그도 그럴 것이 지저분한 손님 만나면 여간 골치 아픈 것이 아니다. 당장 그 자리에서 따귀를 후려치고 벌떡 일어서고 싶은 마음이 간절해도, 그 놈의 돈 때문에 웃음과 술을 팔아야 했기 때문이다.

인덕은 특이한 손님이었다. 술에 취해 치마 밑으로 손을 집어넣거나 추접을 떠는 손님이 아니었다. 그저 작부를 앞에 앉히고 제 하소연을 하다 나중에는 훌쩍훌쩍 눈물을 짜는 게 흠이라면 흠이었다. 마침내 학수고대하던 송양이 오면 그는 기분이 좋아 연신 술을 비워냈다. 가만히 내버려 두어도 제 발로 찾아오는 손님이니 작부는 그 앞에서 여우처럼 애교를 부릴 필요가 없었다. 그래서 어떤 때는 퉁명스러운 태도로 그를 대하기도 했다.

"왜, 하루라도 술 안마시면 죽어?"

이는 손님의 건강이나 형편을 걱정하느라고 우러나오는 말이 아니다. 왜 귀찮게 찾아와 자꾸 불러 앉히느냐는 말이다. 그래도 인덕은 그녀가 자기를 걱정해주는 것으로 착각한다.

"에구, 귀여운 것. 내가 너 보는 낙으로 여기 살지 무슨 낙으로 살겠니?"

"나 바빠. 얼른 마시고 가."

"쥔장에게 말해 놨다. 내 술 다 먹을 때까지 넌 여기에 있어야 돼."

"피이."

작부는 얼른 보내버릴 속셈으로 그가 술잔을 내려놓기 무섭게 채워준다. 그 바람에 남들이 막걸리 한 주전자를 비우기 전에 벌써 인덕은 두 주전자나 마셔버린다. 술에는 장사가 없는 법이다. 그는 서울옥으로 오기 전에 동료들과 식사를 하면서 소주를 여러 병 마신 터라 막걸리 두 주전자에 그만 취해버렸다.

"나쁜 년."

"누구, 나?"

"너 말고 그년 말이다. 나쁜 년. 사나이 가슴에 불을 질러놓고 서울 가더니 공장에서 꼬드긴 놈팡이 같은 놈에게 시집을 가? 나쁜 년."

항상 듣는 레퍼토리라 작부는 하품을 한다. 이제 고장 난 카세트가 같은 곡을 반복하듯이 다음 내용은 듣지 않아도 알 수 있을 정도다.

"나쁜 새끼."

"누구, 그 새끼?"

"그 놈팡이 말고 방앗간 주인. 그 새끼가 진작 말해주었더라면 나도 마음을 정했지."

인덕은 중얼거리다 말고 갑자기 오른손 엄지손가락으로 한쪽 콧구멍을 막고 시원스럽게 코를 풀어버린다. 송양은 벌레라도 본 것처럼 질겁한다. 그녀는 인덕의 하소연이 어서 끝나고 나가줬으면 하는 표정을 짓는다. 그리고 건너편 젊은 광부에게 웃음을 날린다. 아까부터 젊은 광부가 눈을 찡긋찡긋, 어서 건너오라고 재촉하고 있다. 송양이 인덕에게 잡혀 있으니 답답한 모양이다. 그래서 그녀는 인덕이 술잔을 비우기 전에 자꾸만 술을 따른다.

"나쁜 새끼."

"누구, 방앗간 주인?"

"그 새끼 말고 그년 아버지. 처음부터 안 된다고 할 일이지 왜 생각해 보겠다는 거짓말로 사람 애간장을 태워?"

인덕은 한 명씩 안주 삼아 욕을 하고 술을 들이켰다. 그리고 갑자기 정색을 하더니 송양에게 물었다. 물론 그녀는 무슨 이야기가 나올지 훤히 알고 있지만 짐짓 모른 체 하고 말을 기다렸다. 섣불리 다른 이야기를 꺼 냈다가는 오뉴월 쇠불알 늘어지듯 그의 넋두리가 한없이 길어지게 될 것이므로 알아도 모른 체하는 것이다.

"내가 너를 왜 찾는지 아니?"

"나쁜 년 닮아서지. 황장사 버리고 시집간 년."

"그래. 그년은 나쁜 년인데 자꾸 보고 싶다. 그래서 여기 오는 거야."

여기까지 말하고 그는 훌쩍훌쩍 울기 시작한다. 곰처럼 덩치 큰 사내가 술잔을 앞에 두고 훌쩍거리는 것은 꼴불견이다. 송양이 기둥에 걸려 있던 수건을 내밀었다. 인덕이 번들거리는 눈으로 그녀를 바라보고는 이내 코를 팽 풀어버린다. 작부는 이 모습에 몸서리를 치고 질겁한다. 건너 편에 앉은 광부는 송양에게 어서 그 자식 보내버리고 건너오라는 손짓을 한다. 작부는 눈을 깜박이며 이제 거의 다 끝났다는 신호를 보낸다.

"난 갱 속이 좋다. 더러운 놈들 안 봐도 되니까."

"응, 오빠에게는 그게 어울려."

"너, 이번에도 도망가면 가만 두지 않을 거야. 응?"

인덕은 취해서 작부를 고향에서 봤던 소녀로 착각하고 아무 데도 가지 말라는 것이다. 작부는 터져 나오려는 웃음을 간신히 참고,

"걱정 마. 항상 여기에 있으니까 일마치고 또 오라구."

그의 손을 잡고 일으켰다. 하소연을 하고 눈물을 짜낸 후 인덕은 순한 양처럼 변했다. 퇴물작부는 송양에게,

"다 끝났니?"

묻고는 인덕이 건네주는 돈을 받아 챙기며 '또 오시라' 인사한다. 하지만 그가 문을 닫고 나가자마자 행여 남이 들을까 봐 입을 가리고 송양에게 귓속말을 속삭인다.

"저래서 광부 돈이 굴 밖으로 나오면 녹는다는 거야. 너도 젊을 때 한 밑천 챙겨서 여기를 떠야지. 요즘 광부들은 예전처럼 돈을 쓰지 않더라. 곧 월급이 통장으로 들어갈 거래. 그러면 마누라 등쌀에 술 한 잔이나 마음대로 먹겠니? 이럴 때 저런 놈 옷을 홀라당 벗겨야지, 물 들어올 때 배 띄우는 법이란다."

"언니도 참, 내가 뭐 바보 천치인가. 잘 알고 있어요."

작부는 빨갛게 칠한 입술을 삐죽이고 젊은 광부에게로 달려갔다. 밖은 아직도 추웠다. 겨울이 지나고 이제 영하로 떨어지는 날씨가 아니기 때문에 땅이 얼어 솟아오르지 않았지만, 여전히 어깨를 움츠릴 정도로 쌀쌀한 날씨였다. 인덕이 머무는 집은 성화가 사는 방향으로 올라가다 오른쪽으로 꺾어진 골목 끝에 있었다.

총각 광부는 사택에 입주하기 어려웠기 때문에 여태껏 사글셋방에서 사는 형편이었다. 그는 무던한 성격인지라 메뚜기처럼 이리저리 방을 옮기지 않고 줄곧 한 곳에서만 살았다. 주인도 이러한 인덕이 좋아 다른 사람 보다 방세를 깎아주고 있었다.

그는 술에 취해 비틀거리면서도 나쁜 년, 나쁜 놈 계속 욕을 해댔다. 그러다 문득 걸음을 멈추고 자세를 잡은 후에 흘러간 유행가를 목청껏 뽑아 올렸다. 그 바람에 동네 개들이 한꺼번에 왈왈 거리기 시작했다. 그때까지 텔레비전을 보거나 해진 양말을 깁고 있던 사람들은 오늘도 저놈이 술에 취해서 떠드는구나, 자장가로 생각하며 잘 준비를 했다. 만약 그술버릇이 고약했다면 마을에서 오래 살지 못하고 더 높은 곳으로 쫓겨갔을 것이다. 하지만 그는 저 혼자 노래하고 떠들 뿐 남에게 시비를 붙이는 일이 전혀 없었다. 그렇기 때문에 사람들은 순검나리 순검 도는 것쯤으로 생각하고 말았다.

간혹 늦은 밤에 심부름을 가는 아이가 그를 보고 인사하면 용돈을 받을 수도 있었다. 인덕은 바쁘게 지나치는 아이를 불러 세우고 네 이름이 뭐니, 몇 살이니, 누구 댁 아이냐고 물었다. 그러다 비 맞은 중 담 모퉁이 돌아가는 소리처럼 혼잣말을 웅얼거리며 아이 손에 동전을 쥐어주는 것이다. 머리가 제법 굵어진 아이들은 이런 경험이 한 번씩 있었다. 그래서 그의 노랫소리가 들려오면 아이들이 킥킥거렸다. 어떤 놈은 부모에게 밖에 좀 나갔다 와도 되겠느냐 묻다가 머리를 쥐어박히기도 했다.

"에그, 저래갖고 언제 장가를 갈꼬."

사람들은 총각으로 나이만 먹어가는 인덕을 보고 혀를 찼다. 어서 장가들어 가정을 꾸리고 오순도순 살기를 바랐지만 자기 딸이나 누이동생을 줄 생각은 하지 않았다. 행여 딸 가진 광부에게 누군가 그하고 엮어주는 것이 어떠한가 중매 넣으면, 앗 뜨거라 싶은 얼굴로 정색하고 손사래를 쳤다. 짚신도 짝이 있는 법, 우리가 걱정할 필요 없다는 말을 남기고 서둘러 자리를 뜨기 일쑤였다.

평상시 그는 힘이 좋아 궂은일을 도맡아 했다. 본래 맡은 일은 채탄 선산부였지만 굴진부에서 도움 요청이 들어오면 곡괭이를 들고 쫓아갔다. 애써 세운 동발이 기울어 곧 무너지게 생겼을 때는 어깨를 기대고 두어 시간씩 버티며 보수작업을 도왔다. 보통사람은 물먹고 탄가루를 뒤집어써서 무거워진 동발을 한 개도 옮기기 힘들었다. 하지만 그는 동발을 서너 개씩 묶어서 등에 지고 좁은 굴속을 기어 다녔다. 기다란 동발이 천정에 부딪혀 쿵쿵거리고 그때마다 온몸에서 힘이 다 빠져나가는 것 같았지만, 그는 싫다 좋다 불평하는 법 없이 소처럼 일을 해내는 것이었다. 그렇게 힘을 쓰고 옹기종기 모여 앉아 식사할 때 동료들이 인덕을 놀려댔다.

"어이 황장사. 그거 가지고 양이 차겠어? 어서 장가를 가야 상투를 틀고 어른이 될 텐데 말이야."

"괜찮아요."

"어제도 서울옥 갔었지?"

인덕은 대답 대신 피식 웃고 연신 밥을 퍼 넣는다.

"적당히 하라구. 자네 때문에 서울옥 아가씨 배꼽에서 탄가루 묻어나 온단 소리가 있어. 다른 사람도 생각을 해야지."

"그게 왜 나 때문이우? 난 술만 먹고 오는데."

"서울옥이 어디 술만 먹는 곳인감?"

"난 그런 거 몰라요."

사람들은 그를 놀리는 게 재밌었다. 삭막하고 어두운 갱 속에서 유쾌한 일이라곤 눈 씻고 찾아봐도 없기 때문에 쥐새끼 도망가는 것만 봐도 한참 동안 이야깃거리가 되었다. 만약 인덕이 이 자리에 없다면 묵묵히 밥을 먹거나 자식들 걱정, 가정 이야기, 회사 이야기 밖에 할 게 없으니 자연스레 찡그리게 되고, 때론 화를 내다 밥이 목구멍에 걸릴 것이 분명했다. 인덕은 자신을 반찬 삼아 사람들이 웃고 떠들든지 말든지 내버려 두고 도시락에 붙은 밥 한 톨까지 싹싹 비웠다.

"아따, 홍길동이 합천 해인사 털어먹듯 잘 먹네그려."

고온다습한 땅속에서 고된 노동을 하다 보면 입맛을 잃는 경우가 많다. 그때 동료들은 자신의 밥 절반을 뚝 덜어 인덕에게 건네준다. 자신들은 그나마 아내가 있어 도시락에 정성이 가득 들어가 있지만, 그가 싸온 도시락은 마땅히 먹을 만한 게 없는 초라한 것이다. 나잇살이나 좀 먹은 광부들은 한 조에 속해 있는 인덕을 생각하여 아내에게 맛난 찬을 좀 싸라고 당부하기도 했다.

"여기 더 먹게나. 늙은이에게는 밥이 막대라는데 이제 죽을 때가 가까운지 밥맛이 없네그려.”

“그거 자시고 어떻게 일하려고 그러시우? 밥이 보약이랍디다. 안 넘어가도 억지로 좀 넘겨야지.”

말을 이렇게 하면서도 건네주는 밥을 마다하지 않는다. 남들이 식사를 대충 마치고 물을 마시고 있을 때까지 꾸역꾸역 밥을 먹고 있는 그를 보고 있노라면, 사람들은 커다란 황소를 한 마리 키우고 있는 것처럼 흡족한 기분이 들었다. 그 덕분에 여러 가지 일들을 비교적 수월하게 신행할 수 있기 때문이다.

만약 갱내 사고가 발생할 때는구조대가 활동한다.. 그러나 그들만으로는 힘이 부쳐 인덕을 최우선적으로 구조대에 배치한다. 거미줄처럼 얽힌 갱내에 갇힌 동료 광부를 구하기 위해서는 두더지 보다 더 빨리 땅을 파내야 한다. 늦으면 산소가 부족하여 질식하거나 부상이 심해져서 구조대가 오기 전에 죽을 위험이 컸다. 하지만 그를 앞세우면 큰 피해 없이 파묻힌 광부들을 구해낼 수 있었다.

땅속으로 불규칙하게 파묻힌 동발을 제거하고 전진하는 것은 매우 힘든 일이었다. 그러나 그가 동발을 옆구리에 끼고 힘을 한번 쓰면 쉽게 뽑혀 나왔다. 이래저래 인덕은 일복이 많았고 회사에서는 그를 여러 차례 우수사원으로 선발하여 상을 주었다. 그 때 받은 상금을 모두 서울옥에 갖다 바친 것은 물을 필요도 없다.

산속 깊은 골 얼음 아래를 흐르던 물이 개천으로 내려와 졸졸 흐르고 길옆에 노란 꽃이 하나둘 피기 시작하고 있었다.

어느 날 인덕은 일하러 가다 성화의 뒷모습을 우연히 보았다. 양손에 물건을 들고 절룩거리며 걷는 모습이 눈에 들어와 저도 모르게 한참을 바라보게 되었다. 검은 머리를 단정하게 빗어 넘겨 중간을 질끈 묶고 신발을 덮을 정도로 긴 치마를 입은 모습이 눈길을 끌었다. 아마 그녀는 절룩거리는 다리를 감추고 싶었을 것이다. 가냘픈 몸매에 무거운 물건을 들고 가느라고 팔이 쭉 늘어나 땅에 곧 닿을 것처럼 보이는 여자, 인덕은 당장 쫓아가 짐을 들어주고 싶었다. 하지만 그가 누구인지 모르고 출근시간에 쫓기고 있던 터라 부지런히 발걸음을 재촉할 수밖에 없었다.

그동안 그가 동료들과 어울려 술 먹느라고 밤늦게 집으로 돌아오는 바람에 새로운 사람들이 이사 왔다는 사실을 모르는 것은 당연했다.

7

광부의 아내도 여자다

초창기 탄광은 광부에 대한 복지나 처우개선 보다 실적 올리는 것을 우선시했다. 탄광에 작업을 마친 광부들이 제대로 씻을 물조차 충분히 마련되어 있지 않았다. 광부들은 갱에서 인차를 타고 나와 대충 먼지만 털고 수건으로 얼굴을 닦은 다음 작업복을 입은 그대로 퇴근했다. 한 무리 광부들이 탄가루 묻은 옷을 입고 마을에 들어서면 아내는 누가 제 남편인지 몰라 눈만 껌벅거리기 일쑤였다.

남편이 저 깊은 땅속에 들어가 열 시간 가까이 석탄을 채취하고 땀과 탄가루에 범벅이 된 채로 돌아온 모습, 녹초가 되어 숟가락을 들고 손을 덜덜 떨고 있는 모습을 볼 때마다 가슴이 찢어질 듯 아팠다. 벗어놓은 작업복을 바로 빨지 않으면 뻣뻣하게 굳어 빨래가 더 힘들다. 그래서 아내들은 작업복을 가지고 마을에서 공동으로 쓰는 빨래터로 달려갔다.

빨래터에는 눈에 보이지 않는 규칙이 있었다. 빨랫감을 막 가지고 온 사람은 제일 아래쪽 더러운 물에 자리를 잡고 앉는다. 거기서 탄가루가 잔뜩 묻어 있는 작업복을 물에 집어넣었다 뺐다 대충 헹구고, 그 다음 자리로 옮기는데 이때도 아직 비누를 쓰지 않는다. 그냥 손으로 비벼 빠는 것이다. 웬만큼 탄가루가 떨어졌다 싶으면 또 자리를 옮겨 비누를 칠하고 방망이질한다. 두어 번 비누 빨래를 하면 그제야 작업복에서 땟물이 빠져 옷처럼 보인다. 마지막으로 맨 윗자리에서 깨끗한 물로 헹구면 빨래가 모두 끝난다. 그제야 아내는 만족한 얼굴로 작업복을 이리저리 들어보고 올 때처럼 함지박을 머리에 이고 돌아가는 것이다.

이렇게 네 단계를 거쳐야 작업복을 빨 수 있는데 겨울에는 무척 곤욕이었다. 손이 시리고 비누가 딱딱하게 굳어 풀어지지 않으므로 빨래가 더욱 힘들었다. 광부 아내들은 손톱 밑에 때가 낀 것처럼 탄가루가 항상 묻어 있었다. 일이 얼마나 힘들었는지 작업복에 방망이질하다가 서러운 눈물을 흘리고 급기야 야반도주를 감행하는 여자가 있을 정도였다. 추위가 풀리고 날씨 좋은 계절에는 옥수수며 감자, 부침개 같은 간식을 준비해가지고 이웃들과 함께 개울가를 찾았다. 아이들은 무슨 소풍이라도 가는 것처럼 기분이 좋았다. 자기들끼리 돌을 뒤집어가며 가재를 잡고 노래를 불렀다.

그런데 회사에 세탁소와 목욕탕이 들어서고 광부들의 작업복을 한꺼번에 세탁하게 되었다. 그제야 아내들은 빨래의 고통으로부터 조금이나마 해방될 수 있었다. 광부들은 커다란 목욕탕에서 탄가루를 깨끗하게 씻어내고 말끔한 사복으로 퇴근하였다. 위장크림을 바른 군인이 작전을 마치고 돌아오는 것처럼 시커먼 얼굴로 나타나던 남편이 아니었다.

이제 외관상 고된 노동의 흔적을 더는 찾아보기 힘들게 되었다. 여자들의 손톱도 고운 모습을 되찾고 매니큐어가 발라졌다. 더불어 과거 힘들었던 일들이 머릿속으로부터 차츰 멀어지게 되었다. 새로 이사 온 젊은 광부의 아내는 남편이 그저 힘든 일을 하는구나 짐작만 할 뿐, 얼마나 고생스러운지 감을 잡기 어려웠다. 말끔한 얼굴로 출퇴근하고 꼬박꼬박 월급을 가져다주니 광부의 노고는 점차 무시되고 아내들의 잔소리는 전에 비해 늘어나게 되었다.

송가네는 요즘 몸이 근질거려 미칠 지경이었다. 성화네 집에서 춤을 배우는 것이 너무 재밌있고 무열이 한번 손을 잡아주면 온몸 실핏줄이 바르르 떨리는 것 같았기 때문이다. 그녀는 남보다 열성적으로 배웠고 실력이 성화 보다 낫다는 말을 여러 차례 들은 터라 어서 그것을 자랑하고 싶었다.

"이렇게 재밌는 것을 왜 여태 모르고 살았는지 몰라. 교수댁, 낼 모레 제천 나가기로 했는데 같이 갈 거야?"

그녀는 우물에서 찬거리를 다듬고 있던 교수댁을 바라보며 물었다. 무열은 여자들이 해달라는 대로 춤을 가르쳐 주면서도, 괜히 댄스홀이나 카바레 같은 곳에 들락거리면 좋지 않은 일이 생길 수 있다고 여러 차례 경고했다. 하지만 송가네는 새겨듣지 않고 제천으로 가서 한바탕 놀고 오자며 여자들을 부추기고 있는 중이었다. 교수댁은 매사에 침착하고 교양 있게 행동하려고 노력하는 사람이었다. 애써 그녀의 말을 못 들은 체 부지런히 손을 놀렸다. 그게 보기 싫은 송가네가 혀를 날름한다.

"싫으면 관두고. 나중에 함께 갈 걸 왜 나만 빼고 갔느냐 징징 우는소리만 해봐라. 배운 것을 묵히면 써? 자꾸 익혀야 몸에 붙고 자연스러워지지."

"아서라, 그러다 남편한테 머리끄덩이 잡히고 맨발로 쫓겨날라. 가을바람은 총각 바람이고 봄바람은 처녀 바람이라더니 송가네 가슴에 또 바람이 부는 모양이야."

"픽, 자기가 입을 촉새처럼 놀리지 않으면 곰 같은 남자들이 어떻게 알아? 그러니 자기도 함께 가잔 말이야. 응? 남편이 병방이면 마누라도 병방이지. 애새끼들 밥 해놓고 후딱 다녀오자구."

"에그, 귀찮아. 알았으니 그 주둥이 좀 닫으라구. 남이 들을까 무섭네."

교수댁은 자라마냥 고개를 빼 행여 누가 엿듣고 있는지 살폈다. 남편들이 일하러 가면 퇴근시간까지 여자들은 집안일을 하며 기다리는 것이 일과였다. 남편의 근무조에 따라 아내의 일상생활도 변화기 마련이니 놀려고 마음먹으면 쥐도 새도 모르게 할 수 있었다.

송가네는 서너 명의 여자들과 함께 대리점에 좋은 가전제품이 들어와 그것을 구경하러 간다는 핑계를 대고 제천으로 갔다. 제천까지 간 이유는 집과 가까운 곳에서 놀다 보면 아는 사람을 재수 없게 만날 수 있다는 걱정 때문이었다. 되도록 멀리 가되 교통편이 좋아 기차 한 번에 오갈 수 있고, 광부들이 별로 보이지 않는 제천이 멀긴 해도 태백 보다 적합했다. 그녀들은 어디 학예회라도 가는 듯 요란하게 치장했다. 요즘 들어 여자들끼리 우르르 몰려다니는 것은 드문 일이 아니었다. 아무도 그들을 이상하게 생각하지 않았다. 여자들은 처음 몇 차례 우르르 몰려다니며 춤을 추다가 어느 정도 분위기에 익숙해지자, 동냥은 혼자 간다는 말처럼 아무도 모르게 기차를 타기 시작했다. 단골 댄스홀에 몇 번 다니다보면 낯이 익게 되고 호흡이 맞는 상대를 만날 수 있으므로 굳이 친구와 함께 갈 이유가 없었던 것이다.

한편 성화는 다리 아프게 화장품을 팔러 다니지 않아도 손님들이 알아서 찾아오는 바람에 일이 한결 수월해졌다. 물론 여자들이 오는 이유는 화장품이 아니라 무열에게 춤을 배우고 싶은 마음 때문이었다.

그것을 모를 리 없는 그녀가 어느 날 걱정스러운 얼굴로 무열에게 물었다.

"저기요, 돈은 수북이 쌓이는데 웬일인지 마음이 불안해요."

"돈을 벌어도 걱정이 되니? 개같이 벌어서 정승같이 쓰랬다. 아무 걱정 말고 부지런히 벌어서 우리도 여기를 뜨자꾸나."

그는 알 듯 모를 듯 웃음을 지었다. 두 사람이 여기서 하는 일은 단순했다. 무열은 큰방을 청소한 후 음악을 틀어놓고 찾아온 여자들에게 춤을 가르치는 것이 일이다. 간혹 아무도 찾아오지 않으면 읍내에 내려가서 한 바퀴 휘 둘러보았다. 그 모습은 장화에 익숙한 사람들의 눈길을 사로잡기에 충분했다. 구두는 먼지 하나 없이 깨끗하게 닦여 있었고 깔끔한 옷차림이었다. 보란 듯 우아하게 걷는 춤 선생의 걸음걸이는 보통사람과 다르게 보였던 것이다.

반면 성화는 여느 주부들처럼 음식을 준비하고 여자들에게 화장품을 팔았다. 그런데 시간이 갈수록 마음이 허전하고 알 수 없는 불안감이 스멀스멀 생겨 꼭 무슨 일이 터질 것만 같았다.

밤이 깊어 그녀가 잠자리를 마련해놓으면 무열이 작은방으로 건너왔다. 바닥에 까는 요는 항상 두 개였다. 두 사람은 한 이불을 덮고 자는 법 없이 따로 덮었다. 무열이 그녀의 몸을 더듬거나 탐한 적은 한 번도 없었다. 잘 때 성화가 모른 체하고 다리를 무열의 배위에 올리고 반응을 살펴보기도 했다. 그는 예쁜 무처럼 매끈하게 빠진 성화의 다리를 그냥 그대로 내버려두든지, 아니면 자는 아이 내려놓듯 조심스럽게 들어 옮기는 것이 전부였다. 그러면 그녀는 서운한 마음이 들어 휙 돌아 누어버리고 무열은 큼큼 잔기침을 하다 잠이 들었다.

집에 드나드는 손님이 많아서 그들을 대접하느라고 사탕이나 과자가 적잖이 있었다. 꼭 손님들만 위한 것은 아니었다. 성화는 밖으로 나갈 때 사탕을 한 움큼 쥐어 호주머니에 넣었다. 길을 가다 아이들을 만나면 손짓으로 불러 사탕을 주고 머리를 쓰다듬어 주었다. 간혹 우물가에서 갓난아기라도 볼라치면 사탕을 줄 수가 없어 안타까워 하다가 어미가 젖먹이는 것을 한참 동안 지켜보기도 했다.

"참, 귀엽기도 하지. 제가 안아 드릴게요."

그녀는 엄마가 일하는 동안 아이를 맡아가지고 볼에 얼굴을 부비고 코를 킁킁거리며 기분 좋은 젖 냄새를 맡았다. 그녀는 엄마가 적당히 불은 젖을 내놓고 아이에게 물리는 것이 부러웠다. 시켜준다면 자신의 마른 젖을 아이에게 물리고 그윽한 눈빛으로 바라보고 싶었다.

성화는 요즘 들어 아무리 생각해 보아도 자신의 팔자가 구절양장처럼 꼬인 것 같았다. 그렇지 않고서야 어떻게 처녀가 유부남과 한 솥밥을 먹을 수 있는가. 무열이 애를 떼놓고 도망간 마누라를 찾아 팔도를 헤매고 있는데 만약에 찾을 경우 내 신세는 어떻게 되는 거지? 비록 고향에서 낯이 화끈거리는 소문 때문에 어쩔 수 없이 그를 따라나섰지만 그동안 갈라설까 생각을 안 해본 것이 아니었다.

그때마다 번번이 그녀의 발목을 잡은 것은 넉넉지 못한 집안 형편이었다. 첫째 동생은 시위를 하다 잡혀 조사를 받고 온 후부터 정신이 온전치 못했고, 둘째 동생은 이제 학비기 많이 들어가고 있었다. 무열을 떠나 마땅히 할 만한 일이 있어보이지도 않았다. 누가 절름발이를 식모로 써줄 것이며 공장에 들어간다 해도 신통찮은 벌이에 몸만 고생할 것이 분명했다. 어쩌면 두 사람의 관계는 악어와 악어새처럼 서로 의존하고 필요한 것을 취하는 사이인지도 몰랐다.

과부는 은이 서 말이고 홀아비는 이가 서 말이라고 했다. 무열 혼자 떠돌면 자연 행색이 추레해지고 챙겨주는 사람이 없어 밥술을 제대로 뜨지 못할 것이다. 성화가 화장품을 선보이고 사람을 한번 끌어들이면 그 후부터 무열을 만나기 위해서 여자들이 제 발로 찾아오고 물건을 사가니 장사도 이런 장사가 없었다. 손바닥 뒤집기 보다 더 쉬운 셈이었다.

하지만 사람이 밥만 먹고 살 수는 없는 것이다. 특히 여자는 배불러 아기 낳고 남편과 알콩달콩 다퉈가며 새끼 키우는 맛이 있어야지, 돈벌이가 제 아무리 좋아도 부평초처럼 뿌리를 내리지 못하고 전국을 떠도는 생활이 만족스러울 리 없다. 이러한 성화의 마음을 아는지 무열은 항상 적당한 거리를 유지하고 있었다.

"저기요, 형님 못 찾으면 어떻게 해요?"

형님은 무열의 아내를 말한다. 요즘 들어 그녀가 다그쳐 묻는 횟수가 부쩍 늘어났다. 무열은 방구석에 비스듬히 기대어 텔레비전을 보고 있었다. 그는 묻는 말이 귀찮은 모양이다. 몇 번 건성으로 대답하다 채널을 이리저리 돌리기만 한다. 성화가 답답한 표정으로 다시 물었다.

"부모님께 인사도 시켜주지 않고…."

딴청을 피우던 무열이 심드렁한 말투로 그녀의 말을 받았다.

"왜, 정말 나하고 결혼하고 싶니?"

"그걸 말이라고 해요?"

"내가 너희 부모님 등쌀에 어쩔 수 없이 데리고 나섰다만 너는 아직 젊어."

그 말을 듣고 성화는 화가 나 톡 쏘아 붙였다.

"흥, 그러면 마누라를 부지런히 찾으러 나설 일이지 왜 여기 죽치고 있는지 몰라."

"귀 아프다. 그만 좀 해라."

이런 날은 그녀가 멀찍이 떨어져 잔다. 서로 아무 일도 없는 사이지만 방 가운데에 남는 베개나 가방 같은 물건을 가져다 성처럼 튼튼하게 쌓아놓고 절대 넘어오지 말라 엄포를 놓았다. 그리고 외로 누워 씩씩거리다 잠시 후 쌔근쌔근 잠을 자는 것이었다.

무열도 그녀의 마음을 알고 있었다. 벌써 이 년째 함께 지내고 있으니 인연도 이런 인연이 없을 것이다. 그동안 성화가 한두 번 이런 것이 아니었다. 남의 귀한 딸을 데려왔으면 부모님께 인사를 시키든지 집 나간 아내 찾는 것을 포기하든지 결단을 해야 할 것 아니냐, 여러 차례 보챘지만 그는 뜨뜻미지근한 태도였다. 자신도 왜 그러는지 알 수 없었다. 정말 내가 아내를 찾고 싶은 것일까. 아니면 찾는 시늉만 하는 것일까. 찾으면 또 어떻게 하지? 아무리 자문자답을 해보아도 어느 것 하나 똑 부러진 대답이 나오지 않았다. 그렇다고 그가 아내 찾는 것을 완전히 포기한 것은 아니었다. 안면이 있는 여러 사람에게 아내가 나타나면 바로 연락해 달라 부탁해놓고 기다리는 상태였다.

한편 제천에 다녀온 여자들은 고기 맛을 본 중처럼 더욱 춤에 빠져들었다. 그리고 자신들의 춤이 아직 부족하다는 것을 깨달았다. 무열이 손을 잡아줄 땐 잘 돌아갔지만 막상 댄스홀에 가보면 달랐다. 스텝이 꼬이고 자신들이 우물 안 개구리였다는 것을 알게 되었던 것이다. 시내 여자들은 최신 유행하는 옷을 입고 주저함 없이 춤을 추는 반면, 탄광에서 원정을 간 여자들은 참새가 전깃줄에 앉은 것처럼 기다란 의자에 쪼르르 앉은 채 구경하는 날이 많았다.

어떤 남자가 송가네에게 다가와 한 곡 추자고 했을 때 호기롭게 따라나간 일이 있었다. 그러나 춤이 생각대로 추어지지 않아 남자의 구두를 여러 차례 밟고 말았다. 남자는 구두를 밟힐 때마다 끙 소리를 내고 불쾌한 표정을 지었다. 결국 중도에 손을 놓고 들어올 수밖에 없었다. 나갈 때의 그 호기롭던 기세는 어디로 갔는지 찾을 수 없고, 마치 도살장에서 도망쳐온 소처럼 큰 눈만 껌벅일 뿐이었다. 그들 가운데 제일 잘 춘다는 송가네가 이 정도니 다른 여자들은 이야기할 것도 없다. 교수댁은 누가 자기에게 손을 내밀까 두려워 엉덩이 밑으로 손을 감추었다. 모처럼 마음먹고 멀리까지 원정을 간 것치고는 초라한 모습이었다.

돌아오는 길에 송가네는 풀죽은 여자들을 다독였다.

"첫 술에 배부를까. 그래도 한번 춰보니까 그리 어려운 게 아니더라 구."

자기가 남자의 구두를 밟아 엉망진창으로 만든 것을 그새 잊어먹었는지 무용담을 풀어놓았다. 그게 듣기 싫은 교수댁이 톡 쏘아붙였다.

"독 안에서 소리치기지 뭐. 그래도 우리는 남자 구두를 밟지 않았잖아."

이 말에 까르르 웃음이 터지고 송가네 얼굴이 붉어졌다. 집으로 돌아온 후 이틀 동안 잠잠했다. 그러나 사흘째 접어들자 누가 먼저랄 것도 없이 성화네 집을 풀 방구리에 생쥐 드나들 듯 찾아왔다. 다음에는 절대 남자의 구두를 밟지 않으리라 작정한 송가네, 나도 한번 손을 잡혀보고 싶다는 교수댁, 지르박은 몰라도 블루스쯤은 나도 하겠다는 여자들이 남편이 출근하기를 기다려 쏜살같이 달려왔던 것이다. 그것을 보고 쫄닥구덩이 할머니는 일일이 인사받기에 지쳐 고개만 까딱거렸다.

"그 집 돌쩌귀에 불나겠네. 엔간히 들락거려."

광부 아내들이 한 번도 생각지 못했던 춤을 배우고 관광계를 만들어 놀러 다니고, 남에게 뒤질세라 가전제품을 사들이는 데는 이유가 있었다. 여자팔자 뒤웅박 팔자라고, 남편을 따라 처음 탄광 마을에 왔을 때 느꼈던 좌절감과 막막함을 무엇에 비할 수 있으랴. 사방이 새까맣고 어디 하나 따뜻하게 보이지 않고 정 붙일 데가 없었다. 그나마 살기 좋다는 사택도 대여섯 평 남짓한 공간뿐이었다. 가족들과 등 부비는 것이 좋긴 해도 아내는 일상이 고달팠다.

사택은 사람이 살기 위한 공간이라고 보기 어려웠다. 벽을 사이에 두고 다닥다닥 여러 집이 붙어 있다 보니 무엇 보다 방음에 취약했다. 앞집 아이가 친구 이름을 부르면 끝집에 있던 아이가 대답하고 내일 어디서 놀자는 약속을 할 정도였다.

그리고 인구가 많다 하나 탄광촌은 남자들의 도시였다. 수천 명의 광부들이 무리 지어 일하러 가고 무리 지어 퇴근하는 곳. 여자들은 그저 남편이 무사하고 아이들이 건강하기만 바랄 뿐, 딴 생각 할 겨를이 없었다. 술집이나 다방은 많았지만 문화시설이랄 것이 없어 자녀 키우는 주부 입장으로 보면, 어서 돈 벌어 여기를 떠야지 하는 생각이 절로 들 법 했다. 하얀 옷을 입고 싶어도 금방 때가 묻고 더러워지기 때문에 장롱 깊은 곳에 고이 개서 넣어둘 뿐이었다.

어디 그것뿐인가. 출근하는 광부의 앞을 무심결에 가로질러 가기라도 하면,

"에이 쌍!"

욕설과 함께 도시락을 집어던지는 소리가 들려왔다. 광부는 재수 없다고 출근을 포기한다. 그리고 집으로 돌아가 입에 담지 못할 욕을 해대는데, 남편으로부터 자초지종을 들은 광부 아내는 분기탱천해서 길을 가로지른 여자를 쫓아갔다.

"이 무식한 년아, 어디서 남자 앞을 가로질러 지나다니는 것을 배워먹었니? 잘하면 장승박이로 끌고 가겠다, 이년아."

욕을 먹은 여자는 그 자리에서 머리끄덩이를 붙잡히고 하루치 일당을 물어내지 않으면 다행이었다. 마치 무슨 죽을죄라도 지은 사람처럼 손이 발이 되도록 싹싹 빌며 용서를 구해야 했다. 남자 위주로 돌아가는 탄광, 여자는 석탄을 캐내는 남자가 버텨낼 수 있도록 뒷바라지를 하는 역할에 국한되었다. 물론 선탄부나 세탁실에 일하는 여자들이 있긴 하였지만 직접 막장 깊은 곳으로 들어가 석탄을 캐지 않기 때문에 그 일 역시 광부를 지원하는 수준에 불과했다.

광부 아내들은 하루 세 번 출퇴근 하는 시간을 잘 알고 있었고 행여 광

부의 출근길을 가로지를까 두려워 그 시각에는 우물가는 것도 삼갔다. 이렇게 숨 막히는 환경 속에서 여자들이 가사일 외에 할 수 있는 일이라곤 거의 없었다.

광부들의 시위가 있기 전에는 모두 어려운 시절이었다. 다들 꾹 참고 목구멍에 풀칠하는 것만 해도 그게 어디냐, 서로 격려하며 견뎠다. 하지만 회사에 세탁소와 목욕탕이 생긴 후부터 아내들은 가사노동으로부터 조금이나마 벗어날 수 있었다. 그 틈을 사행성 오락과 과소비가 파고들었던 것이다. 무료한 시간을 보낼 길 없어 어떤 여자들은 화투를 치기 시작했고 어떤 여자들은 춤을 배웠다. 또 앞집에서 컬러텔레비전을 샀다하면 뒤질세라 이웃들이 사들였고 더 나아가 전축, 세계 문학전집 같은 것까지 구입해서 집을 꾸몄다. 산골 깊숙한 탄광촌에 할부 장수와 화장품 외판원이 흙먼지를 일으키며 부지런히 비탈길을 오르내렸다. 탄광촌을 드나드는 장사꾼들은 다른 곳에 비해 벌이가 좋았다. 그들이 연신 콧노래를 불러대는 진풍경을 바깥사람들은 상상하지 못했을 것이다.

8

아내의 행방

성화는 강섭네 집을 가끔 드나들었다. 방을 구할 때 힘써주었고 강섭의 아내가 그녀를 친동생처럼 잘 대해줘 마음이 편했기 때문이다. 성화 또한 올망졸망 한창 자라는 아이들이 귀여워 집에 있는 사탕이며 과자를 가져다 주곤 했다.

"형님, 이거 아이들 주세요."

"동생은 매번 이런 것을 가져오네. 나는 뭐 줄 게 없는데."

말은 이렇게 하면서도 성화가 돌아갈 때 밑반찬을 싸서 건네주었다. 그날도 그녀가 강섭의 집을 다녀왔을 때다. 무열이 기다리고 있었다는 표정으로 그녀를 맞이했다.

"어디 다녀올 데가 있으니 그동안 혼자 애써야겠다."

성화는 그가 어디를 가는지 물어보지 않았다. 간혹 바람처럼 훌쩍 사라질 때가 있었다. 그것은 아내에 대한 소식을 듣고 찾아나서는 일이기 때문이었다. 무열은 옷장에서 재킷을 꺼내 입으며,

"그래도 강섭이 있으니까."

걱정하지 말라는 소리를 한다. 그녀는 입을 삐죽이며 불만을 토로한다.

"이 넓은 집에서 혼자 어떻게 지내요? 돌아오면 나 없을 줄 알아요."

"그러든지."

"그 말 후회하게 만들 거야."

그는 평소와 달리 성화의 손을 한번 잡아주고 길을 나섰다. 대전에 있는 친구, 그러니까 춤을 배울 때 사귄 동래가 되겠다. 그와 어느 정도 속을 터놓을 정도가 되자 무열은 자신의 사성을 이야기했고, 동래는 아내가 나타나면 연락해주기로 했던 것이다. 조금 전 주인집으로 걸려온 친구의 전화를 받고 그는 온몸의 털이 곤두서는 것 같았다.

"무열이? 나 동래야, 동래. 네 마누라를 여기 카바레에서 봤다. 낯익은 얼굴이다 싶었는데 나중에 생각해보니 네가 예전에 보여줬던 사진 속 여자가 맞더라. 바로 올 수 있겠지?"

동래가 주무대로 삼는 곳은 대전이었다. 무열은 아내가 서울에 있지 않고 지방으로 내려갔을 수 있다고 생각했지만, 대전에서 그 행적이 나탔다는 소리를 듣고 보니 의외라는 생각이 들었다. 아내는 내가 찾고 있다는 것을 알고 있을까. 이번에는 정말 만날 수 있을까. 만나면 무슨 말을 하지? 갑자기 실타래를 헝클어 놓은 것처럼 마음이 답답하고 복잡했다. 차라리 아내가 그곳에 없으면 좋겠다는 생각도 들었다. 흔들리는 기차에 몸을 맡기고 가는 동안 기대감과 착잡함이 뒤섞여 자기 마음이 어디를 향하고 있는지 종잡을 수 없었다. 이대로 그냥 돌아가 버릴까 하는 생각까지 떠올랐다.

대전역에 도착했을 때 동래가 마중 나와 있었다. 그는 플랫폼에서 보자마자 손을 잡아 흔들며 호들갑을 떨었다.

"분명하다니까. 그년, 아니 그 여자에게 지갑을 도둑맞은 멍청이가 있어."

동래는 친구의 아내를 그년이라고 부르는 것이 미안한 듯 말을 바꾸고 상황 설명을 시작한다.

"사실 이 바닥에 흔한 것이 그런 여자지만 참 신세가 더럽게 꼬였다고 봐야겠군. 꽃뱀이 된 모양이더라. 남자를 홀려가지고 여관에 들어가면 씻고 있을 때, 지갑을 훔쳐서 도망가는 거야. 돈 푼 깨나 있는 놈에겐 거머리처럼 달라붙어가지고 단물 쓴물 다 빨아먹어. 돈을 내놓지 않으면 가정이 풍비박산 나게 생겼는데 어떤 놈이 주지 않고 배길 수가 있겠니?"

"죽일 년."

무열은 자기도 모르게 욕설이 터져 나왔다. 자식 버리고 도망가 잘 살고 있는 줄 알았더니 고작 꽃뱀이라. 다른 놈과 살림 차리고 자식새끼 낳아 잘 살고 있다는 소리를 들은 것보다 더 역겨웠다. 그래도 직접 눈으로 확인한 후에 뒷덜미를 잡고 싶었다.

"가자."

동래는 그를 대전역 부근에 있는 카바레로 안내했다. 그들은 술을 시켜놓고 구석진 룸에 앉아 들어오는 손님들을 주의 깊게 살폈다. 한참을 기다려도 아내가 나타나지 않았다. 동래는 지루했는지 무열에게 술을 권하며,

"대전에도 갈 만한 곳이 여러 군데 있으니까 마음 편하게 기다리자. 그나저나 그 곳 생활은 어때?"

"사람 사는 곳은 다 똑같지 뭐."

"탄가루 폴폴 날리는 탄광에 가서 뭘 하겠다는 건지 원. 자네 같은 사람은 신발에 흙 묻힐 필요 없이 가끔 여자들 손이나 한 번씩 잡아주고 살아야지. 지금도 자네 안부를 물어오는 여자들이 있어."

동래는 제비다. 무열이 아내를 찾기 위해 춤을 배운 것과 달리 동래는 처음부터 제비로 나설 마음을 먹고 배웠다. 몸이 호리호리하고 적당한

키와 웃는 얼굴상이라 여자들에게 손을 내밀면 거절당하는 법이 없었다. 그는 돈 많은 사모님을 노리고 춤으로 호감을 산 다음 여자의 애를 닳도록 만드는 재주가 있었다. 자신은 그저 사업으로 쌓인 스트레스를 춤으로 푸는 점잖은 신사로 행세했다. 여자에게 술을 사줄 뿐 특별히 요구하는 것이 없었다. 그리고 다음에 언제 오는지 서로 약속을 잡고 춤을 추면 그것으로 그만이었다. 여자들은 동래가 고양이 쥐 어르듯 자기를 가지고 노는 줄도 모르고, 예의 바른 신사를 만난 것이 얼마나 큰 행운인지 모르겠다고 오히려 감사했다. 나중엔 스스로 핸드백을 열고 치마끈을 푸는 것이다. 일이 여기까지 진행되면 여자의 명운은 동래의 손에 달린 것이나 다름없었다. 좋은 사업 아이템이 있으니 한번 투자해 보라거나, 사업상 급전이 필요한데 도와주면 며칠 내로 이자 붙여 갚는다는 둥, 온갖 감언이설로 귀를 간지럽히고 돈을 가져오도록 만들었다. 혹시 의심이 많아 뒤로 빼는 여자가 있으면 예의 본색을 드러냈다. 춤바람 나 자기와 몸 섞은 사실을 남편에게 알리겠다고 협박하여 기어코 돈을 뜯어냈다. 지금까지 동래에게 돈을 뜯긴 여자들이 협박을 당한 경우는 딱 두 번 밖에 없었다. 대부분 감언이설에 속아 스스로 돈을 가져왔던 것이다. 그만큼 재주가 좋았다.

동래는 춤추고 있는 사람들을 쓱 훑어보곤 두털댔다.

"오늘은 오지 않을 모양이네. 여우같은….

무열이 오히려 그를 안심키고 나섰다.

"그래도 행방을 알았으니 다행이지."

그날 아내는 나타나지 않았다. 이튿날도 마찬가지였다. 무열은 하염없이 친구를 붙들고 있을 수가 없어 혼자 아내가 나타날 만한 곳을 찾아보기로 했다.

그렇게 일주일이 지나고 비가 추적추적 내리던 저녁, 그는 카바레에 앉아 있었다. 오늘도 오지 않는 걸까. 미심쩍은 마음이 들어 일어서려고 할 때 문을 열고 들어오는 여자가 보였다. 무열은 어두운 조명 속에서도 여자를 이내 알아볼 수 있었다. 아내였다. 그동안의 기다림이 헛고생이 아니었음을 확인시켜주는 순간이었다.

그는 아내를 향해 달려 나가려다 멈추고 그녀가 어떻게 하는지 지켜보기로 했다. 아내는 짧았던 파마 대신에 어깨를 치렁치렁 덮을 정도로 긴 머리에 웨이브를 주고, 깔끔한 정장에 까만 핸드백을 들어 고급스럽게 보였다. 마치 고관집이나 사업가 부인이 지나다 잠시 들른 것처럼 태연스럽게 홀을 둘러보더니 한쪽에 앉아 담배를 빼물었다. 돌아다니며 담배까지 배운 모양이다.

무열은 당장 쫓아가서 따귀를 때리고 싶었지만 두고 보자는 심산에 의자 뒤로 몸을 숨겼다. 아내는 담배를 몇 모금 빨다 비벼 끄고 옷매무새를 고쳤다. 마치 두꺼비가 끈적거리는 혓바닥을 감춘 채 온순한 표정으로 날파리가 가까이 다가오기를 기다리는 것 같았다. 아마 얼마 지나지 않아 어리숙한 놈이 날파리가 되어 꽃단장을 한 두꺼비에게 날아올 것이 분명했다. 두꺼비로 변한 아내는 이미 사냥감 물색을 끝내고 가느다란 실눈을 뜬 채, 어서 오너라, 그렇지, 여유있게 기다리고 있었다. 아니나 다를까. 잠시 후 배가 불룩 나온 중년 남자가 아내에게 다가가 춤을 청했다. 아내는 몸을 빼며 수줍은 표정을 짓더니 못 이기는 체 홀로 나갔다. 두 사람은 물 만난 고기처럼 흔들흔들 춤을 추었다. 무열이 보기에 남자의 춤은 막춤에 불과해 여자를 리드하기엔 힘들어 보였다. 결국 두 사람은 겨우 한 곡을 추고 제자리로 돌아갔다. 이제 그가 나설 차례였다.

"저와 추실까요?"

익숙한 목소리에 아내는 돌처럼 굳은 채 미동도 하지 않았다. 잠시 후 포기한 듯 천천히 고개를 들었다. 그녀는 눈앞에 닥친 상황이 너무 두려워 이게 꿈이라면 얼마나 좋을까 생각했다. 하지만 남편이 앞에 서서 손을 내미는 모습을 보고 이것이 현실이라는 것을 깨닫고 온몸의 힘이 쫙 빠지는 것을 느꼈다. 무열은 아내가 아무 말 없이 바르르 떨고 있는 것을 보고,

"아까 보니 춤을 잘 추던데, 왜, 나하고는 싫어?"

은근한 말투로 물었다. 아내는 겁에 질려 일어서지 못하고 자리에서 바들바들 떨기만 한다.

"그럼 여기 룰대로 하자구. 자, 한곡 추실까요?"

그는 다시 손을 내밀었다. 결국 아내는 결심한 듯 입을 꽉 다물고 자리에서 일어섰다. 두 사람은 홀로 나가 자세를 잡았다. 마침 블루스곡이 흐르고 있었다. 음악에 몸을 맡기고 천천히 춤을 추는 동안 아무 말도 하지 않았다. 두 번째 곡이 시작될 때 아내는 도저히 못 견디겠는지 자리로 돌아가려고 했지만 무열이 놓아주지 않았다. 다시 춤이 시작되었다.

"내가 싫었던 거야 아니면 춤이 좋았던 거야?"

"묻지 마세요."

"우리 아들은 생각나지 않았어?"

"…"

"내가 찾는다는 것을 알고 있었지?"

아내는 대답하지 않고 고개를 끄덕였다. 춤이 끝나고 무열은 아내를 자신이 있던 구석 자리로 데려갔다.

"친구 말이 사실이었군. 춤판을 전전하며 구차하게 살고 있다던데."

"나 같은 년, 깨끗이 잊어버려요."

아내는 괴로운 듯 스스로 술잔을 채우고 쭉 비워버린다.

"그래도 우리에게는 아이가 있으니까."

"아이? 부모가 멀쩡할 때 자식이 제대로 성장할 수 있는 거예요."

"이제 자식도 잊었단 말인가?"

"네, 잊었어요. 모두 잊었어요."

무열은 자기도 모르게 손을 뻗어 뺨을 때리고 말았다. 그녀는 응당 이럴 줄 알았다는 표정으로 피하지 않고 뺨을 맞는다.

"때리세요. 당신 마음이 풀릴 수 있다면 더 때려요. 그리고 나 같은 것 깨끗하게 잊고 새 출발하세요."

"당신 나빠. 내가 중동에서 누구 때문에 그 고생을 하고 버텼는데…."

옛 생각이 떠올라 차마 말을 이을 수가 없었다. 아내는 이제 담배를 꺼내 물고 보란 듯이 피운다. 일부러 자신이 얼마나 망가졌는지 보여주는 것 같다.

"완전히 버렸군."

"그래요. 난 이렇게 변했어요. 하지만 당신도 변한 건 마찬가지죠. 순박했던 모습은 온데간데없고 춤꾼이 되었으니."

"이게 모두 당신 때문이야."

"물론 내 책임도 있겠지만 당신은 선을 넘었어요. 이제 여기에서 영원히 발을 뺄 수 없다는 것은 당신도 잘 알 테죠."

무열은 앞에 있는 사람이 아내가 아닌 다른 사람처럼 여겨졌다. 아내를 만나면 따져 묻고 욕해야겠다던 마음이 사라지고 측은한 생각이 들었다.

"여보, 우리 돌아가자."

"그만 나를 잊어요. 자식 버리고 호강하기를 바란다는 건 천벌 받을 일이겠지요. 이미 망가진 몸 이리저리 부평초처럼 흔들리다 비참하게 죽으면 그만이에요."

아내는 완강했다. 한두 번 설득해서 될 일이 아니란 것쯤은 무열도 잘 알고 있었다. 여기서 입씨름하느니 자리를 옮겨 이야기하는 게 좋을 것

같았다. 가지 않으려는 아내의 손을 잡고 억지로 일어섰다. 질질 끌다시
피 간신히 카바레 문을 나섰을 때,

"꺄악, 사람 살려요!"

갑자기 아내가 날카로운 비명을 내질렀다. 마침 비가 내리고 오가는 사
람이 드물었다. 그저 유흥가에서 흔히 일어나는 실랑이려니 생각했는지
관심을 기울이는 이가 없었다. 무열은 이년이 도망치려고 이러는구나 싶
어 더욱 손에 힘을 주었다. 아내는 비에 온몸이 젖는 것도 아랑곳하지 않
은 채 미친년처럼 머리를 흔들며 소리를 지른다. 하지만 가냘픈 손목을
억센 남자의 손아귀로부터 빼내기란 어려운 일이다.

"이년, 아직도 정신을 못 차렸니?"

그는 아내를 끌고 골목을 빠져나가 택시를 잡을 생각이었다. 그런데 아
내가 몸을 버둥거리며 몸부림치는 바람에 두 사람은 비에 흠뻑 젖고 말
았다. 아마 십 분쯤 실랑이를 했을 것이다. 그때 누군가 무열의 등을 툭
치는 것 같더니,

"형씨."

나지막하고 굵직한 소리와 함께 옆구리로 칼이 쑥 들어왔다. 갑자기 숨
이 멎고 참을 수 없는 고통이 밀려왔다. 아내를 잡았던 손을 놓고 옆구
리를 움켜쥐고 내려다볼 때 피가 빗물에 섞여 줄줄 흐른다. 그는 자세를
바로잡고 자신을 찌른 놈에게 다가가려고 했다. 그런데 이번에는 뒤에서
벽돌 같은 묵직한 물체가 날아들어 머리를 강타했다. 순간 정신이 아득
해지고 온몸에서 힘이 쫙 빠져나갔다. 그는 더 이상 버티지 못하고 비
에 젖은 땅바닥으로 나동그라지고 말았다. 빗줄기 사이로 건장한 체격의
두 남자가 아내를 데리고 사라지는 것이 보였다. 뭐라고 소리치고 싶었
지만 소리가 나오지 않았다.

옆구리를 칼에 찔리고 머리를 다친 무열은 꼼짝없이 병원 신세를 져야

했다. 병원으로 동래가 가끔 오가며 소식을 전해주었다.

"자네, 이만하길 천만다행인 줄 알아. 그놈들은 이 지역에서 아주 질 나쁘기로 소문났어. 자네 아내, 아니 그년은 깡패들을 등에 업고 꽃뱀 노릇을 하는 것이야. 어쩌다 그런 놈들하고 한 패가 되었는지 원, 개새끼들, 아무리 그래도 칼을 쓰는 법이 어디 있냐구."

오히려 자기가 더 열을 내며 덧붙인다.

"이제 찾는 것을 포기하는 게 좋겠어. 나 같으면 정나미 떨어져서 돈 주고 찾으래도 관두겠네."

친구의 말이 맞았다. 한번 춤바람 나서 나간 여자를 찾아 무엇 하리. 억울하고 분통터질 일이었지만 무열은 아내를 깨끗이 잊기로 했다. 그가 그동안 아내를 찾아다닌 것은 복수 때문이 아니라 그저 얼굴이나 한번 보고 싶었던 것이다. 이제 얼굴을 보고 그 마음을 알았으니 됐다 싶었다. 그러나 칼을 쓴 놈들을 그냥 둘 수 없어 동래를 통해서 경찰에 신고했다. 형사가 무열을 찾아와 몇 차례 진술을 받고 수사에 착수했다. 그놈들은 사람을 치고 찌르는 일에 이력이 붙은 폭력배들이었다. 놈들은 수사가 시작된 것을 알고 어디론가 종적을 감춰버렸고, 아내 또한 놈들을 따라갔는지 아니면 혼자 먼 곳으로 떠나버렸는지 더는 카바레에 몸을 나타내지 않았다. 경찰은 할 수 없이 무열을 치고 찌른 놈들을 전국에 수배하고 언젠가 잡힐 거라 위로해주었다. 결국 그는 놈들을 잡았다는 소리를 듣지 못한 채 병원에서 몸이 회복되기만을 기다릴 수밖에 없었다.

그가 꼼짝 못하고 한 달 반 가량 병원에 있는 동안 탄광 마을에도 싸움이 있었다. 얼마 전 갱내에서 실랑이를 벌였던 병방 반장이 목청 좋은 최씨와 벌인 싸움이다. 어느 날 반장이 회식을 마치고 거나하게 취해 돌아가는 길에 최씨를 만난 일이 있었다. 최씨는 강섭이 속한 가다계의 유사로서 동발 깎아먹기에 대해 어떻게 처리할까 안건을 올렸던 사람이다. 반장은 강섭이 늙은 박씨를 편들며 자신에게 따져 물었던 일을 아직까지 괘씸히 생각하고 있었다. 때리는 시어미 보다 말리는 시누이가 더 밉더라고, 난데없이 톡 끼어들어 사람들 앞에서 망신을 주었던 놈, 늙은 박씨쯤 삶은 호박에 주먹내지르듯 수월하게 처리할 수 있는데 놈 때문에 내 위신이 깎였어. 언제고 놈을 만나면 혼쭐을 내주리라. 이렇게 다짐했던 그에게 같은 조에서 일하는 최씨가 눈에 띈 것은 우연이었다.

반장은 부지런히 제 갈 길을 가던 최씨를 불러 세웠다.

"어이, 최씨."

누군가 자신을 부르자 최씨는 걸음을 멈추고 다가오는 반장을 바라보며,

"오늘 회식하셨습니까?"

공손히 묻는 판인데 반장의 말이 거칠게 나온다.

"그래 새끼야. 술 한 잔 걸쳤다. 너희들은 지금까지 동발을 하나도 깎아먹지 않았다 그 말이지? 똥 묻은 개가 겨 묻은 개 나무란다더니 기가 막혀 말이 안 나오네. 이 새끼야, 너희들이 한 짓거리를 내가 훤히 알고 있는데 똑 같은 두더지 신세에 꼭 그렇게 따지고 들어야 돼?"

최씨는 반장이 무슨 말을 하는지 바로 알아차렸다. 갱 속에서 있었던 사소한 말다툼을 가지고 술김에 시비를 붙는 것이다. 그는 취한 놈 상대하지 않는 게 상책이라고 생각했다. 어서 자리를 피하고 싶었다.

"비싼 술 자셨으면 곱게 행동하시오. 괜히 아무나 잡고 주정하지 말고."

"뭐? 술주정? 뚫린 입이라고 말은 잘 하네. 을방 새끼들은 하나같이 주둥이로만 먹고 사는 모양이야. 에라이, 담양 갈 놈들아."

반장은 을방을 모두 싸잡아 욕을 시작했다. 최씨는 이런 욕을 듣고도

조용히 지나간다면 앞으로 을방을 더욱 얕잡아 볼 것이란 생각이 들었다. 이참에 버릇을 고쳐놓아야겠다고 마음먹었다. 그는 어깨를 떡 펴고 욕을 시작했다.

"도둑놈이 포도청 간다더니 네 잘못을 감추려고 남의 잘못을 들추느냐. 순 호로자식일세. 술 처먹었으면 일찍 기어들어가서 마누라 엉덩짝이나 두드릴 일이지 왜 길가는 사람을 잡고 시비를 걸어?"

"뭐가 어쩌고 어째? 너 오늘 잘 걸렸다. 네 놈 제삿밥은 내가 챙겨주마. 눈깔은 가죽이 모자라서 뚫어 놓은 줄 아니? 네놈들 눈으로 우리가 동발 깎아먹는 것을 봤어? 짐차 피하다 똥차에 받혀죽을 놈아."

두 사람의 언성이 높아지고 쩌렁쩌렁 산이 울리는 것 같다. 길 가던 사람들이 하나 둘 모여들었다. 불구경과 싸움구경은 자다가도 일어나서 한다지 않은가. 그것처럼 재미있는 것이 또 없다. 구경꾼 중에는 근무조가 서로 다른 을방, 병방 사람들이 섞여 있었다. 그런데 어찌된 일인지 구경만 할 뿐 끼어들지 않는다. 사람들은 씨름판으로 모여든 것처럼 빙 둘러 무대를 만들어 주었다.

이제 반장과 최씨는 물러설 수 없는 한판 싸움을 벌이게 된 셈이었다. 서로 칠 듯이 바짝 다가서서 손가락질을 하고 주위를 빙빙 돌며 사람들에게 들어보라는 투로 하소연 비슷한 소리를 하였다. 그러다 갑자기 또 욕을 퍼부었다. 반장이 욕을 끝내면 최씨가 이어가고, 간혹 이치에 닿지 않는 소리를 하면 엿가락 분질러 먹듯 중간에 말을 자르고 입에 담지 못할 욕을 쏟아 부었다. 그렇게 목이 쉬도록 욕을 퍼붓고 싸우다가 구경하는 사람들이 슬슬 하품을 시작하면 싸움이 잦아들었다.

"너 이놈, 오늘은 내 바빠서 이만 한다만 두고 보자."

"흥, 오늘 보지 왜 두고 봐? 두고 보자는 놈 치고 무서운 놈 없더라. 망치로 맞은 놈 홍두깨로 치는 법이다. 다시 건들기만 해봐."

광부들은 싸움을 하더라도 직접 멱살을 잡고 난투극을 벌이지 않았다. 그저 일정한 거리를 두고 입에 담지 못할 욕설을 최대한 퍼붓고 상대를 모욕할 뿐 물리적 접촉은 없었다. 구경꾼들은 두 사람이 행여 멱살잡이를 하거나 주먹이 오가면 심판처럼 달려들어서 뜯어말리고 다시 경기를 재개하도록 하였다. 참 이상한 싸움이다. 이것은 아마 누구보다 거친 일을 하고 연장 사용에 익숙한 광부들끼리 직접 치고받는 싸움을 벌인다면 필시 한 사람은 크게 다칠 것이기 때문에 서로 피하는 것인지도 몰랐다. 아무튼 반장과 최씨의 싸움이 싱겁게 끝나버리자 사람들은 좋은 구경 다 끝났네, 아쉬운 표정이었다. 뒤늦게 당도한 사람들은 숨을 헐떡이며 벌써 싸움이 끝났느냐고 물었다. 광부들은 건성으로 대답하는둥 마는 둥 시큰둥한 얼굴로 모두 제 갈 길로 가버리고 말았다.

9

삼천만 원짜리 흑돼지

  늙은 광부 박씨는 아내와 다툰 이후 마음이 편치 않았다. 따지고 보면 별 일 아닌데 왜 아내에게 화풀이를 했는지 모를 일이다. 아마 자식 문제로 쌓인 불편한 감정이 엉뚱한 일을 기화로 터졌을 것이다. 큰 아들은 군대를 마치고 서울에서 공장 생활을 하고, 딸은 광부에게 시집을 가 태백에서 살고 있었다. 문제는 막내다. 이놈이 하라는 공부는 제대로 하지 않고 툭 하면 친구들과 어울려 다니며 사고를 치는 통에 골치가 아팠던 것이다. 며칠 전에도 돈을 들고 가출해서 걱정이 태산 같았다. 놈은 가진 돈을 다 써버리고 추레한 몰골로 기어들어왔다. 마침 방학이라 다행이었지 학기 중이라면 선생을 찾아가 싹싹 빌어야 했을 것이다.

  막내가 가출을 죽 떠먹듯 하는 통에 박씨 부부의 가슴은 무연탄처럼 새까맣게 타들어가고 있었다. 자식을 앉혀놓고 타이르고 윽박지르고 손찌검까지 해봤지만 소용없었다. 속에 무슨 바람이 들었는지 어서 자라서 이곳을 뜨겠다는 말만 할 뿐이다. 누가 제 놈을 여기에 붙잡아두겠다는 사람 있는가. 그저 어디에서라도 사람 구실을 제대로 할 수 있으면 좋겠다. 아버지처럼 고된 일을 하는 광부가 되지 않기를 바랄 뿐인데, 자식은 부모 속을 아는지 모르는지 하루가 멀다 하고 사고를 치고 있었다.

박씨가 갱 속에서 탄을 캐고 집구석에 돌아오면 아내는 기다렸다는 듯 쫓아 나왔다. 그리곤 막내가 새로운 사고를 쳤다고 호들갑을 떨었다. 그 소리를 듣지 않기 위해 밖으로 나갔다가 다시 방안으로 들어가 보지만, 아내는 착암기 돌아가는 것처럼 계속해서 떠들었다. 박씨는 귓구멍을 솜으로 틀어막고 싶었다. 아내는 자신의 넋두리에 남편이 자리를 피해버리면 혼자 연료 떨어진 발동기처럼 푸득거리다 멈추었다. 그제야 박씨는 한잠 잘 수 있었다. 아내가 우물가로 사라진 후에 하릴 없이 방바닥을 이리저리 옮겨 다녔다.

그러다 문득 생각났다는 듯 텔레비전 아래 서랍을 열고 작은 상자를 꺼냈다. 그 안에는 인감도장이며 통장 같은 물건이 들어 있었다. 그가 항상 들고 보는 것은 노란 고무줄로 묶어놓은 두툼한 종이뭉치였다. 누런색 종이뭉치를 꺼내 방바닥에 쭉 펼치고 하나씩 들여다보는 것이 그의 유일한 재미라면 재미였다. 그것은 탄광에서 받은 월급봉투, 여태껏 한 장도 버리지 않고 신주단지 모시듯 보관하고 가끔 이렇게 꺼내보는 것이었다. 누가 보면 화투로 하루 운수를 점치고 있는 것으로 착각할 만했다.

"어라, 몇 장이 없네? 발이 달린 것도 아니고 어디로 갔을까나."

그는 마치 화투 몇 장을 잃어버린 것처럼 온 방을 쏘다니며 사라진 월급봉투를 찾아 헤맸다. 장롱을 열어보고 서랍이란 서랍은 모두 뒤졌지만 찾을 수가 없었다. 마치 약기운 떨어진 아편쟁이처럼 조바심을 내며 건넌방을 뒤지고, 나중에는 부엌으로 가서 혹시 마누라가 불쏘시개로 쓰지는 않았을까 아궁이를 헤집어보았다. 하지만 잃어버린 월급봉투 몇 장을 끝내 찾을 수 없었다.

"거 참, 이상타. 통째로 없어진 것이 아니고 몇 장만 사라지다니."

마침 우물가에서 돌아온 아내가 그의 눈에 들어왔다.

"이리 좀 와보오. 혹시 방안에 있던 월급봉투 손댔나? 오래 전 봉투 몇 개가 비어서 하는 소리야."

"그걸 내가 어떻게 아우? 난 그거 쳐다보기도 싫더구먼."

"잘 생각해보란 말이야. 당신 아니면 누가 저것을 손대겠느냐고."

남편의 추궁에 아내는 함지박을 내려놓고 잠시 생각한다.

"혹시 그 때 딸려 갔을라나?"

"뭐, 언제?"

"아, 있잖수. 한 보름 전쯤 당신이 오늘처럼 봉투를 방바닥에 쫙 펼쳐 놓고 눈이 빠지도록 들여다보고 있을 때, 손님이 찾아와서 허겁지겁 방을 치웠잖아요. 당신이 마루에서 손님을 맞이하고 나는 그것을 대충 쓸어 담고 방안을 청소했어요. 아마 그 때 몇 장이 쓰레기에 딸려 갔을 수도 있겠단 말이우."

"아이고, 이 미련한 여편네가 제대로 살펴보지 않고선."

"허구한 날 방구석에 틀어박혀 월급봉투를 진사 노새 보듯 하더니, 그렇게 중요한 물건이라면 자신이 잘 챙겼어야지, 왜 마누라를 타박하우?"

"뭐가 어쩌고 어째? 광부 마누라가 돼갖고 월급봉투를 그리 허술히 챙기다니. 어이구 내가 미치지, 암 미치고말고. 무식한 도깨비 진언을 알랴. 그 쭈그렁 얼굴에 처바를 구루무는 피난길에도 잘 챙길 것이다."

"보자보자 하니 눈뜨고 못 봐주겠네. 이 양반이 어디다 화풀이야?"

이렇게 해서 싸움이 벌어졌던 것이다. 아내도 그동안 쌓인 게 많았던지 남편에게 바락바락 대드는 것이 보통 아니다. 이참에 본때를 보여주겠다고 생각한 모양이었다.

"흥, 남의 집 귀한 딸년 데려다가 남들처럼 호강을 시켜줬나, 아니면 어디 한번 여행을 보내줬나. 해준 게 뭐 있다고 툭하면 나한테 짜증이야. 이불 속에서나 큰소리칠 줄 알지 어디 나가서 사내 구실도 못하는 인사가, 응?"

"에이, 못 된 년."

박씨는 참지 못하고 아내의 따귀를 때렸다.

"모진 놈은 계집 치고 흐린 놈은 세간 친다더니, 이놈이 이제 제대로 미쳤구나. 그래 더 때려라. 때려서 아주 죽여. 나도 이 지긋지긋한 세상 살기 싫다, 이놈아. 이참에 세간도 모두 박살을 내뿌리고 너하고 나하고 오늘 죽자 죽어."

아내는 남편의 멱살을 잡았다. 그것을 뿌리치면 방바닥으로 나동그라졌다가 다시 용수철처럼 벌떡 일어나 팔을 잡고 다리를 붙들었다. 나중에는 혼자 벌렁 드러누워서 양팔과 다리를 동동거리며 울음을 놓았다. 기가 질린 박씨는 더 이상 어쩌지 못하고 방문을 쾅 닫고 나가버렸다. 그 길로 술집에 내려가 혼자 소주를 마시고 괜히 역전으로 갔다 안경다리로 갔다 마치 비 맞은 수탉처럼 쏘다녔다. 그러다 시간이 되어 출근해버리고 말았다.

아내는 한참 후에야 울음을 멈추고 남편을 기다렸지만 돌아오지 않았다. 아마 바로 출근한 것 같았다. 그녀는 한바탕 싸우고 목이 터지게 울어 십년 묵은 체증이 쑥 내려간 듯 속이 후련했다. 가슴을 짓누르고 있던 묵직한 돌덩이를 치워버린 것처럼 오히려 개운한 것이 이상할 노릇이었다. 그녀는 소리꾼 목청 다듬는 모양으로 험험 헛기침을 하며 방바닥에 흩어져 있는 월급봉투를 챙기기 시작했다. 새삼 남편의 구부정한 어깨가 떠올라,

"이게 뭐라고 마누라를 친담? 눈 먼 고양이 달걀 어르듯 허구한 날 방구석을 차고앉아서…"

입을 내밀고 투덜거렸다. 사실 그녀가 남편 속을 모르는 게 아니다. 남편은 월급이 들어 있던 봉투를 하나도 버리지 않았다. 족보 보다 더 소중히 간직하고 있었다. 그 이유는 산재보상 때문이었다. 만약 회사를 퇴직한 후에 진폐증이 발병하면 어디서 일했는지 증명을 해야 되는데, 산재보상에 소극적인 회사 보다 더 믿을 수 있는 것은 월급봉투였다. 일하는 동안 받은 월급봉투를 근거자료로 내밀면 직업병 판정과 치료 혜택을 받을 수 있었다. 그래서 광부들은 월급봉투를 버리지 않았다. 그런데 몇 장을 잃어버렸으니 남편이 화를 낼 만도 했다. 물론 그것을 이해하지 못하는 바 아니지만 막내 문제로 가뜩이나 심사가 어지러운 자신의 마음을 헤아려주지 못하고 짜증낸 남편이 야속했던 것이다.

그녀는 도시락을 챙겨 뒤늦게 출근하는 사람들 편으로 들려 보내고 돌아왔다. 마루 앞에 나동그라져 있는 남편의 신발이 보였다. 낡은 신발이 마치 나이든 남편을 보는 것 같아 마음이 짠하다. 그녀는 콧물을 훌쩍이며 신발코가 안쪽을 향하도록 가지런히 놓았다. 광부 아내는 남편의 신발을 항상 이렇게 둔다. 사고가 많은 탄광촌에서 밤늦게 울려대는 엠뷸런스 소리에 가슴을 졸이고, 사람들이 어디론가 우르르 몰려가는 소리를 들으면 밖으로 나가기가 무서웠다. 혹시 남편에게 사고가 생기지는 않았을까 두려웠던 것이다. 아내들은 남편의 신발코를 안쪽으로 돌려놓으면 무사히 돌아올 것으로 생각했다.

박씨는 아내가 젊었던 때를 떠올리며 인차에 몸을 싣고 깊고 깊은 갱 속으로 내려갔다. 얼마나 고왔던가. 신부를 데려오던 밤, 세상 전부를 얻은 것처럼 기뻤고 자식을 낳았을 때는 입술이 부르트도록 산고를 치른 아내의 얼굴을 어루만지며 함께 울었다. 그런데 지금은 싸우고 아내를 치고 있으니. 호강은커녕 이 삭막하고 어두운 산골 탄광촌에서 못난 남편의 작업복과 도시락을 챙기느라 하루하루 가슴을 졸였을 아내. 그는 굴속에서 불어나오는 서늘한 바람에 눈을 깜박이고 눈가에 번지는 눈물을 훔쳤다.

박씨가 속한 채탄부 동료들은 점심시간이 되자 동발을 깔고 그 위에 빈 나무약통을 가져다 엎어놓고 식사를 시작했다. 굴진작업을 할 때는 화약부에서 다이너마이트가 담겨 있는 나무상자를 가져와 발파한다. 광부들은 다이너마이트를 약 또는 다이로 줄여 부르고 있었다. 편평한 나무상자는 식탁으로 사용하기에 더 없이 좋았다. 박씨는 누군가 전해준 도시락을 열어 쥐들에게 한 숟가락 던져주었다. 그 곁에서 강섭이 식사를 하다 말고 묻는다.

"형님, 갈수록 탄이 질어지는 거 같지 않아요?"

"글쎄."

박씨가 애매한 대답을 하자 건너편에 앉은 젊은 광부 심씨가 참견한다.

"모를 수밖에요. 젊은 놈들이 앞에서 무거운 착암기와 곡괭이 작업을 하고 늙은이는 뒤치다꺼리나 하고 있으니 알 턱이 있겠수."

이 소리에 강섭은 불쾌한 얼굴로 김씨를 쏘아본다.

"자네, 무슨 말을 그리 하는가? 소시 적에 자네만큼 일해보지 않은 사람이 누가 있다고. 지금 심각한 이야기를 하고 있는데 자꾸 그렇게 비아냥거릴 거면 끼어들지 말게. 조용히 밥이나 먹는 게 좋아."

김씨는 눈을 껌벅이며 무슨 말인가 하려다 다른 광부들이 헛기침을 하는 것을 듣고는 입안에 들어 있던 밥을 꿀꺽 삼킨다. 강섭은 김씨를 눌러 앉히고 박씨에게 고개를 돌린다.

"형님, 습도 때문은 아닌 것 같습니다. 나중에 한번 보시죠. 혹시 물통이라도 위에 있어 터지면 큰일 아닙니까?"

"알았네. 자리를 교대해서 한번 살펴보도록 하지."

물통은 탄층 내에 지하수가 고여 있는 것이다. 개미굴처럼 얽히고 설킨 땅속에는 지하수가 흐르는 수맥이 지나고 한쪽에 고여 있는 경우가 있었다. 또 탄을 캐내고 폐갱시킨 곳은 배수작업이 원활하지 못해 물이 고여 있기도 했다. 만약 그 아래나 옆에서 작업하다 물통을 건드리면 물이 몽땅 쏟아져 대형사고로 연결되기 때문에 강섭은 경험 많은 박씨에게 묻는 것이다. 식사를 마치고 박씨는 강섭과 함께 채탄 막장 천정과 벽을 손으로 만져가며 살펴보았다.

"탄이 이렇게 젖어 있고 물이 스미듯이 벽면을 타고 흐르는 것을 보면 자네 말대로 물통이 가까이 있는 것 같네. 계속 작업하다가는 무슨 일을 당할지 몰라."

"그렇지요? 빨리 위에 말하고 조치를 취해야겠어요."

강섭은 반장과 함께 갱내 사무실로 달려가 감독에게 채탄 막장의 상황을 보고했다. 감독은 상황을 상부에 보고한 후에 곧 자재를 보내줄 테니 보갱준비를 하라고 지시했다. 강섭이 채탄 막장으로 돌아왔을 때 동료들은 동발 위에 걸터앉은 채 그를 기다리고 있었다.

"어떻게 됐수?"

성질 급한 김씨가 물었다.

"일단 작업을 중지해. 감독이 위에 보고하고 동발을 더 투입해서 보갱한다고 했으니 잠시 기다리자고."

"늙은 박씨가 뭐 아는 게 있다고 그러슈. 괜히 시간만 축내게 생겼네."

"아니야. 형님이 탄밥을 먹어도 자네 보다 훨씬 많이 먹었으니까 기다려 봐."

김씨는 강섭의 말에 짜증이 나는지 들고 있던 곡괭이를 휙 집어던지고 동발 위에 털썩 주저앉았다. 일손을 멈추고 감독이 오기만을 마냥 기다리자니 답답하고 좀이 쑤시는 모양이다.

광부는 도급제로 임금을 받는다. 일하지 않고 쉬면 채탄량이 줄어들고 임금 역시 줄어들게 되므로 아까운 시간만 축내는 것이다. 그들이 한참 기다려도 감독은 오지 않았다. 아무래도 위에서 보갱을 하고 작업을 계속할지, 아니면 배수작업을 먼저 할지 결정이 늦어지는 듯했다. 어쩌면 동발 운반작업에 시간이 걸리고 있는지도 몰랐다. 결국 참지 못한 김씨가 자리에서 벌떡 일어났다.

"에이 씨팔, 속 터져 못 살겠네. 파보면 알 거 아니겠수. 저쪽에 정말 물통이 있는지 없는지."

그리고 곡괭이를 집어 들고 탄 더미를 기어오르기 시작한다. 다른 광부들은 그 행동을 본체만체 동발에 기대어 잡담을 나누고 있었다. 그걸 보고 늙은 박씨가 소리쳤다.

"아서."

강섭도 자리에서 일어나 고함쳤다.

"자네, 무슨 짓이야!"

하지만 김씨는 아랑곳하지 않고 탄 더미를 기어올라 벽에 기대어 섰다. 다른 광부들은 그제야 김씨의 행동이 심상치 않다는 것을 느낀 모양이다. 모두 걱정스러운 눈빛으로 바라보았다. 김씨는 자신에게 집중된 광부들의 헤드랜턴이 무대를 비추는 조명처럼 느껴졌다. 그는 탄 더미를 오르느라 거칠어진 숨을 가다듬고 볼에 흐르는 땀을 닦았다. 그런데 땀이 촉촉하다.

"응?"

그가 고개를 들어 천정을 바라보자 동발을 타고 물이 뚝뚝 떨어지는 것이 보였다. 동발에서 떨어진 물이 바가지를 타고 그의 볼에 떨어졌던 것이다. 무덥고 습한 막장 속에서는 땀이 차갑게 느껴지지 않는 법이다. 그는 이게 무슨 일인가 싶어 곡괭이 자루로 막장 천장을 쿡쿡 건드렸다.

그 때 어디에선가 휘파람 소리가 들리는 것 같더니 막장이 와르르 무너지고 말았다. 김씨는 쏟아지는 동발에 머리를 얻어맞아 쓰러지고, 막장 윗부분에 있던 박씨와 강섭은 외마디 소리를 지를 틈도 없이 엄청난 양의 물과 탄 더미에 깔려버렸다. 시커먼 물은 광차를 뒤집어엎고 몇 명의 광부들을 휩쓸고 지나갔다.

갱내 사무실에 있던 감독도 휘파람 소리를 들었다. 그는 자신도 모르는 사이 온몸에 서늘한 기운이 감돌고 털이 곤두서는 느낌을 받았다. 굴속에서는 절대 휘파람을 불지 않는다. 보통 낙반사고나 붕락사고가 발생할 때 휘파람 소리와 비슷한 소리가 들리기 때문에 휘파람을 불면 재수 없다고 생각하기 때문이다. 조금 전 다녀간 채탄 막장에서 물통이 터지고 붕락사고가 발생했으리라. 감독은 즉각 전화기를 들어 사고를 전파하고 사람을 보내 상황을 파악하기 시작했다.

회사가 발칵 뒤집혔다. 항상 사고의 위험성을 안고 있는 작업장이 탄광이지만 ,사고는 언제나 낯설고 사람을 허둥대도록 만든다. 광산구조대 또는 광산구호대라 부르는 대원들이 장비를 갖추어 집결하고, 퇴근해 쉬고 있던 광부들도 현장으로 모여들었다. 거기에는 인덕도 섞여 있었다.

구조대는 일반 광부들과 달리 하얀 헬멧에 하얀 작업복을 입는다. 그들은 공기호흡기를 쓰고 일렬로 서서 길게 늘여진 로프를 잡고 진입한다. 평소 구조작업을 위해 마련된 훈련장에서 모의훈련을 받아온 정예광부들이다. 하지만 이들만으로는 매몰된 광부들을 구해낼 수 없었다.

구조대가 목표지점에 도달하기 위해서 어지럽게 쌓여 있는 동발을 제거하고 무수한 전선과 로프를 절단해야 된다. 구조대를 보조하고 작업해 줄 광부들이 필요한 것이다. 구조대장은 대책사무실에서 광부들이 매몰된 지점을 확인하고 구조작전에 대해 논의한 다음 아래로 내려왔다.

"일단 마스크는 쓸 필요가 없겠어. 갱내에 가스가 있다는 보고는 없었으니까 폭발사고는 아니야. 이번 사고는 물통에 붕락사고가 겸해진 것이니 일단 배수작업을 마친 다음에 진입한다."

서둘러 매몰광부 구조를 위한 장비와 인원이 투입되었다. 구조대장은 한쪽에서 구경하고 있던 인덕을 발견하고 다가갔다.

"자네도 같이 가지."

"네?"

"구조는 대원들 힘만으로는 어려워. 우리와 함께 일해봐서 알겠지만 이런 일에는 자네처럼 힘 좋은 사람이 많이 필요하단 말이야. 이참에 아예 구조대로 자리를 옮기는 게 어때?"

그렇지 않아도 인덕은 무슨 일이든지 할 생각이었다. 언젠가 구조대장이 자신의 힘을 눈여겨보고 구조대원이 되어 볼 생각이 없는가 물어본 일이 있었다. 그때 인덕은 구조대보다 어두운 막장이 더 좋고, 정식 대원이 아니더라도 얼마든지 힘을 보탤 수 있다는 생각에 사양했었다.

"대장님, 그런 말씀 마세요. 구조대든 선탄부든 모두 광부들인데 어느 누가 모른 체 할 수 있겠습니까. 자리를 옮기란 말씀은 하지 마십시오."

"정말 황소고집이군. 알았네. 이번 사고에 자네를 임시로 특별구조대원으로 추천할 테니 준비하도록 해."

"네, 알겠습니다."

인덕은 힘 좋은 광부들 몇 명과 함께 임시로 구조대에 편성되었다. 지하에서 배수작업을 통해 고인 물을 빼내는 동안 엠뷸런스가 광장에 대기하였고, 부리나케 달려온 사고자 가족들이 목을 놓고 울어대며 회사 관계자 멱살을 잡았다. 회사 간부들은 행여 봉변당할까 두려워 현장으로 내려오지 않았다. 그저 사무실에서 전화기를 잡은 채 윽박지르거나 책상을 탕탕 두들기며 어서 빨리 매몰자를 전원 구조하도록 재촉할 뿐이었다.

밖의 상황이 숨 가쁘게 돌아가고 있을 때, 굴속에서는 생존한 광부들이 서로의 이름을 애타게 부르고 있었다. 광부 네 명은 물이 휩쓸고 내려올 때 뒤집힌 광차와 탄 더미에 깔려서 숨을 쉬지 못했다. 다행히 막장 끝 부분에 있던 늙은 광부 박씨와 강섭, 그리고 젊은 광부 김씨가 살아 있었다. 하지만 박씨는 탄 더미에 깔려 머리만 간신히 내놓고 있는 형편이었다. 김씨는 무너지는 동발에 머리와 허리를 심하게 다친 상태였다.

강섭의 얼굴에서 물인지 땀인지 핀지 알 수 없는 액체가 계속 흘러내렸다. 왼쪽 다리는 골절되어 심하게 뒤틀려 있었다. 쓰고 있던 헬멧이 벗겨지고 허리에 있던 축전지가 어디로 갔는지 알 수 없었다. 아주 작은 불빛 하나 없는 완벽한 어둠 가운데 세 사람이 내뱉는 신음소리가 끊어질 듯 이어졌다.

"형님, 거기 있수?"

강섭이 물었다. 박씨는 대답 대신 '으으으' 신음소리만 낼 뿐이다. 강섭은 박씨를 확인하고 다른 동료들의 이름을 연거푸 불렀다. 하지만 아무런 대답이 없었다. 얼마나 시간이 지났을까. 정신을 잃고 쓰러졌던 김씨가 간신히 몸을 기대고 대답했다.

"나 여기 있어요."

"김씨야? 몸은 좀 어때?"

"모르겠어요. 움직일 수가 없습니다. 이러다 죽을 것 같아요."

"자네, 쓸 데 없는 소리 말고 그대로 있어. 내가 가볼 테니까."

강섭은 다리를 질질 끌고 동발과 돌무더기로 가득 찬 갱 속을 기어 소리 나는 쪽으로 움직였다. 한참 후 겨우 김씨에게 도달할 수 있었다. 그의 말대로 허리가 부러지고 머리를 다쳤는지 몸을 전혀 움직이지 못하고 묻는 말에 겨우 대답할 뿐이었다. 강섭은 그를 안심시키고 이번에는 박씨를 찾았다.

"형님, 어디 계세요? 대답 좀 해보세요."

"여기야. 숨이 막혀."

박씨는 마치 뻘 속에 파묻힌 것처럼 고개만 간신히 내밀고 겨우 말을 하였다. 어른 허벅지만큼 두꺼운 동발이 그의 다리와 허리를 엇갈리게 가로질러 짓누르고, 그 사이에는 죽처럼 변한 석탄이 가득 메우고 있었다. 처음에는 그래도 숨을 쉴 수 있더니 시간이 흐를수록 점점 호흡이 어려워졌다. 강섭은 봉사처럼 한참을 더듬거린 끝에 겨우 박씨를 찾아냈다.

"형님, 괜찮수? 온몸이 파묻혔군. 내가 한번 파볼 테니 그대로 계십시오."

"괜한 고생 하지 말게. 파내면 또 그 자리를 다른 흙이 덮을 거야. 자네 힘만 빼는 거라고."

"그래도 공간을 조금 더 확보하면 숨쉬기가 나을 테니까."

강섭은 빛 한 점 없는 어둠속에서 맨손으로 박씨를 덮고 있는 흙을 파냈다. 날카로운 돌멩이에 걸려 손톱이 부러지고 고통이 엄습해왔지만 아랑곳하지 않았다. 겨우 가슴 언저리까지 흙을 파내자 박씨는 숨쉬기가 한결 나아진 것 같았다. 기침을 쿨럭쿨럭 하더니 연신 고맙다는 말을 한다.

"고마우이. 광부가 막장에서 죽는 것이 뭐 대순가? 나는 괜찮네만 자네들이 걱정이야."

"형님, 그런 말씀 마세요. 곧 구조대가 올 겁니다. 기다리면 반드시 살 수 있으니 마음 굳게 먹고 계셔야 합니다."

하지만 밖의 상황은 녹록치 않았다. 쏟아진 물의 양이 적지 않아 배수 작업에 시간이 많이 소요되었고 불규칙하게 얽힌 동발을 제거하기 어려웠다. 자칫하면 추가 사고까지 우려되었으므로 매우 조심스럽게 작업을 진행할 수밖에 없었다. 그나마 다행인 것은 장정 서너 명이 달라붙어 당겨도 쉽게 빠지지 않는 동발을 인덕 혼자 힘으로 시루떡에 꽂혀 있는 나무젓가락 뽑아내듯 쑥쑥 뽑아내는 바람에 통로 개척이 탄력을 받고 있다는 것이었다.

사택에서 사고 소식을 접한 박씨의 아내는 잠시 정신이 멍해지고 하늘이 노래지는 것을 느꼈다. 뒤로 털썩 넘어지려는 것을 옆에 있던 아낙들이 잡아 회사로 가는 차에 태웠다. 이미 여기저기 사고를 당한 가족들이 훌쩍이고 있었다. 수건을 꺼내 코를 팽 푸는 사람, 흔들리는 차창에 머리를 기대고 초점 잃은 눈으로 밖을 응시하는 사람, 아무나 붙잡고 통곡하는 사람. 그야말로 버스는 울음소리로 가득 차 있었다. 그것 뿐 아니라 덜컹대는 버스 옆으로 미친 듯이 달려가는 사람들이 보였다.. 아마 그들도 사고자 가족이리라.

탄광사고는 광부 사택과 사북 읍내 전체를 충격으로 몰아넣었다. 어느새 귀신같이 알고 찾아온 기자들이 카메라를 들고 연신 플래시를 터트리며 읍내를 들쑤시고 다녔다. 그 바람에 사람들이 깜짝깜짝 놀랐다. 이런 와중에서도 사택에 남은 여자들은 주먹밥을 만들고 국을 끓여 회사로 날랐다. 앞으로 밤낮없이 진행될 구조작업과 그 캄캄하고 답답한 곳에 갇혀 있는 광부들, 그리고 울며불며 뛰어간 이웃을 생각하면 주먹밥을 만들면서도 눈물이 멈추지 않았다. 광부들이 먹는 주먹밥은 아내들의 눈물이 섞여 짭쪼름한 맛이었다.

성화는 주인 할머니를 통해 사고 소식을 듣고 자기도 모르게 가슴이 쿵쾅거렸다.

"하나님 맙소사."

그녀는 자신이 절룩인다는 사실조차 잊을 정도로 정신없이 강섭의 집으로 달려갔다. 이미 강섭의 아내는 현장으로 가버렸고 어린 애들만 옹기종기 모여 앉아 옆집 아주머니가 챙겨준 밥을 먹고 있었다. 그 모습에 그녀는 눈물이 왈칵 쏟아졌다.

"에그."

그녀는 애들이 밥 먹는 것을 지켜보고 상을 치운 다음 깨끗이 씻겨서 잠을 재웠다. 눈물바람으로 올라간 형님은 여러 날이 지나도록 내려오지 않았다. 아이들은 고스란히 성화의 몫이 되었다. 문득 그녀는 형님이 정신없이 뛰어나가느라고 갈아입을 옷을 미처 챙기지 못했을 것이란 생각이 들었다. 남편이 생사의 기로를 헤매는 동안 온몸의 힘이 빠져 아무데나 퍼질러 앉아 눈물을 흘릴 게 분명했다. 이미 여러 날이 지났으니 그 행색이 얼마나 초라할 것인가.

그녀는 애들에게 아침을 먹여 학교에 보낸 후에 옷가지를 싸들고 회사로 향했다. 사북 읍내를 가로질러 흐르는 냇가 다리를 건너고 한참을 걸어 안경다리에 도착했다. 바쁘게 오가는 사람들 틈에 끼어 오르막을 오르노라니 왼편으로 회사가 보인다. 그녀는 가족들이 어디에 있는지 물어 겨우 형님을 찾았다. 예상대로 얼굴이 많이 상한 모습이다. 남편이 죽었는지 살았는지 모르는 상황에 따뜻한 밥이 목구멍에 넘어갈 리 없고, 죄스러운 마음 때문에 씻을 엄두도 내지 못한 탓이다.

"형님, 얼마나 놀라셨어요. 여기 옷가지 몇 벌을 챙겨 왔으니 갈아입으세요. 애들은 아침 먹고 학교에 갔어요. 아무 걱정 마시고 마음 단단히 먹어야 해요. 준섭이가 첫째라고 동생들을 잘 챙기고 있어요."

형님은 성화를 보고 울음부터 터트린다. 마치 봇물이 터진 것처럼 한참을 울고 난 후 눈물을 닦아낸다.

"고마워. 자네 없었으면 애들 건사를 어떻게 했을지 몰라."

"아니에요. 옆집에서도 신경을 많이 써주시던 걸요. 뭣 좀 드셨어요? 이럴 때일수록 먹고 기운을 내야 되는데."

"에그, 지금 목구멍으로 밥이 넘어가겠나. 저 땅속 깊은 곳에서 애들

아빠가 죽었는지 살았는지 알 수 없는데. 밥이 모래알 같아서 물만 몇 모금 마셨다네."

두 사람이 그렇게 하소연하고 위로하며 이야기를 나누고 있을 때, 야간 작업을 마친 구조대원들이 나오는 것이 보였다.

구조작업은 회사를 통해 공식적으로 브리핑될 뿐 가족들에게 일일이 설명되지 않았다. 괜한 소리를 했다가 흥분한 가족들이 들고 일어나면 곤란하고 부정확한 정보는 상황을 악화시키기 때문이다. 하지만 가족들은 지푸라기라도 잡고 싶은 심정이다. 입을 굳게 다문 구조대 뒤를 따라 몇 명의 광부들이 걸어 나오고 있었다. 그중에서 인덕을 발견하고 사람들이 달려갔다.

"말해봐. 지금 어떻게 된 거야?"

인덕의 얼굴은 땀과 탄가루로 인해 번들거리고 있었다. 눈동자와 이빨만 하얗고 먹물을 뒤집어 쓴 것처럼 검었다. 가족들은 지쳐 있는 그에게서 좋은 소식 하나라도 듣고 싶었기 때문에 그를 놓아주지 않고 양팔을 흔들어댄다.

"이제 겨우 배수작업이 끝나고 통로를 개척하기 시작했어요. 하지만 갱도가 틈 하나 없이 꽉 막혀 있어서 뚫는데 힘이 듭니다."

"살았단 말이야 죽었단 말이야?"

"그걸 내가 어찌 알겠수. 살아 있다면 반드시 내 손으로 구해낼 테니 너무 걱정들 마시구랴."

그의 말에 어떤 이는 '아이구 아이구' 목놓아 울고 어떤 이는 눈물을 닦아냈다. 그리곤 애썼다며 인덕의 어깨를 토닥여주었다. 그가 말을 마치고 돌아설 때 가족들 틈에 앉아 있던 성화와 눈이 마주쳤다. 눈을 깜빡하는 것보다 짧은 시간에도 인덕은 그녀가 누구인지 금방 알아보았다. 성화는 젖은 눈빛으로 그를 응시했다. 그가 마치 불법(佛法)을 수호하는 금강역사와 같다는 생각이 들었다. 탄가루를 뒤집어 써 인상을 제대로 살펴보기 어렵지만 그의 번득이는 눈빛과 말투에서 신뢰감이 느껴졌다.

아무튼 배수작업이 끝나자 구조작업은 속도를 내기 시작했다. 인덕이 선두에서 서너 사람 몫을 해냈다. 미친 듯 동발을 뽑아내고 땅을 파들어 갔다. 덕분에 사고가 일어난 닷새 후에 사고지점 근처까지 도달할 수 있었다.

그동안 막장에 갇힌 세 사람은 생사를 넘나드는 사투를 벌이고 있었다. 사방이 캄캄하고 시계를 볼 수 없어 도대체 시간이 어떻게 가는지 알 수 없었다. 게다가 먹지 못해 점점 기운이 빠져나갔다. 특히 땅속에 파묻힌 박씨의 상태가 심각했다. 그는 겨우 팔을 꺼내 강섭의 손을 쥐고 드문드문 끊기는 목소리로 당부했다.

"자네 말이야. 만약 내가 죽으면 내 마누라한테 미안하다고 전해줘. 꼭 전해줘야 해. 내가 무척 미안해 하드라, 애들 남겨놓고 먼저 가서 미안하다고 말이야."

"형님, 그게 무슨 소리요. 정신 차려요. 죽긴 누가 죽는다고 그러십니까. 여기 있는 세 사람 모두 살아서 밝은 빛을 볼 테니 용기를 내세요."

"아닐세. 어차피 광부를 하긴 너무 늙었어. 살아봐야 가족들에게 짐만 될 뿐이지. 그럴 바엔 차라리 삼천만 원짜리 흑돼지가 되는 게 나아."

박씨의 말을 듣고 강섭과 김씨는 울었다. 캄캄한 암흑 속, 한쪽에서 허리를 다쳐 움직이지 못하는 김씨가 훌쩍이며 말한다.

"형님, 늙은 광부라고 놀려서 미안하우. 내 생활이 너무 더럽고 화나서 형님께 화풀이를 한 거예요. 형님, 부디 용서해주시우."

"자네 마음 아네. 아무 걱정 말고 몸을 잘 챙겨. 아직 장가도 안 갔지 않은가. 좋은 배필 만나 아들 딸 낳고 행복하게 살아야지, 암."

젊은 광부 김씨는 박씨에게 거듭 미안하다고 용서를 구했다. 엉엉 우는 소리가 어두운 막장을 가득 채웠다. 세 사람은 서로를 불러 아직 살아 있음을 확인하고 깜빡 잠이 들기를 반복했다. 그러나 시간이 지날수록 말이 줄어들고 오직 신음소리를 통해 자신의 존재를 알릴 뿐이다. 마침내 박씨의 신음이 점점 잦아들더니 어느 순간 뚝 끊기고 말았다. 강섭은 박씨의 신음이 끊기자 갑자기 한기가 쫙 몰려오는 느낌이 들었다.

"형님, 형님. 정신 차리세요. 여기서 억울하게 죽으면 안 됩니다."

강섭이 절규하는 소리가 어두운 갱내에서 울려 퍼진다. 그 바람에 탈진하여 깜빡 잠이 들었던 김씨가 깨어나 덩달아 목을 놓는다.

"아이구 형니임."

이렇게 늙은 광부 박씨는 동발과 흙더미에 깔려 숨을 거두었다. 이제 남은 사람은 두 명뿐, 살 수 있다는 희망보다 두려움이 커지고 있었다. 박씨가 죽은 후에 강섭은 자신도 정말 죽을지 모른다는 생각이 들었다. 도대체 며칠이 지났는지 알 수 없고 구조대가 구하러 올 것이란 희망이 점점 옅어졌다.

시간이 지날수록 그는 목이 타들어가고 힘이 빠져 김씨를 부를 힘조차 없었다. 김씨는 상태가 더욱 심각해 숨만 겨우 깔딱이며 간간히 신음소리를 뱉어내고 있었다. 그들은 비몽사몽간에 잠이 들었다 깨기를 반복하였다. 눈을 떠도 사방이 암흑이라 꿈속을 헤매는 것처럼 느껴졌고, 자신이 눈을 떴는지 감았는지 확인할 길이 없었다.

강섭은 중동에서 귀국하여 트럭을 한 대 사고 호기롭게 운수사업을 하던 때를 떠올렸다. 한번 집을 나가면 며칠씩 타지를 떠도는 생활이었지만 짐을 싣고 부리는 일이 재미있었다. 간혹 비포장 고갯길과 내리막에서 죽을 뻔한 일, 고무바를 묶다 끊어지는 바람에 뒤로 떨어져 병원신세를 졌던 일도 있었다. 그럭저럭 고비를 잘 넘기고 사업이 잘 되나 싶었는데 사고 두 번에 그만 빈털터리가 되고 말았던 것이다.

첫 번째는 국도에서 다른 차와 부딪혀 차가 망가지고 화물까지 쏟아져 뒹구는 바람에 그 비용까지 모두 변상해준 사고였고, 두 번째는 자전거를 타고 가던 사람을 친 사망 사고였다. 첫 번째 사고에서 이미 빈털터리가 되다시피 했기 때문에 두 번째 사고는 합의에 이르기가 어려웠다.

누구 도와줄 사람 한 명 없이 유치장에 갇혀 있느라고 일을 전혀 하지 못했다. 그나마 돈 나올 구멍까지 막아버린 셈이었다. 결국 트럭을 팔아 합의금을 마련할 수밖에 없었다. 운수업을 접고 회사에 들어가 기사생활을 할 수 있었지만 그는 운전에 진저리가 났다. 더는 핸들을 잡기 싫었다.

그 후에 가족을 데리고 온 곳이 바로 여기 사북이다. 탄광에서 몇 년 일하면 한몫 잡아 무슨 일이든 다시 시작해볼 수 있으리란 생각이 들었다. 그런데 딱 3년만 하고 뜨자던 것이 해를 넘기고 여러 해가 지났다. 이제는 언제 끝날지 기약조차 없었다. 비록 광부가 도시 노동자에 비해 많이 번다 해도 깊은 산속에 자리한 이곳 물가는 턱없이 비쌌다. 생활비 또한 무시할 수 없었기 때문에 생각처럼 돈이 모이지 않았던 것이다.

강섭은 집에서 기다리고 있을 아이들을 생각해 보았다. 그 초롱초롱한 아이들의 눈빛과 부엌에서 달그락거리며 밥을 짓고 있을 아내. 어서 지옥 같은 이 땅속을 벗어나 집으로 돌아가고 싶었다. 빛 한 점 없이 외부와 완벽하게 차단된 어둠 속에서는 시간 개념이 희미해진다. 벌써 며칠이 흐른 것인지 감을 잡을 수 없고 나중에는 내가 죽었는지 살았는지조차 종잡기 어려운 지경이 되었다. 그나마 김씨가 간간히 내주는 신음소리를 통해서 아직 살아있구나 하는 생각이 들 뿐이었다. 온몸의 기운이 다 빠져나가고 삶에 대한 희망마저 가물거리고 있었다. 정말 이대로 하루가 더 지나면 두 사람 모두 죽을지도 몰랐다.

다행히 엿새째 되던 날, 인덕은 사고지점까지 파들어 가서 길게 박혀 있는 동발을 망치로 두드렸다.

"계시우? 누구 살아 있으면 대답을 해봐요. 어이!"

아무런 대답이 없었다. 그래도 구조대는 포기하지 않고 땅을 팠다. 함께 일하던 반장의 말에 의하면 바로 앞에 사고자들이 있는 게 틀림없다고 했다. 엿새째 계속된 작업으로 구조대도 모두 지쳐 있었다. 아무리 교대작업을 한다 한들 사람은 기계가 아니기 때문에 지칠 수밖에 없다. 더구나 덥고 습한 환경에서 무거운 장비를 들고 좁은 굴을 파들어 가는 작업은 몇 배나 힘들었다. 하나 둘씩 나자빠지고 다른 대원으로 교대하여 작업할 때, 오직 인덕만은 대장의 만류에도 불구하고 묵묵히 땅을 파들어 가고 있었다. 그의 머릿속에는 이상스럽게도 성화의 애잔한 얼굴이 맴돌았다.

잠결이었을까. 강섭은 작은 소리를 듣고 눈을 떴다. 귀 기울여보니 누군가 동발을 두드리는 소리다. 이번에도 환청일지 모른다는 생각이 들었다. 지금까지 몇 번을 들었던가. 그때마다 미친 듯이 소리치고 동발을 두드렸는데도 아무런 반응이 없었던 것이다. 번번이 낙심하고 좌절해서 나중에는 자신의 귀가 기능을 잃었을지도 모른다는 생각까지 들었다. 저 멀리 아득한 어둠 너머에서 아주 작고 둔탁한 소리, 그것은 누군가 동발을 두드리는 소리였다. 그는 움직일 힘조차 없었지만 바닥을 기어 소리 나는 쪽으로 가서 돌멩이를 들고 동발을 두드렸다.

"있다. 소리가 난다."

인덕은 자신이 두드린 신호에 반응하는 소리를 듣고 목청이 터져라 소리쳤다. 구조대는 갑자기 기운이 솟아난 듯 정신없이 동발을 뽑아내고 굴을 팠다. 얼마 후 초점 없는 눈으로 손을 내밀고 있는 강섭을 발견할 수 있었다.

"강섭형. 나 인덕이우."

인덕은 강섭의 손을 잡았다. 구조대는 생존자를 들것에 누이고 담요로 눈을 가린 후 밖으로 구해냈다. 어둠 속에 오래 있다 갑자기 빛을 보면 시력을 잃을 수 있기 때문이다. 가족들은 생존자가 있다는 소식을 듣고 너나할 것 없이 서로를 껴안고 환호성을 질렀다. 하지만 누가 살았는지는 아직 알 수 없었다.

마침내 강섭과 김씨가 밖으로 나오자 가족들이 우르르 달려갔다. 하지만 회사 관계자와 공무원들에게 막혀 가까이 가기 어려웠다. 엠뷸런스가 사이렌을 울리고 보건원을 향해 야속하게 떠나버렸다. 사람들은 상황을 짐작해 보느라고 삼삼오오 모여 웅성거리기 시작했다.

나중에 회사의 공식 발표를 통해 생존자는 강섭과 젊은 광부 김씨라는 것이 알려졌다. 강섭의 아내는 기쁨에 춤이라도 출 법 하건만 어찌된 일인지 온몸에 힘이 풀려 그대로 정신을 잃고 말았다. 아마 지금껏 버텨온 정신을 놓아버린 탓일 게다. 혼절한 사람이 또 있었다. 박씨의 아내는 막내 아들과 함께 남편의 무사귀환을 빌다가 결국 살아 돌아오지 못했다는 소리에 그만 까무러치고 말았던 것이다. 막내는 어머니를 붙들고 목에 무엇이 걸린 것처럼 컥컥거리며 아버지를 불렀다.

"아버지 죄송해요. 제가 잘못했어요."

생존자를 구출한 후에 시신 수습이 이어졌다. 하얀 광목천을 가지고 시신을 싸서 들것에 누이고 인차에 실었다. 그동안 작은 다이너마이트가 준비되었다. 폭발음을 일으켜 망자의 억울한 혼을 깨우고 막장 밖으로 인도하려는 것이다.

"막동아, 막동아, 박막동아, 발파다. 어서 나가자."

이름을 세 번 부르고 다이너마이트를 터트렸다. 막동은 늙은 광부 박씨의 이름이다. 광부들은 인심 좋았던 박씨를 회상하곤 눈물을 훔쳤다.

10

어떤 인연

탄광사고는 항상 언론의 주목을 받는다. 매몰된 광부들이 누구인지 전국으로 보도되고 날마다 구조상황이 전해지고 있었다. 무열은 대전의 병원에서 강섭이 사고를 당했다는 소식을 접했다. 당장 달려가고 싶었지만 몸이 회복되지 않아 갈 수 없었다. 그는 온전치 못한 몸으로 병상에 누워 노심초사 친구가 살아 돌아오길 간절히 기다릴 수밖에 없었다. 엿새 만에 강섭이 구조되었다는 뉴스는 그에게 커다란 기쁨을 주었다.

"그럼 그렇지. 열사의 땅 중동에서도 버티고 살았는데."

무열은 자리를 털고 일어나 사북으로 달려가고 싶은 마음뿐이었다. 그렇게 탄광사고가 마무리 되자 그는 한시름 놓고 어서 몸을 추슬러야겠다는 생각을 하였다. 그러나 상처가 아무는 데는 시간이 필요했다. 아무 연고 없는 대전에서 그나마 병치레를 할 수 있었던 것은 춤 친구 동래 덕분이다. 날마다 오지는 못해도 사나흘에 한 번씩 들러 주전부리를 사다 주고 말동무를 해주었다.

"이제 아내 찾기를 포기할 텐가?"

"찾았는데 뭘."

무열은 그의 물음에 무심한 표정으로 답했다.

"찾다니? 그 놈들이 데리고 갔잖아."

"얼굴 봤으니 된 거란 말일세. 그 마음도 알았고, 억지로 끌고 가봐야 좋은 일이 없을 거야. 살고 싶은 대로 살도록 내버려둬야지."

그는 이제 더는 아내를 찾을 생각이 없었다. 얼굴을 보기 전에는 그토록 보고 싶고 찾고 싶고 왜 나를 떠났는지 묻고 싶더니, 막상 마주 앉았을 때는 허탈감이 밀려왔던 것이다. 괜히 찾았다 싶었다. 차라리 찾지 않았더라면 그 흉한 몰골을 목도하지 않았을 텐데. 어느 순간 불쑥 분노가 밀려오다가도 숨 한번 쉬면 허공 속으로 한숨이 사라지듯 아내를 놓아 보낼 수 있었다.

"다시는 찾지 않을 거야."

"차라리 잘 생각했네. 춤꾼이 언제 마누라 챙기고 집안 건사하는 거 봤나. 그냥 이리저리 떠돌면서 얼빠진 여자나 후리고 한 밑천 챙겨 호강하는 거지."

동래의 말을 듣고 무열은 픽 웃었다. 어쩌면 그의 말이 맞는지도 모른다. 기왕에 들어선 이 세계라면 보란 듯 춤꾼으로 행세하는 것이 맞지 않을까. 하지만 그는 친구처럼 제비가 되기 싫었다. 돈 때문에 원치 않는 여자의 분 냄새를 맡고 웃음을 흘리는 것, 여자 후리는 일은 성격에 맞지 않았다. 춤을 배운 이유는 아내를 찾기 위해서지 다른 이유가 있는 것도 아니었다. 이제 아내 얼굴을 봤으니 춤이 필요 없어진 것이다. 그는 앞으로 어떻게 해야 할지 갈피를 잡기 어려웠다.

그가 병상에 있는 동안 성화는 탄광사고를 옆에서 목도하며 나름대로 바쁜 일상을 보내고 있었다. 처음에는 무열의 빈자리가 크게 느껴지고 혼자 자는 밤이 두렵더니 점차 익숙해졌다. 그가 없더라도 여전히 손님들이 들락거렸다. 간혹 남편이 두들겨 패거나 집에 없는 날이면 아예 자고 가는 여자도 있었다. 그래서 심심치 않았는데 탄광사고가 일어나는 바람에 강섭네 아이들을 돌봐주느라 정신이 없었던 것이다. 그녀는 절룩이는 걸음걸이로 부지런히 비탈길을 오르내렸다.

강섭은 다리가 부러지고 얼굴을 다쳐 상당 기간 병원에 입원하고 있었다. 아내가 병간호를 하느라고 병원에 머무는 시간이 많아졌다. 덕분에 아이들은 고스란히 성화의 몫이 되었다. 아이들에게 그녀는 좋은 이모다.

"이모, 오늘도 우리 집에서 자고 가는 거지?"

"또?"

"응, 밤에 무서워서 나 혼자 화장실 못 간단 말이야. 그러니까 이모가 함께 있어줘."

애들이 손을 잡고 놔주지 않는 바람에 함께 자는 일이 많았다.

옹기종기 모여 앉아 저녁을 먹고 달그락달그락 설거지를 하고 있던 어느 날이었다. 누군가 헛기침을 하면서 걸어오더니 나무 대문을 세차게 흔든다.

"강섭형, 강섭형 게 있수?"

우렁우렁 울리는 목소리가 인덕이다. 그는 강섭이 병원에 입원해있는 것을 알고 있었다. 그런데 성화의 얼굴을 몇 차례 본 이후 눈을 감아도 생각나고 떠도 생각이 나 견디기 힘들어졌다. 그래서 문병 핑계를 대고 일부러 찾아온 것이다. 서울옥에 발길을 끊은 지도 이미 오래다. 성화는 치마에 손을 닦으며 부엌을 나섰다.

"누구세요?"

"저 인덕이라고 합니다. 황인덕. 형 보러 왔는데 안에 있수?"

"아, 네. 안녕하세요. 형부는 입원했고 언니도 없는데요."

인덕은 덩치만 곰처럼 크달 뿐 머리까지 아둔한 것은 아니다. 그는 성화가 강섭을 형부라 부르고 그 아내를 언니라고 부르는 것을 귀담아 듣고 재빨리 분석해 본다. 만약 저 쫄딱구덩이 할머니네 집에서 함께 사는 사내가 남편이라면, 강섭을 두고 형부라고 부르는 것 보다 아주버니나 삼촌이라고 해야 되지 않을까. 물론 그녀가 강섭의 아내와 언니 동생하며 지내는 사이니 형부라고 해도 뭐 무난하기는 하다. 하지만 인덕은 제 좋을 대로 해석해버리고 만다. 그녀가 강섭을 아주버니나 삼촌으로 부르지 않는 것을 보면 그 놈팽이와는 아무런 사이도 아닐 것이라고 말이다. 생각이 여기에 미치자 그는 호기심이 일어 그대로 돌아갈 수가 없다.

그는 성화의 말을 듣고 짐짓 난처한 표정을 지으며 나무 대문을 쓱 밀고 들어온다.

"오는 날이 장날이라더니 그렇게 되었군요. 여기."

손에 들고 있던 종이봉투를 내민다. 성화가 엉거주춤 받아들고 보니 저 아래 가게에서 샀을 과자가 가득 들어있다.

"애들 주시우. 나중에 형님이 입원한 병원으로 가봐야겠군."

"고마워요."

"그런데 형님 내외를 잘 아시우? 듣자 하니 몇 달 전에 들어왔다던데."

"그렇게 됐어요. 뭐라도 한 잔 들고 가시겠어요?"

그녀가 그저 인사치레로 해본 소리이건만 인덕에게는 듣던 중 반가운 소리다. 그는 무례를 용서하라는 말을 하면서 어느새 엉덩이를 마루에 붙이고 앉았다. 성화는 순간 난감한 기분이 들었다. 차마 안으로 들어오라는 말을 하지 못하고 그를 마루에 앉혀둔 채 부엌에서 차와 과자를 내온다.

"드세요. 저번에 형부 사고 났을 때 많이 도와주셨다는 소리를 들었어요."

"껄껄, 뭐 그런 것을 가지고 그러십니까. 그나저나 형이 빨리 나아야할 텐데."

그는 차를 마시며 성화를 힐끔 바라본다. 사고현장에서는 사람들 틈에 끼어 있는 그녀의 얼굴을 가까이 보지 못하고 스치듯 보았을 뿐이다. 지금 눈앞에 앉혀두고 보니 이목구비가 또렷하고 갸름한 얼굴이 눈에 쏙 들어왔다. 그가 차를 마시는 동안 성화는 고개를 내민 아이들에게 과자를 안겨준다. 준섭이 과자를 입에 넣으며 묻는다.

"와, 황장사다. 아저씨, 오늘은 노래 안 불러요?"

"예끼 놈. 내가 가수냐? 노래만 부르고 다니게."

늦은 밤 거나하게 술 취해서 흥얼거리는 노래를 두고 하는 말이었다. 인덕은 더 앉아 있다가는 애들이 또 무슨 말을 할지 몰라 서둘러 차를 마시고 일어선다.

"잘 마시고 가우. 형은 나중에 병원으로 찾아뵐 테니 형수님 오면 다녀갔다고 전해주시우."

꾸벅 인사하고 성큼성큼 걸어 나갔다. 곰처럼 덩치 큰 사람이 어린애를 어떻게 하지 못하고 허둥지둥 사라지는 것을 보고 있으려니, 성화는 자기도 모르게 웃음이 나왔다. 다음날 인덕은 강섭이 입원한 병원을 찾았다. 이번에는 과일 바구니를 들었다.

"에유, 뭐 이런 것을 다 사오고 그래요. 그냥 오시지."

준섭 엄마는 남편을 구해준 사람이 병문안을 오자 반가움에 호들갑을 떨었다. 집이었다면 버선발로 뛰어나갔을 기세다. 인덕은 쑥스러운 얼굴로 병상에 누워있는 강섭에게 다가갔다.

"형님은 좀 어떠시우?"

"덕분에 많이 좋아졌다네. 몸이 나으면 자네부터 한번 찾아보려고 했는데 이렇게 직접 와주다니 내가 면목이 없군."

"그런 말씀 마시우. 같이 탄가루 먹는 처지에 당연히 해야 할 일을 했을 뿐인데. 만약 내가 그런 일 당하면 형님이 가만 있었겠수?"

"나도 달려갔겠지."

"바로 그것이우. 아무튼 형님 얼굴을 이렇게 보니 참 좋수."

이렇게 대강 인사를 나누고 인덕은 문득 생각났다는 얼굴로 준섭 엄마를 바라본다.

"참, 형수님. 집에 갔더니 저번에 회사에 함께 왔던 여자가 애들을 돌봐주고 있던데 누구, 동생이우?"

"성화를 보신 게로구먼. 저기 쫄닥구덩이 할머니네 집에 세 들어 사는 사람이에요. 그 집 아저씨가 준섭 아빠 친구에요."

"아하, 그 멀쑥한 남자의 부인이었구만?"

대화 중에도 인덕은 재빨리 머리를 굴려 자신이 꼭 알고 싶어 하는 핵심을 콕 집어서 묻는다.

"부인은 무슨 얼어 죽을, 부인이 아니랍디다."

"예?"

그가 놀란 얼굴로 되물었다. 준섭 엄마는 그동안 남편 수발하느라 심심했던 모양인지 수다를 본격적으로 떨어보려고 자리를 고쳐 앉는다. 그것을 보고 강섭이 무슨 쓸데없는 말을 하냐는 투로 나무랐다.

"어허, 이 사람. 말은 앞서 할 게 아니야. 초라니 수고(手鼓) 채 메듯 하지 말고 과일이나 좀 깎아 오라고."

아쉬운 것은 인덕이다. 조금 더 들으면 그녀에 대해 소상히 알 것 같은데 남편의 핀잔을 받고 아내는 입을 닫아버렸다. 하지만 병문안 온 자리에서 남의 사생활을 꼬치꼬치 캐물을 수는 없는 노릇이다. 그는 과일 몇 조각 집어먹고 돌아오는 길에 머릿속이 더 복잡하게 꼬여버린 느낌이었다. 성화와 무열이 어떤 관계인지 통 알 수 없으니 말이다.

"부부가 아닌데 한 방에서 같이 살아? 그럼 동생이나 딸인감."

아무리 생각해도 이상한 일이었다. 다 큰 처자가 타지로 떠돌며 큰 오빠나 아버지뻘 되는 사람 뒤치다꺼리를 하고 한 방에서 지낸다는 것은 이해하기 힘들었다.

그는 그때부터 도둑을 잡으러 다니는 포도청 변복군사처럼 은밀하게 탐문하기 시작했다. 며칠 지나지 않아 그는 의외의 사실을 알게 되었다. 그가 탐문한 바로는 성화와 멀쑥한 사내가 부부라는 사람도 있고, 그게 무슨 소리냐며 절대 부부가 아니란 사람도 있었다. 사내는 특별한 직업이 없고 춤이나 추고 다니는 한량인데, 돈벌이는 성화가 도맡아 하고 있다는 것이다. 비록 다리를 절룩이기는 해도 마음이 비단결 같고 수완이 얼마나 좋은지, 그녀가 가방을 열기만 하면 물건을 사지 않고는 배기지 못한다고 했다.

인덕의 궁금증은 눈덩이처럼 더욱 커졌다. 혼자 방안을 뒹굴며 아무리 생각해 봐도 알 수 없는 사람들이란 생각이 들었다. 결국 그는 아이들을 본다는 핑계로 다시 성화를 찾아갔다.

"또 오셨네요."

"네, 형수님이 아이들 좀 들여다보라고 해서."

이번에도 과자 봉투를 아이들에게 안겨주고 마루에 걸터앉았다.

"차 드릴까요?"

"네, 한 잔 주시우."

이번에는 성화가 차를 두 잔 내왔다. 손님 혼자 차를 마시도록 내버려 두는 것이 예의가 아니라고 생각한 모양이었다. 덕분에 이야기가 좀 길어지게 되었다. 인덕은 어디서부터 말을 꺼내야 할까 궁리를 거듭하다가,

"남편은 어디 가셨수?"

넌지시 물어보았다. 성화는 이게 무슨 소린가 싶어 눈을 동그랗게 뜬다.

"형부는 병원에 있잖아요."

"강섭형 말고 그쪽 바깥양반 말이우."

성화는 그제야 그가 무슨 말을 하는지 알 것 같았다. 지금 무열에 대해서 묻고 있는 것이다. 원래 이 사람은 남의 일에 이렇게 관심이 많은 사람일까. 생긴 것은 곰처럼 생겨가지고 사소한 일까지 캐묻고 있는 것이 우습기도 했다. 물론 당황스럽고 슬그머니 짜증이 나는 것도 사실이다.

"네. 일 마치고 곧 돌아올 거예요. 다 드셨으면 이리 주세요."

그녀는 찻잔을 뺏다시피 받아가지고 부엌으로 쏙 들어가 버렸다. 인덕은 괜한 말을 했나 싶어 눈만 멀뚱멀뚱 뜬 채 잠시 마룻바닥을 손으로 쓸었다. 그리곤 혼잣말처럼 웅얼웅얼 인사하고 사라졌다.

이 후로 그가 과자를 들고 찾아오는 일이 없어졌다. 아이들은 주전부리가 떨어지자 그를 기다리는 눈치였지만 성화에겐 다행이었다. 주인이 없는 집에서 잠시 아이들을 돌봐주고 있는 것뿐인데, 사내가 드나드는 것은 남의 입에 오르내리기 좋았기 때문이다. 다행히 얼마 지나지 않아 강섭이 목발을 짚고 집으로 돌아왔다. 준섭 엄마는 집안이 깔끔하게 치워져 있는 것을 보고 혀를 내두르며 성화의 손을 잡았다.

"에그, 우리가 동생에게 어려운 일을 시켰구먼. 선영 덕은 못 입어도 인심 덕은 입는다더니 이 은혜를 어찌 갚아야 할꼬."

"그런 말씀 마세요. 아이들이 얼마나 말을 잘 듣는지 저도 심심치 않았어요."

"설마 그랬을라구. 이놈들이 이모 믿고 책가방은 한 번도 풀어보지 않았을 거구만."

병원에 있는 사이 무슨 일은 없었는지 묻고 대답하고 있을 때 갑자기 인덕이 찾아왔다. 성화는 이 사람이 날마다 집 앞에다 진을 치고 엿보고 있었던 것은 아닐까 하는 의심이 들었다. 그렇지 않고서야 강섭이 퇴원하는 날과 시간을 어떻게 귀신같이 알고 찾아올 수 있단 말인가.

"형님, 퇴원했수?"

인덕은 굿에 간 어미 기다리듯 강섭이 퇴원하기만 학수고대하다, 그가 돌아왔다는 소리를 듣고 바짓가랑이에서 요령소리가 날 정도로 달려온 것이다.

"이 사람, 병원으로 왔으면 됐지 뭐 하러 또 왔어?"

"형님도 무슨 말씀을 그리 섭섭하게 하슈. 당연히 내가 와봐야지."

"저녁은?"

"차리지 마슈. 진작 먹었으니까."

그는 강섭의 인사를 받는 둥 마는 둥 건성으로 대답하고 부엌을 힐끔거린다. 성화가 있나 없나 살펴보는 것이다. 반면 성화는 그가 또 무슨 소리를 할지 몰라 어서 집으로 돌아가고 싶었다. 병원에서 쓰던 살림이 웬만큼 정리되고 남자들이 도란도란 이야기를 나누고 있는 것을 보고 인사하였다.

"언니, 그만 가볼게요."

"시간이 벌써 이렇게 됐네. 잠깐 기다려봐. 내가 데려다 줄 테니까."

"괜찮아요. 훤히 아는 길인데요 뭐."

그때 방 안에서 기다렸다는 듯 인덕의 소리가 들린다.

"나도 이만 가야겠군. 형님, 몸조리 잘 하시우."

강섭은 엉덩이를 들썩이며 잘 가라는 인사를 하고 인덕은 마루에 걸터앉아 신발을 신는다. 그것을 본 준섭 엄마가 잘 되었다는 표정으로,

"그럼 삼촌이 가는 길에 이 동생 좀 데려다주구려. 같은 방향 아니우?"

하는데 성화는 얼굴이 발개져서 손사래를 친다.

"아니에요. 혼자 갈 수 있어요."

"아니, 술주정뱅이들 만날 수 있으니 함께 가는 게 좋을 거야."

그 틈을 놓치지 않고 인덕이 끼어들어 말꼬리를 잡았다.

"거 참, 별 일도 아닌데 밀고 당기고 그러시네. 갑시다. 가는 방향이 엇비슷하니 데려다 주겠수."

훌쩍 나무 대문을 밀고 나간다. 성화는 이러지도 저러지도 못한 채 엉거주춤 서있을 뿐이다. 언니가 어서 가라며 등을 떠밀었다. 이렇게 하여 두 사람은 어둠 속에 잠긴 사북 읍내를 타박타박 걷게 되었다. 인덕은 자꾸 뒤처지는 성화가 신경 쓰이고, 성화는 절룩이는 자신의 걸음걸이 때문에 그냥 혼자 걷고 싶은 심정이다. 한참을 걸어도 두 사람은 말이 없고 저 멀리 어깨동무를 하고 걸어가는 술꾼들의 광부 아리랑이 들려올 뿐이다.

빚 없으면 돈 번 게지. 몸 성하면 돈 번 게지.
자식보고 여기 왔지 나 살자고 여기 왔나.
아리랑 아리랑 아라리요 아리랑 고개고개로 날 넘게 주게.
산지사방이 일터인데 그리도 할 일이 없어 탄광에 왔나.
아리랑 아리랑 아라리요 아리랑 막장으로 들어간다.
이판저판이 공사판인데 한 많고 설움 많은 탄광에 왔나.
아리랑 아리랑 아라리요 아리랑 탄광은 말도 많다.

두 사람은 아리랑 가락에 박자를 맞추어 걸음을 옮겼다. 노래가 끝났을 때 인덕이 한숨을 푹 쉬고는 어렵게 말을 꺼냈다.

"꼭 누구와 닮았수."

이렇게 혼잣말을 하듯 중얼거리더니 걸음을 멈추고 성화를 빤히 바라보았다.

"댁네 말씀이우. 내가 아는 어떤 사람하고 닮았단 말이외다."

성화는 대꾸를 해야 할지 말아야 할지 몰라 입을 닫고 있었다. 지금 무슨 뜬금없는 소리를 하는 것일까. 생각 같아서는 그 앞을 가로질러 집으로 달려가고 싶었다.

"그래서 자꾸 신경이 쓰이우."

이 말을 듣고 성화는 걸음을 멈추었다. 갑자기 짜증이 확 밀려왔다.

"무슨 말씀이세요? 듣자듣자 하니 정말 못하는 소리가 없네요. 이렇게 예의 없는 분인 줄 미처 몰랐어요."

그녀는 말을 마치고 빠르게 걸어갔다. 절룩절룩 한쪽으로 심하게 쏠리는 걸음이 보기에 매우 불안해보였다. 무열이 없으니 저런 놈이 와서 집적거리는 거야. 순 도적 같은 놈. 그이가 돌아오면 저 산적 같은 놈이 사람을 놀렸다고 일러바쳐야지. 아예 혼쭐을 내도록 할거야. 혼자 씩씩대며 걸어가고 있는 그녀의 귓전에 인덕의 말이 들어와 박힌다.

"다 알고 있수. 그 사람이 남편 아니란 것을."

순간 성화는 몸에 힘이 탁 풀려 그 자리에 멈추고 고개를 홱 돌렸다. 정말 그대로 달려가 따귀를 한 대 후려치고 싶은 마음이 간절하였다. 하지만 숨만 쌕쌕 쉴 뿐 어떻게 하지 못하고 그를 노려보다 걸음을 돌렸다. 인덕은 이제 더는 길을 바래다주지 않고 장승처럼 그 자리에 우뚝 서 있었다. 성화는 싫었다. 절룩이는 자신의 걸음걸이를 누군가 지켜보는 것이 싫고 무열과의 관계를 사람들이 알아채는 것도 싫었다. 다 큰 처녀가 아버지뻘 되는 사람과 한방에서 지내는 것을 얼마나 손가락질하고 비웃을까. 차라리 가시버시로 알아주는 게 마음 편했는데, 그로부터 뜻밖의 소리를 듣고 보니 와락 눈물이 쏟아졌다.

반면 인덕은 오히려 마음이 후련했다. 그녀에게 어떻게 말해야 될까 고

심하며 방구들을 등지고 날이 새도록 고민을 거듭했었다. 마침 둘이 걷게 되는 일이 생기다니. 그는 천금 같은 기회를 놓치고 싶지 않았다. 그동안 입안에 맴돌던 말, 묻고 싶었던 말을 직접 그녀에게 하고 난 후 마치 십년 묵은 체증이 싹 내려간 것처럼 개운했던 것이다.

두 사람의 대화를 엿듣고 있던 지장천 시냇물이 재잘재잘 소리를 내며 흘러가고 있었다.

11

탄광 체험

이제 완연한 봄이었다. 길었던 겨울이 끝나고 산기슭마다 연분홍 진달래가 무리지어 피었다. 부지런한 아낙네들은 벌써 쑥을 한 소쿠리 캐다 삶고 양지바른 곳에 널어두었다. 봄은 남녀노소 할 것 없이 마음속 깊은 곳에 힘을 불어넣는 계절이다. 특히 여자들은 심하게 봄을 탄다. 쑥을 캐고 고사리를 뜯다가도 저 멀리 기차가 기적을 울리고 들어오면 하던 일을 멈추었다. 멍한 눈으로 한참을 바라보곤 한숨을 푹 내쉬기 일쑤였다. 어디론가 기차를 타고 떠나고 싶은 것이다. 저 기차를 타면 서울로 가겠지. 이 답답하고 외진 탄광촌을 떠나 서울에 가면 얼마나 좋을까. 이런 봄바람이 들어 어느 날 갑자기 잘 다니던 회사의 경리를 때려치우고 사라지는 아가씨도 있었다. 하지만 짧은 봄이 지나가면 언제 그랬냐는 듯 다시 일상이 되풀이되고 사람들은 좁은 골짜기에서 서로 복작대며 살아가는 것이었다.

광부들은 겨우내 입던 방한복을 벗어놓고 한결 가벼운 옷차림이 되었다. 80년 커다란 시위가 있은 후 청와대에서 내려준 대통령 하사품이 바로 두툼한 방한복이다. 어떤 사람은 대통령 하사품이라고 적힌 표식을 떼고 입는 경우도 있었지만, 대부분의 광부들은 떼지 않고 오히려 자랑스럽게 입고 다녔다. 여느 외투와 달리 대통령 하사품으로 받은 방한복은 품질이 좋아 외출용으로 입고 다니기에 전혀 손색없었다. 설날 고향에 갈 때 광부 방한복을 입고 가면 친지들이 빙 둘러앉아 이게 정말 청와대에서 내려준 것이냐 묻고 한 번만 입어보자고 성화였다.

무열은 대전에서 올라와 강섭을 찾아본 후에 전과 다름없이 큰방에 카세트를 틀어넣고 춤을 추었다. 그런데 뭘랄까, 기운이 좀 빠진 것처럼 보였다. 눈치 빠른 성화가 갔던 일은 잘 되었는지 물어보아도 명확하게 대답해주지 않았다. 성화는 그가 아내를 찾지 못했거나 찾았더라도 그 인연이 아주 끊어진 것이 분명하다고 생각했다.

"이제 어떻게 해요. 여기 사람들도 다 알았단 말이야."

"뭘?"

"우리가 남남이라는 거 말이에요. 어서 머리를 올려주든지 아니면 깨끗하게 정리하든지 해요."

그녀가 자꾸 보챘다. 그럴 때마다 무열은 혼자 중얼거리면서 자리를 피했다.

"가자니 태산이요, 돌아서자니 숭산이구나."

대전에서 본 아내는 전혀 다른 사람이 되어 이제 찾을 필요가 없게 되었다. 차라리 성화를 데리고 살아볼까 하는 마음이 드는 것도 사실이었다. 하지만 한번 춤에 발을 들인 이상 쉽게 빼지 못할 것이 분명하였고 젊은 성화를 아내로 맞이하는 것은 도리가 아닌 듯싶었다. 게다가 사내구실도 못하게 된 마당에 새 장가가 다 무엇이란 말인가.

그는 이러지도 저러지도 못한 상태로 시간만 보내고 있었다. 성화도 나중에는 제풀에 지쳐 보채는 소리가 줄어들었다. 이러는 와중에도 여자들은 무열에게 춤을 배우고 성화에게서 화장품을 사갔다. 송가네가 특히 열심이었다. 그녀는 제천까지 가 춤을 출 정도로 실력 또한 보통이 넘었다. 열의가 있으니 실력 또한 일취월장한 것이다.

그녀의 남편은 송복성이다. 사람들은 그를 송가라고 줄여서 불렀다. 송가는 우직하고 뚝심 있는 성격으로 남자들 사이에서 인기가 높았지만 여자를 대하는 재주가 없었다.

어느 날 송가네는 남편을 붙잡고 바가지를 긁었다.

"당신은 사람이 밥만 먹고 사는 줄 아세요?"

송가는 아닌 밤중에 홍두깨라더니 그게 무슨 말이냐는 표정으로 되물었다.

"또 왜 그래?"

"늦게 된서방 만난다고, 요 놈의 신세는 어찌 이리 팍팍한지. 일만 하지 말고 여가도 좀 즐기고 문화생활을 하면서 삽시다. 요즘 세상이 그렇대요."

그는 아내가 무슨 말을 하는지 몰라 황소처럼 눈을 껌뻑였다.

"우리 집에 텔레비전이 없어 전축이 없어? 당신이 남에게 뒤질세라 사들인 게 도대체 얼마냐고. 간조날이면 할부 장수가 집 앞에 진을 치고 있어 드나들기 힘들 지경이구먼."

"내가 말을 말아야지. 아유 답답해."

아내는 남편을 흘겨보며 가슴을 두드렸다. 그녀의 눈엔 훤칠하고 매끈한 얼굴의 춤 선생 무열, 그리고 댄스홀에서 보았던 뭇 사내들에 비해 남편이 초라해보였던 것이다. 날이 밝으나 어두워지나 가릴 것 없이 정해진 근무표에 의해 시계추처럼 탄광으로 향하는 남편, 물론 고맙지 않은 것은 아니다. 하지만 그녀의 말대로 사람이 어디 밥만 먹고 사는가. 팽이도 쉴 때가 있는 법이다. 송가네는 남편과 함께 여가를 즐길만한 일이 뭐 있

을까 궁리해 보다 결국 포기했다. 이런 아내의 마음을 알지 못하고 송가
는 빈 월급봉투를 찾아 내밀었다.

"천천히 읽어봐."

그리고는 가방을 챙겨들고 서둘러 출근해버리고 말았다. 송가네는 남편
이 던져주고 간 봉투를 들여다본다.

[가정통신문]
1. 재해가 개인에게 주는 영향
2. 의식개혁이란 어떻게 해야 하는 것인가.
3. 아내가 남편을 섬기는 길

회사에서 가정으로 보내는 통신문은 이렇게 세 단락으로 나뉘어 있었
다. 월급봉투가 아내의 손에 쥐어지고 광부들이 그것을 소중하게 여긴다
는 것을 알고 있는 회사에서 일종의 공지사항을 봉투 겉면에 적어놓은
것이다. 두 번째 단락에 광부 아내들에게 당부하는 내용이 구구절절 인
쇄되어 있었는데, 그녀는 내키지 않는 표정으로 천천히 읽어본다.

화투놀이와 춤바람은 부부간에 불화의 씨앗이 되어 결국 행복했던 가정을 불
행과 파탄으로 몰고 옵니다. 남편은 사랑하는 아내와 아이들과 더불어 보다 잘
살아보려고 수백 미터 지하의 어둡고 숨 막히며 무덥고 위험한 곳에서 탄가루
를 마셔가면서 일하고 있습니다. 피땀 흘려 벌어들인 소중한 돈이며 정성인데
복에 겨운 몇몇 주부는 자기의 처지와 분수를 모르고 있습니다. 직장의 한 가
족이며 의식개혁의 차원에서 그대로 방관할 수 없어 살핀 결과 과연 그들이 누
구누구인가를 알게 되었습니다. 선량한 종업원의 가족을 보호하고 또한 그들
의 불행을 예방 선도해야 할 의무와 도의적 견지에서 앞으로는 그들에게 응분

의 조치를 취할 생각입니다. 화투놀이와 춤바람은 결국 본인과 가족 모두의 불행을 스스로 불러들이는 것임을 명심하여 화투놀이와 춤바람을 우리들의 주변에서 추방합시다.

  평소 월급봉투에 담긴 돈에만 관심이 있었을 뿐, 그것을 뒤집어볼 생각을 하지 못했던 송가네는 가슴이 뜨끔하였다. 마치 자기를 지목해서 경고하는 것처럼 생각되었기 때문이다. 또 다른 가정통신문을 보니 추방해야 할 3대 악으로 춤, 화투, 관광계를 적시하고 있었다. 모두 그녀가 좋아하는 것들이다. 그렇잖아도 이제 봄이 되었으니 관광계를 통해 어디로 꽃구경이나 가볼까 궁리하고 있던 중이었다.
  "흥, 월급이나 올려줄 일이지 남의 가정에 왜 끼어들어 감 놔라 배 놔라 간섭이야? 웃겨."
  그녀는 코웃음치곤 월급봉투를 집어던졌다. 회사 입장에서 광부들의 행복은 회사의 발전과 직결된다고 보고 있었다. 특히 작업환경과 다루는 장비들이 위험한 탄광의 특성상 광부가 가정에서 위안을 받지 못하고 불안한 상태로 출근하면 사고가 발생할 위험성이 높았다. 만약 오늘날 회사가 사원의 가정을 세심하게 살핀다면 사생활 침해라고 하여 그냥 넘어가지 않을 것이다. 갑질이고 인권침해다. 그러나 이때만 해도 회사는 단순히 일하고 돈을 받는 그런 곳이 아니었다.
  무열과 강섭이 중동으로 일하러 갔을 때도 건설회사는 파견 근로자의 가정을 살펴 집안에 무슨 큰일이 있는지, 아내가 춤바람이 났는지 알아보는 전담 직원을 둘 정도였다. 집으로부터 주기적으로 오던 편지가 뚝 끊기면 머나 먼 이국에서 일하는 근로자가 불안해할 것은 당연하다. 근로자가 회사에 고충을 이야기했을 때, 회사는 전화를 하거나 사람을 보내 무슨 일이 있는지 알아보았다. 대부분 전월세 계약이 끝나 이사를 한 경우가 많았지만 정말 아내가 춤바람 나서 정신없는 사례도 있었다. 그럴 경우 근로자는 더 이상 일을 할 수가 없어 보따리를 싸 조기에 귀국하는 것이다.

탄광도 마찬가지였다. 탄광촌은 회사를 중심에 둔 작은 왕국과 같았다. 회사를 그만 두면 더는 탄광촌에 머물 이유가 없으므로 이사를 가야 했다. 사택을 나와야 했고 이웃들과 거리에서 마주치는 것이 부담스러웠다. 결국 삭막하고 지긋지긋한 탄광촌을 돌아보지도 않고 떠나버렸다. 회사가 광부의 가정을 살피고 불화가 생기는지 살피는 데는 나름대로 이유가 있었던 것이다. 실제 춤이나 도박으로 적발되어 사택에서 추방되는 일까지 있었다.

"이런 재미라도 없으면 답답해서 어떻게 살라구?"

송가네는 옷을 챙겨 입고 마실을 갔다. 비슷한 또래의 여자들이 모여 수다를 떨고 노는 곳이다.

"왔어? 오늘은 좀 늦었네?"

"서방인지 남방인지 잔소리를 늘어놓고 출근하는 통에 늦었지 뭐야."

여자들은 둥그렇게 둘러앉아 화투를 치고 있는 중이었다. 큰돈을 걸어놓고 치지 않아도 가랑비에 옷 젖는다고, 사나흘이면 하루치 일당쯤은 손쉽게 잃었다. 그러면 본전 생각 때문에 그만 둘 수가 없었다. 노름판에 돈 땄단 사람은 없고 죄다 잃은 사람뿐이다. 본전만 찾으면 그만 둬야지 하는 마음으로 계속 화투를 치게 되는 것이다.

물론 화투도 일종의 놀이기 때문에 주전부리를 먹으며 치는 것이 재밌기도 하였다. 한쪽 다리를 곧추세우고 치마를 걷어 올린 다음 매가 먹잇감을 노려보듯 화투짝을 바라보다 한손으로 패를 뽑아들고 내려치는 맛이 일품이었다. 특히 가져오고 싶은 패를 향해 힘껏 내리치고 운 좋게도 뒷패까지 찰싹 달라붙는 재미는 무엇과도 비교할 수 없었다. 남편이 퇴근할 때까지 하루 종일 화투를 쳐도 허리 아프다는 사람은 한 명도 없었다. 오히려 자기를 빼놓고 치지 않을까 노심초사하여 설거지를 마치는 대로 치마를 휘날리며 달려왔다.

여자들 가운데 가장 수완이 좋은 사람은 송가네다. 그녀는 어디서 배웠는지 수읽기가 빠를뿐더러 점수 계산까지 정확하여 사람들이 혀를 내두를 지경이었다. 송가네는 담요 위에 화투를 펼쳐놓고 두 손으로 쓱쓱 섞으며 운을 뗐다.

"어디 꽃구경이나 다녀올까?"

그 말에 여자들은 너나 할 것 없이 모내기 한 논에 개구리가 와글거리는 것처럼 떠들어댄다.

"어디로?"

"하룻밤 자고 오면 안 되겠지?"

"에그, 그러다 소박맞고 쫓겨나면 어떡해?"

"까르르."

모두들 가고 싶은 모양이다. 봄이니 여자들 가슴에도 살랑살랑 봄바람이 불고 있는 것이다. 송가네가 말을 꺼내놓자마자 바짝 마른 풀잎에 불붙듯 이야기가 급속도로 진행되었다. 당일치기로 꽃구경하고 돌아오기에 적당한 곳을 정하고 계에 들지 않은 사람들을 몇 명 포함시켜 경비를 줄이기로 했다.

관광은 마을 단위 부녀회 또는 사택 단위로 가기도 했지만, 관광계에 든 사람들은 놀기 좋아하고 성향이 비슷하기 때문에 다녀온 후에도 뒤탈이 없었다. 계에 들지 못한 여자들이 아쉬움을 토로하며 혹시 빈자리가 있으면 꼭 데려가 달라고 계주에게 부탁할 정도였다. 버스 한 대를 채우는 것은 문제가 없었다. 일이 무르익는 것을 보고 송가네가 조심스럽게 말을 꺼냈다.

"성화도 데려갈까?"

눈치 빠른 교수댁이 냉큼 말을 받았다.

"그이는 서방을 깨진 요강단지 받들 듯 하잖아. 성화더러 함께 가자고 하면 그 성격에 따라나서지 않을 텐데?"

여자들은 잠시 생각에 잠기고 방안이 조용해졌다. 성화가 여자들끼리 가는 꽃구경을 마다할까 싶었지만 조용하고 차분한 성격을 생각하면 거절할 것 같기도 했다. 하지만 송가네는 성화를 꼭 데려가고 싶은 모양이다.

"나는 앞산 뒷산에 흐드러지게 핀 꽃을 보고 기차 기적소리 들으면 가슴이 벌렁거려 참을 수가 없더라. 이놈의 살림살이 다 집어던지고 어디론가 훌쩍 떠나고 싶은데 그녀라고 별 수 있을라구. 여기 그렇지 않은 사람 있으면 손 들어봐."

"흥, 송가네는 성화 보다 춤 선생을 데려가고 싶은 거 아녀?"

교수댁 말에 송가네는 버럭 화를 냈다.

"춤추고 싶은 둘째 동서 맏동서 보고 춤추라고 한다더니, 나보고 왜 이래? 입은 비뚤어져도 말은 똑바로 해야지. 솔직한 말로 선생이 함께 간다면 반대할 사람 누구 있어? 아무도 없지."

"하긴, 남정네가 한 사람쯤 끼어 있으면 무거운 짐을 들어주고 얄궂은 일이 생기더라도 잘 처리해줄 거야."

교수댁은 한 발 물러서며 송가네 말에 고개를 끄덕였다. 다른 여자들 또한 서로의 사정을 잘 알고 있는 남편들 보다 외지에서 온 무열이 편하게 생각되었다. 모두들 그렇게 하는 것이 좋겠다 맞장구를 쳤다. 여자들끼리 가는 관광에 남편들이 낄 이유도 없고 함께 가자고 졸라도 갈 사람이 없을 테니까. 이렇게 성화를 꽃구경에 포함시키기로 결정이 지어졌다. 제안을 받은 성화는 예상대로 결정을 못하고 난감한 표정을 지었다. 한

번도 이런 계모임에 속해 관광을 떠나 본 일이 없었다. 더구나 외지에서 흘러들어온 자신이 광부 아내들 틈에 끼어도 되는 것인지 알 수 없었던 것이다. 이것을 보고 송가네가 아무 걱정 말라 안심시켰다.

"동생은 그냥 따라오기만 하면 돼. 내가 선생한테는 말해볼 테니까."

그녀는 무열에게 말하길, 이번 여행에 성화가 함께 가고 싶은데 혼자 가기 민망하여 망설이고 있다. 그러니 당신도 함께 가자고 설득했다. 세상 물정에 어두운 여자들끼리 외지로 나가면 무슨 일이 생길지 알 수 없는 것 아니냐. 한창 물 오른 성화가 저렇게 망설이는 것을 보면 마음이 짠해서 차마 볼 수가 없다. 선생이 함께 가준다면 성화는 물론 우리들도 마음이 한결 편하고 매우 고마울 것이란 말을 잊지 않았다.

그때 무열은 대전을 다녀온 이후 매사에 의욕이 없는 상태였다. 마침 송가네의 권유를 받고 마음이 동했다. 바깥바람을 좀 쐬고 오면 나을까 싶었고, 그는 탄광에서 일하는 사람이 아니므로 다른 사람 눈치 볼 필요가 없었다. 그는 송가네의 제안 보다 요즘 부쩍 짜증이 늘어난 성화를 위해 함께 관광을 떠나기로 했던 것이다.

관광을 떠나던 날 칠봉관광회사 버스는 사택을 내려와 사북을 벗어나기 전에 무열과 성화를 태웠다. 사택에 사는 사람들은 여자들끼리 어디 꽃구경을 가는 것으로 생각했다. 봄이면 관광버스가 사택을 드나드는 횟수가 부쩍 늘었으니 특별한 일이 아니었다. 버스가 읍내를 벗어나 구불구불 이어진 고갯길을 올라가기 시작할 때부터 술이 돌고 시끌벅적한 음악이 분위기를 잔뜩 끌어올렸다.

차는 태백과 삼척을 지나 경포대로 향했다. 산골과 달리 이미 벚꽃이 만발하고 꽃구경 온 사람들이 무리 지어 몰려다니고 있었다. 일행은 경포호수를 대충 구경하고 모래사장 가까운 송림에 자리를 잡았다. 누군가 집에서 가져온 카세트를 꺼내 신나는 음악을 틀어놓았다. 몇 명은 흥에 겨웠는지 치마를 걷어 올려 허리춤에 묶고 춤을 춘다. 또 몇 명은 백사장으로 내려가 조개껍질 따위를 줍거나 밀려오는 파도를 하염없이 바라보기도 한다.

무열은 일어나기 싫다는 성화를 데리고 백사장을 잠시 걸었다. 눈이 시리도록 푸른 바다와 칼로 벤 듯 선명한 수평선, 성화의 기다란 치마에 파도가 물보라를 날리면 파란 물이 들 것만 같다. 두 사람은 백사장과 바다가 너무 좋아 말없이 거닐었다.

그들이 바닷가의 정취에 흠뻑 젖어 있을 때 송가네가 손짓하며 부르는 소리가 들렸다.

"이리 좀 와 봐요. 누가 보면 신혼여행 온 줄 착각하겠네."

마치 잔칫집에라도 온 듯 벌써 점심이 거하게 차려져 있었다.

"선생이 오니까 분위기가 확 살아나는구먼. 한 잔 드시고 여기서 질펀하게 놀고 갑시다. 뒷일은 내가 책임질 테니."

송가네는 술기운으로 발그레 홍조 띤 얼굴을 무열에게 들이밀며 술을 권했다. 무열은 자리를 돌며 술을 권하고 받느라 얼큰해졌다. 그 곁에서 성화는 대낮부터 술을 너무 마시는 게 아닌가 싶어 조바심을 냈다. 하지만 들뜬 분위기 탓에 어쩌지 못하고 자신도 몇 잔 얻어 마시고 말았다.

"가만히 앉아 있으면 엉덩이에 종기 나. 저기 보라구. 저 사람들 어디서 왔는지 잘들 노네."

송가네는 건너편 송림에서 얼씨구 좋구나 지화자 좋구나 어깨춤을 추는 사람들을 보고 약이 오른 것 같았다. 그녀는 아직 젓가락을 놓지 못하고 있는 사람들을 일으켜 세우곤 소 몰 듯 한쪽으로 내몰았다. 그리고 그동안 갈고 닦은 춤 실력을 유감없이 발휘하기 시작했다. 다른 여자들이 양손을 올리고 어깨춤을 추는 것과 달리 그녀는 스텝을 밟느라고 발이 바쁘다. 교수댁은 송가네가 파트너 없이 혼자 왔다 갔다 하는 것을 보고 무열의 등을 떠밀었다.

"가서 손 한번 잡아줘요."

그는 얼떨결에 송가네의 손을 잡고 밀었다 당겼다 지르박을 추었다. 이걸 보고 함께 춤을 배우러 다녔던 여자들이 한 곡조 끝나기 무섭게 달려들었다. 마치 달리기 경주에서 바통을 터치하듯 무열의 손을 빼앗았다. 그는 어두운 댄스홀이나 카바레에서만 춤을 추어왔기 때문에 벌건 대낮에 이렇게 춤을 추는 것이 낯설고 어색했다.

하지만 술기운 때문이었을까. 살랑거리는 봄바람과 함께 자유인이 된 것처럼 스텝을 밟고 몸을 흔들어대는 여자들 틈에서 덩달아 기분이 좋아졌다. 춤을 추지 못하는 여자들은 한쪽에서 눈을 동그랗게 뜨고 부러운 표정을 지었다. 자기도 뛰쳐나가고 싶은 마음이 간절한데 춤을 출 줄 몰라 어쩌지 못하는 것이 못내 아쉬운 표정이었다. 하지만 성화는 얼굴이 굳었다. 무열이 언니 동생 하는 이웃들과 이렇게 춤판을 벌이는 것이 못마땅하여 괜히 따라왔다는 생각이 들었다.

그들은 서너 시간 동안 내리 춤을 추고 차에 올랐다. 돌아오는 길에 화제가 된 것은 당연히 춤이었다.

"어쩜 그리 춤을 잘 춘데? 어디서 배웠어?"

"마치 무도회장을 다녀가는 기분이야. 나도 부지런히 배워야지. 돌배도 맛 들일 탓이라니까. 요즘 댄스 못 하면 무식한 여편네 소리 듣는다고 하더니 그 말이 사실인 모양일세."

무열은 버스 안에서도 이리저리 불려 다니느라 바빴고, 성화는 혼자 뒷자리에 앉아 약 오른 표정으로 창밖만 무심하게 바라보았다. 아무튼 관광을 다녀온 후 성화는 더욱 바빠졌다. 무열에게 춤을 배우고 싶은 여자들이 몰려들어 문턱이 닳을 지경이었다. 쫄닥구덩이 할머니는 좋아서 입을 찢었다. 마치 성화가 용의 알이라도 되는 것처럼 아껴주었다.

"부족한 게 있으면 말해. 역시 사람은 오래 살고 볼 일이야. 절에 쇠 건 것같이 조용하던 집이 이렇게 북적거릴 줄 누가 알았을라구."

하지만 회사에서 여자들의 춤바람을 모를 리 없었다. 집으로 가정통신문을 보내는 것으로는 부족하다고 여겼는지, 광부 아내들을 분기별로 모아놓고 교육을 실시했다. 어떻게 하면 화목한 가정을 꾸릴 수 있는지, 남편이 피땀 흘려 벌어온 돈을 어떻게 굴려야 목돈을 만들 수 있는지, 돌아가는 시국과 회사의 형편에 대한 교육이었다. 말하자면 가족교육, 경제교육, 국가관과 기업관에 대한 것이었다. 그런 딱딱한 교육이 광부 아내들에게 제대로 먹혀들 리 없었다.

회사는 생각다 못해 탄광 견학이라는 새로운 교육 방법을 찾아냈다. 사택 단위 또는 조별로 광부 아내들을 모아 남편이 일하는 막장을 일부 체험시키는 것이었다. 처음 이런 체험 행사를 실시한다고 했을 때 광부들은 시큰둥한 반응이었다. 자신이 일하는 험한 곳에 아내를 들이고 싶지 않았다. 거칠고 위험한 일터를 보여주기 싫었기 때문이다. 회사는 광부들의 속내를 고려하여 남편이 일하지 않는 곳으로 아내들을 견학시켰다. 그곳은 일명 관광 노보리라고 불리는 막장이었다. 실제 일하는 작업현장보다 안전하고 편해 보이는 곳이다.

그럼에도 인차를 타고 어둡고 습한 막장 깊은 곳으로 들어가 남편들이 무슨 일을 하는지 살펴 본 아내들은 엄청난 충격을 받았다. 막장은 그동안 그들이 막연하게 생각해왔던 곳이 아니었다. 여러 가지 장비를 직접 만져보고 망치나 곡괭이, 착암기를 들어본 후에 이곳을 왜 인생 막장이라고 부르는지 알 수 있을 것 같았다. 그들은 상상을 초월하는 지하 막장을 직접 보고 안내자의 설명을 듣는 동안 연신 손수건으로 눈물을 훔쳐냈다. 이렇게 깊고 어두운 곳에서 남편이 하루 종일 일을 하고 있다니. 그동안 자신이 허투루 소비했던 시간과 남편에게 투정부렸던 일, 여가생활이랍시고 화투와 춤 그리고 관광에 미쳐 돌아다녔던 일, 작업복을 빨 때 투덜거렸던 일, 술 먹고 들어온다고 바가지를 긁어 남편의 마음을 상하게 했던 일이 모두 떠올라 더는 견학할 수 없을 정도였다. 남편이 너무 불쌍하고 안쓰럽게 느껴졌다. 견학을 마치고 돌아오는 동안 아내들은 아무런 말없이 창밖만 응시하고 있었다.

그날부터 아내들의 태도가 바뀌었다. 남편이 돌아올 때를 맞춰 정성어린 식사를 준비하고, 아이들에게는 아버지가 얼마나 힘든 일을 하는지 말해주었다. 열심히 공부하는 것이 그 은덕에 보답하는 길이라고 강조했다. 갑자기 바뀐 가족의 태도에 남편들이 어리둥절하고 쑥스러 했던 것은 물을 필요도 없다.

"처음 회사에서 마누라에게 막장 체험을 시킨다고 했을 때 내 치부를 내보이는 것 같아서 싫더니 지금은 생각이 달라졌네. 한 달에 한 번씩 계속했으면 좋겠어."

이럴 정도로 효과가 좋았다. 회사는 부인들에 대한 막장 체험에서 한 발 더 나아가 자녀들이 참여하도록 확대했다. 가족에 대한 체험은 의외로 효과가 좋았다. 마땅한 놀이시설과 학원이 부족한 탄광촌에서 미래가 암담하게 느껴져 가출을 일삼던 아이가 막장 체험을 하고 돌아오면 딴 사람으로 변했다. 아버지가 저렇게 힘든 일을 하는 줄 미처 몰랐다는 말을 이구동성으로 하였다. 막장은 자녀들에게 치열한 삶의 현장을 보여주었던 것이다.

체험 행사가 성과를 거두자 나중에는 학교 교사들도 동참하게 되었다. 이곳 아이들은 미술시간에 그림을 그리면 새까만 아버지와 검은 냇가를 그렸다. 처음 발령받아 온 교사들에게 이것은 큰 충격이었다. 또래의 보통 학생들과 다른 시각으로 세상을 보고 있는 것이 놀랍고 안타까웠던 것이다. 태어나 처음 들어가 본 막장, 그곳에서 자신이 가르치고 있는 제자들의 아버지가 어떻게 일하는지 직접 보고 온 교사들은 아이들에 대한 이해심이 깊어졌다. 자연스레 아끼는 마음이 더해졌다. 그런데 막장 체험이 이렇게 긍정적인 효과만 거둔 것은 아니었다.

남편이 일하는 막장의 위험성과 거친 노동을 직접 목도한 아내들이 어서 탄광을 떠나자고 보채는 일이 발생했던 것이다. 강섭의 아내도 마찬가지다.

"여보, 우리 당장 이곳을 떠요. 어디 간들 여기만 못하겠어요. 당신이 일하는 것을 보니 너무 가슴이 아프고 천 갈래 만 갈래로 찢어지는 것 같아요. 내가 무슨 일이라도 할 테니 일을 그만 두고 떠납시다. 네?"

"자다가 봉창 두드린다더니 갑자기 왜 이래? 멀쩡한 직장을 버리고 어디로 간단 말이야. 여기 보다 벌이가 좋은 곳이 어디 있다고."

강섭은 아내의 걱정이 고마웠지만 당장 이곳을 뜨자는 말에 어이가 없었다. 이런 일은 비단 강섭네 집에서만 일어나지 않았다. 여러 집에서 광부 생활을 청산하자는 주장이 힘을 얻었고 실제 탄광을 떠나는 사람까지 생겼다.

회사 입장에서는 반가운 일이 아니었다. 한 명의 숙련된 광부를 키우기 위해 모집 홍보를 하고, 그것을 보고 찾아온 사람을 선별해서 채용한다. 그 다음 회사에 설치된 직업훈련원으로 보내 체력단련을 실시하고 동발제작과 조립, 갱목운반, 각종 장비의 사용법에 대한 교육을 시켰다. 탄광은 항상 위험이 상존하는 곳이라 광부의 경험에 따라 사고의 발생이 좌우되었다. 신규채용된 광부들을 무턱대고 채탄 막장에 투입하는 것은 무리였기 때문에 항상 경력자와 짝을 이뤄서 탄광의 특성을 익히도록 만들었다.

그런데 어렵게 양성한 광부들이 체험을 마친 아내의 성화에 못 이겨 탄광을 떠나버린다면 회사로선 큰 손실을 보는 것이나 마찬가지였다. 결국 막장 체험 행사가 여러모로 많은 효과를 보았음에도 불구하고 중단되고 말았다. 그 이유는 뜻밖에도 광부의 아내들에게 있었던 것이다.

무열은 물밀듯 몰려오던 여자들이 어느 순간 줄어들고 한산해진 이유를 알 수 없었다. 막장 체험을 다녀온 광부 아내들이 자신의 춤바람을 반성하고 발을 끊어버린 것을 알지 못했다. 그래도 큰 걱정을 하지 않았다. 한번 춤을 배우게 되면 마치 요술구두를 신은 것처럼 저절로 발이 움직이기 때문에 춤바람을 완전히 끊기 어려웠기 때문이다. 고기 맛을 본 중처럼 여자들은 제 스스로 찾아오리라. 아니나 다를까. 막장을 다녀온 후 잠시 눈물을 짜내고 다시는 유흥에 빠져 들지 않겠노라 다짐했던 여자들이 언제 그랬냐는 듯 다시 그를 찾아오기 시작했다.

12

막장에서 맺은 사랑

선탄부에서 일하는 길동 엄니 조씨네는 수년 전 남편이 사고로 죽은 후 직원으로 채용되어 일하고 있었다. 사람들은 길동 엄니라고 불렀다. 길동 엄니는 서른 중반으로 얼굴이 반반하여 작업장을 오가는 광부나 관리자들로부터 눈길을 받고 가끔 희멀건 농담을 들어야 했다. 선탄부는 주로 여자들이 일하는 곳이다. 대부분 탄광사고로 남편을 잃은 아내나 그 어머니, 혹은 딸을 우선적으로 채용했다. 이것은 유가족의 생계대책을 마련해 주는 한편 골치 아픈 보상문제를 조속히 마무리 짓고자 하는 회사의 의도가 반영된 결과였다. 아무튼 마땅한 부업거리가 없는 탄광촌에서 여자가 선탄부에 취직한다는 것은 남들의 부러움을 살 정도로 인기가 좋았다.

선탄부 또한 석탄을 만지는 것이기 때문에 광부나 다름없다. 이곳에 일하는 여자들은 마스크를 쓰고 장갑을 두 겹 세 겹으로 낀 다음, 머리카락 속에 탄가루가 들어오지 못하도록 파마할 때 쓰는 것과 비슷한 비닐을 썼다. 그 위에 또 수건을 둘렀다. 그러나 아무리 완전무장을 한다 해도 미세하게 날리는 탄가루를 막아낼 수 없었다. 컨베이어를 타고 구르는 석탄은 계속해서 먼지를 날렸고 선 채로 선탄작업을 하다 보면 얼굴이 새까맣게 변했다. 이들도 막장에서 일하는 광부들과 마찬가지로 3교대로 일했다. 일을 마치고 침을 뱉으면 마치 가래를 뱉은 것처럼 시커먼 탄가루가 섞여 나오고, 비누로 머리를 감을 땐 끝없이 검은 물이 흘러나와 마음을 쓰리게 만들었다.

길동 엄니는 이제 초등학생인 아들만 바라보며 살고 있었다. 간혹 누군가 여자 혼자 아들 키우며 사는 것은 너무 힘든 일이니 적당한 사람과 재혼하라는 소리를 하기도 하였지만 새겨듣지 않았다. 그것은 죽은 남편에 대한 도리가 아니었고 아들만 제대로 자라준다면 바랄 것이 아무것도 없다고 생각했기 때문이다. 그만큼 남편이 보여준 사랑은 극진한 것이었다.

그녀는 일을 마치고 돌아오면 잠들어 있는 아들의 얼굴을 한참 동안 바라보고 쓰다듬었다. 그리고 방 한쪽에서 무릎을 세우고 먼저 간 남편을 생각하며 흐느끼는 일이 많았다. 험한 일이라곤 해본 적이 없던 그녀가 3교대로 선탄부에서 일하는 것이 힘에 부쳤기 때문이다. 그래도 아들을 생각하면 절대로 일을 그만 둘 수가 없었다. 비록 몸이 부서질망정 열심히 일하여 아들을 키우고 교육시켜 어엿한 성인으로 만드는 것은 응당 해야 할 일이고 최고의 보람이라고 생각했다.

그런데 언제부터일까. 석탄처럼 검고 딱딱하게 굳었던 그녀의 마음을 파고드는 사람이 있었다. 아마 삼 년 전부터였을 것이다. 신규 채용된 광부들이 선탄부에 와 막장에서 캐온 석탄을 어떻게 선별하는지 견학하는 일이 있었다. 그중 유난히 나이가 들어 보이는 사람, 강씨가 눈에 띄었다. 지금까지 험한 일이라곤 해본 적이 없어 보이는 하얀 얼굴과 손, 게다가 동그란 안경을 끼고 있어 저런 몸으로 어떻게 갱 속에 들어갈까 걱정되는 모습이었다. 물론 그 남자는 길동 엄니를 보지 못했다. 온몸을 무장하다시피 감싸고 눈만 내놓고 일하는 여자들이 신기했을 뿐이다.

얼마 후 교육을 마친 강씨가 배치받아 막장을 드나들게 되었을 때도 묵묵히 지나치고 출퇴근길에 마주치면 의례적인 목례를 나눌 뿐이었다. 남자들과 달리 여자들은 입을 잠시도 가만 두지 못한다. 제 아무리 힘들고 험한 선탄부 일이라 할지라도 잠시 틈이 나면 새로 온 광부들을 화제 삼아 이야기를 나누었다. 유독 여자들의 입방아를 오르내린 인물이 강씨였다. 그것은 특이한 그의 이력 때문이다.

"들었어? 새로 온 강씨 말야. 귀하게 자랐는지 험한 일은 한 번도 안 해 본 모양이던데?"

"길고 짧은 건 두고 봐야지. 멀쩡한 사내들이 채 한 달을 채우지 못하고 도망가는 것을 보면 강씨가 어떻게 견딜까 걱정스럽긴 해. 또 저렇게 행동이 굼떠서야 어떻게 광부를 한다고 그래. 괜히 남에게 짐이나 되지 않을까 몰라."

"걸음새 뜬 소가 천 리를 간다는 말도 못 들어 봤남? 그래도 저런 사람이 잘 견디거든."

"과연 그럴까? 난 강씨가 석 달을 못 넘긴다고 봐. 소처럼 느릿하고 굼뜨니까 아직 장가를 못 갔겠지."

선탄부 여자들은 몇 명의 신입 광부를 두고 품평회를 하였다. 강씨가 가장 먼저 일을 그만 둘 것이라고 생각하는 사람이 많았다. 그런데 그는 결근하는 날 없이 빠짐없이 출근하고 만근을 채워 사람들을 놀라게 만들었다. 일 년이 지나자 그를 두고 이러쿵저러쿵 하던 소리가 모두 사라졌고 사람들의 관심도 줄어들었다. 새로운 광부가 끊이지 않고 들어오므로 여자들은 신입 광부를 유심히 지켜보다가 또 입방아에 올리는 것을 게을리 하지 않았다.

강씨와 길동 엄니가 서로에게 관심을 갖게 된 것은 강씨가 들어 온지 아마 2년쯤 지나서였을 것이다. 해마다 좋은 날을 잡아 회사에서 체육대회를 개최하였다. 회사가 돼지를 잡고 푸짐한 선물을 준비하여 심신이 지친 광부들과 그 가족들이 하루 동안 유쾌하게 즐기는 날이었지만, 남들과 달리 짝이 없는 강씨는 한쪽 나무그늘에 주저앉아 있을 뿐이었다.

때마침 부부끼리 한쪽 발을 헝겊으로 묶고 달리는 경기가 있었다. 마침 숫자가 모자라는 통에 누구 경기할 사람이 없을까 둘러보던 반장이 그를 불렀다.

"어이, 강씨. 이리 와서 뛰라구. 사람이 없잖아."

그는 자리에서 일어나지 못하고 눈만 껌뻑거렸다.

"이리 오라니까."

결국 반장이 와서 그의 손을 잡아끌었다. 그는 억지로 끌려 나간 운동장 가운데 우두커니 서있는 것이 쑥스럽고 부끄러워 도망칠 궁리만 하고 있었다. 그런데 이번에는 어떤 아주머니가 길동 엄니를 데리고 왔다.

"이렇게 짝을 하면 되겠네. 애만 데리고 그늘에 쭈그리고 있으면 뭐가 되남? 아무하고나 짝을 해서 한 바퀴 돌고 오면 선물을 줄 텐데. 오늘 선물이 푸짐하대."

사람들의 강권에 못 이겨 둘은 짝이 되었다. 서로 한 발씩 묶고 앞선 짝이 반환점을 돌아오면 그것을 이어받아 달리는 계주였다. 두 사람은 서로 얼굴을 모르는 바 아니지만 이런 경기가 처음이라 잘 할 수 있을까 가슴이 콩닥거렸다. 그런데 막상 경기가 시작되자 두 사람은 어떤 부부 보다 빠르게 반환점을 돌아왔다. 출발할 때 각자 발을 떼느라고 잠시 허둥거렸을 뿐, 이내 손을 잡았고 그것으로 부족해 나중에는 손을 뻗어 서로의 옆구리를 끼고 엿처럼 딱 붙어서 달렸던 것이다.

이것을 구경하고 있던 사람들은 배꼽을 잡고 깔깔 웃으며 응원하였다.

다른 부부들은 달리다 넘어지고 투닥거리고 헝겊이 풀어져서 다시 묶는 소동을 벌이기도 했다. 그러나 강씨는 길동 엄니의 옆구리를 한 손으로 꽉 끼고 보조를 맞추었다. 마지막 주자로 나섰던 그들이 가장 먼저 들어왔을 때 광부들은 연신 최고라고 박수를 쳐주었다. 길동 엄니는 자신에게 무슨 일이 일어났는지 모를 정도로 경기에 열중하였기 때문에 반환점을 돌아 들어오고 난 후엔 힘이 빠져서 털썩 주저앉을 것 같았다. 그 때 강씨가 잡아주지 않았더라면 그녀는 쓰러졌을지도 모른다.

"괜찮아요?"

그가 가쁜 숨을 몰아쉬며 걱정스러운 눈빛으로 물었다.

"아니에요. 어서 이 헝겊이나 좀 풀어줘요."

그녀는 부끄러웠다. 사람들이 온통 자기만 바라보는 것 같았다. 과부가 노총각과 함께 짝을 이뤄 달리기를 한 것을 두고 흉이나 보지 않을까 걱정스러웠다. 하지만 사람들 눈에는 두 사람이 부부처럼 자연스럽게 보이는 모양이다. 경기가 끝나자 와글거리던 사람들이 흩어져 점심을 먹는다고 분주했다. 강씨는 헝겊을 든 채 우두커니 서서 어디로 가야할지 난감한 눈치였다. 길동 엄니가 붉어진 얼굴로 아들이 기다리는 쪽으로 걸음을 옮기다 문득 뒤를 돌아보았다.

"뭐 해요?"

"네?"

"점심 먹어야지요. 이리 오세요. 아들하고 먹으려니까 심심했는데 잘 됐네요."

그녀는 사람들 이목이 신경 쓰이지만 그래도 그가 잘 달려주어 푸짐한 상품을 받게 되었으므로 감사한 마음이 들었던 것이다. 강씨는 쭈뼛거리며 그녀를 따라갔다. 길동 엄니는 생각지도 못했던 선물을 받게 되어 기분이 좋았다. 살면서 이렇게 긴장되고 짜릿한 경우가 몇 번이나 있었을까. 팀의 우승을 위해, 사람들의 응원을 받으며 달리는 것은 흥분되고 가슴 벅찬 일이다. 아직도 그 기분이 가시지 않아 얼굴이 홍조를 띠고 있었다. 강씨는 선탄부 사람들과 어울리는 것이 편했지만, 오늘은 가족들까지 모두 온 터라 홀로 돌아다니는 광부가 없었다. 수천 명의 인파 속에서 선탄부 사람들을 찾으려면 점심시간을 놓쳐버릴 것 같아 포기했다.

"엄마 최고예요. 오늘 제일 빨랐어."

"그랬니? 이 아저씨 덕분이지."

"그런데 아저씨는 누구예요?"

"응, 같이 일하는 분이란다. 인사드려."

엄마의 소개를 받고 길동이 꾸벅 인사한다. 강씨는 아이의 머리를 쓰다듬으며,

"총명하게 생겼구나. 공부 잘 하지?"

인사치레를 하니 길동 엄니가 기다렸다는 듯 자랑한다.

"학교에서 일등을 맡아 놓고 해요. 일이 힘들어도 아들 바라보면 저절로 힘이 난답니다."

"그렇겠군요. 혼자 아이 키우시기 힘들겠어요."

강씨의 위로를 받고 그녀는 갑자기 가슴이 울컥해진다. 이웃 사람들이 볼 때마다 혀를 쯧쯧 차며 위로를 해주기도 했다. 지금까지 그것을 그냥 생색내기로 여겼었는데 오늘은 다르다. 그녀는 밥을 꿀꺽 삼키고 맥주를 권했다.

"한 잔 드세요. 달리느라 목이 탈 텐데 쭉 드세요."

"고맙습니다. 간만에 제대로 대접을 받아 봅니다."

강씨는 두어 잔 마시고 취기가 오르는 모양이다. 길동을 입이 닳도록 칭찬하고 또 훌륭한 그 어머니를 칭찬하더니 나중에는 자신의 신세를 한탄하기 시작한다.

"나 같은 놈 살아 무엇 하겠어요. 배 타면서 번 돈은 부모님 병구완과 동생들 학비에 다 들어가고 속절없이 나이만 먹었네요. 이제 배라면 진저리가 납니다. 여기서 몸으로 벌어먹는 게 속이 더 편해요."

알고 보니 강씨는 배를 탔던 사람이다. 바다와 산골 탄광은 어울리지 않지만 그가 여기에 온 이유를 알 것 같았다. 길동은 이야기가 재밌는지 사이다를 쭉 마신 후에 묻는다.

"아저씨가 그럼 마도로스에요?"

"그런 셈이지."

"배 타면 세계를 막 돌아다니고 그러잖아요. 미국, 영국 같은 나라도 가 봤어요?"

"그럼. 내가 배를 몇 년이나 탔는데."

길동은 입을 다물 줄 모른다. 마치 자기가 커다란 배를 타고 대양을 항해하는 것처럼 눈을 지그시 감고 상상해 본다. 식사를 마치자마자 강씨가 자리에서 일어섰다. 더 있으면 남들이 이상하게 볼까 봐 걱정스러웠다. 또 술기운 때문에 괜히 신세 한탄을 했나 싶어 계면쩍었던 것이다.

"더 들지 않구요."

"아닙니다. 잘 먹었어요. 길동아, 어머니 말씀 잘 듣고 훌륭하게 자라야 한다."

그는 호주머니를 뒤적이곤 지폐를 한 장 꺼내준다. 길동은 어머니 눈치를 보다가 슬그머니 받아든다. 그리고 연신 지폐를 뒤집으며 기쁨을 감추지 못한다.

오후에는 노래자랑이 있었다. 사회자의 진행에 따라 몇 명이 노래를 부르고 난 후에 자청해서 부르겠다고 나서는 사람이 없어 김빠진 맥주처럼 분위기가 싱거워졌다. 사회자는 분위기를 이어가느라고 자기가 연달아 몇 곡조 뽑고는 지쳤는지 간부들과 반장들을 불러냈다. 억지춘향으로 끌려나온 사람들은 손사래를 치거나 전혀 분위기에 맞지 않는 노래를 부르기 일쑤였다. 그러다 보니 자연 재미가 없어지고 시들해졌다. 그때 강씨가 노래를 하겠다고 자청했다. 사회자는 마치 구원자라도 만난 듯 반기며 선물을 듬뿍 안겨주겠노라 약속했다.

심드렁한 표정으로 구경하던 사람들은 평소 소처럼 굼뜨고 말 없던 강씨가 무슨 노래를 할까 궁금하여 귀를 기울였다. 그가 마이크를 들고 박자에 맞추어 노래를 시작했다. 그런데 웬설, 목소리가 굵직하고 부드럽게 떨리는 것으로 보아 노래를 한두 번 해본 솜씨가 아니었다. 사람들은 강씨에게 푹 빠져들어 노래를 감상했다. 노래가 끝나자 여기저기서 앵콜 요청이 쇄도하여 그는 무려 세 곡을 부른 후에 무대를 내려왔다. 사람들은 강씨의 등을 두드렸다. 굼벵이도 뒹구는 재주가 있다더니 소처럼 굼뜬 자네가 어쩌면 이렇게 노래를 잘 하는지 모르겠다고 감탄을 금치 못했다.

그때 길동 엄니는 멀찍이 떨어진 곳에서 노래를 듣고 있었다. 그녀에게 강씨의 새로운 면이 눈에 띄었고 가슴속으로 알 수 없는 물결이 밀려오는 것을 느꼈다.

그 후 두 사람 사이에 별 다른 일이 있었던 것은 아니다. 달라진 점이 있다면 평소 스쳐가던 강씨가 길동 엄니를 보고 눈인사하는 정도였다. 그녀는 눈만 빼꼼히 내놓은 상태에서 그가 인사할 때마다 괜히 얼굴이 화끈거렸다. 강씨는 워낙 말수가 적고 자기 할 일에 충실한 사람이라 그대로 내버려두었다면 아무 일 없었을 것이다.

그런데 평소 길동 엄니에게 마음이 있던 광부 이씨가 강씨에게 슬슬 시비를 걸어왔다. 그의 아내는 막장 체험을 한 후 탄광이란 곳이 너무 위험하고 무섭게 생각되었던가 보다. 남편에게 일을 그만 두고 떠나자는 말을 여러 차례 했었다. 처음 이씨는 아내의 말을 듣고 피식 웃어버렸지만 하루가 멀다 하고 독촉해대니 참을 수가 없었다.

"도대체 왜 그래? 나가면 뭐 여기 보다 나을 것 같아?"

"아무렴 언제 죽을지 모르는 막장 보다 못 할까. 여보, 우리 제발 여기를 떠나요. 친정에 말하면 몇 마지기 전답이라도 빌려 줄 거예요."

아내는 이곳이 지겹도록 싫은 모양이었다. 하지만 이씨는 배운 게 도둑질이라고 광부 말고 다른 일을 할 자신이 없었다.

"아서, 사고가 늘상 일어나남. 괜히 아이들 들쑤셔서 헛바람 들게 하지 말고 몇 년 만 기다리라구. 한 밑천 잡으면 어디 가서 가게라도 하나 낼 테니까."

"또 그 소리, 한 밑천 잡는다고 말한 게 언제인 줄 알아요? 벌써 십 년이 다 됐다구요. 정말 지겨워."

시간이 갈수록 내외간에 다툼이 잦아졌다. 나중에는 물건을 집어던지고 울며 짜서 동네가 시끄러워 못 살 지경이었다. 결국 아내는 자기가 아이들을 데리고 여기를 떠나면 남편이 따라오겠지 하는 마음으로 짐을 싸가지고는 친정으로 가버렸다. 하지만 이씨도 오기가 있는 사람이다. 그는 아내를 따라 가기는커녕 남편 없이 어디 가서 잘 사나 두고 보자는 생각에 사북을 떠나지 않고 버텼다. 그게 벌써 이 년째였다. 그동안 아내를 보지 못한 것은 아니나 잘 해봐야 일 년에 두어 번 얼굴을 볼 뿐이다.

이씨는 시간이 흐를수록 아내와 자식 없는 생활이 차츰 익숙해졌다. 차라리 자유롭고 좋았다. 동료들과 밤새 술추렴을 해도 누구 간섭할 사람이 있나, 생활비 모두를 작부에게 준들 바가지 긁을 마누라가 있나. 그러나 옛말에 하던 지랄도 멍석 깔아주면 안 한다고 했다. 마누라 없이 활개 치며 돌아다니는 것도 하루 이틀이었다. 얼마 지나지 않아 그는 재미가 없어졌다. 술집 작부 엉덩이 두드리는 것도 시들하고 당최 사는 재미가 생기지 않았다.

비 맞은 수탉 꼴을 하고 다니던 그의 눈에 띈 사람이 길동 엄니였다. 전에는 그저 선탄부에서 일하는 여자 광부쯤으로 보였는데, 어느 날 길동의 손을 잡고 집으로 돌아가는 모습에 문득 처자식이 생각났던 것이다. 그때 가족을 떠올렸다면 당장 처갓집으로 가서 처자식 얼굴을 볼 일이었다. 그런데 외로웠던 탓일까. 그의 눈에 새까맣던 그녀가 새롭게 보이고 여자로 다가왔다. 혼자 아들 하나 키우며 외롭게 사는 그녀의 처지가 자신과 비슷해 보였다. 얼토당토않게 과부 심정 홀아비가 안다는 마음이 생겼다. 그녀를 동정하고 자신도 위로받고 싶은 생각까지 들었다. 그래서 선탄부를 지날 때마다 길동 엄니에게 희멀건 농담을 던지곤 했다.

"그렇게 뒤집어쓰고 있으니 예쁜 눈만 보이네요. 언제 얼굴 한번 봅시다."

길동 엄니는 처음 누구에게 하는 소린지 몰라 대꾸하지 않았다. 옆 사람들이 킥킥대는 것을 보고서야 자기에게 농을 걸고 있다는 것을 알았다.

"작업시간에 무슨 쓸데없는 소리에요. 바빠 죽겠으니 저리 가요."

톡 쏘아붙이고 돌아서면 이씨는 말대꾸라도 해주어 고맙다는 투로 더 치근댔다.

"외로운 사람끼리 얼굴이나 좀 보자는데 그게 뭐 어때서 그러십니까. 세상은 혼자 살 수 없는 법입니다. 서로 의지하면 힘이 된답디다. 너무 매몰차게 그러지 마슈."

"…"

그녀가 더는 대꾸하지 않았다. 괜히 말을 섞어봤자 기분만 망치고 사람들 입방아에 오르내릴 테니 좋을 것이 없었다. 이씨가 가고 나면 킥킥대던 여자들이 그 뒤에 대고 한바탕 욕설을 퍼부어댔다.

"저런 화상이 어디 있나 글쎄. 멀쩡한 처자식 놔두고 어디서 수작질이래? 꼴에 수캐라고 다리 들고 오줌 누는구먼. 허구한 날 술집에 출근도장 찍는 놈이 요즘 심심했나 보다. 선탄부에 와서 얼쩡거리는 것을 보면. 이봐, 길동 엄니. 저런 놈 조심해야 된다구. 자칫하면 본마누라한테 머리카락을 죄다 뜯겨서 칠석날 까치 대가리 같이 된단 말이야."

이씨는 길동 엄니의 마음을 얻기 위해 나름대로 공을 들이고 있었다. 그런데 회사 체육대회에서 노총각 강씨가 그녀와 짝을 이뤄 달리기를 하는 것을 보고 눈이 뒤집혔다. 게다가 멋진 목소리로 노래까지 뽑아 박수갈채를 받으니 배알이 꼴려 참을 수가 없었다. 하지만 마땅히 꼬투리 잡을 것이 없어 속으로 끙끙댈 뿐이었다.

그러던 차에 동료들과 술을 마시고 나오던 어느 날, 그의 눈에 바쁘게 길을 가는 강씨가 들어왔다. 얼굴을 모를 리 없건만 바쁜 일이 있는지 아니면 못 보았는지 사람들 앞을 쓱 지나쳤다. 그것을 보고 이씨가 소리쳤다.

"에이 쌍, 똑 같이 탄가루 마신다고 이제 선배도 몰라보는 거야? 어떤 놈이 막장에서 열 살쯤은 그냥 맞먹는다 했는지 몰라도 사람을 보면 아는 체를 해야 할 거 아냐. 응?"

강씨가 고개를 돌려 바라보니 얼굴을 붉힌 이씨가 잔뜩 열을 내고 있는 중이다. 이씨는 그보다 대여섯 살 정도 많았다.

"안녕하세요. 한 잔 하셨군요."

"그래 새끼야, 한 잔 했다. 너희 갱에서는 그렇게 가르치더냐?"

"무슨 말씀이세요. 제가 얼굴을 못 봐서 인사를 드리지 못했습니다. 그럼 조심히 들어가세요."

술 취한 사람 상대해 봤자 득 될 게 없다고 생각한 강씨는 그냥 지나치려고 했다. 이씨는 자신이 무시당하고 있다는 생각이 들어 더욱 목소리를 높였다.

"너, 이 새끼. 거기 못 서? 사람이 이야기를 하면 들어야 할 거 아니야. 말이 안 끝났는데 어디로 내빼? 그냥 한 주먹감도 안 되는 놈이."

말끝마다 욕이다. 강씨는 울컥 화가 치밀었지만 못 들은 척 제 갈 길을 간다.

"어디서 굴러온 개뼈다귀 같은 새끼가 박힌 돌을 빼려고 그래. 좆같은 새끼야. 네가 잘 났으면 얼마나 잘 났다고 선탄부를 기웃거려, 기웃거리길. 그냥 막장에 묻어버릴까 보다."

강씨는 걸음을 멈추었다. 지금 그가 무슨 말을 하는지 알 것 같았다. 아무리 소처럼 우직하게 일하는 것이 그의 성격이라고 하나 눈치까지 없는 것은 아니다. 그는 이씨가 선탄부를 들러 길동 엄니에게 농을 걸고 있는 것을 여러 차례 보았기에 저 사람이 왜 시비를 걸어오는지 알아챘다. 여자에게만 직감이 있는 것이 아니다. 남자도 여자를 사이에 두고 시비를 걸어오는 남자가 있으면 무슨 이유로 그러는지 본능적으로 느낄 수 있다. 강씨는 잠시 황당한 기분이 들었다. 그러나 평소 이씨가 그녀에게 추근거리는 것이 좋게 보이지 않았기 때문에 그냥 갈 수 없었다. 그는 다가오는 이씨를 보고 따져 물었다.

"할 말이 있으면 말해보시오. 왜 길 가는 사람 잡고 시비를 거는 겁니까?"

"뭐, 시비? 하, 이 새끼 뚫린 입이라고 말은 잘 하네. 네가 잘 나면 얼마나 잘 났다고 응? 어디서 깐죽대고 다녀, 깐죽대길."

"말 다 했수? 끝났으면 이만 갑니다."

이씨는 화가 머리끝까지 치솟았다. 보통 광부들의 싸움은 욕설로 시작해 욕설로 끝나는 경우가 많지만, 둘 사이에 여자가 끼어 있다 보니 감정이 격해졌다. 이씨는 돌아서려는 강씨의 멱살을 잡고 흔들었다.

"이 새끼, 그냥 끌고 가서 치도곤을 칠까 보다. 한 주먹 거리도 안 되는 것이 입만 살아설랑."

"왜, 한번 해볼 테요?"

이번엔 강씨가 이씨의 멱살을 잡았다. 두 사람은 서로 멱살을 잡고 얼굴이 새파래지도록 추켜올리며 욕설을 퍼부었다. 사람들이 따라와 간신히 떼어놓았다. 하지만 이씨는 분이 풀리지 않아 다시 달려들어 강씨 멱살을 잡았다. 그 힘이 워낙 거세고 우악스러운 탓에 강씨가 중심을 잃고 그만 넘어지고 말았다. 두 사람은 탄가루가 잔뜩 깔린 땅바닥을 뒹굴며 엎치락뒤치락 싸움을 벌인다. 그나마 다행스러운 것은 서로 번갈아 올라타 주먹을 날리려고 폼을 잡다가도,

"어휴, 이것을 그냥!"

그대로 올라탔다 깔렸다를 반복하는 것이었다. 사람들은 처음에 말리려고 몇 번 시도하다 이내 포기하고 말았다. 괜히 말렸다가 손 버릴까 두렵고 싸움이 더는 확대되지 않을 것 같아 보였기 때문이다. 어떤 사람은 팔짱을 끼고 한쪽에 서서 담배를 꼬나문 채 싸움을 코치하는 것처럼,

"그렇지, 그렇게."

소리치기도 했다. 강씨도 보통이 아니었다. 얼굴이 하얗다 뿐이지 한때 배를 타고 험한 바다를 누비던 사람이다. 탄광에 들어와 목숨을 내놓고 일하다 보니 깡다구가 생겨 만만치 않았다. 한참 후에야 두 사람은 누가 말리는 것을 핑계로 옷을 털었다. 이씨는 거친 숨을 몰아쉬며 강씨에게 소리쳤다.

"너 이 새끼, 한 번만 더 선탄부에 얼쩡거려봐라. 그날이 바로 네 제삿날이 될 줄 알아."

이미 독이 잔뜩 오른 강씨도 지지 않았다. 기왕 이렇게 된 거 물러설 필요 없다는 생각이 들었다.

"웃기고 자빠졌네. 너 같은 것도 선배라고 행세를 하고 다니니 탄광이 제대로 돌아가겠냐. 내가 선탄부에 드나들든 말든 네가 무슨 상관이야? 마음 가는 대로 할 테다. 이 놈."

"두고 봐라. 이 새끼."

"흥, 두고 보자는 놈 무섭지 않더라. 너야말로 똥마려운 강아지처럼 선탄부에 기웃거리지 마. 내가 엉덩이를 걷어차 줄 테니. 산토끼 욕심 내지 말고 집토끼나 잘 간수해."

강씨는 땅바닥에 침을 퉤 뱉고 옷을 툭툭 털며 가버렸다. 그 뒤를 향해 이씨가 고래고래 소리 질렀지만 아무런 대꾸도 들을 수 없었다. 사람들은 재밌는 싸움이 끝나자 아쉬운 표정으로 제각기 갈 길을 가버렸다.

두 사람이 선탄부 여자를 사이에 두고 대판 싸웠다는 소식은 삽시간에 탄광에 퍼져버렸다. 과연 어떤 여자이기에 남자들이 주먹다짐을 했을까 궁금해 하다가도,

"에이, 못난 놈들. 방울 떼서 개나 줘버리라고 해. 오죽 할 일 없으면 여자를 놓고 싸운단 말이야."

짐짓 점잖은 체 허공에 대고 훈계했다. 또 어떤 늙은 광부는,

"그래도 젊으니까 싸움질을 하는 것이지. 아직 아랫도리에 힘이 있다는 소리 아니겠나. 봄꽃도 한 때다 이놈들아. 그것 참."

부러운 듯 입맛을 쩝쩝 다시는 것이었다. 아무튼 홀아비와 다름없는 생활을 하고 있는 이씨, 그리고 노총각 강씨가 여자를 두고 싸움을 벌인 일은 두고두고 화제가 되었다. 사람들은 그 여자가 누구인지 다 알고 있었다. 광부들이 선탄부를 지날 때마다 눈을 희번덕이고 길동 엄니가 어디에서 일하고 있나 살펴보는 것은 새로운 재미가 되었다. 선탄부 여자들은,

"에그, 저 화상들 좀 봐. 일 끝났으면 빨리 씻고 집구석으로 기어들어갈 일이지 왜 여기를 기웃거리고 그런대? 하여튼 방울 달린 남자들이란."

입을 삐죽거리다가 그들이 사라지고 나면 은근한 말투로 그녀에게 다가왔다.

"어때?"

"네?"

"모르는 척 하긴, 두 사람 가운데 누가 더 마음에 드느냐 이 말이지. 내 생각엔 처자식이 두 눈 멀쩡하게 뜨고 있는 이씨 보다 노총각이 나을 것 같은데. 그래도 총각이잖아."

"무슨 소리세요?"

길동 엄니가 정색하고 빽 소리를 질렀다. 재잘대던 여자가 앗 뜨거 놀란 표정이 되어 후다닥 제자리로 돌아갔다. 그녀는 자신이 왜 구설수에 오르는지 알 수 없었다. 생각하면 할수록 부끄러웠다. 탄광에 소문이 돌고 난 후부터 이씨는 선탄부에 오지 않았다. 괜한 소리를 꺼냈다 길동 엄니에게 머리를 쪼일까 걱정되고 남들이 수군거리는 것이 마음 쓰였기 때문이다. 처자식을 둔 사람이 총각과 여자를 사이에 두고 싸웠다는 것은 누가 보아도 잘못된 일이었다. 그래서 이씨는 시간을 두고 어떻게 해보리라 다짐하며 기회를 엿보고 있었다.

한편 강씨는 원치 않는 싸움을 한 이후 길동 엄니 볼 낯이 없어 선탄부를 빙 돌아가거나 일부러 외면했다. 주고받던 눈인사가 사라진 것은 물론이다.

그러던 어느 날 강씨가 태백에 일이 있어 역으로 올라갔을 때 대기실에 앉아 있던 길동 엄니와 마주쳤다. 그녀는 황지에 사는 언니를 만나러 가는 길이었다. 고개를 돌릴까 말까, 아는 체할까 말까 망설이고 있는 그녀에게 강씨가 먼저 인사를 건넸다.

"안녕하세요. 어디 가십니까? 저는 태백에 일이 있어 갑니다."

"네. 안녕하세요. 저도 태백에 가요."

곧 열차가 들어올 시간이 되어 두 사람은 플랫폼으로 나갔다. 사북역은 비스듬한 역이다. 무심코 지나는 사람이 아니라면 철로가 경사지게 기울어져 있다는 것을 알 수 있다. 영월 쪽에서 올라온 기차가 안경다리를 건너 사북역에 서면, 서울부터 타고 온 사람들이 우르르 내렸다. 큼지막한 가방이나 보따리를 들고 있는 사람들은 탄광에 일을 찾아 온 사람들이다.

강씨는 그녀를 창가 쪽에 앉히고 조심스럽게 엉덩이를 붙였다. 기차가 경사진 철로 때문에 힘을 쓰지 못하고 끙끙거리는 것 같더니 서서히 속도를 높였다. 고한역에 한번 멈추고 함백산을 관통하고 있는 정암터널 속으로 쑥 들어갔다. 정암터널은 험준한 함백산을 가로지르는 터널로 그 길이가 무려 십 리를 넘는다. 갑자기 어두워지고 거울처럼 변한 차창에 두 사람의 얼굴이 나타났다. 길동 엄니는 차창에 비친 자신의 코와 입술을 손가락으로 어루만지더니 갑자기,

"왜 싸웠어요?"

뜬금없이 물었다. 강씨는 무슨 약점이라도 잡힌 것처럼 헛기침을 하고 엉덩이를 부석거린다.

"그냥 무시하면 되잖아요."

그녀가 재차 물어왔다. 강씨는 아무 대답이라도 해야 할 것 같아서,

"처음엔 피하려고 했는데 자꾸 신경을 건드리기에."

우물쭈물 대답하고 다시 헛기침을 한다. 길동 엄니는 여전히 창밖을 바라보고 있다.

"무슨 신경이요?"

"그게."

그는 무슨 말을 해야 할지 몰라 두리번거리다 창에 비친 길동 엄니와

눈이 마주쳤다. 그녀는 그 눈길을 피하지 않고 차창을 통해 빤히 바라보다가 고개를 돌려 강씨를 정면으로 응시했다.

"내가 뭐라고, 싸움까지 하고 그러세요. 다음부턴 그러지 말아요."

눈빛이 자상하고 다정스럽다. 지금까지 두 사람은 이렇게 가까운 거리에서 서로의 얼굴을 바라본 적이 없었다. 회사에서 서로 새까만 얼굴만 보다가 나란히 기차를 타고 있으니, 마치 오래 전부터 알고 지내던 사이처럼 느껴졌다. 기차가 터널을 빠져나가 우리나라에서 가장 높은 역인 추전역을 지났다. 이제 내리막을 내려가 곧 태백역에 도착할 것이다. 그것이 아쉬운 듯 길동 엄니는 혼잣말을 한다.

"그냥 이 기차를 타고 저 멀리 동해까지 가고 싶어요."

"바다 보고 싶으세요?"

"네."

한때 외항선원이었던 강씨는 누구 보다 바다를 잘 알고 있다. 자신은 바다가 지겨워 산골에 들어왔지만, 그녀는 산골에서 태어나 계속 살고 있었기 때문에 바다를 동경하는 것이다. 그는 바다에 관한 이야기를 해주었다. 길동 엄니는 고양이처럼 귀를 쫑긋 세우고 연신 감탄을 연발했다.

태백에 도착해 각자 일을 마치고 돌아올 때도 두 사람은 같은 자리에 앉아 있었다. 우연찮게 같은 기차를 타고 짧은 시간이었지만 많은 이야기를 하다 보니 서로에 대한 이해가 깊어졌다. 나중에는 상대방의 처지를 안타깝게 생각하며 걱정을 해줄 정도로 마음의 벽이 허물어졌다. 사북역에 내렸을 때 강씨는 길동 엄니에게 제안했다.

"언제 한번 바다를 보러 가시죠."

그녀는 대답 대신 피식 웃음을 남기고 서둘러 역사를 빠져나갔다. 남편이 죽은 후 그녀 홀로 아들을 키우느라 정신이 없었지만 긴 겨울밤을 외롭게 보내기엔 너무 젊었다. 자신도 모르게 찾아드는 외로움과 쓸

쓸함. 끝없는 한숨을 토막 내 까막까치 대신 오작교를 만들어도 될 성싶었다. 그녀는 과부라고 손가락질 받기 싫고 길동이 애비 없는 자식이라 어쩔 수 없다는 소리를 듣지 않도록 하기 위해 남보다 갑절을 노력했다. 행여 사람들 구설수에 오를까 봐 회사에서는 광부들에게 눈길 한번 주지 않았고, 마음의 벽을 굳게 세워 누구도 들어오지 못하도록 만들었다. 그런데 어찌 된 일인지 노총각 강씨만큼은 예외였다. 자기에게 특별한 수작을 걸거나 일부러 다가오려고 하지 않았는데도 자꾸민 마음이 쓰이는 것이다.

이것은 강씨도 마찬가지였다. 태백선 기차를 함께 탄 이후 그의 머릿속에는 길동 엄니가 떠나지 않았다. 맑은 눈을 가지고 가만히 바라보던 모습, 그의 말에 귀를 기울이던 것이 떠올라 밤잠을 설치기 일쑤였다. 늦게 배운 도둑이 날 새는 줄 모른다고 했던가. 서로에 대한 호감이 생기고 눈길이 가기 시작하자 두 사람은 급속도로 가까워졌다.

길동 엄니가 남모르게 반찬을 마련하여 강씨에게 전해주는 일이 생겼고, 강씨는 길동이를 불러 빈 반찬통을 돌려줄 때 학용품과 예쁜 스카프 같은 것을 들려주었다. 그녀가 가고 싶어 했던 동해바다를 함께 보고 온 것은 물론이고, 이제 하루라도 얼굴을 보지 않으면 가슴이 터질 것처럼 답답하고 미칠 지경이 되었다. 회사에서 길동 엄니의 표정이 밝아졌다. 강씨가 자기도 모르게 휘파람을 불다 선배들에게 꾸지람을 들은 일이 생긴 것도 이런 이유 때문이었다. 사람들은 두 사람의 관계를 전혀 눈치 채지 못하고 있었다.

그런데 사람들이 깜짝 놀라 뒤로 자빠질만한 사건이 벌어졌다. 길동 엄니와 강씨가 남몰래 함께 있던 것을 사람들에게 그대로 들키고 말았던 것이다. 굴속으로 들어가는 것을 입갱이라고 한다. 입갱할 때는 개인의 번호가 적힌 표찰을 갱구 옆에 있는 게시판에 걸어두고 들어간다. 만약 갱내 사고가 발생했을 경우 표찰을 살펴보면 누가 남아 있는지 훤히 알 수 있도록 한 안전장치다.

광부들이 교대하고 입퇴갱을 마쳤을 오후 5시가 넘도록 두 사람의 표찰이 자리를 지키고 있었다. 다른 사람들은 이미 퇴갱을 완료하여 표찰을 회수하고 퇴근한 상태였다. 근무자가 두 사람을 찾아봤지만 어디에 있는지 알 수 없었다. 회사는 사고가 난 것이 틀림없다고 생각했다. 집으로 돌아가 편히 쉬고 있던 근무자들에게 비상을 걸었다. 허겁지겁 달려온 광부들이 굴속으로 들어가 사고가 날 만한 곳, 사람의 눈길이 쉽게 미치지 않는 곳을 샅샅이 훑으며 두 사람을 찾았다.

하지만 두 사람을 발견할 수 없어 일단 퇴갱하기로 했다. 낙심한 광부들이 밖에서 담배를 피우며 걱정하고 있을 때, 캄캄한 저녁 8시가 넘어서 그들을 찾았다는 소리가 들려왔다. 달려가 보니 강씨와 길동 엄니는 한바탕 소동이 일어난 것도 모른 채 터벅터벅 걸어 나오고 있었다.

"예끼, 이 사람. 어디 있다가 이제 나오는 거야? 모두 사고 난 줄 알고 얼마나 찾아 헤맨 줄 알아?"

"죄송합니다. 시간이 이렇게 된 줄도 모르고."

"도대체 무슨 일이 있었기에 퇴근시간을 놓치고 이제 기어 나오는지 이야기나 좀 들어보세."

그러나 강씨는 아무런 말을 하지 않았다. 길동 엄니는 그 틈에 사람들 눈을 피해 줄행랑을 놓고 말았다. 그것을 보고 동료 광부들은 두 사람 사이에 심상치 않은 일이 벌어졌음을 직감했다. 저번에 강씨와 멱살을 잡고 싸웠던 이씨가 분기탱천한 얼굴로 달려들었다.

"너, 이 새끼. 점잖은 강아지 부뚜막에 먼저 올라간다더니 안에서 무슨 짓을 한 거야?"

"이거 놓아요. 많은 분들께 걱정을 끼쳐 드린 것은 죄송한 일이지만, 내가 당신에게 욕먹을 이유는 없으니까."

이씨는 눈이 벌게져 가지고 씩씩거렸다. 사람들이 뜯어말려 이씨를 한쪽으로 데려가고 모두 자리에 앉았다. 강씨는 기왕 일이 벌어진 거 변명해 봐야 소용없다고 생각한 모양이었다.

"광차에서 한 숨 자고 나왔어요."

"뭐? 두 사람이 광차에 나란히 누워 잠을 잤단 말인가?"

그는 대답 대신 고개를 끄덕였다. 석탄을 싣는 광차의 크기는 두 사람이 누워 있기에 적당하다. 갱내에서 일하던 광부들이 너무 피곤하면 동료에게 이야기를 해놓고 사람들 눈을 피해 잠깐 쉬는 곳이 바로 광차였다. 발파 작업에 쓰이고 버려진 화약박스를 주어다 광차에 깔고 누우면 등이 배기지 않고 좋았다. 이제 사람들은 호기심이 발동해 바짝 당겨 앉았다.

"어이쿠, 우리가 그걸 몰랐구나."

"그래서, 그래서 어떻게 됐냐구."

여기저기 그 다음 이야기를 어서 해보라고 성화였다. 강씨는 웃을 듯 말 듯 입을 씰룩거리다 말을 이었다.

"피곤하니까 들어가서 한숨 잔 건데, 골아 떨어져 시간이 이렇게 된 줄 몰랐죠."

하긴 빛이 들어오지 않는 캄캄한 갱내에서 시계를 보지 않는 이상 시간을 알 방법은 없었다. 더구나 잠에 곯아떨어졌다면 충분히 있을 수 있는 일이었다.

"그런데 왜 길동 엄니랑 같이 들어간 건지 참 이상하네. 전부터 두 사람이 그렇고 그런 사이였던가 보지?"

동료 광부의 질문에 그는 대답을 피하고 자리에서 일어섰다.

"오늘 정말 죄송하게 됐어요. 다음에 제가 술 한번 사겠습니다."

"지금 술이 문젠가, 어서 말을 해보게."

강씨는 손을 내저으며 옷을 툭툭 털었다. 사람들은 답답하기 그지없었지만 당사자가 입을 닫아버리는 바람에 광차에서 있었던 일을 더 이상 알아내기 어려웠다. 제각기 상상력을 동원할 수밖에 없었다.

이 사건으로 인해서 강씨와 그녀는 깊은 관계로 인정받게 되었다. 강씨에게 달려들던 이씨는 혼자 씩씩거릴 뿐, 굴러다니는 돌멩이를 걷어차는 수밖에 없었다. 일을 뒤집기엔 이미 늦어버렸고 누구에게 하소연하기도 어려웠다. 게다가 그에게는 처자식이 두 눈을 멀쩡히 뜨고 있지 않던가. 괜히 틀어진 심사를 내보여 봤자 이로울 게 없다고 생각해 길동 엄니를 포기하고 말았다.

이 일은 웃을 일 없던 탄광촌 사람들에게 큰 웃음을 주었다. 여자들이 두엇 모이면 강씨와 길동 엄니의 막장 러브스토리를 이어갔다.

"캄캄해서 뭐가 보였을라나?"

"눈 감는다고 그 짓을 못할까. 그건 아무리 깜깜해도 손으로 더듬으면 다 할 수 있는 일이지, 암."

"킥킥. 길동 엄니 그렇게 안 봤는데 이제 보니 순, 과부 주제에 총각 시집이 말이나 되냐구. 안 그래?"

"그만 하면 됐지 뭘. 오히려 노총각 강씨가 수지맞은 것이야. 소처럼 굼떠 가지고 평생 처녀 장가 가긴 애당초 글렀지. 과부 버선목에는 은이 가득하다는 말 못 들어봤어? 길동 엄니 얼굴 정도면 총각 시집 열 번을 가고도 남지. 오죽하면 얼빠진 이씨가 처자식 놔두고 그에게 덤볐겠냐구. 난 두 사람이 가시버시로 살면 좋겠네. 재수 좋은 년이야. 우리집 요강엔 꼭지가 없다네."

아쉬운 듯 입맛을 쩝쩝 다시기까지 했다. 여자들은 입을 가리고 웃다가 나중에는 치마끈이 풀려 흘러내릴 정도였다. 소문이 이 정도로 돌고 보니 길동 엄니가 더는 얼굴을 들고 다니기 어렵게 되었다. 또 길동이는 친구들에게 놀림을 받았다. 급기야 참지 못하고 땅바닥을 뒹굴며 싸운 적도 있었다. 마을 친구들과 구슬치기를 하고 있을 때 시장통 아이들이 지나가면서 비웃었던 것이다. 비탈에 사는 아이들에 비해 역전이나 시장통에 사는 아이들은 거칠고 약삭빨랐다. 괜히 그쪽으로 지나는 아이들이 있으면 불러다 코피를 터트려주곤 했다. 놈들은 평소 공부 잘하는 길동이를 놀려주게 되어 즐거운 얼굴이었다.

"길동아, 네 엄마 또 시집간다면서??"

"뭐?"

"어른들이 그러더라. 길동 엄니 시집가게 생겼다고. 머리에 쌍가마 있으면 장가 두 번 간다는데 네 엄마도 쌍가마 있는 모양이다. 킬킬."

이 말을 듣고 길동의 눈이 뒤집혔다. 자기보다 덩치 큰 아이를 쓰러트리고 올라탔다. 하지만 금방 전세가 역전되어 밑에 깔리고 흠씬 두들겨 맞았다. 다른 아이들이 어른들을 불러온다고 소리치지 않았더라면 코피로 끝나지 않았을 것이다.

"나쁜 새끼들, 어디서 함부로 주둥이를 나불대고 있어. 으앙."

길동은 말을 하다가 너무 서러워 울음을 터트렸다. 땅바닥에 굴러다니는 아까운 구슬을 모두 포기한 채 분을 삼키지 못하고 집으로 돌아갔다. 길동 엄니는 코피를 흘리고 있는 아들을 보고 깜짝 놀랐다. 도대체 무슨 일이 있었느냐, 누구와 싸웠느냐, 왜 싸웠느냐 물어도 아들은 입을 꼭 다물고 도리질만 했다. 나중에 어머니가 속이 북받쳐 눈물을 짜내는 것을 보고서야 길동이 안쓰러운 생각이 들었는지,

"그놈들이 엄마 또 시집간다고 놀리잖아."

불쑥 내뱉고는 방으로 쏙 들어 가버리고 말았다. 이야기를 듣고 길동 엄니는 온몸에 힘이 빠지고 맥이 풀려 허깨비가 된 것 같았다. 나만 구설수에 오르는 것이 아니라 아들까지 오르게 되다니. 이대로 내버려두

면 또 무슨 말이 흘러 다닐까 두려웠다. 무엇보다 상처받은 아들이 걱정스러웠다. 그녀는 어떻게든 일을 마무리 지어야겠다는 생각이 들어 강씨를 만났다.

"이제 어떻게 할 거예요? 술에 물 탄 이처럼 그러지 말고 딱 부러지게 해봐요. 이대로는 여기서 살 수 없으니까."

그녀의 독촉을 받고 강씨는 결심을 굳혔다. 그 역시 만나는 사람마다 꼬치꼬치 물어보는 것이 귀찮아 죽을 지경이었다.

"합칩시다."

그는 두 집 살림을 합치자고 제안했다. 결혼식은 나중에 올리기로 하고 일단 사람들 입을 닫게 만들자면 살림을 합치고 혼인신고를 하는 것이 제일 좋다고 말해주었다. 어쩌면 길동 엄니가 이 말을 가장 듣고 싶었는지도 모른다. 어차피 소문이 돌아 살림을 차리지 않더라도 남부끄러워 고개를 들 수 없을 지경이 되었다. 그동안 두 사람 사이에 아무 일도 없었던 것은 아니지 않은가. 이미 엎질러진 물이고 시위 떠난 화살이다.

강씨가 말을 꺼내자 그녀도 마음을 빨리 정리할 수 있었다. 문제는 아들이었다. 다행히 길동이가 강씨를 특별히 싫어하지 않았다. 친구들에게 놀림받는 것이 싫었을 뿐이기 때문에 엄마의 뜻에 토를 달지 않았다. 길동 입장에서도 든든한 아버지가 생긴다면 학교나 마을에서 친구들이 함부로 하지 못할 것 같았다.

며칠 후 강씨가 짐을 정리해 길동네 집으로 들어가고 혼인신고를 함으로써 둘은 부부가 되었다. 사람들의 입이 잠잠해지면 때를 봐 결혼식을 올리기로 하고 일단 살림부터 합친 것이다. 사람들은 잘 된 일이라고 축하해 주었다. 아예 보란 듯 살림을 합치고 보니 아무도 더는 입방아를 찧지 않았다. 그렇게 한 달쯤 살았을까. 길동 엄니는 전 남편과 살던 집에서 강씨와 사는 것이 마음에 걸렸던가 보다. 그 집을 팔고 위로 올라왔는데 성화가 살고 있는 쫄닥구덩이 할머니네 옆집이었다.

13

소나기와 머리핀

한동안 괴괴했던 쫄닥구덩이 집에 성화네가 세 들어 살더니, 이번엔 옆집으로 길동 엄니까지 이사를 오게 되어 할머니는 오래간만에 살맛이 나는 것처럼 보였다. 마치 새댁이라도 된 듯 치마를 질끈 동여매고 김치를 담근다, 메밀 전병을 부친다, 옥수수를 삶는다 부산을 떨며 바쁘게 움직였다. 할머니는 먼 사촌 보다 이웃이 낫다는 말을 실감하고 있었다. 혹시 이 사람들이 어느 날 모두 떠나버리기라도 하면 어떻게 살까 걱정되기도 했다. 만약 그런 일이 생긴다면 이제 전처럼 살 수 없을 것 같았다. 그래서 더욱 이웃에게 정성을 기울였다.

강씨는 사람이 무던하고 길동 엄니는 자기를 마치 친정어머니처럼 섬겨주어 기분이 좋았다. 그녀 얼굴을 볼 때마다 장독을 박박 긁어 뭐라도 챙겨주고 싶은 마음이 들었다.

무열과 강씨가 친해지게 된 것은 순전히 할머니 덕분이었다. 메밀 전병이나 부침개를 부치면 작은 평상에 올려놓고 그들을 함께 불러냈던 것이다. 마치 큰 아들과 작은 아들처럼 두 사람을 앞에 앉혀두고 내일은 감자를 삶을까 옥수수를 삶을까 궁리하곤 했다.

어느 날 무열은 강씨와 마주 앉아 술잔을 기울이고 여자들은 저쪽 성화네 마루를 차지하고 있었다.

"형님, 아주 여기에 눌러앉을 생각입니까?"

강씨는 나이 많은 무열을 형님이라고 부른다.

"왜? 눌러 앉으면 안 되나?"

"그럴 리 있나요. 듣기에 형님은 팔도를 바람처럼 다닌다고 하던데 산골 탄광에 처박혀 있으니 궁금해서 그렇지요."

"글쎄."

무열은 말을 흐린다. 그도 요즘 어떻게 해야 할지 감을 잡지 못하고 그저 시간이 흐르는 대로 내버려두고 있는 상태였다. 아내 찾는 것을 포기한 후 갑자기 무기력해지고 의욕이 떨어졌던 것이다. 성화는 이곳 사람들과 정을 붙였는지 별 다른 소리가 없었다. 벌써 강섭 아내, 길동 엄니, 그리고 춤을 배우러 오는 몇 명의 여자들과 정이 든 모양이었다. 얼굴이 밝아지고 말이 많아진 것을 보면 다행이다 싶어 마음이 놓이는 것도 사실이었다. 정신을 다른 쪽에 쏟으면 잔소리가 적어진다. 요즘 성화는 그에게 머리 올려달라는 말을 더는 하지 않고 있었다.

"차라리 가게를 내는 것이 어때요?"

"가게?"

"네, 성화씨가 알뜰하고 친화력이 좋으니 가게를 내면 장사가 잘 될 것 같은데요."

무열은 강씨가 성화를 형수님이라고 부르지 않고 성화씨라 부르는 것을 개의치 않는다. 이제 여기 사는 사람들은 둘의 관계를 어느 정도 알고 있었다. 한방을 쓰고 있으니 부부라고 해야 마땅했다. 그런데 그 내막을 살펴보면 내외간이 아닌 게 분명했기 때문이다. 춤을 배우러 오는 여자들이 춤만 배우고 수다를 떨다 가는 것은 아니었다. 무열과 성화를 유심히 살펴 보고 들은 것을 빠짐없이 우물가에 전파했다. 여자들은 나름대로 추리하고 온갖 상상력을 동원하여 두 사람의 관계를 정리해나갔다.

송가네가 빨래에 비누칠을 하다 멈추고,

"두 사람이 부부가 아닌 것은 분명해."

말을 꺼내면 방망이질을 하던 교수댁이 냉큼 말을 받아 이어갔다.

"부부가 아니라면 왜 한방을 쓴대? 에그, 얄궂어라."

"어쩌면 춤 선생이 신선인지도 모르지. 그렇지 않고서야 분내 풍기는 젊은 여자를 옆에 두고 어떻게 잠만 자겠느냐고. 신선이 분명한 게지."

그 말을 듣고 교수댁이 그게 무슨 소리냐는 듯 방망이를 휘두른다.

"사내들은 다 도적놈들이야. 애나 노인이나 틈을 보이면 속곳 들출 궁리부터 한다니까. 열 계집 싫다는 놈 봤어? 도대체 머릿속에 무슨 생각이 들었는지는 몰라도 남자들이란 한결같거든."

한바탕 남자들 욕을 한 다음에 방망이를 멈추었다. 그리고 방망이를 세워 턱에 괴는 시늉을 하였다.

"송가네 말은 선생을 좋게 여기느라 그냥 해본 소릴 테고, 혹시 말이야."

여기까지 말하고 잠시 멈추었다. 빨래하던 여자들이 부지런히 놀리던 손을 멈추고 답답한 듯 재촉하고 나섰다.

"에그 답답해, 빨리 말해봐."

"어쩌면 선생이 씨 없는 고추 아닐까?"

이 말에 여자들은 잠시 서로 얼굴을 바라보더니 일제히 웃음을 터트렸다. 특히 송가네는 뒤로 자빠져 엉덩이를 버릴 뻔 했다.

"까르르, 그 말이 맞을 수도 있겠지. 누군가 쫄딱구덩이 할머니에게 물어보았어. 그런데 두 사람이 한방에서 자긴 하지만 동침하는 기색이 전혀 보이지 않더래. 씨 없는 고추래도 구실을 할 거 아냐. 아예 둘이 잠자리를 하지 않는다니까, 그것 참 이상한 일이지."

"할망구 죽을 날이 가까워졌나, 왜 남의 방을 엿보고 그런대? 하긴 그 할망구 눈치가 도갓집 강아지 뺨치게 약긴 하지."

여자들은 할머니를 타박하면서도 행여 놓치는 말이라도 있을까 싶어 귀를 쫑긋 세우고 송가네 앞으로 다가앉았다. 송가네는 자라처럼 고개를 빼 앞뒤를 쓱 살피곤 이야기를 계속했다.

"할망구 말이 저번에는 선생하고 성화가 다투더래. 쥐새끼처럼 살금살금 가서 들어보니 글쎄, 성화가 언제 머리 올려줄 거냐고 따져 물었대. 선생은 아무 말도 못하고 떡 삼킨 두꺼비처럼 우물쭈물 꽁무니를 빼더라는 거야. 그것만 봐도 두 사람이 가시버시가 아니란 말이지. 그리고 저번에 한 달 넘게 선생이 여기를 떠나 자취를 감췄던 일이 있잖아. 그 때 본마누라 찾으러 간 거래."

"세상에나, 두 눈 시퍼렇게 뜨고 있는 본마누라 놔두고 성화를 데리고 도망 다니는 중일까?"

"그거야 모를 일이지. 구멍에 든 뱀처럼 당최 그 집 내력을 알 수 없으니 말이야. 성화가 그 일로 부아가 나서 한 바탕 했다지 뭐야."

물론 이 말은 사실이 아니었다. 쫄닥구덩이 할머니의 입에서 나온 말이 여러 사람을 거치다 보니 어느 정도 각색되어 있었던 것이다. 송가네 말이 끝나자 여자들은 아쉬운 눈빛을 하고 다시 빨래통을 끌어당겼다. 아무튼 무열과 성화는 사람들 눈에 기묘한 관계로 비춰졌다. 사는 게 시들해진 무열은 찾아오는 여자들에게 마지못한 눈치로 춤을 가르쳤다. 하지만 성화는 사람들 사귀는 재미에 폭 빠져 있었다.

산골의 봄은 짧았다. 연분홍 진달래가 산기슭을 물들이는가 싶더니 어느새 연초록 나뭇잎이 온 산을 덮고 더위가 시작되었다. 이곳은 해발고도가 높아 비교적 시원하다고 하지만 더위를 완전히 피해갈 수는 없었다. 더운 날 춤을 추면 채 반 시간도 지나지 않아 온몸이 땀에 젖었다. 특히 여자들 손을 한 번씩 번갈아 잡아주고 자세를 교정시켜주는 춤 선생, 남을 가르치는 무열에게 더위는 고역이었다. 여자들은 남편이 출근한 틈을 노려 한꺼번에 몰려왔다. 그는 이러다간 복날을 넘기지 못하고 쓰러질 것 같았다. 그가 제천으로 나가기 시작한 것은 이때부터였다. 당분간 여자들을 피하려는 목적도 있었지만 카바레에 가면 왈츠나 자이브를 추는 여자를 만날 수 있었기 때문이다. 좀 쉬고 싶었던 것이다.

춤에도 격이 있다. 집에서 설거지하던 여자들이 치마나 몸빼를 대충 입고 와 춤을 추자고 하는 것은 질색이었다. 썩 내키지 않아 마지못해 손을 잡아줄 뿐이었다. 그건 춤에 대한 예의가 아니다. 제대로 차려입고 반짝이는 구두를 신어야 자세가 제대로 잡히고 춤이 날개를 다는 것이다.

그가 제천으로 갔던 날도 날씨가 더웠다. 성화는 화물을 찾으러 사북역 비탈길을 올라가고 있었다. 읍내가 훤히 내려다보이는 곳에 자리한 역까지 올라가는 것은 만만치 않았다. 더구나 한쪽으로 심하게 기울어지는 불편한 다리로 오르려니 이마에 땀이 송글송글 맺혔다. 그녀는 화물을 간신히 머리에 이고 조심조심 비탈길을 내려왔다.

그런데 역을 내려오자마자 빗방울이 후드득 떨어지더니 곧 굵은 빗줄기로 바뀌고 쏟아 붓기 시작했다. 소나기가 지나가는 것이다. 산골은 구름이 걸쳐 있는 경우가 많았다. 날이 맑다가도 갑자기 비를 흩뿌리곤 했다. 사람들은 종종걸음을 쳐 집으로 사라지고 거리에는 쥐새끼 한 마리도 보이지 않았다.

그녀는 비를 고스란히 맞고 간신히 사북교 즈음에 이르렀다. 위에서 얼마나 비가 쏟아졌는지 흙탕물이 지장천을 따라 콸콸 흘러가고 있었다.

몸이 불편한 성화는 다른 사람들처럼 재빠르게 비를 피할 수 없었다. 게다가 머리에 이고 있는 짐 때문에 몸이 둔했다. 잠시 아무 집에나 들어가 비를 피할까 생각해 보았지만 일단 몸이 젖고 보니 빨리 집으로 돌아가고 싶은 마음 밖에 없었다. 그저 걸음을 재촉할 뿐이었다.

그녀가 사북교를 건너려고 부지런히 걸음을 옮길 때, 위에서 내려오던 트럭이 검은 흙탕물을 쫙 뿌렸다. 사북 읍내는 대형 트럭과 버스가 많이 다니고 있었다. 트럭이 잔뜩 짐을 싣고 다니는 바람에 길이 움푹움푹 패여 온전한 곳이 없었다. 갑작스런 소나기로 탄가루 날리던 길엔 물웅덩이가 생기고 흙탕물이 고여 있었다. 마침 지나던 트럭이 그녀에게 물을 끼얹은 것이다.

"에구머니나."

성화는 검은 흙탕물을 얼굴에 뒤집어쓰고 놀라 몇 걸음 비틀거리다 그대로 픽 넘어져버렸다. 머리에 이고 있던 짐 보따리가 데굴데굴 굴러가 저만치 처박혔다. 거세게 쏟아지는 소나기와 바닥에 고인 흙탕물에 몸이 젖고, 갑작스레 넘어진 충격이 그녀를 멍하게 만들었다. 그냥 어린애처럼 와앙 울고 싶었다. 누구 하나 도와주는 사람 없고 비에 젖어 무거워진 짐을 어떻게 다시 머리에 인단 말인가. 그래도 짐을 저대로 내버려둘 수 없어 간신히 자리에서 일어나 몇 걸음 옮길 때였다.

갑자기 그녀의 머리 위로 쏟아지던 빗줄기가 뚝 그쳤다. 누군가 우산을 씌워준 것이다. 성화가 고개를 돌려보니 인덕이 장승처럼 우뚝 서있었다.

그는 읍내에서 성화가 역을 내려오는 것을 우연히 보았다. 커다란 짐을 이고 위태롭게 걷는 것이 안타까웠다. 당장 뛰어가 그 짐을 대신 들어주고 싶었지만 괜히 나섰다 또 핀잔을 들을지 몰라 가만히 지켜보고 있던 것이다.

"괜찮수?"

그가 걱정스러운 표정으로 성화를 바라보았다.

"고마워요. 저 보따리, 가져가야 되는데."

그녀는 보따리 걱정뿐이다. 인덕은 우산을 성화에게 넘겨주고 보따리를 덥석 안더니 어깨에 메고 걷기 시작한다. 그녀는 그 짐을 내버려두라 말하지 못하고 우물쭈물 따라간다. 비에 젖어 무거워진 보따리를 다시 머리에 이고 갈 자신이 없었다. 게다가 온통 흙탕물에 젖은 몰골이 말이 아니었고, 넘어진 것이 남부끄러워 빨리 읍내를 벗어나고 싶은 생각뿐이었기 때문이다. 이제 소나기에 온몸이 젖는 사람은 인덕이다. 성화는 그게 미안하고 걱정스러워,

"여기 우산 받고 가세요."

소리쳐 인덕을 불렀지만 그는 말없이 씩 웃고 어서 가자는 눈짓을 하였다. 절룩거리는 걸음 탓에 자꾸만 뒤처지는 성화보다 먼저 집에 도착한 인덕이 짐을 내려놓고 기다렸다. 여전히 비는 세차게 쏟아지고 있었다. 성화는 너무 고마워 그를 그대로 보낼 수가 없었다.

"잠시 기다리세요."

수건을 꺼내주고 방으로 들어가 옷을 갈아입었다. 잠시 후 말끔한 얼굴로 차를 내왔다.

"드세요. 저 때문에 괜한 수고를 하셨네요."

"그런 말씀 하지 마시우. 그 무거운 보따리를 역에서 여기까지 이고 오는 것은 일에 이골이 난 여자들도 힘들 거유."

오히려 그가 성화를 위로한다. 아무래도 비가 좀 그치면 가야 할 성싶었다. 우산이 있다 해도 이런 비에 나가면 옷이 흠뻑 젖을 테니까. 인덕은 그저 먼산바라기를 하며 차를 홀짝거릴 뿐이다. 성화 또한 짐을 들어다준 노고가 고맙고 세찬 빗줄기 속으로 그를 내보내기 어려웠다. 그저 비가 그치기만을 기다리고 있었다.

"내가 방앗간에서 일할 때 말이우."

인덕이 우렁우렁한 목소리로 말을 꺼냈다. 어색한 침묵을 견디기 힘들었던 모양이다. 성화도 어색한 분위기 보다 무슨 말이든 오가는 게 낫겠다 싶었는지 귀를 쫑긋 세운다.

"샘골이란 곳에 예쁜 여학생이 살았는데 나는 방앗간에서 그 애가 자라는 것을 다 지켜 보았더랬수. 학교를 졸업하면 청혼하리라 마음먹고 기다리다 마침내 주인을 통해서 말을 넣었더니 아직 때가 아니다, 기다리라는 말을 합디다. 할 수 있수? 기다렸지. 그런데 서울에서 공장을 다니다 어떤 놈팡이를 만나 번갯불에 콩 구어 먹듯 쥐도 새도 모르게 시집을 가버리고 말았지 뭐유. 그 때 얼마나 분이 나던지."

"그래서요?"

그녀는 흥미 있는 표정으로 인덕을 바라본다. 맑은 눈동자가 저 황지연못 보다 깊은 것 같다. 빗물에 화장기가 싹 지워졌지만 얼굴이 유월 복숭아처럼 발그레하다. 인덕은 자기도 모르게 가슴이 뛰어 그녀의 얼굴을 오래 바라볼 수가 없다.

"그 때 방앗간을 때려치웠지유. 도대체 서울이 어떤 곳인가 싶어 올라갔는데 답답해서 못 살 것드만유. 결국 터를 박은 게 여기 탄광이고 깜깜한 막장이 오히려 내 체질에는 맞는 것 같수. 막장에 들어가면 남자들끼리 서로 목숨을 의지해서 탄을 캐야 되니까 다른 데 신경 쓸 일 없지 않수."

"네."

"난 여기로 온 후부터 여자는 잊고 살았수. 뭐 간혹 술을 먹긴 하지만 나에게 여자가 어울리지 않는 것 같아서 말유. 그런데."

그는 말을 멈추고 성화를 바라본다. 그녀는 그가 무슨 말을 할지 몰라 눈을 동그랗게 뜬다.

"그런데 말유. 성화씨를 보면 그 때 그 여학생이 자꾸 생각난단 말유. 그러면 안 되는 것인 줄 뻔히 알면서도 어쩔 수 없었수. 머릿속을 비워버리고 싶어 미친 듯이 곡괭이질을 하고 광차를 밀고 다녀도 항상 내 머릿속을 맴도는 사람은 당신이란 말유. 정말 하루에도 열 두 번씩 생각나니까, 아무래도 내가 미친 모양이우."

마침 비가 그쳤다. 성화는 더 들을 수 없다는 듯 찻잔을 주섬주섬 챙기더니 자리에서 일어나 부엌으로 들어갔다. 달그락달그락 찻잔을 씻는 소리가 났다. 마치 그녀가 인덕에게 무슨 말을 하는 것 같다. 인덕은 이제 자리에서 일어나야 되는데 엉덩이가 떨어지지 않아 미적거린다. 이런 모습을 그녀가 빤히 바라보고 있었나 보다.

"비 그쳤어요."

어서 가라는 소리다. 그가 마지못해 엉덩이를 털고 일어나 걸음을 옮기자 성화의 말이 비수처럼 그의 귀에 꽂힌다.

"그럼 안돼요. 못 써요."

안 된다는 말, 생각지 말라는 말이었다. 못 쓴다는 말, 도리에 어긋난다는 뜻이리라. 하지만 웬일인지 인덕의 마음은 비 개인 하늘처럼 맑고 좋았다. 자신의 마음을 털어놓으니 그동안 가슴을 짓누르고 있던 바위가 치워진 것 같았다. 귓전에서 그럼 안돼요, 그럼 못 써요 라는 말이 계속 맴돌았지만 그건 그쪽 사정이지 뭐. 오히려 터무니없는 배짱까지 생기는 것이었다. 노총각 강씨가 길동 엄니를 얻어 살림 차린 것을 보면 사람은 제 짝이 있다는 생각이 들었다. 나라고 왜 못해? 무열과 성화가 부부라면 모를까, 알아보니 남남이라고 하지 않던가. 한방에서 자는 것이 불안하지만 그녀를 보면 무슨 일이 있었던 것 같지는 않았다. 아무튼 노총각이었던 강씨가 길동 엄니와 함께 살림을 차리자 그의 정신이 번쩍 들었던 것은 사실이었다.

그와 강씨는 비슷한 또래로 회사에서 얼굴을 모르지 않는 사이였다. 그렇다고 친한 사이라 할 수는 없었는데 강씨가 이쪽으로 이사한 후부터 인덕의 발길이 잦아졌다. 오다가다 갑자기 생각이 나 들른 것처럼 불쑥 나타나 강씨를 찾는가 하면, 손에 무엇인가 잔뜩 들고 올라와 성화더러 들으라는 듯이 강씨와 길동의 이름을 불러댔다.

그 때마다 그녀는 죄지은 일이 없는데도 불구하고 토끼가 제 방귀에 놀란 것처럼 가슴이 쿵쾅거렸다. 혹시 저 사람이 우리 집으로 난입하지는 않을까 걱정되었다. 그는 주로 길동에게 줄 과자나 술안주로 쓸 고깃덩어리를 들고 오곤 했다.

어느 날 무열과 강씨가 술잔을 기울이고 있을 때 인덕이 어슬렁거리며 나타났다.

"강형, 요즘 신혼 재미에 깨가 쏟아지고 있는 줄 알았더니 여기서 술타령이었군그래."

"어서 오라고. 이쪽으로 앉지."

무열과 인덕은 얼굴을 알고 있는 터라 간단하게 인사했다. 저쪽 마루에 앉아 있던 쫄딱구덩이 할머니가 호들갑을 떨며 일어났다. 길동 엄니도 안주거리를 챙겨오겠다며 집으로 갔다. 성화는 할머니를 따라 부엌으로 들어가 불안한 마음으로 밖을 힐끔거렸다. 그녀는 인덕이 무슨 헛소리를 하지 않을까, 저 사람이 왜 또 왔을까 걱정스러운 마음부터 들었다. 이렇게 남모르는 걱정에 애를 태우고 있는데 할머니가 안주거리를 챙겨 그녀의 등을 떠밀었다.

"영감 살아 있을 때 생각나네. 그때만 해도 사람이 끊이질 않았었지. 우리 영감이 워낙 덕이 있고 인품이 훌륭했어야 말이야. 헌데 쫄딱구덩이에 파묻혀 죽은 이후 찾아오는 쥐새끼 한 마리 없었어. 오늘 장정 세 사람이 떡 앉아 있으니 얼마나 좋은지 몰라. 어서 안주 좀 갖다 줘. 여기 여자들이 몇 명인가. 남자들이 빈속에 술 마시도록 내버려 두면 안 되지, 암."

그녀는 인덕의 눈길이 부담스러워 쟁반을 들고 가기 꺼려졌지만 어쩔 수 없이 떠밀려 나갔다. 절룩절룩 다가오는 성화를 보고 인덕이 자리에서 벌떡 일어섰다.

"이리 주시우. 내가 어디 가서 굶어죽지는 않을 팔자인가 보우. 때 마침 이런 대접을 받으니."

냉큼 쟁반을 받아들었다. 그 모습이 좀 우스꽝스러워 무열과 강씨는 웃음을 터트렸다.

"황장사, 형님께 술이나 한 잔 치고 새살을 떨게."

인덕은 강씨의 말을 듣고 무열에게 술을 따른다.

"형님은 참 복도 많수. 어떻게 하면 이렇게 예쁜 각시를 얻을 수 있는지 좀 알려 주시우."

넉살을 떠는데 무열은 대답 대신 웃는다. 술잔을 인덕에게 권한다.

"드시오. 저번에 내 친구 강섭이 사고를 당했을 때 고생을 많이 했다 들었습니다. 고맙소."

"뭘 그런 것을 가지고 그러시우. 탄가루 마시고 사는 처지에 누구든지 그런 일을 당하면 가만히 있을 수 없지요."

그는 말을 끝내고 성화를 힐끔거리더니 정색을 하고 말했다.

"동생 있으면 소개 좀 시켜주오. 언니 얼굴 보면 동생은 보나마나 미인일 테니 내 보지도 않고 색시 삼겠수."

순간 무열이 술잔을 내려놓고 성화를 바라본다. 그녀의 얼굴이 홍당무처럼 달아올랐다. 쫄닥구덩이 할머니는 남의 속도 모르고 혹시 동생 있느냐고 합세하며 맞장구를 쳤다.

"하긴 옛날 같으면 벌써 손자 본다고 할 나이지, 암."

인덕은 기분이 좋았다. 무열이야 여기에 흘러들어온 사람일 뿐이고 이곳의 주인은 광부다. 광부가 아니고선 사북에서 큰소리치고 살기 힘들었다. 그는 방앗간에서 일하던 일, 탄광에서 있었던 일을 떠벌리며 술자리를 흥겹게 만들었다. 이야기하는 한편 눈길은 저 쪽에 있는 성화를 자꾸만 바라보았다. 어깨까지 내려오는 머리카락을 양쪽에서 뒤로 얌전하게 걷어 올린 그 새하얀 얼굴이 보기만 해도 벅찬 느낌이었다. 그는 안주를 집어삼킬 때, 웃을 때, 술을 마실 때, 무열과 강씨를 번갈아 보는 척 그녀를 계속 힐끔거렸다.

성화 또한 자기를 바라보는 그의 시선을 느끼지 못하는 것이 아니었다. 어서 이 술자리가 끝나기만 기다릴 뿐이었다. 잠시 후 길동 엄니가 쟁반 심부름을 맡은 것이 그나마 다행이었다. 성화는 인덕의 시선이 부담스러워 몸이 불편하다는 핑계를 대고 방으로 들어갔다. 그녀가 사라지자 인덕은 술맛이 떨어진 모양이었다. 안주만 축내다 그만 가보겠다며 자리를 떴다.

그날 저녁 무열은 그녀에게 지나는 말처럼 중얼거렸다.

"그 친구, 참 재밌는 사람이더군."

"누구 말씀이세요?"

"황장사 말이야. 의협심 많고 거짓이 없어 보이는데 여태 장가를 못 가다니."

성화는 말하지 않고 걸레로 방바닥을 닦고 다녔다. 그 사람을 가만히 내버려두면 앞으로 무슨 행동을 할지 몰랐다. 왜 자꾸만 신경쓰이게 하는지 짜증이 밀려왔다. 무열은 날짜 지난 신문을 펼치고 보는 시늉을 하다 또 중얼거린다.

"그 친구가 관심 있는 모양이야."

일부러 들으라고 하는 소리인데 그녀는 대답하기 싫었다. 따지고 보면 무열과 자신은 아무런 관계도 아니다. 부녀도 아니고 부부도 아니고 오누이도 아니다. 혹시 동업자라고 하면 그럴 듯하지만, 어떤 동업자들이 남녀 한방을 쓰면서 몇 년씩 사업을 하러 다닌단 말인가. 스스로 생각해도 이상한 관계였다. 당신이 뜨뜻미지근한 태도를 보이니까 저런 놈이 곁눈질을 하는 거 아니냐, 따져 묻고 싶었다. 하지만 뻔한 대답을 듣기 싫었다. 그래서 말하지 않는다. 그녀는 손에 힘을 주어 방바닥을 박박 닦으며 무슨 말인가 할 듯 말 듯 입을 씰룩이다가 부엌으로 나가버렸다.

성화를 보고 온 인덕은 마음에 더욱 불이 붙어 어떻게 해야 좋을지 몰랐다. 답답하기 그지없었다. 그냥 무열을 찾아가 그녀를 달라고 할까? 아니면 성화에게 마음을 고백할까? 선물을 보낼까? 별의별 궁리를 다 하다가 밤을 꼬박 지새우고 말았다. 혼자 하룻밤에 수 만권의 소설을 쓰길 얼마나 했을까. 결국 그는 대담한 결심을 하였다. 그녀에게 마음을 담은 선물을 전해주는 것이다. 여자의 마음을 얻는데 선물만큼 좋은 것이 어디 있을까 싶어 회사 경리에게 물어보았다. 경리는 인덕의 말에 놀란 토끼처럼 눈을 동그랗게 뜨고 세상에 별 일이 다 있다는 표정을 지었다.
"설마 나에게 할 선물을 아닐 테고, 갑자기 무슨 선물이래요?"
"그냥 그런 게 있어. 서로 얼굴 정도 알고 있는 사인데 무슨 선물을 하면 좋을까?"
"글쎄요. 뭐가 좋을까."
경리는 웃겨 죽겠다는 얼굴로 인덕을 바라보았다. 그는 경리에게 선물을 사오면 사례하겠다는 말을 해두고 나왔다. 경리는 선물을 받을 여자가 아마 서울옥 작부일 거라는 생각이 들었다. 그런 여자 아니면 곰처럼 미련한 저 사람에게 마음을 주겠는가 말이다. 아무튼 경리는 그의 말을 마음에 새기고 있다가 회사일로 태백에 나갔을 때 선물가게에 들러 예쁜 머리핀을 사가지고 돌아왔다.

"여기요. 저번에 말한 선물 사왔어요."

"이게 뭐야?"

"머리핀이에요. 가게 주인이 요즘 제일 많이 나가는 머리핀이래요. 너무 비싸고 귀한 것을 선물하면 받는 사람이 부담스러울 지도 몰라요. 그래서 머리핀 같은 것으로 차츰 마음을 얻어 가면 되는 거죠. 나는 다른 색으로 하나 골랐어요. 봐요. 예쁘죠?"

그녀는 자주색 머리핀을 머리에 꽂고 고개를 돌렸다. 예뻤다. 인덕은 마치 성화가 머리핀을 하고 있기라도 한 듯 입을 벌리고 다물 줄 몰랐다. 이제 선물로 머리핀을 샀으니 전해주는 일만 남았다. 어떻게 전해줘야 남의 눈에 띄지 않고 자연스러울까. 아무리 생각해도 적당한 방법이 생각나지 않았다. 직접 찾아가서 전해주다 잘못하면 따귀를 맞거나 남의 우세를 살 수 있겠다는 생각이 들었다. 어떻게 전해주지? 작은 선물을 방에 놓아두고 며칠을 바라보다 문득 길동의 얼굴이 떠올랐다. 그녀가 길동이를 귀여워하니 아이를 통해 전해주면 좋을 것 같았다. 인덕은 무릎을 탁 치고 일어나서 조용히 아이를 불러내기로 마음먹었다. 길동은 인덕을 좋아한다. 집에 올 때마다 빈손으로 오지 않고 과자를 들고 오거나 거나하게 술 취하면 호주머니를 뒤져 용돈을 쥐어주기 때문이다.

길동은 인덕이 부르는 소리를 듣고 밖으로 뛰어나갔다.

"길동아, 물을 말이 있다."

"무슨 일인데요?"

"일단 이것부터 받고."

그는 호주머니에서 사탕을 한 움큼 꺼내 아이의 손에 쥐어주었다.

"옆집 이모 말이다."

"성화 이모 말씀이세요?"

"그렇지, 요 놈 정말 똑똑하구나. 오늘 이모가 집에 있든?"

"몰라요."

길동은 사탕을 하나 입에 넣고 오물거리며 모른다고 딱 잡아뗐다. 조금 전 이모가 인덕의 목소리를 듣고 꽁지 빠지게 부엌으로 들어가 문을 닫아버리는 것을 보았기 때문에 함부로 말해줄 수 없었다. 길동에게 그녀는 특별한 존재였다. 항상 웃는 얼굴로 자신의 머리를 쓰다듬어주며,

"참 귀엽기도 하지. 이런 아들을 둔 형님은 얼마나 좋을까."

마치 자기 아들처럼 아껴주었던 것이다. 그리고 학교에 다녀오면 이모가 엄마처럼 반겨주고 간식을 챙겨주기 때문에 부모가 없더라도 쓸쓸하지 않았다. 곰처럼 생긴 아저씨가 예쁜 이모에 대해서 묻는 것을 본능적으로 경계하고 나선 것은 당연했다. 자기가 이모를 지켜야 된다는 사명감까지 생기는 듯 입을 굳게 다물었다. 더는 입을 오물거리며 사탕을 녹이지 않는다. 인덕은 아이의 말을 듣고 성화네 부엌을 한번 쓱 쳐다본 후에 무척 순한 웃음을 지었다.

"용돈 줄까? 내 심부름 하면 용돈 주지."

"무슨 심부름인데요?"

길동은 돈에 욕심이 생겨 어서 말해보라는 얼굴로 말을 기다린다.

"간단한 거야. 이것을 아무도 몰래 이모에게 전해주면 된다."

그는 뒤춤에서 예쁘게 포장된 작은 물건 하나를 꺼내보였다. 무엇이 들었는지 모르겠지만 아마도 소중한 것이 들었을 것으로 생각되는 작은 종이상자였다. 아이가 그것을 받을까 말까 망설이고 있을 때 인덕은 동전을 하나 쥐어준다.

"받아, 내 성의니까 사양할 필요 없어. 만일 네 엄마가 계셨더라면 부탁했을 텐데, 출근하고 없으니 너에게 말하는 거야. 할 수 있겠지?"

"네."

"아무도 모르게 살짝 전해줘야 해."

인덕은 길동의 등을 토닥거려주고 길을 내려갔다. 그가 사라진 후 아이는 동전과 작은 종이상자를 번갈아 바라보며 잠시 망설였다. 특히 아무도 모르게 전해달라는 말이 귓전에 맴돌았다. 무슨 비밀작전을 앞두고 있는 것처럼 가슴이 뛰었다. 하지만 특별하게 생각할 것은 없어 보였다. 엄마가 없으니 그 심부름을 대신 하는 것뿐이니까. 이렇게 생각하자 마음이 편해지고 굴러 들어온 동전을 어떻게 쓸까 그 궁리부터 하기 시작했다.

하지만 성화는 부엌에서 인덕이 아이에게 무엇인가 전해주고 속삭이는 것을 모두 보았다. 그녀는 인덕이 사라지자마자 뛰어나가 길동을 붙잡고 물었다.

"무슨 일이니, 응?"

"이모."

길동은 자기 앞에 쪼그리고 앉은 성화를 보고 주위를 한번 둘러보았다.

"이거요. 아저씨가 이거 이모에게 전해달래요."

그녀가 보니 아이 손바닥 크기의 종이상자다.

"이게 뭔데?"

"몰라요. 아저씨가 아무도 몰래 이모한테 전해 달랬어요."

순간 성화는 정색하고 아이의 어깨를 잡는다.

"길동이 너, 이런 심부름하면 못 써. 알겠지?"

평소 자상하고 친절하던 이모가 무서운 얼굴로 말하는 것을 보고 아이는 겁에 질렸다. 그만 손에 들고 있던 종이상자를 떨어트리고 말았다. 마치 도둑질을 하다 들킨 것처럼 부끄럽고 얼굴이 화끈거려 그 자리에 있을 수가 없었다. 당장 아저씨를 쫓아가 동전을 돌려주고 싶은 마음이 들었다. 길동은 이모의 손을 뿌리치고 밖으로 뛰어나갔다. 하지만 인덕은 이미 어디론가 사라지고 없었다.

성화는 바닥에 떨어진 물건을 들고 이것이 뭘까, 돌려줄까 말까, 어떻게 돌려주지? 생각을 거듭하였다. 그런데 그에게 물건을 돌려주기 위해 아이를 다시 심부름꾼으로 써야 된다는 것이 내키지 않아 마음을 접었다. 아이를 중간에서 난처한 상황에 처하도록 만들고 싶지 않았기 때문이다.

그녀는 방으로 들어가 곱게 포장된 종이상자를 조심스럽게 풀어보았다. 뚜껑을 열었을 때 투명하고 푸른빛을 띤 머리핀이 나타났다. 어쩌면 이렇게 예쁠까, 생각하기도 전에 손이 먼저 핀을 들어 올리고 있었다. 보석이 박힌 것처럼 빛나는 머리핀이 그녀의 손 위에서 어서 꽂아달라고 애원하는 것 같았다. 하지만 그녀는 거울을 보고 머리핀을 머리에 한번 대보았을 뿐 꽂지 않고 다시 종이상자에 넣어두었다.

그 사람이 왜 머리핀을 보냈는지 이유를 알 것 같았다. 행여 무열이 오해하고 이것저것 캐물을까 싶어 조심스러웠다. 한편으로는 곰처럼 생긴 사람이 어디서 이렇게 예쁜 머리핀을 사왔을까 궁금하기도 했다. 작은 선물상자를 들고 난처하게 서있는 그 얼굴을 생각하니 웃음이 피식 나오는 것이었다.

14

하계 임시 휴가열차

비는 탄광촌에 반갑지 않은 손님이다. 가뜩이나 좁은 산골 탄광촌의 길을 온통 진흙탕으로 만들기 때문이다. 마른 날 바람에 날리던 탄가루가 비에 젖어 죽처럼 변하면 장화 없이 걸어 다니기 힘들었다. 여기에 석탄을 싣고 달리는 트럭은 웅덩이에 고여 있던 검은 물을 사방으로 뿌려댔다. 사람들은 하늘이 흐려지기 시작하면 마음이 심란하고 우중충해지기 마련이었다.

드디어 지루하게 퍼붓던 장마가 끝났다. 지장천을 가득 메우고 험상궂게 흘러내리던 물이 줄고 사방에서 매미소리가 요란했다. 이제 날씨가 더워지는 일만 남았다.

그런데 올 여름에는 전에 없던 사람들이 무리 지어 나타나 탄광촌을 들뜨게 만들고 있었다. 그들은 지장산 사택에 있는 출퇴근 버스정류장, 회사 복지회관 구판장, 그리고 읍내 여기저기에 텐트를 쳐놓고 등산이나 캠핑에 필요한 각종 장비를 파는 사람들이었다. 버너, 코펠, 침낭, 배낭, 전등, 등산화 등 평소 쉽게 볼 수 없던 진귀한 장비들이 오가는 남자들의 눈길을 사로잡았다. 광부들은 지나는 길에 얼핏 본 캠핑 장비를 나중에 부인과 함께 와서 흥정하는 경우가 많았다.

갑자기 몰아닥친 캠핑 열풍, 이것은 올 여름 하계휴가가 3일이나 주어지고 5천 명 가까운 광부들이 한꺼번에 쉬기로 했기 때문이었다. 탄광은 갱내에 있는 장비를 계속 가동하고 탄을 캐기 때문에 회사의 문을 완전히 닫는 경우는 절대 없었다. 며칠 동안 문을 닫으면 배수작업이 제대로 되지 않아 갱도가 침수되고 지연된 보수작업 때문에 갱이 무너질 수도 있었다.

하지만 회사는 노조의 요구를 받아들여 하계휴가를 3일로 결정하고 탄광의 문을 닫기로 했다. 80년 광부들의 시위는 열악한 탄광의 작업환경과 임금 등 복지문제를 수면 위로 올라오게 만들었다. 격분한 광부와 그 가족들이 벌인 집단 시위에 정부와 회사는 깜짝 놀라 예전처럼 대하면 안 되겠다는 생각이 들었다. 소처럼 시키면 시키는 대로 일하고 죽으라면 죽는 시늉까지 할 것 같았던 광부들, 그들이 똘똘 뭉치자 기세가 너무 무서웠던 것이다. 그때부터 회사는 어떻게 하면 광부들을 구슬릴까 궁리하기 시작했다.

광부들도 그동안 무력했던 자신들이 뭉치면 엄청난 힘을 발휘할 수 있다는 것을 알게 되었다. 새롭게 노조를 구성하고 회사에 대한 교섭력을 높인 결과 과거에 한 번도 경험해보지 못했던 하계휴가 3일을 얻어낼 수 있었다. 광부 가족들을 환호시킨 것은 이것뿐만이 아니었다. 교통이 불편한 탄광촌을 떠나 제대로 피서를 즐길 수 있도록 노조는 거금을 지출하여 13량이나 되는 임시 휴가열차를 강릉까지 왕복시키기로 했다. 일이 이렇게 되니 광부들은 여름휴가를 어떻게 보내볼까 삼삼오오 모이기만 하면 이야기꽃을 피웠다.

이 소식을 들은 장사치들이 각종 야영 용품을 들고 사북을 찾아왔던 것이다. 어떤 이는 복지회관 구판장에서만 1주일 사이에 야영 장비를 무려 5백만 원어치나 팔았다. 다른 장사꾼들이 읍내에 좌판을 깔고 방문판매한 것까지 합하면 실로 어마어마한 양이 팔렸을 것이다. 각 가정에서 경쟁적으로 장비를 사들였기 때문에 모르긴 해도 아마 수천만 원은 풀렸을 거라고들 이야기했다.

사택은 광부들이 집단으로 거주하기 때문에 옆집이 무슨 물건을 들여놓았는지 훤히 알 수 있었다. 서로 의지하고 경쟁하는 탓에 물품구매는 전염성이 높았다. 어떤 제품이든지 한번 바람이 몰아치면 너도나도 사들이게 마련이었다. 누가 문학전집을 샀네 하면 듣도 보도 못했던 전집이 각 가정을 순식간에 점령하고, 컬러텔레비전을 샀다더라 하면 나도 나도 하면서 대리점을 순회했다. 이번에도 마찬가지였다. 오죽하면 야영 장비를 파는 장사꾼 한 명은 소리치느라고 목이 잠겼다.

"제발 줄 좀 서시오."

물건 파는 것 보다 줄 세우는 것에 열중할 정도였다. 강섭도 예외는 아니었다. 그는 이미 며칠 전에 야영 장비를 한 아름 사놓고 퇴근 후에 그 조작법을 살펴보고 만지작거리느라 시간 가는 줄 몰랐다. 벌써 마음은 바닷가에 가 있어 시간이 너무 더디게 가는 것처럼 느껴졌다. 아내도 마음이 들뜨고 바쁘기는 마찬가지였다. 피서지에서 먹을 음식을 장만하고 가족들이 입을 옷을 사고 짐을 꾸렸다. 어떤 성급한 사람은 휴가가 시작되기도 전에 배낭을 메고 동네를 한 바퀴 돌아보았을 정도다.

한 명의 광부에게 딸린 가족이 세 명이라고 하면 거의 2만 명 가까운 사람들이 이번 휴가를 한꺼번에 떠나게 되는 셈이었다. 강섭 아내는 김치를 담가 통에 담아놓았다. 그리고 야영 장비를 만지작거리고 있는 남편에게 문득 생각났다는 표정으로 말을 건넸다.

"여보, 이번에 가족들만 갈 수 있는 거예요?"

"그렇지. 왜?"

"성화 생각이 나서 그래요. 며칠 동안 읍내가 썰렁할 텐데 그동안 뭐하고 지내려나."

아내는 친동생처럼 아끼는 성화가 남들 휴가 떠나는 것을 보고 풀이 죽을까 봐 벌써 걱정되는 모양이었다.

"함께 가면 아이들도 무척 좋아할 텐데. 여보, 당신이 한번 말해보세요."

"뭘?"

"성화네도 우리 가족이라고 회사에 이야기해서 자리를 마련해 보란 말이에요. 당신이 노조 일을 하고 있으니 그런 일쯤 식은 죽 먹기 아니에요? 동생에게는 내가 이야기해 볼게요."

강섭은 아내의 말을 듣고 보니 그들을 데리고 가는 것이 나쁘지 않을 것 같았다. 그는 이튿날 출근해 무열과 성화를 가족 명단에 넣고 임시 휴가열차에 탑승할 수 있도록 조치했다. 아내는 함께 갈 수 있다는 이야기를 전해 듣고 뛸 듯 기뻐하며 성화에게 달려갔다.

"동생, 동생 있어?"

방에서 화장품을 정리하고 있던 성화가 문을 열고 반긴다.

"형님, 어서 오세요. 무슨 좋은 일 있으세요?"

"있다마다, 자네도 이번 여름휴가에 대한 말을 들었겠지?"

"네, 열차를 빌려서 간다고 하던데요."

"제대로 들었군 그래. 여기서 기차를 타면 동해바다 강릉까지 편안하게 다녀오는 거야. 내가 애 아빠에게 부탁해서 자네도 함께 가도록 해달라고 떼를 썼지 뭐야."

"아이, 형님도. 우리 같은 사람이 어떻게 그 열차를 타겠어요."

"그런 소리 말게. 나하고 자네는 한 동기 간이나 마찬가지 아닌가. 그리고 무열씨도 애 아빠한테는 형제와 같은 사람이지 뭐."

고마운 소리였다. 성화는 말만 들어도 눈물이 찔끔 날 것 같았다.

"애 아빠가 오늘 회사에서 자네도 같이 갈 수 있도록 조치를 했대. 잘됐지 뭐야. 동생도 그렇지?"

"네, 그렇긴 해요."

형님이 돌아간 후 그녀는 괜히 가슴이 뛰었다. 광부 가족들이 열차를 타고 피서를 떠난다는 말을 듣고 내심 부러웠었다. 같이 갈 수 있다니 얼마나 좋은가. 마치 자기도 광부의 아내가 된 것처럼 들뜨고 기대가 되었다. 그러나 무열은 말을 전해듣고 영 내키지 않은 표정이었다.

"가고 싶어?"

소풍을 앞두고 있는 아이에게 그 소풍을 꼭 가고 싶으냐고 묻는 것 같아 성화는 조바심이 났다.

"당연히 가야죠."

"그래?"

무열은 그녀의 의견을 존중해주는 편이다. 친구가 자기들을 위해 어렵게 자리를 마련해 주었고, 성화가 이렇게 가고 싶어 하는데 차마 그것을 거절하기 어려웠다. 텅 빈 탄광촌에 남아 있으면 마땅히 할 일도 없었다. 어떻게든 무더위를 피해야 했기 때문에 사람들 틈에 섞여 따라가기로 했다. 그 때부터 성화의 손길이 바빠졌다.

아이들은 말로만 듣던 바캉스를 떠나는 것이 믿기지 않는지 날마다 사북역에 올라가 오가는 열차를 바라보았다. 전에는 광부 아버지가 부끄러울 때도 있었지만 이제 자랑스러웠다. 광부들은 아내와 자식들이 난생처음 가보는 바닷가 피서를 준비하느라 부산 떠는 것을 보고 짐짓 웬 소란이냐며 호통쳤다. 하지만 속으로는 뿌듯했다. 인차를 타고 갱내로 들어갈 때 느꼈던 패배감과 좌절감이 어느덧 자부심으로 바뀌었다. 갱 속에서도 휴가에 대한 것은 화제였다.

강섭와 강씨 그리고 인덕은 같은 조였다. 탄광 침수사고로 늙은 광부 박씨가 죽고 젊은 광부 김씨는 허리를 다쳐 더는 일할 수 없었다. 김씨는 병원에서 상당 기간 치료를 해도 회복할 기미가 보이지 않았다. 결국 퇴직하여 보상금을 타고는 탄광촌을 떠나버렸다. 그 빈자리를 인덕과 강씨가 들어왔다. 그것은 강섭이 자신을 구해준 인덕을 곁에 두고 싶었기 때문이다. 길동 엄니와 살림을 차린 강씨는 자청해서 강섭의 조에 합류하였다.

광부들은 사고가 일어났던 조를 꺼리고 기피하는 경향이 있다. 그런데 인덕과 친구처럼 지내는 강씨가 들어오니 자연스럽게 빈자리가 채워진 셈이었다. 도시락을 먹고 쉬는 시간에 강씨가 화약 상자를 펼치고 벌렁 누웠다.

"인덕이 자네도 함께 가는 거지?"

인덕은 동발에 앉아 장화를 털고 있다가 강씨의 말을 듣고 시큰둥한 표정을 지었다.

"함께 갈 사람이 있어야지."

"헌 고리도 짝이 있는 법이니 상심 말게. 정 아쉬우면 서울옥 작부라도 데리고 가지 그래?"

그는 히죽 웃으며 인덕을 놀린다.

"예끼, 이사람. 서울옥 안 간지 벌써 오래 됐네. 왜, 그년들이 자네에게 밀린 외상값 받아오면 몇 푼 떼어준다고 하던가?"

그 또한 가볍게 농으로 받아 넘기고 장화를 툭툭 털어댔다.

"다들 휴가 간다고 난리법석인데 빠지면 쓰나. 나도 따라갈 테니 걱정 말게."

"암, 그래야지. 음식은 따로 장만할 필요 없네. 내 안사람, 길동 엄니에게 말해서 넉넉하게 준비하라고 했으니."

"말이라도 고맙군. 가족들끼리 오붓하게 놀아야지. 총각이 끼어서 뭐할라고. 마음 맞는 총각들과 어울려 술판이나 벌일 생각이야."

말을 이렇게 하지만 인덕 또한 피서가 내심 기대되는 눈치다. 조금 전 강섭과 강씨가 하는 말에 성화네도 함께 간다는 것을 들었기 때문이다. 멀리서 그 얼굴만 볼 수 있어도 좋은 일이다. 같은 기차를 타고 가 같은 바다를 바라본다는 것, 그것을 생각하면 가슴속에 풍선을 넣어놓은 듯 자기도 모르게 부풀어 오르는 것이었다.

이제 성화는 그의 머릿속에서 잠시도 떠나는 일이 없었다. 착암기로 바위를 뚫고 곡괭이질을 하고 밥을 먹다가도 문득 떠오르는 사람이 바로 그녀였다. 텅 빈 방안에 혼자 누워 잠을 청할 때도 그녀가 곁에 있었다. 눈을 뜨고 잠이 들 때까지, 그의 머릿속을 잠시도 떠나지 않는 사람, 성화를 생각하면 하루가 즐겁다. 멀리 떨어진 곳에서 그 그림자를 보기만 해도 가슴이 뛰었다. 하지만 더는 다가갈 수가 없으니 안타까운 마음뿐이었다. 두 사람의 말을 듣고 있던 강섭이 빙그레 웃으면서 끼어들었다.

"휴가란 좋은 것이지. 모두 함께 가면 좋으련만 여기 남아 있을 동료들 생각하면 마음이 걸려."

땅속을 뚫어 만든 갱도는 지층과 한 덩어리기 때문에 계속 살아 움직인다. 사람의 몸을 동맥 정맥이 관통하고 손가락 끝까지 모세혈관이 흐르듯, 갱도는 탄광의 혈관이나 마찬가지다. 동발을 보수하는 사람, 지하수 퍼내는 양수펌프를 작동하는 사람, 장비에 전기를 공급하는 사람은 휴가 기간 동안에도 갱도에 남아 있어야 했다. 회사는 사정상 휴가를 가지 못하는 광부들의 지원을 받고, 특수 기능 가진 사람들을 모아가지고 비상근무조를 꾸려 놓은 상태였다. 그 마음을 아는 인덕이 고개를 끄덕이곤 말을 받았다.

"형님, 열차에 자리가 부족하진 않겠수?"

아무래도 성화가 탈 자리가 혹시 없지는 않을까 걱정되는 모양이었다.

"자리가 없으면 서서 가면 되지. 무슨 걱정인가."

"다리 아프니까 그렇지요."

그가 머리를 긁적이며 말꼬리를 내리는 것을 보고 강씨가 말을 받았다.

"걱정 말게. 관광버스를 빌려서 가는 사람도 있다네. 피난민들처럼 열차에 옹기종기 모여 가는 것 보다 버스를 빌리면 오붓하고 좋긴 하지."

"뭐 하러 헛돈을 쓴대?"

"그거야 그 사람들 마음 아닌가. 이동하기 편리하고 원하는 곳까지 바로 데려다 줄 테니까. 마음 맞으면 버스가 편리할 수도 있어."

"그렇다면 다행이군. 아무튼 칠봉관광만 돈 벌게 생겼어."

칠봉관광은 몇 대의 버스를 가지고 영업을 시작한 관광회사다. 관광버스는 각종 계모임에서 나들이를 가거나 행사를 할 때 요긴하게 쓰였다. 특히 관광계에 들어 있는 여자들은 가까운 강릉이나 정선 등지로 여행을 다녀오는 경우가 많았다. 저번에 송가네가 부른 버스도 바로 칠봉관광이다. 짧은 휴식이 끝나자 인덕은 남모를 미소를 짓고 다음 작업을 위해 연장 가방을 챙겨들었다.

휴가 전날은 마침 월급날이었다. 월급을 수령하기 위해 몰려온 아내들 얼굴이 밝아 보였다. 남편이 갱내에서 작업하거나 근무를 마치고 집에서 자고 있으면 월급수령은 여자들 몫이 되었다. 한 달 동안 기다린 월급날이지만 제각기 할 일을 마치고 느지막이 오는 경우도 있었다. 그래서 회사는 하루 종일 월급을 지출해야 했다. 인감증을 들고 온 광부 아내들은 두툼한 봉투에 담긴 노동의 댓가를 소중하게 안고 집으로 돌아갔다. 반면 차 떼고 포 떼서 절반으로 줄어든 월급봉투를 받아들고 낙심한 표정을 짓는 아내도 있었다.

이번엔 다른 때와 사뭇 달랐다. 월급날이 여름휴가 하루 앞에 있었다. 덕분에 평소 하루 종일 걸리던 일이 오전에 모두 끝나버렸다. 그 이유는 휴가 때 쓸 돈이 필요하기도 했지만, 상여금과 여름휴가비가 함께 나와서 확인하고 싶었기 때문이다. 다른 때 보다 두툼한 봉투를 쥐고 보니 그렇게 고대하던 휴가가 실감나게 다가왔다. 아내들이 월급을 수령하고 있을 때 갱 속에서는 채탄작업이 한창이었다. 광부들의 시커먼 얼굴에서도 휴가에 대한 기대감이 가득했다.

드디어 오후 네 시가 되었다. 작업을 마친 광부들이 인차를 타고 헤아릴 수 없이 쏟아져 나왔다. 퇴근하는 통근버스는 평소와 달리 장터처럼 시끌벅적했다. 그러나 일에 지친 광부들이 퇴근길에 들러 회식하고 술을 마셨던 읍내 음식점과 술집은 모두 울상이었다. 광부들은 행여 누가 잡을까 봐 빠른 걸음으로 귀가했고 기다리고 있던 아내와 아이들은 문밖에서 환호성을 질렀다. 그날 밤 온 가족이 모여 앉아 짐을 꾸렸다 풀었다 하느라고 잠을 설친 사람들이 많았다. 탄광촌으로 들어온 후에 기차를 타고 가는 여름휴가는 난생 처음이었기 때문에 부푼 가슴을 진정시키기 어려웠다.

고대하던 날이 밝았다. 아침 일곱 시부터 사북역은 역이 생긴 이래 가장 많은 사람들로 북적거렸다. 하계 임시 휴가열차는 이미 플랫폼에 정차해 사람들을 기다리고 있었다. 예정된 출발시간이 아홉시 반이었지만 사람들은 집에서 기다릴 수 없었다. 대부분 가족단위였기 때문에 되도록 같이 앉으려고 사정하는 통에 열차 안이 시끌벅적했다.

늦게 오는 사람들은 병방 근무자들이었다. 새벽에 일찍 퇴갱해 잠시 눈을 붙이고 가족들과 함께 오느라 걸음이 늦어졌던 것이다. 깔끔한 옷차림을 한 광부들은 가족을 챙기는 것 보다 오가는 사람들을 보며 연신 인사하기에 바빴다.

"아이구, 이거 얼마만입니까?"

"여기서 이렇게 보는구나, 얼굴 못 본지 삼 년쯤 됐지?"

"휴가가 없었으면 같은 회사에 다녀도 얼굴을 못 봐서 잊어먹을 뻔 했어요."

광부들은 전쟁 때 잃었던 형제를 찾은 것 마냥 손을 잡고 흔들었다. 같은 회사에 다니더라도 근무조가 다르고 갱구가 엇갈리면 얼굴 보기가 힘들었기 때문이다.

열차가 출발한 후에도 광부들은 통로를 오가며 혹시 아는 얼굴이 있나 부지런히 찾아보았다. 어떤 사람은 낚시꾼이 밑밥을 던져놓고 기다리는 것처럼 아예 한쪽에다 자리를 펴놓았다. 오가는 사람 가운데 아는 사람이 있으면 붙잡아 앉히고 술잔을 권했다. 그동안 어떻게 지냈는지 안부를 묻는 것이다. 열차가 출발할 때 자리에 앉아 있던 광부들이 객차를 오가는 바람에 빈자리가 많이 생겼다. 여자들은 짐을 챙기고 아이들은 바깥구경을 하느라 정신 없다. 자리가 생기자 길동 엄니가 엉거주춤 서 있는 성화를 불렀다.

"여기 좀 앉아. 다리 아프겠네."

"괜찮아요. 금방 도착할 텐데요."

"아직 멀었어. 이제 겨우 정암터널 지났는걸."

길동 엄니는 노총각이던 강씨와 열차를 타고 동해바다를 보고 온 적이 있어 길을 잘 알고 있었다. 뒤에 앉았던 강섭 아내가 성화의 손을 잡아 기어이 앉혔다.

"남정네들이 술판을 벌이든지 말든지 내버려두고 우리끼리 편하게 가자구. 응?"

"모두 기분이 좋아 보여요."

"그럴 거야. 나도 애 아빠 따라 탄광촌에 들어온 이래 이런 피서는 처음이니까."

그녀는 큰 아들 준섭의 머리를 쓰다듬으며 만족한 웃음을 지었다. 성화는 혼자 자리에 앉아 있기가 뭐해 자라처럼 고개를 빼들고 무열을 찾아보았지만 보이지 않았다. 복도 한쪽에 술자리를 편 강섭 일행에 섞여 술잔을 기울이고 있었기 때문이다. 태백을 지난 열차가 가파른 내리막과 해안 길을 달려 처음으로 승객을 내려준 곳은 북평역이었다. 수백 명이 우르르 내리고 열차가 다시 출발하였다. 이번엔 해변을 끼고 달리는 곳이 많아 새파란 바다와 어선, 그리고 해수욕을 하는 사람들이 보였다. 아이들은 차창으로 손을 흔들고 왁자했던 술자리는 슬슬 파장 분위기가 되어 가고 있었다.

열차는 망상, 옥계, 정동진을 거쳐 강릉역까지 가도록 되어 있었다. 강섭 일행은 망상역에 내렸다. 망상해수욕장은 뒤로 송림을 끼고 앞으로는 고운 백사장과 맑은 물이 일품인 곳이다. 아는 사람을 통해 마련한 민박집에 짐을 풀고 송림에 텐트를 여러 개 쳐서 남자들이 묵기로 했다. 아이들은 벌써 바닷가로 달려갔다. 남자들은 물에 잠깐 들어갔다 나와서는 송림에 자리하고 연신 술판이었다.

이튿날 남자들은 늦잠을 잤다. 그동안 여자들과 아이들은 바닷가를 산책하고 돌아와 늦은 아침을 점심 삼아 먹었다. 일행이 묵는 민박집과 멀지 않은 곳에서 송가네 일행이 피서를 즐기고 있었다. 송가네 남편 송복성과 교수댁의 남편 김필수는 화투를 치기 위해 강섭에게로 왔다.

송가네는 남편이 사라지자 기다렸다는 듯 여자들을 불러 모아 음악을 틀어놓고 춤판을 벌였다. 흥겨운 음악에 맞추어 나비처럼 사뿐사뿐, 양손을 적당히 올리고 어깨를 흔들었다. 모처럼 마음 편하게 피서를 와 파도 소리를 벗 삼고 시원한 바람과 음악에 몸을 맡기니 세상 부러울 게 없었다.

그때 무열은 송림 사잇길을 따라 산책하고 있었다. 어디선가 들려오는 음악을 듣고 자기도 모르게 그쪽으로 발걸음을 옮겼다. 송가네를 비롯하여 낯익은 여자들이 춤을 추고 있는 것을 보고 걸음을 멈추었다. 남자들은 다 어디로 가고 여자들끼리 춤을 추고 있을까 잠시 궁금한 생각이 들었다. 마침 송가네가 고개를 내밀고 있는 무열을 발견하고 반색했다. 그렇잖아도 춤 실력을 자랑하고 싶었는데 마땅한 상대가 없어 심심했던 참이다. 그녀는 손목이 부러지도록 무열을 향해 손짓했다. 그는 갈까 말까 잠시 망설였다. 하지만 개가 똥을 끊으랴, 기왕 왔으니 인사라도 하고 가야겠다는 마음이 들어 춤판에 합류하고 말았다.

해가 머리 꼭대기에 이르자 날이 점점 뜨거워지기 시작했다. 사내아이들은 살갗이 빨갛게 익어가는 줄 모르고 모래성을 쌓거나 개헤엄을 쳤다. 여자애들은 새하얗게 반질거리는 조개껍질을 주어 올렸다. 몇 명의 여자들은 검은 튜브를 빌려가지고 맑고 푸른 물에 몸을 맡긴 채 파도를 즐기고 있었다.

성화는 바닷가에서 태어나 자랐지만 한쪽 다리가 짧아 수영을 배우지 못했다. 물에 들어가기 무서워서 아이들을 데리고 모래성 쌓기를 하고 있었다. 그런데 여자들이 튜브 타는 것을 보고는 저것쯤 나도 할 수 있겠다는 생각이 들었다. 그녀는 길동 엄마가 던져준 튜브를 들고 머뭇거리다 조심스럽게 물속으로 들어갔다. 튜브에 몸을 싣고 가만히 있으면 구름을 탄 것처럼 둥실둥실 기분이 좋았다. 행여 얼굴이 탈까 봐 커다란 밀짚모자를 쓰고 손으로 살살 저으며 잔잔한 파도에 몸을 내맡겼다.

남자들은 물에 들어가 잠깐 더위를 식힌 다음 가까운 송림에 돗자리를 펴놓고 화투와 술병을 가져왔다. 바다가 잘 보이는 곳이라 화투를 치는 와중에도 아이들을 지켜보기에 적당한 곳이었다. 하지만 시간이 흐를수록 잃는 돈이 많아지고 화투에 열중하다 보니 바다는 뒷전이 되고 말았다.

그때 성화가 탄 튜브 옆에 준섭과 길동이 놀고 있었다. 이놈들이 서로 물장구를 치다가 그만 이모의 튜브를 건드리고 말았다. 튜브가 한쪽으로 기우뚱거리며 뭍으로부터 멀어지기 시작했다. 겁에 질린 그녀가 소리를 질렀다.

"애들아, 그만 해."

아이들은 놀이에 푹 빠져 성화의 외침이 귀에 들어오지 않았다. 그녀는 얼굴이 백짓장처럼 하얗게 변해 어서 뭍으로 돌아가려고 팔을 뻗었다. 그러나 마음만 급할 뿐, 제대로 되지 않았다. 차라리 가만히 있었더라면 좋았을 것을, 큰일 났다는 생각 때문에 공포가 밀려와 더욱 허둥대고 있었다. 그녀가 뭍으로부터 점점 멀어지는 것을 눈여겨 본 사람은 아무도 없었다. 여자들과 아이들은 물속에서 깔깔대고 남자들은 화투에 정신이 팔려 있었기 때문이다.

그녀는 소리를 지르다가 뭍이 어디쯤 있을까 살펴보기 위해 몸을 돌렸다. 그 순간 튜브가 기우뚱하더니 그대로 뒤집히고 말았다. 그녀가 물속으로 쑥 들어갈 때 튜브는 저만치 멀어지고 말았다. 뭐라고 소리를 지르려 했지만 아무 소리도 나오지 않고 짠물만 벌컥벌컥 들이켰다. 정신이 몽롱해지고 온몸의 힘이 풀렸다. 그때 다행스럽게도 길동이 고개를 들어 홀로 떠 있는 이모의 튜브와 물결에 떠다니는 밀짚모자를 보았다.

"이모!"

길동이 소리를 지르며 해변을 미친 듯이 뛰어다녔다. 그제야 물놀이에 푹 빠져 있던 사람들이 아이가 가리키는 곳을 바라보았다. 필시 성화가 물에 빠진 것이 분명했다.

"에그, 저걸 어째."

"언제 빠졌대? 누가 들어가서 건져야 되는 거 아니야?"

준섭은 사람들의 아우성을 뒤로 하고 뜨거운 모래밭을 가로질러 송림으로 달려갔다.

"아버지, 성화 이모가 물에 빠졌어요."

"뭐?"

화투에 빠져있던 강섭과 김필수, 그리고 송복성은 패를 쥔 채 무슨 일이냐는 표정으로 되물었다. 광을 팔고 한쪽에서 구경하던 인덕과 강씨가 사태를 짐작하고 용수철이 튀어 오르듯 자리를 박차고 일어났다.

"어디야?"

인덕은 아이가 가리키는 방향으로 쏜살같이 달려갔다.

"성화씨, 성화씨!"

햇볕에 달구어진 모래밭이 무척 뜨거웠지만 전혀 개의치 않았다. 두 사람은 물가에 도착해 여자들이 발을 동동거리며 손짓 발짓으로 가리키는 방향을 살펴보았다. 저 멀리 튜브가 둥실 떠있고 성화가 쓰고 있던 밀짚모자가 물결에 흔들거리는 것이 보였다. 인덕은 망설일 것 없이 바닥에 있던 튜브를 집어 들고 물속으로 몸을 내던졌다. 하지만 그의 수영 실력은 개헤엄 수준에 불과했다. 외항선원이었던 강씨가 능숙한 솜씨로 성화에게 먼저 다가갔다.

성화는 물속에 비스듬히 누웠고 밀짚모자의 끈이 턱에 걸려 있었다. 강씨가 튜브를 잡고 다른 손으로 그녀를 쑥 끌어올렸다. 그 입술이 산머루를 잔뜩 따먹은 것처럼 새파랗게 보였다. 곧 이어 인덕이 다가왔다. 둘은 힘을 합쳐 그녀를 밖으로 끌어냈다. 마치 죽은 사람처럼 축 늘어져 숨을 쉬지 않았다. 백짓장같이 하얀 얼굴과 새파란 입술은 사람들에게 공포심을 불러일으켰다. 혹시 죽은 게 아닐까. 빙 둘러 선 사람들 틈에서 누군가 소리쳤다.

"맞아, 인공호흡, 그거 해야 되는 거 아니야?"

인덕은 광산구조대를 도우느라고 구조법에 대한 교육을 받은 일이 있었다. 발만 동동 구르며 누구 하나 어떻게 해볼 생각을 못하고 있을 때, 그가 성화의 몸을 반듯하게 폈다. 왼손가락으로 콧구멍을 막고 턱을 들어 올린 후 숨을 들이마시고, 그녀의 입에 그대로 불어넣었다. 다른 때 같았으면 상상도 못할 일이다. 하지만 상황이 급박한지라 누구 하나 민망한 생각을 하지 못했다. 한번 두 번, 몇 번을 불어넣어도 그녀는 숨을 쉬지 않았다. 정말 죽은 것일까. 준섭과 길동은 놀라 훌쩍거리고 여자들은 손으로 눈물을 훔쳐냈다. 그런데 잠시 후 성화가 쿨럭 하더니 물을 토해내고 숨을 쉬기 시작했다. 숨을 들이키자 금방 혈색이 돌고 보기에 끔찍했던 새파란 입술이 분홍빛으로 돌아왔다.

"와아!"

사람들이 환호성을 지르며 펄쩍펄쩍 뛰었다. 하지만 그녀는 아직 정신이 몽롱하고 힘이 돌아오지 않아 멍한 눈빛이었다. 자기에게 무슨 일이 벌여졌는지 전혀 깨닫지 못하고 주위로 빙 둘러선 사람들을 겨우 바라볼 뿐이었다. 고개를 들 힘은 물론 말할 기력조차 없는 것 같았다. 인덕은 누가 시키지도 않았는데 그녀를 번쩍 안아들더니 백사장을 가로질러 민박집 마루로 옮기고,

"이제 괜찮을 거유. 자리를 비우지 말고 잘 살펴 주시우."

여자들에게 신신당부하고 물러났다. 그의 말대로 반 시간이 지나기 전 성화는 정신을 완전히 차렸다. 그날 물놀이는 금지되었다. 사람이 빠져죽을 뻔했으니 아이들도 물에 들어가기를 꺼렸고 남자들은 화투판을 걷어 버렸다. 몇 순배 술잔을 돌리다 송복성과 김필수는 판이 깨졌다고 생각했는지 자리를 털고 일어섰다.

그들이 터덜터덜 민박집으로 돌아갔을, 때 쿵짝거리는 음악소리가 송

림 밖까지 요란하게 진동하고 있었다. 누가 무슨 잔치라도 벌였나 싶을 정도였다. 고개를 갸웃거리며 다가가보니 참으로 낯설고 희한한 광경이 펼쳐지고 있었다.

두 사람은 할 말을 잃고 그 자리에 멈추어 서서 한참 동안 지켜보았다. 여자들 두 명이 노래를 부르고, 몇 명은 박수를 치고, 또 두어 명은 서로 손을 잡고 춤추느라 정신 없었다. 한두 번 추어본 솜씨가 아닌 것 같았다. 그중에서도 송가네는 무열과 짝을 이뤄 밀었다 당겼다 스텝을 밟고, 놈이 손을 올리면 마치 팽이가 돌아가듯 빙글빙글 돌았다. 그 바람에 치마가 말려 올라가 무처럼 통통하고 매끈한 허벅지가 그대로 드러났다. 송복성과 김필수는 이 연놈들이 어떻게 하는지 두고 보자는 심산으로 한쪽에서 숨을 죽이고 있었다. 시간이 갈수록 더욱 가관이었다.

음악이 바뀌자 이번에는 무열과 송가네가 흐늘거리는 뱀처럼 서로를 휘어 감고 블루스를 추는 것이 아닌가. 송복성의 눈에서 불꽃이 튀고 숨소리가 가빠졌다. 당장이라도 뛰어가 곤죽을 만들어주고 싶었다. 차라리 그때 김필수가 송복성을 잡지 않았더라면 그것이 더 좋을 뻔 했다. 이번엔 교수댁이 송가네를 밀어내고 놈의 손을 잡고 춤을 추기 시작한 것을 보았기 때문이다. 평소 그가 보아왔던 아내의 모습이 아니었다. 광부 아내로서 남편의 작업복을 빨고 아이들을 키우던 정숙한 아내는 온데간데 없고 낯선 여자가 춤을 추고 있는 것처럼 보였다. 김필수는 여태껏 아장아장 아기처럼 애교를 부리고 눈웃음치는 아내를 본 적이 없었다.

송가네와 교수댁은 여자들 틈에서도 춤 솜씨가 단연 일품이었다. 놈은 얼음판에서 팽이를 돌리듯 번갈아가며 이 여자 저 여자 계속 돌려댔다. 잠시 혼을 빼앗기고 있던 두 사람이 정신을 차리고 춤판으로 뛰어들며 고함을 내질렀다.

"지금 뭐하는 짓들이야?"

"흥, 잘들 놀고 있다. 이 연놈들이 여태껏 이렇게 놀아왔다 이거지?"

순식간에 분위기가 험상궂게 변하고 여자들은 꽁무니를 빼기 바빴다. 두 남자가 판을 깨트려 버리자 무열은 얼른 몸을 숙이고 도망갈 길을 찾았다. 댄스홀에서 여자와 춤추고 있을 때 남편이 찾아오는 경우가 간혹 있었다. 그때는 무조건 신속히 자리를 피하는 것을 상책으로 삼고 있었다. 그가 뒤로 슬금슬금 걸음을 옮기는 것을 보고 송복성이 버럭 소리를 지르며 멱살을 잡았다.

"당신 말이야. 지금 마누라가 물에 빠져 죽게 생겼는데, 여기서 남의 여편네들 데리고 한가하게 춤이나 추고 있었어? 어딜 도망가려고 그래. 허둥대는 꼴이 꼭 선불 맞은 노루 같구나."

여기에 김필수가 합세했다.

"이 짐승만도 못한 새끼야. 어디서 굴러온 놈인지 모르겠다만 본업이 제비 새끼였니, 응?"

무열이 우왁스러운 광부 두 명의 손길을 뿌리치기엔 역부족이었다. 철썩거리는 소리와 함께 뺨을 몇 차례 얻어맞고 눈앞에 별이 번쩍거리는 것을 보았다.

"죽어, 이 새끼야. 순진한 광부 마누라 홀려 한 밑천 잡고 싶었느냐. 여자 후리려면 대처로 나갈 일이지 왜 산골 탄광촌까지 기어 들어와서 이 난리를 피우는 거야?"

송가네와 교수댁은 한쪽에서 벌벌 떨고 다른 여자들은 방으로 사라지거나 밖으로 내빼고 없었다. 두 사람은 무열의 어깨를 잡고 질질 끌어다가 내팽개쳤다.

"당장 꺼져. 한 번만 더 얼씬거리면 그때는 뼈를 추려줄 테다."

무열은 뭐라 항변 한 마디 못한 채 따귀를 얻어맞았다. 뺨이 얼얼했다. 어깨를 축 늘어뜨리고 물러나는 그의 등 뒤로 송복성이 계속 욕설을 퍼부었다.

"저런 새끼까지 기어들어온 것을 보면 탄광촌도 이제 명이 다한 모양이야. 에이, 집안에 망신살이 무지갯살 뻗치듯 하는구나. 남부끄러워서 원."

무열이 비 맞은 개처럼 추레한 몰골을 하고 돌아오자 기다리고 있던 여자들이 우르르 들고 일어났다. 오늘은 가는 곳마다 아우성이다.

"어디 있다가 이제 오는 거유? 성화가 죽을 뻔 했는데."

"정말 황장사 아니었으면 초상 치를 뻔했지 뭐야."

"에그, 서방 아니라더니 그 말이 맞는 모양일세. 마누라가 죽으면 변소에 가서 빙긋 웃는 게 남정네들이라지만 아무리 해도 그렇지. 제 마누라 목숨 하나 보전하지 못하고 남의 손에 맡기는 것을 보면 아귀가 딱 들어맞는 게야, 암."

들어보니 성화가 물에 빠져 죽을 뻔했고 그것을 살려낸 사람이 인덕이라는 것을 알게 되었다. 그는 핼쑥한 얼굴로 누워있는 성화에게 물었다.

"큰일 날 뻔했다던데 몸은 괜찮으냐?"

"걱정 마세요."

그녀가 모기처럼 작은 목소리로 힘없이 대답했다. 무열은 마루에 앉아서 담배를 뻐끔뻐끔 피워 문 채 찬찬히 상황을 정리해 보았다. 애초 광부들과 함께 피서를 온 것이 잘못이라는 생각이 들었다. 좋은 일은 하나도 없었다. 자기는 따귀를 얻어맞았고 성화가 물에 빠져 죽을 뻔했으니 안팎으로 액운이 겹친 셈이었다. 아무래도 그녀를 병원에 데리고 가야 할 성싶었다. 지금은 저렇게 괜찮아 보여도 물속에 오래 있었다고 하니 자칫하면 일을 키울 수도 있었다. 병원이 아니더라도 더는 여기에 있기 싫었다. 그는 빨리 이곳을 떠나고 싶은 마음 밖에 없었다.

성화가 몸을 어느 정도 추스른 후에 강섭에게 병원에 가야겠다는 말을 하고 짐을 챙겨 해수욕장을 떠났다. 삼척에 있는 병원에 가 진찰을 받은 결과 폐에 물이 들어갔다고 한다. 폐렴을 일으킬 수도 있으니 며칠 동안 몸조리를 잘하고 지어준 약을 제때 먹으라는 말을 들었다. 그나마 다행이었다.

두 사람은 버스를 갈아타고 통리를 거쳐 태백으로 향했다. 몇 년 전 황지를 떠나 도계로 향하던 버스가 급경사 비탈길에 굴러 스물네 명이 죽은 사고가 있었다. 험한 고갯길을 오르는 버스에서 성화는 흔들리는 차창에 머리를 기대고 오늘 있었던 일을 곰곰이 생각해 보았다. 물에 빠진 것을 인덕이 구해내고 인공호흡을 해서 살려냈다지. 그는 나의 한쪽 짧은 다리와 물에 젖어 풀어헤쳐진 몸을 샅샅이 보았을 것이다. 그리고 그가 거친 숨을 내 몸속으로 불어넣었다구? 생각이 여기에 이르자 그녀는 갑자기 코끝에 그의 숨결이 느껴지는 것 같았다. 고마운 사람이 분명하지만 지금은 감사함 보다 수치심이 가슴속을 가득 메웠다. 그녀는 옷깃을 여미고 저 아래 까마득한 낭떠러지에 차라리 이대로 버스가 굴러버렸으면, 이 험한 세상에서 흔적도 없이 사라지면 얼마나 좋을까 생각했다.

강섭 일행은 바닷가에서 하루를 더 보내고 집으로 돌아가는 임시 휴가열차에 몸을 실었다. 올 때와 달리 큰 사고를 겪고 보니 마음이 비 맞은 것처럼 우울하고 만사가 귀찮았다. 어떤 사람은 아직도 휴가의 여흥이 남았는지 술판을 벌이고 지나는 사람을 불러댔다. 하지만 올 때와 달리 호응하는 사람이 없었다. 맥이 풀리고 피곤하여 다들 등받이에 몸을 기댄 채 깔깔대는 아이들을 바라보는 것이 전부였다.

열차는 송림 사이로 뻗어있는 해변 철로를 지나 해발 320고지에 있는 나한정역에 도착했다. 여기부터 스위치백 구간이었다. 열차가 험준한 태백산맥을 단번에 올라갈 수는 없었다. 통리역이 해발 660고지에 있으므로 고도 차이가 300미터를 넘는다. 열차는 나한정역에서 기차의 진행 방향을 바꾸어 흥전역까지 지그재그로 전진과 후진을 반복하며 오르는 것이다. 말하자면 도움닫기를 통해 가속력을 얻고 그 힘으로 오르막을 올라가는 방식이다. 기관사는 무전기를 들고 계속 전진과 후진을 반복해야 했기 때문에 무척 신경이 쓰이는 곳이었다. 아이들은 잘 달리던 열차가 멈추고, 어느 순간 거꾸로 가는 것이 신기했는지 모두 차창에 매미처럼 붙어서 밖을 바라보았다.

느릅령 또는 느릅재라 불리는 통리고개를 열차가 객차를 주렁주렁 매달고 넘는 것은 쉬운 일이 아니었다. 오죽했으면 '보릿고개보다 통리고개 넘기가 더 힘들다' 는 말이 있을까. 스위치백으로 열차가 고개를 오르기 전, 그러니까 보다 오래전에는 인클라인 방식으로 열차를 끌어올렸다. 인클라인은 강삭철도로 열차에 와이어 줄을 연결하여 끌어올리는 것이다.

당시 삼척에서 태백으로 가는 열차가 고도차를 극복하지 못하고 머뭇거리면, 열차 승객들은 짐을 들고 심포리역에 내려서 통리역까지 가파른 비탈길을 뛰어 올라가야 했다. 통리역에서 내려갈 때도 마찬가지다. 강삭철도는 1940년에 개통되고 1963년 스위치백이 건설되었으니, 무려 23년 동안 승객들은 짐을 이고 지고 달음박질했던 것이다.

그때는 지정좌석제가 아니었기 때문에 다음 역으로 빨리 뛰어야 자리를 잡을 수 있었다. 노약자나 여자들 그리고 무거운 짐을 가진 사람들은 자리를 잡기 어려워 애를 태우곤 했다. 이 틈을 파고들어 영업하는 사람까지 생겼다. 일명 지게꾼이다. 그들은 짐을 져다 주거나 노인이나 아이들을 지게에 태우고 달려 남 보다 빨리 자리를 잡을 수 있게 해주었다. 한 때 통리역에만 백여 명의 지게꾼이 모여 성업을 이루었던 적도 있었다.

통리재를 넘는 것은 겨울철에 더욱 힘들었다. 눈이 쌓이고 낮에 녹았던 물이 얼어 빙판길을 이루고 자칫 미끄러지기 일쑤였기 때문이다. 살을 에는 칼바람 속, 갓난아기를 업고 작은 아이 손을 잡은 채 머리에 보따리를 인 어머니를 생각해 보라. 그래서 보릿고개 넘기보다 통리고개 넘기가 더 힘들다는 소리가 나왔던 것이다. 강삭철도가 스위치백으로 바뀌고, 먼 훗날 땅속으로 40리가 넘는 굴을 파고 연화산을 빙빙 돌면서 오르는 루프식 터널이 개통될 것을 누가 알았으랴. 오늘날엔 삼척에서 태백으로 가는 열차가 스위치백 구간을 통과하지 않고 루프식 솔안 터널을 통과하여 오른다.

광부 가족들은 열차가 첩첩산중으로 들어가 터널을 지날 때, 정말 휴가가 끝났구나 하는 생각이 들었다. 시원하고 착잡하고 아쉽고 미련이 남았다. 휴가를 마치고 또 일상으로 돌아가려니 뭐라 형언할 수 없는 미묘한 감정이 떠올라 마음이 가라앉았다. 집이 가까워질수록 석탄을 캘 때 나온 잡석을 쌓아놓은 거대한 돌무더기가 눈에 띄었다. 수십 년 동안 쌓기를 반복해 돌무더기는 거대한 산을 이루고 있었다. 그런데 검은 산이 눈에 들어오자 복잡하고 착잡했던 마음이 가라앉고, 오히려 차분한 마음이 드는 것은 참 이상한 일이었다.

15

무열 체포되다

짧았던 여름휴가가 끝나고 탄광촌은 다시 활기를 되찾았다. 광부들은 변함없이 갱도를 따라 어둠 속으로 사라졌고 여자들은 우물가에 모여 수다를 떨었다. 아이들은 탄가루 날리는 길을 질주하며 노느라고 여념이 없었다.

다만 몇 사람의 표정이 예전처럼 밝지 못했다. 무열은 망상해수욕장에서 맞은 따귀가 자꾸 떠올라 더는 이곳에 정을 붙이기 어렵다는 생각이 들었다. 성화는 죽을 뻔했던 자기를 구해준 인덕에게 어떻게 보답해야 되나 고심하고, 송가네는 남편과 대판 싸운 후 여전히 냉전 중이었다.

집으로 돌아오는 열차에서 남편 송복성은 아내의 얼굴을 한 번도 바라보지 않았다. 단단히 화가 났다는 표시였다. 그는 화나면 말수가 줄어들고 며칠 동안 가만히 있다가 한꺼번에 화산처럼 화를 표출하는 성격이었다. 송가네는 특별한 말없이 출근을 하는 남편을 보고 이번에도 큰일이 벌어지겠구나 싶은 생각이 들었다. 불안하기 짝이 없어 도무지 일이 손에 잡히지 않았다. 아니나 다를까. 사흘이 지난 저녁, 송복성은 술에 취해 들어와 다짜고짜 아내를 두들겨 패기 시작했다.

"이년, 아주 신바람이 났더구나. 응? 어디서 그런 춤을 배워먹었니? 제 버릇 개 못 준다는 말이 딱 들어맞는 거야."

"아유, 주먹 저리 치우고 말로 얘기해요."

"뭐가 어쩌고 어째? 서방이 막장에서 탄 캐고 있을 때 도대체 몇 놈하고 붙어먹었니? 당장 실토해라, 이년."

"내가 잘못했어요. 다신 그러지 않을게요."

그녀는 남편의 화를 잠재우는 방법은 일단 납작 엎드려서 싹싹 비는 것이 최고라는 것을 알고 있었다. 그러면 남편 혼자서 고래고래 소리를 지르다가 제풀에 지쳐 그만두는 일이 많았다. 그런데 이날은 달랐다.

"흥, 여우같은 년이 빠져나갈 궁리를 하는구나. 오늘 너하고 나하고 둘 중 하나는 죽어야 할 것이다. 언제부터 그놈하고 붙어먹었는지 사실대로 불란 말이야."

"정말 아무 일도 없었어요. 당신 왜 그래요."

"늙어도 기생이라더니 아직도 그 몹쓸 버릇을 버리지 못하고선. 에잇, 더러운 년."

남편은 아내의 뺨을 철썩 때리고 벌떡 일어나 발길질을 시작했다.

"죽어."

"아이고, 사람 죽네."

좁은 사택에서 그녀가 지르는 소리는 바람을 타고 끝집까지 전달되었다. 사람들은 무슨 일로 싸우는지 잘 알고 있었기 때문에 섣불리 나서지 못하고 귀를 쫑긋 세울 뿐이었다. 남편의 발길질이 심해지자 송가네는 부아가 치밀었다. 무턱대고 잘못을 빈다고 하여 해결될 일이 아니란 생각도 들었다.

"그래, 죽여라 죽여. 처녀가 한증을 해도 제 마련은 있다는데, 전후사

정을 들어보지도 않고 어디서 무식한 발길질이니?"

"뭐, 무식? 이년이 오늘 죽으려고 환장했구나."

"그동안 네가 나한테 해준 것이 뭐 있다고 마누라를 이렇게 짓밟는고, 응? 이 어둡고 삭막한 탄광으로 나를 끌고 와서 남들처럼 호강을 시켜주길 했니, 아니면 사는 재미를 붙여 주었니? 차라리 죽는 게 낫다. 그렇잖아도 그냥 약 먹고 콱 죽어버릴까 수십 번도 더 생각했다, 이놈아. 어서 때려 죽여."

아내가 바락바락 악을 쓰며 대들자 송복성은 잠시 기가 질렸는지 멈칫하다가 다시 주먹질을 시작했다.

"춤바람 나고 서방질한 년이 무슨 낯으로 주둥이를 나불거리는 거야?"

"서방질은 누가 서방질을 했다고 그래? 서방질 하는 것을 네 눈으로 봤니, 봤어?"

"이년아, 바닷가에서 네가 그놈 손을 잡고 품에 안겨 춤추는 것을 두 눈으로 목도했다. 그래도 잡아 뗄 생각이냐. 이번엔 네 입이 아무리 광주리만 해도 말 못한다."

"무식한 놈이 춤을 알기나 하니? 사교춤 한번 춘 것을 가지고 춤바람났다고 뒤집어씌우는구나. 내가 살림을 개차반으로 했니 아니면 자식들을 버렸니? 그리고 서방질은 무슨 놈의 서방질이야. 너 하는 꼴을 보니 정말 서방질이라도 할 걸 후회가 되는구나. 그러면 이처럼 억울하지나 않지."

그녀는 남편에게 막 퍼부어댔다. 대충 매타작이나 좀 하고 끝내려고 했던 송복성은 화를 참지 못하고 손에 잡히는 대로 물건들을 마구 집어던졌다. 화장대 위에 있던 화장품이 와르르 쏟아져 방바닥을 뒹굴고, 작년에 사들여놓았던 문학전집이 날개를 파닥거리며 마당으로 날아갔다. 큰

딸은 동생을 껴안고 작은방에서 울고 있었다. 그 와중에도 송가네는 쥐어뜯긴 머리를 흔들면서 악을 썼다.

"오냐, 다 때려 부수어라. 참 잘한다. 잘 하는 짓이야. 지겨운 세상, 살림살이 모두 불 질러 버리고 온가족 약 먹고 죽으면 그만이지."

싸움이 점점 커지는 것을 보고 이웃들은 자기도 모르게 몸을 움츠리고 부르르 떨었다. 송가네 부부싸움은 자정이 다 되어서야 겨우 끝났다. 송복성은 어디론가 사라졌다. 그제야 송가네는 코를 훌쩍거리며 깨지고 부서진 살림살이를 살펴보았다. 그것들을 모두 정리한 것은 큰딸이다. 딸은 살림밑천이라더니 틀린 말이 아니었다.

"엄마, 그만 울어. 아빠가 저래도 금방 화를 풀고 잘 해주실 거야."

하지만 그게 아니었다. 싸움이 있고 며칠이 지나도록 부부관계는 회복될 기미를 보이지 않았다. 싸움은 송가네만 한 것이 아니었다.

교수댁도 남편 김필수와 싸웠다. 남편이 주먹질을 하지 않은 것은 그나마 다행이었다. 과거 교수님 댁에 식모를 했던 터라 이들 부부는 여자를 패는 것은 천하에 몹쓸 놈이나 하는 짓거리로 여기고 있었다. 적당한 거리를 두고 마주 앉아 사실관계를 확인하고 추궁하며 말다툼을 벌이는 것이 그들의 싸우는 방법이었다.

김필수는 방 가운데 떡 버티고 앉아서 한쪽 벽에 기대어 있는 아내를 쏘아보았다. 교수댁은 한쪽 다리를 곧추세우고 두 손으로 감싼 채 한바탕 일전을 벌일 준비를 마치고 있었다. 이윽고 남편이 손을 들어 방바닥을 탁 내리치고는 따져 묻기 시작했다.

"당신, 언제부터 춤을 배운 거야?"

"내가 춤을 배우긴 언제 배웠다고 그래요. 그냥 사람들이 하도 끌어당기기에 나갔던 것뿐이에요."

그녀는 딱 잡아뗐다. 김필수는 아내와 섣불리 말싸움을 벌였다가 본전도 못 찾는 경우가 허다했다. 하지만 이번에는 그도 언변 좋은 아내와 한바탕하기 위해 나름대로 조사해놓은 것이 있었다. 단단히 벼르고 몰아세우기 시작했다.

"내가 다 알아봤어. 당신이 저기 무열인가 뭔가 하는 그 친구한테 가서 날마다 춤을 배웠다고 하던데?"

"아니, 어떤 미친년이 그 딴 소리를 지껄여요? 송편으로 목을 따 죽게 생겼네. 어쩌다 몇 번 간 걸 가지고 날마다 배우긴 누가 날마다 배워."

"그럼?"

"이웃들이 거기 가면 좋은 화장품이 종류별로 있고 싸다기에 몇 번 가본 것 밖에 없어요."

"흥, 가긴 갔었군 그래."

"그럼 발 달린 사람이 거기를 못 가겠어요? 나만 간 게 아니라 이 동네 여자들 모두 그 집에 가서 물건을 사요."

교수댁은 남편의 의심으로부터 벗어나기 위해 자기만 그랬던 것이 아니라고 발뺌했다.

"솔직하게 말하는 것이 좋을 거야. 지금 당장이라도 쫓아가서 그 놈 멱살을 잡고 흔들면 당신이 무슨 짓을 했는지 다 실토할 테지. 하지만 난 당신이 솔직하게 말하는 것을 듣고 싶어."

남편은 아내를 살살 구슬렸다.

"정말이에요, 여보. 화장품 사러 갔다가 사교춤을 가르쳐준다는 말을 듣고 몇 번 배워본 것이 전부에요."

"배우기만 했어? 다른 일은 없었냐고."

"도대체 무슨 말이에요?"

"정말 안 되겠군. 기차를 타고 제천인가 어디로 몇 번 다녀온 적 있잖아? 내가 다 알고 있으니까 감출 생각하지 말고 솔직하게 말해. 그때 춤추러 갔던 거 아니야?"

교수댁은 남편이 이것저것 착실하게 조사했다는 생각이 들었다. 그건 사실이 아니라고 발뺌하는 것보다, 누군가에게 적당히 떠넘기고 발을 빼는 것이 나을 것 같았다.

"할 수 없군요. 당신이 다 알고 있다니까 내 숨김없이 말할게요. 성화네 집에 가서 몇 차례 춤을 배운 것도 사실이고 제천에 다녀온 것도 맞아요. 하지만 그건 어쩔 수 없이 따라간 거예요. 당신도 알다시피 내 성격으로 무슨 일을 주도해서 하지 못하잖아요. 송가네가 하도 가자 가자, 이번 한 번만 가자고 부추기고 다른 여자들이 따라나서는 통에 떠밀려서 갔던 것이지, 무슨 다른 뜻을 가지고 간 게 아니에요."

김필수는 아내의 변명을 듣고 내심 안도하는 얼굴로 물었다.

"송가네? 그 여편네가 당신을 끌어들였단 말이지?"

"그래요. 따지고 보면 나도 피해자예요. 당신이 이렇게 의심하고 따져 물으니 죄진 놈 옆에 있다 벼락 맞은 꼴이지. 아유, 억울해."

그녀는 눈물을 짜며 서럽게 울었다. 김필수는 아내가 울음을 터트리자 더는 어쩌지 못하고 싸움을 끝냈다. 아내는 일이 이쯤에서 마무리된 것을 다행스럽게 여기고 무릎 사이에 얼굴을 묻은 채 배시시 웃었다.

그런데 며칠 후 우물가에서 송가네와 머리카락을 잡고 대판 싸우는 일이 벌어졌다. 김필수가 송복성에게 '동네 순진한 여자들 그만 들쑤시고 다니도록 마누라 간수를 잘 하라'는 말을 했던 것이다. 이 말에 자존심 상한 송복성이 또 아내와 대판 싸우고 말았다. 남편에게 언어맞은 이튿날, 송가네는 우물가에서 교수댁을 기다렸다. 교수댁이 빨랫감 들고 오는 것을 보고,

"흥, 강아지 똥은 똥이 아닌가보지?"

살짝 비꼬았다. 교수댁은 영문을 모르겠다는 얼굴로 그녀를 바라보다

시퍼렇게 멍이 들어 있는 눈두덩을 보고 웃음을 참지 못했다.

"난 또 너구리가 빨래를 하고 있는 줄 알았네."

"뭐가 어째?"

"오늘 왜 이렇게 날을 세우는 거야? 종로에서 뺨 맞고 한강 가서 눈 흘긴다더니 그 꼴일세."

교수댁의 빈정거리는 말투에 송가네는 부아가 치밀어 들고 있던 바가지로 물을 쫙 끼얹었다.

"동서 춤추게 한다더니 옛말 틀린 게 하나도 없어. 이년아, 네가 좋아서 춤을 배우고 추러 다녔지, 언제 내가 가자고 애걸복걸하든?"

그제야 교수댁은 그녀가 왜 이러는지 알 것 같았다. 여기서 물러서면 우물가에 모여든 아낙들에게 그녀 말이 사실이란 것을 인정하는 꼴 밖에 되지 않을 것 같았다. 그래서 그녀 또한 함지박으로 물을 왕창 끼얹었다.

"흥, 서방한테 얻어맞았으면 부끄러운 줄 알고 처박혀 있을 일이지 뭘 잘했다고 기어 나와서 애먼 사람을 잡고 그래?"

"오냐, 이년. 오늘 사생결단을 내자. 여기서 차이고 저기서 차이는 더러운 인생, 나도 더는 살기 싫다."

"네가 선생 손을 제일 많이 잡았고 제천에서도 물 만난 고기처럼 춤을 추지 않았니. 아마 우리 모르게 제천이며 태백으로 춤바람 나서 헤아릴 수도 없이 돌아다녔을 걸?"

"뭐? 너 같은 년을 가만두면 내가 사람이 아니다."

송가네는 비호처럼 달려들어 교수댁의 머리채를 휘어잡았다. 두 사람은 땅바닥을 뒹굴며 싸움을 벌였다. 싸움은 아무래도 송가네가 유리했다. 과거 술집에서 일한 것 같다는 소문이 돌고 있었는데, 사람을 치고 패는 것을 보니 틀린 말이 아니었다. 그녀는 교수댁 머리카락 끝을 손가락 사이에 끼우고 번개처럼 손목으로 돌돌 말아서 꼼짝 못하게 만들었다. 그리고 올라타서 무릎으로 교수댁의 옆구리와 가슴을 사정없이 짓이겼다.

"아이고 아이고, 사람 죽네."

결국 교수댁이 죽는 소리를 냈다. 구경하던 사람들이 달라붙어 겨우 두 사람을 떼어놨다. 송가네는 양손가락 가득히 검은 머리카락을 뽑아 쥐고 으르렁거렸다. 마치 한 마리 산짐승이 내려온 것 같았다. 교수댁은 뭉텅 빠져버린 머리를 만져보고 발을 동동거리며 울었다.

그런데 저녁에 퇴근해 돌아온 남편이 그 머리를 보고 걱정해주기는커녕,

"꼭 염병 치른 놈 대가리 같네그려."

비꼬는 바람에 교수댁은 더욱 서러운 울음이 터져냐왔다. 당분간 수건을 쓰고 다닐 수밖에 없었다. 일이 이쯤에서 끝났으면 다행이었을 것이다. 일이 꼬이느라 그랬는지 송가네가 며칠 후 보따리를 싸서 흔적도 없이 사라져버리고 말았다. 남편 송복성은 어디 가서 기분을 풀고 돌아오겠지 대수롭지 않게 생각하고 아내를 기다렸다.

그런데 하루가 지나고 이틀이 지나도 소식이 없었다. 엄마가 사라지자 초등학생 큰딸이 나서 집안일을 한다고 했지만 제대로 될 리 만무했다. 송복성은 회사에 결근계를 내고 아내가 갔을 법한 몇 곳과 처갓집까지 찾아보았다. 장모는 우거지상을 하고 쏘아붙였다.

"여자 팔자는 뒤웅박 팔자라고 했네. 자네가 오죽했으면 그 애가 집을 나갔을꼬. 그저 할 줄 아는 게 계집 패고 탄밥 먹이는 것 밖에 없지."

그는 풀이 죽은 채 집으로 돌아와 김필수를 대폿집으로 불러냈다. 우체국에서 올라오는 길 오른편에 탄광촌이란 간판이 붙은 대폿집이다. 어떤 퇴직 광부의 아내가 운영하고 있는 대폿집으로 겨우 다섯 살이나 되었을까 싶은 여자아이가 동그란 테이블 사이를 뛰어다니며 재롱을 피우고 있었다.

"아직 못 찾았는가?"

"응, 곧 돌아오겠지 뭐."

"그럴 거야. 너무 걱정 말게."

김필수는 송복성을 위로했다. 주거니 받거니 술을 마시고 둘 다 얼큰해졌을 때, 김필수가 뜻밖의 말을 꺼냈다.

"자네 들었는가? 쫄딱구덩이 할머니네 집에 세 들어 사는 그 춤꾼 말이야. 그놈이 그 바닥에서 손꼽히는 제비라더군."

"뭐?"

"제천에 아는 사람이 카바레에서 그놈을 몇 차례 봤다는 거야. 춤 솜씨가 정말 대단하대. 여자들은 자기 손 한번 잡아주길 학수고대하며 진을 친다더군. 그놈에게 걸린 여자들은 혼이 빠져서 스스로 옷을 벗고 돈을 가져다준다는 거야. 아마 모르긴 해도 수십 명의 여자들이 남편 몰래 돈을 빼돌려 가지고 그놈 품에 안겨주었을 거라는 소문이 파다하대."

"으음,"

송복성은 입술을 깨물었다. 어쩌면 아내도 그놈에게 푹 빠져서 춤바람이 났던 것일지도 몰랐다. 나 몰래 돈을 또 얼마나 퍼다 주었을까. 마음을 주고 몸을 주었다고 생각하니 그 자리에서 가슴을 찢고 소리치고 싶을 정도로 울화가 치밀었다. 그놈을 가만히 내버려두면 내가 사내자식이 아니라는 생각이 들었다.

그는 김필수에게 다가앉았다.

"이대로 내버려두면 자네 안사람도 어떻게 될지 몰라."

그의 말을 듣고 김필수는 절대 그럴 리 없다는 듯 손을 내저었다. 하지만 송복성이 내뱉는 다음 말을 듣고 안색이 새파랗게 변해버렸다.

"내 마누라가 춤바람 난 것은 분명하지. 그런데 마누라 말을 들어보니 그놈에게 손을 잡힌 여자, 열이면 열 모두 몸과 마음을 버렸을 거라고 하더군. 다른 여편네들은 남편들이 반편이처럼 어수룩해서 그냥 지나가는데, 왜 자기만 가지고 그러냐고, 오히려 따져 물으며 하소연하더란 말이야.”

물론 이 말은 거짓이었다. 그가 아내와 싸울 때 서로 욕설을 퍼붓긴 했어도 이런 말은 들어본 일이 없었다. 그런데 오늘 김필수의 말을 듣고 보니 그놈을 가만 두어서는 안 되겠다는 생각이 들었다. 아내가 춤바람 나서 나간 것도 따지고 보면 그놈 때문 아닌가. 당장이라노 쫓아가서 요절을 내고 싶었지만, 혼자 일을 벌이기엔 부담이 되어 김필수를 끌어들이기로 한 것이다.

김필수는 송복성의 말을 듣고 갑자기 머릿속에 자신의 아내가 그놈에게 안기어 춤추던 바닷가 풍경이 떠올랐다. 얼굴 가득 웃음을 띠고 요염한 표정으로 치마를 살랑거리던 아내. 어쩌면 자기가 꼴깍 속아 넘어갔을 수도 있다는 생각이 들었다. 그 얼굴이 붉으락푸르락 변하는 것을 보고 송복성은 속으로 쾌재를 부르며 말을 더했다.

“자네가 들은 대로 그놈은 제비 새끼라니까. 어떤 여자든지 걸리면 여지없어.”

김필수의 귓가로 ‘여지 없어’ 란 말이 메아리치면서 계속 고막을 두들겨댔다. 이제 그의 마음이 어지럽게 요동치고 질투심에 부글부글 끓어올랐다.

두 사람이 머리를 맞대고 그놈을 어떻게 혼내줄까 궁리하고 있을 때, 무열은 요즘 들어 말수가 줄어든 성화 때문에 골치 아팠다. 물에 빠져죽을 뻔했던 사고 이후 멍한 눈빛으로 먼 산을 바라보고 한숨을 푹 내쉬는 것이 한두 번 아니었다. 그때마다 무열은 그녀의 마음을 이리저리 짐작해보느라고 노력했다. 그러나 도무지 그 속을 알 수 없었고 그저 몸이 불편해서 저러는 것이려니 생각하고 말았다.

어느 날 말없이 지내던 성화가 그에게 물었다.

"그 사람 그냥 둬도 괜찮겠어요?"

"누구?"

"황장사, 인덕씨 말이에요."

그녀는 목숨을 신세 진 황인덕이 마음에 걸리는 모양이었다. 무열은 무슨 말인지 충분히 알 수 있었지만 내심 불쾌한 마음이 들었다.

"왜, 무슨 보답이라도 해줘야 된단 말이니?"

"사람의 도리가 있잖아요."

"난 모르겠다."

그는 왜 자꾸 인덕이란 놈이 끼어드는지 생각할수록 마음에 걸렸다. 하필 그날 성화가 물에 빠지고 그놈이 건져줄게 뭐람. 인공호흡까지 해서 성화를 살렸다니 무슨 보답이라도 하긴 해야 했다. 그러나 자청해서 그 놈 얼굴을 보기는 싫었다. 성화를 바라보는 눈길이 예사롭지 않았던 것이다.

하지만 성화의 생각은 달랐다. 오다가다 옷깃만 스쳐도 전세의 인연이라는데 죽을 목숨을 구해준 인연을 어찌 모른 체 할 수 있겠는가. 어느 때고 그 사람에게 고마운 마음을 전해야겠다는 생각을 가지고 있었다. 휴가를 떠나기 전에는 하루가 멀다 하고 길동네 집을 찾아오던 그 사람이 요즘 발길을 뚝 끊어버렸다. 괜히 기다리는 마음이 들어 조바심이 난 것은 그녀였다.

그런데 얼마 지나지 않아 그들이 인덕에게 또 신세질 일이 발생하고 말았다. 무열이 음악을 틀어놓고 여자들에게 춤을 가르쳐주고 있을 때 누군가 찾아왔다.

"계슈?"

처음 듣는 목소리였다. 성화가 문을 열고 내다보니 경찰 제복을 입은 세 사람이 우뚝 서 있었다.

"안에 안무열씨 있습니까?"

그리곤 미처 그녀가 대답하기도 전에 안으로 들이닥쳐 방문을 벌컥 열어젖혔다. 그들은 방안을 휘 둘러보더니 역시 생각했던 대로라는 표정을 지었다. 젊은 경찰이 이마의 땀을 닦지 못하고 어리둥절한 표정을 짓는 무열의 팔을 거칠게 잡아챘다.

"당신, 같이 좀 갑시다."

"아니, 왜 그러십니까?"

"그건 가보면 알아요. 벌건 대낮에 지금 뭐하는 짓입니까, 이거. 아주머니들도 경치기 전에 빨리 집으로 돌아가요."

여자들은 앗 뜨거라 놀란 표정이 되어 마치 참새들이 흩어지듯 후다닥 달아났다. 경찰들은 무열을 지서로 데려갔다. 성화는 무슨 일인지 몰라 절룩거리며 따라 내려갔다. 경찰이 험상궂은 표정으로 어서 돌아가라고 윽박지르자 겁에 질려 더는 갈 수가 없었다.

"당신 말이야. 뭐 하는 사람이지?"

무열을 앉혀두고 젊은 경장이 대뜸 반말로 물었다.

"네?"

"어디서 비밀 댄스교습소를 차려놓고 순진한 광부 아내들을 후리고 있느냐, 이 말이야."

무열은 자신이 왜 여기에 잡혀왔는지 알 것 같았다. 경찰은 자신이 비밀 댄스교습소를 운영하고 있는 것으로 알고 있는 것이었다.

"그것이 아닙니다. 비밀 댄스교습소라뇨. 저는 그저 오는 사람들에게 아무런 대가 없이 사교댄스 몇 가지를 가르쳐 주었을 뿐입니다."

"이 사람 이거 말로 해선 안 되겠구먼."

책상을 사이에 두고 앉아 있던 경장이 검은색 서류철을 들어 사정없이 그의 머리를 내리쳤다.

"좋은 말로 할 때 당장 불어. 어디서 뭐 하다 무슨 목적으로 여기까지 굴러 들어왔는지. 그동안 비밀 댄스교습소를 차려놓고 몇 명이나 후리고 그 가정을 파탄으로 이끌었는지 다 말하란 말이야. 순순히 실토하면 정상을 참작해주겠지만, 버틸 경우 죄가 가중될 수 있어."

무열은 어이가 없었다. 동생뻘 되는 사람에게 머리를 얻어맞고 자존심이 상해 얼굴이 붉어졌다. 경장은 의욕적으로 기본 조서를 꾸며 능력을 인정받고 싶은 모양이었다. 그때 건너편 책상에서 신문을 보던 지서장이 말리고 나섰다.

"어이, 김 경장. 그만 해. 어차피 본서에서 올 테니까 신병 확보나 잘 하고 있으라고."

지서장이 나서지 않았더라면 무열은 젊은 경찰에게 한참 동안 시달렸을 것이다. 경찰들이 그를 한쪽에 앉혀두고 제각기 일처리를 하느라 분주할 때, 검은색 지프 한 대가 밖에 멈추었다. 기다리느라고 자라목이 될 지경이던 지서장이 후다닥 뛰어나가 인사한다.

"오셨습니까?"

"네, 수고 많으시죠. 그놈 잡아왔습니까?"

무열은 아무래도 자기를 말하는 것 같아 고개를 돌렸다. 눈 주위로 다크써클이 내려앉아 음흉한 너구리처럼 보이는 형사와 눈이 마주쳤다.

"이 사람이군."

그의 말을 듣고 젊은 형사들이 와서 무열의 어깨를 잡아 지프에 태웠다. 본서로 가는 동안 차안에서는 별 말이 없었다. 뒷좌석 가운데 그를 앉히고 양쪽에 형사 두 명이 지키고 있어 꼼짝도 하지 못하고 경찰서에 도착했다. 곧장 2층에 있는 형사계로 올라가 사북 지서에서와 같이 몇 가지 질문을 받게 되었다. 너구리 눈 형사는 타자기를 앞에 두고 무열의 인적 사항부터 시작해 직업은 무엇인지, 무엇 때문에 탄광에 왔는지, 무슨 일을 하며 생계를 유지하는지 꼬치꼬치 캐물었다. 간혹 원하는 대답이 나오지 않으면 버럭 화를 냈다.

"이런 식으로 할 거야? 우리가 한가해서 지금 당신 잡아다 놓고 장난치는 줄 알아? 이러면 재미없으니까 순순히 대답해."

"아니 무엇을 대답하란 말씀입니까? 제가 말씀드린 것이 전부에요."

"당신이 비밀 댄스교습소를 개설해놓고 부녀자들을 끌어 들여 춤바람 나게 했다는 소리가 있어. 이거 왜 이래? 빨리 끝내고 우리도 좀 쉬자고."

"저는 비밀 댄스교습소를 개설한 적이 없어요. 친구가 사북에 살기에 바람 쐬러 와 몇 달 머무는 것뿐입니다. 댄스는 가르쳐 달라고 사정하는 여자들에게 돈 받지 않고 무료로 가르쳐 준 것이고."

"시끄러! 어디서 누구를 가르치려고 들어? 당신에게 죄가 없다면 왜 제보가 들어왔겠어? 지서에서 출동한 직원들이 목격한 바로는 비밀 댄스교습소가 틀림없다고 하던데. 부녀자들과 어울려 춤추는 현장에서 체포되었잖아. 이제는 수레 위에서 이 갈아도 소용없어. 아마 이런 경우가 한두 번 아닐 거야. 순순히 불고 다음 순서로 넘어가야지."

무열은 억울함을 호소했지만 받아들여지지 않고 그대로 유치장에 갇혀버렸다.

애가 탄 것은 성화였다. 도대체 무슨 죄목으로 잡혀갔는지 알 수 없으니 불안감이 가중되어 한시도 자리에 앉아 있을 수가 없었다. 그녀는 강섭의 집으로 달려가 준섭 엄마를 붙잡고 하소연했다.

"형님, 큰일 났어요. 경찰이 들이닥쳐 그 사람을 잡아갔어요. 어떡하면 좋아요, 네?"

형님이라고 달리 알아볼 방도가 있겠는가. 일단 성화를 안심시키고 남편이 퇴근하길 기다렸다. 이윽고 강섭이 퇴근했을 때 그녀는 무열에게 일어난 일에 대해 속사포를 쏘듯 설명했다. 강섭은 한참 듣고 난 후에 한숨을 푹 내쉬더니,

"기어코 일이 벌어졌구나. 무슨 사달이 일어날 줄 알았지."

혼잣말처럼 중얼거리고 상황이 어떻게 되었는지 알아볼 요량으로 지서로 달려갔다. 지서장과는 안면이 있는 사이다. 회사에서 노조 일을 하다 보니 본의 아니게 서로 인사 정도 하고 지냈던 것이다.

"지서장님, 오늘 안무열을 체포하셨습니까?"

"무슨 일로?"

"그 사람, 내 친구입니다. 지금 어디에 있습니까?"

"그렇군요. 지금쯤 본서에서 조사를 마치고 유치장에 수감되었을 겁니다. 우리는 본서에서 비밀 댄스교습소를 차려놓고 불법 영업하는 사람이 있으니 체포하라는 지시를 받고 그대로 한 것뿐이에요."

강섭은 지서에서 방법이 생기지 않는다는 것을 알고 성화에게로 올라갔다. 이미 여러 사람이 모여서 수군거리고 있었다. 남자라곤 인덕과 길동의 아버지인 강씨 뿐이었다. 그가 올라오는 것을 보고 길동 엄니가 성화 대신 물어왔다.

"어떻게 됐어요?"

"이미 본서로 넘어갔고 유치장에 갇혔을 거랍니다. 아무래도 경찰서에 가봐야겠어요."

사람들은 무열이 왜 잡혀갔는지 여기저기서 들은 이야기를 조합해서 대충 짐작하고 있었다. 강씨가 허공을 향해 삿대질을 해댔다.

"도대체 어떤 놈이 찌른 거야? 세상 참 무섭군, 무서워."

여자들은 어깨를 움츠리고 오소소 떨며 집으로 돌아갔다. 성화는 어떻

게 해야 될지 몰랐다. 그저 부엉이처럼 마루에 앉아 좌우로 왔다 갔다 할 뿐이다. 그것이 딱했는지 인덕이 그녀를 위로해 준다.

"너무 걱정하지 마세요. 강섭형과 함께 경찰서로 가보겠습니다."

그리고 비탈길을 내려간다. 성화가 목멘 소리로 감사를 표시했다.

"정말 고마워요."

인덕은 고개를 돌려 그녀를 바라보았다. 마당 끝까지 쫓아 나온 그녀가 우는지 손을 들어 얼굴을 가렸다.

경찰서에 도착했을 때 인덕은 깜짝 놀랐다. 형사반장으로 앉은 사람이 다름 아닌 예전 사북 지서장이었기 때문이다.

형사반장은 80년 광부들이 시위를 벌일 때 사북 지서장으로 근무했다. 그때 흥분한 광부들과 그 가족들이 지서로 쳐들어간 일이 있었다. 돌멩이가 날아들어 유리창이 와장창 깨지고 책상이며 기물이 순식간에 박살나자, 경찰들은 혼비백산 뿔뿔이 흩어져 몸을 숨겼다. 지서장은 시위대에 붙잡혀 얻어맞았지만 평소 친분 있던 광부가 그를 상인의 집에 숨겨주어 화를 면할 수 있었다.

그는 성난 광부들이 사북 읍내를 봉쇄하고 열차 통행까지 막은 상황에서 도망할 길을 찾지 못했다. 그대로 있다간 끝내 잡혀서 무슨 봉변을 당할지 몰랐다. 회사 영빈관에서 대책을 숙의하던 장성 경찰서장까지 얻어맞고 갈비뼈가 부러지는 마당에 한낱 지서장에 불과한 자신을 누가 보호해준단 말인가. 본래 사북은 정선 경찰서 관할이다. 그런데 정선 경찰서장이 병에 걸려 치료 중이었기 때문에 인근 장성 경찰서장이 대신 회의를 하다가 봉변을 당했던 것이다.

지서장이 전전긍긍하고 있을 때 도와준 사람이 바로 인덕이다. 당시 대부분의 광부들과 가족들이 시위에 참여하였지만 적당한 거리를 두고 관망하는 사람도 있었다. 그중 하나가 늙은 광부 박씨로 지서장을 숨겨준 상인과 친분이 돈독한 사이였다. 상인은 박씨에게 지서장을 숨겨주고 있다는 것과, 어떻게 하면 고한으로 내보낼 수 있는지를 은밀하게 물어왔다.

박씨는 인덕을 불렀다. 그리고 이번 시위는 회사와 싸우는 것이지 경찰을 두들겨 패는 것이 아니지 않느냐고 설득했다. 지서장을 고한으로 통하는 길목까지 안전하게 데려다주라고 일렀다. 인덕은 평소 박씨를 큰 형처럼 따르고 있었으므로 두 말없이 그러마고 나서 지서장을 안전하게 내보냈던 것이다.

시위가 끝나고 지서장은 바로 교체되었다. 말하자면 문책성 인사인데 그래도 그는 능력이 있었던 모양이다. 몇 년 동안 이곳저곳 전전하다가 석 달 전에 형사반장으로 발령을 받아왔던 것이다.

두 사람은 생각지 못했던 곳에서 서로를 알아보고 깜짝 놀랐다.

"아니, 자네?"

"지서장님. 여기엔 어쩐 일이십니까?"

"지금 형사반장으로 일하고 있다네. 아마 이름이 인덕이라고 했지? 황인덕."

"맞습니다. 여기서 얼굴을 보게 되니 정말 반갑군요."

형사반장은 그의 손을 덥석 잡고 흔들었다. 강섭은 무슨 영문인지 모르고 옆에서 눈만 껌벅거릴 뿐이다.

"앉아, 앉으라고."

형사반장은 예전에 근무했던 사북에 정이 많은 모양이었다. 이것저것 묻고 시위 때 그가 도와주지 않았더라면 정말 큰일을 당했을 거라며 연신 고마워했다.

"지금도 그때를 생각하면 정신이 아찔하고 모골이 송연하다네. 안경다리 접전에서 경찰들이 밀고 올라가지 못한 것은 지형적 불리함도 있었지만, 자네가 무겁고 커다란 동발을 야구방망이처럼 휘둘렀기 때문이야. 그런데 자네는 나 말고도 낙오한 경찰들을 여럿 구해주었다면서? 단골상회, 은하 이발관, 보건원 주변에서 잡힌 경찰들이 두들겨맞았지. 자네가 막았다는 소리를 들었어. 도대체 자네는 누구 편인지 모르겠군."

"누구 편이랄 게 있나요. 그저 누군가 억울하게 얻어맞고 당하는 것을 보면 참지 못하는 성격이우."

"흠, 하긴 광부들이나 경찰들이 서로에게 무슨 억하심정이 있어서 싸웠겠나. 다들 먹고 살기 위해 어쩔 수 없이 돌멩이를 들고 방패를 들었던 것이지. 아무튼 나는 자네가 도와준 덕분에 무사할 수 있었다네. 내 도움이 필요하면 언제든지 말하게. 그런데 무슨 일로?"

형사반장은 손바닥을 들어 입술을 한번 쓱 훔치고 무슨 일로 경찰서에 왔는지 물어왔다.

"그게, 아는 사람이 오늘 잡혀왔습니다."

그의 말이 끝나기 전에 형사반장이 말을 가로막고 연거푸 물었다,

"비밀 댄스교습소를 개설했다는?"

"맞아요. 교습소는 잘 모르겠고 갑자기 잡혀왔다 그러더군요. 집에서 지금 굉장히 걱정이 많습니다."

"그럴 테지. 우리가 뭐 할 일 없이 사람을 잡아왔겠나. 다 이유가 있어."

형사반장은 사북의 물을 흐리고 있는 제비를 잡아달라는 제보가 들어와서 잡아온 것이며, 조사를 마치는 대로 검찰로 이송하면 아마 재판을 받게 될 것이 분명하다고 말했다. 다른 때 같으면 경범죄처벌법 위반으로 즉심에 넘겨져 벌금을 물고 길어야 한 달 정도 구류를 살면 되었지만, 지금은 시국이 엄중하기 때문에 정식재판을 받을 수도 있다고 귀띔해 주

었다. 자칫하면 징역을 살아야 할지도 모른다고 겁을 줬다. 강섭과 인덕이 한숨을 푹 쉬자 형사반장은 어쩔 수 없는 일이라는 듯,

"죄를 지었으면 죗값을 치러야지."

태평스럽게 말했다. 형사반장이 호의를 베푼 것은 여기까지였다. 유치장에 갇혀 있는 무열의 얼굴을 볼 수는 없었다. 그들은 아무런 성과 없이 다시 사북으로 돌아왔다. 궁금해하는 성화에게, 그래도 경찰서에 아는 사람이 있으니 너무 걱정하지 말라고 안심을 시켰다. 무서움에 벌벌 떠는 그녀가 안타까웠는지 길동 엄니는 한참 동안 말동무를 해주고 돌아갔다. 이튿날 인덕은 경찰서를 한 번 더 다녀오고 강섭과 대책을 의논했다.

그리고 지장천변을 따라 터벅터벅 걸어가다가 마침 시장을 다녀가던 성화를 만났다. 그는 인사 말미에,

"어디 조용한 곳에 들어가서 차라도 한잔 하시죠."

성화의 의향을 물었다. 그렇지 않아도 그녀는 언제 한번 그에게 목숨을 살려준 보답을 하리라 마음먹고 있었기 때문에 거절하지 않았다.

사북역 아래 길 건너편에 오가는 사람의 어깨가 부딪힐 만큼 좁은 골목이 있고, 그 안에서 두 갈래로 나눠지는 길에 신세계 다방이 있었다. 이곳에 많은 다방이 있지만 유독 신세계 다방만큼은 티켓 영업을 하지 않아 점잖은 손님들이 많이 찾는 곳이었다. 광부들은 회식을 많이 하는 편이다. 그 자리에 여자를 불러 앉히고 노래를 시키기도 했다. 주로 다방 아가씨들이 불려갔다. 여기저기 경쟁적으로 아가씨를 부르는 바람에 다방 아가씨는 예약이 필수며 해진 뒤에는 다방 마담만 남는다는 말이 있을 정도로 인기가 좋았다.

두 사람이 다방으로 들어가자 이제 서른 중반쯤 되었을까, 얼굴이 길쭉하고 동그란 눈에 몸이 가느다란 마담이 주방 찬모 한 명을 두고 영업하고 있었다. 찬모는 이제 마흔이 넘은 것 같았다. 때에 따라 둘이 번갈

아가며 홀과 주방을 맡고 있는 중이었다. 골목 깊숙한 곳에 자리한 다방이라 그런지 출입구 외에는 창이 없었다. 답답하기도 하련만 마담의 솜씨 덕분에 내부가 깔끔하고, 벽면에 놓인 화분과 그림은 분위기를 정감 있게 만들어주고 있었다. 오히려 비밀 정원에 와있는 기분까지 들었다.

"드세요."

마담이 차를 내오자 성화가 그에게 권했다.

"여러모로 고마워요. 진작 감사의 말씀을 드렸어야 되는데 미루다 보니 이렇게 되었네요."

"아니우."

그는 찻잔을 들고 있는 성화의 손이 참 곱다는 생각이 들었다. 마치 겨울 산에 드문드문 서있는 하얀 자작나무 같다.

"소나기가 내리던 날 짐을 들어다 주셨죠. 그리고 바다에서는 죽을 뻔했던 목숨을 살려주셨잖아요. 어디 그것뿐인가요. 이번에는 경찰서를 오가며 큰일을 해주고 계시는데."

"그건 모두 당신을 위한 거유."

"네?"

그녀가 눈을 동그랗게 뜨고 되물었다.

"그 사람을 위해서 그러는 것이 아니우. 성화씨를 보는 것이 너무 안쓰럽고 걱정이 돼서 나선 것이외다. 그러니 너무 고마워할 필요 없수."

덤덤한 말투다. 성화는 순간 가슴속 깊은 곳에서 '쩡' 얼음이 깨지는 소리가 들리는 것 같았다. 나를 위해서라니? 이 사람의 마음이 좀 유별나구나 싶은 생각을 하고 있었지만, 면전에서 듣고 보니 알 수 없는 감정의 소용돌이가 일어나는 것 같았다.

"난 두 사람이 아무런 관계도 아니란 것을 알고 있수. 왜 젊은 당신이 늙은 춤꾼을 따라다니는지 이해할 수가 없어요."

그는 그 이유를 말해달라는 눈빛으로 성화를 바라보았다. 그녀는 말없이 찻잔을 들어 손바닥에 올린 채 뱅뱅 돌리고 있었다. 그때 손님들이 들어오고 마담이 호들갑 떠는 어수선한 분위기 때문에 대화가 끊겼다.

성화는 짧은 시간이지만 그와 함께 앉아 차를 마시는 동안 마음속 소용돌이가 서서히 멈추고 있음을 느꼈다. 왠지 모르게 이 사람은 편안하다. 전에는 소처럼 덩치가 크고 우직하게만 보였는데 지금 앞에 앉아 있는 이 남자, 참 순진한 사람이구나 하는 생각이 들었다. 갑자기 수다를 떨고 싶어졌다.

물에 빠져 죽을 뻔했던 사건 이후 그녀에게는 즐거운 일이 없었다. 그저 세상을 사는 것이 귀찮고 싫고 지겨웠다. 무열이란 존재는 그녀에게 희망이 되지 못하고 있었다. 막상 그가 잡혀가고 보니 걱정이 되었던 것뿐이다. 성화는 문득 내가 무열을 사랑하긴 했던 것일까? 의문이 생겨 자신에게 몇 번을 되물어보았지만 확신할 수 없었다.

인덕은 성화와 이렇게 마주앉아 있는 시간이 너무 좋았다. 골똘한 생각에 잠긴 모습이 뭐랄까, 한 송이 수선화가 곱게 피어있는 것 같고, 한 마리 작은 새가 날아와 깃을 고르고 있는 것처럼 보였다. 자기가 말을 꺼내면 멀리 날아갈 것만 같다. 숨소리조차 크게 내지 못하고 조용히 바라보는데, 갑자기 성화가 빤히 바라보았다.

"우리 나가요."

우리란다. 인덕은 어디선가 요란한 다듬잇돌 두드리는 방망이 소리를 들었다. 차를 파는 다방에 다듬잇돌이 있을 리 만무다. 방망이 소리는 그의 가슴속에서 울리는 것이었다. 들어갈 때와 마찬가지로 좁은 골목을 빠져나가면, 새로운 세상이 펼쳐진 것처럼 환해진다. 갑자기 대로가 나오고 사북역으로 오르내리는 사람들이 보인다. 마치 암울한 세계에 머물다 광명한 세계로 나가는 느낌이다. 아, 그래서 다방 이름을 신세계라고 지었나 보다. 왁자한 거리와 신세계 다방은 좁고 작은 골목으로 간신히 연결되어 있을 뿐이었다. 솜씨 좋은 마담이 정성스레 꾸며놓은 다방에서 커피 향기를 즐기다 골목을 빠져나갔을 때 맞닥뜨리게 되는 세상, 그것은 신세계가 분명했다. 성화도 그것을 느꼈는지 잠시 걸음을 멈추고 눈을 깜박이더니 고개를 들어 사북역을 올려보았다. 인덕은 허락된다면 이 순간을 고무줄 늘이듯이 계속 늘이고 싶었다.

"우리 걸을까유?"

이번엔 그가 우리란 말에 힘주어 말했다. 인덕은 그녀가 들고 있던 짐을 뺏다시피 들고 앞서 걸어갔다. 그녀는 마치 귀신에 홀린 것처럼 타박타박 인덕을 따라 걷기 시작했다. 남들과 걸을 때 항상 신경 쓰이는 것은 자신의 걸음걸이였다. 한쪽으로 심하게 기울어지는 걸음, 소아마비가 남긴 흔적이었다. 성화는 그 뒤에서 말없이 서로 모르는 사람처럼, 그리고 그림자처럼 걸었다.

그들은 사북역에 올라 고개를 돌려 읍내를 바라보았다. 좁은 계곡에 어쩌면 이렇게도 많은 집이 들어앉을 수가 있을까. 신기할 정도로 많은 집이 저 비탈길까지 옹기종기 자리하고 있었다. 성화는 오르막길이 힘들었는지 가쁜 숨을 내쉬며 이마의 땀을 훔쳤다. 조금 전 열차가 떠나버려 역은 조용했다.

인덕은 역무원과 안면이 있는 모양이었다. 그와 몇 마디 주고받고 개찰구를 통해 플랫폼으로 들어갈 수 있었다. 두 사람은 말없이 플랫폼을 걸어가 맨 끝에 있는 의자에 앉았다. 레일 건너편에 이제 막 피기 시작한 코스모스 꽃봉오리가 잔뜩 물을 머금고 있었다. 손끝으로 건드리면 툭 터질 것 같다. 성화는 잠시 옷매무새를 만지작거리고 행여 코스모스가 들으면 안 될 것처럼 작은 목소리로 말을 꺼냈다.

"내가 살던 곳은 바닷가 마을이었어요."

잔잔한 목소리로 자신이 살던 고향이 어떤 곳인지, 부모형제는 어떤 사람들인지, 그리고 어릴 적 소아마비를 앓아 다리를 절게 된 것과, 무열을 만나 여기까지 따라나서게 된 이야기를 풀어놓았다. 때로는 한숨을 쉬고 때로는 울먹울먹 하는 소리로 그동안 그녀가 걸어온 삶을 숨김없이 말해주었다. 인덕은 고마웠다. 아마 이런 이야기는 어느 누구에게도 털어놓지 않았을 것이다. 지금 자기에게 모두 털어놓는 것을 보면 마음의 문이 열렸다는 소리 아닌가. 여기에 생각이 미치자 그는 성화를 으스러질 만큼 꼭 껴안아주고 싶었다.

그녀가 이야기를 마치고 얼굴을 돌렸을 때 노을에 비쳐서 그런지 볼에 발그레한 빛이 감돌고 무척 홀가분한 표정이었다. 인덕은 손을 뻗어 다소곳한 그녀의 손을 잡았다. 작고 가냘프고 따뜻했다. 힘을 주면 흔적도 없이 사라질 것만 같아 조심스럽게 쥐고 온기를 느꼈다. 성화는 굳이 손을 빼지 않고 그냥 그렇게 내버려두었다.

16

사내 구실

무열은 얼마 지나지 않아 검찰로 송치되지 않고 풀려날 수 있었다. 내심 벌금형을 받고 며칠 구류를 살겠거니 생각했는데, 갑자기 나가라는 말을 듣고 어안이 벙벙했다. 그가 어리둥절한 표정을 짓자 형사반장은,

"이게 모두 황인덕 덕분인줄 알아."

선심 쓰듯 말하고는 보는 앞에서 서류를 북 찢어버렸다. 무열은 경찰서를 나왔지만 기분이 썩 유쾌하지 않았다. 이번에도 그의 덕을 보다니, 그에게 자꾸만 신세를 져 나중에는 그가 빚을 갚으라고 안방을 치고 들어올 것 같았다.

사북으로 돌아왔을 때 성화를 비롯한 이웃들이 하마터면 큰일 날 뻔했다고 반겨주었다. 하지만 그는 가슴 한쪽에 돌을 얹어놓은 것처럼 답답했다. 형사반장은 분명 인덕이 힘을 써주어서 무사히 풀려나는 것이라고 했다. 그게 무슨 의미일까. 궁금한 마음에 강섭을 찾아갔다. 그제야 의문이 모두 풀리게 되었다. 그가 해준 이야기는 이러했다.

형사반장은 과거 인덕에게 큰 신세를 졌다고 생각하고 있었지만 사건

을 청탁하는 것까지 들어줄 수는 없었다. 그래도 인덕은 포기하지 않고 수차례 형사반장을 찾아가 사정했다. 나중에는 약간의 돈을 챙겨갔다고 한다. 그가 돈을 건네자 형사반장은 펄쩍 뛰며,

"아니, 이 사람. 지금 무슨 짓을 하는 겐가. 내가 돈 받고 자네 부탁을 들어주면 사람도 아니지. 무슨 사연이 있는지는 몰라도 자네가 이렇게까지 매달리는 것을 보니 내가 들어주지 않을 수가 없군 그래."

그러마고 하면서도 기어코 돈은 받지 않더란다. 형사반장은 수사과장에게 별거 아닌 일로 누가 악의적 제보를 한 것이 분명하고, 이번에 따끔한 경험을 했으니 다시는 춤을 가르치지 않을 것이다. 이쯤에서 끝내는 것이 좋겠다는 말로 설득했다. 수사과장도 풍속범죄에 불과한 사건을 확대시킬 필요 없다고 생각했다. 또 형사반장이 얼마나 뛰느냐에 따라 실적이 뜀뛰기를 하기 때문에 그의 청을 거절할 수 없었다. 단단히 주의를 줘서 선량한 광부 아내들이 더는 현혹되지 않도록 조치하라는 말로 매듭지었다. 이렇게 하여 그가 풀려났던 것이다.

"일이 그렇게 되었군."

무열은 씁쓸한 표정으로 말했다.

"그 사람 노력을 많이 했지. 아마 형제라도 그렇게는 못할 걸세."

"음."

아무튼 남의 도움을 받았으니 보답하지 않고 넘어갈 수 없었다. 나중에 술이나 한잔 하자고 할까, 아니면 집으로 불러 식사를 할까 이 궁리 저 궁리를 하며 집으로 돌아왔다. 그날 저녁 무열은 밥상을 물리고 성화와 마주 앉았다.

"이번에 황장사란 사람이 물심양면으로 힘을 썼다고 하더라. 알고 있었니?"

그녀는 고개를 끄덕였다. 무열은 그가 왜 그랬는지 아느냐고 묻지 않았

다. 대신에 엉뚱한 말을 꺼냈다.

"우리 그만 여기를 뜰까?"

그러나 그녀는 대답하지 않고 조용히 일어나 부엌으로 나가버리고 말았다. 뭔가 이상했다. 분명 성화와 그놈 사이에 무슨 일이 있었음이 분명하다는 직감이 들었다. 무열은 갑자기 성냥을 확 그은 것처럼 묘한 감정이 일어났다. 인덕에 대한 고마움이 깡그리 사라지고 괘씸하기까지 했다. 그가 없는 곳으로 성화와 떠나고 싶었다.

경찰서를 다녀온 후부터 그는 춤을 가르치지 않았다. 카세트를 치워버리고 큰방의 짐을 정리하여 언제든지 떠날 수 있도록 만들었다.

하지만 성화는 집으로 여자들이 오지 않게 되자 전처럼 가방을 메고 사택과 읍내를 돌아다녔다. 그렇게 며칠 지나고 무열은 좀이 쑤셔 견딜 수가 없었다. 오래간만에 몸이나 좀 풀어볼까 하는 마음으로 제천을 다녀오는 길이었다. 사북역에 내리고 보니 그새 날이 어둑해져 있었다. 그는 한잔 마시고 가야겠다 생각하고 역 건너편에 있는 대폿집으로 들어갔다. 광부 몇 명이 앉아 있다가 탄광촌에서 보기 드문 옷차림과 반질반질 윤이 나는 구두를 신은 그를 힐끔 쳐다보았다. 무열은 따가운 시선을 느끼며 혼자 국물을 안주삼아 묵묵히 술을 마셨다. 밖으로 나왔을 때 누군가 그의 어깨를 툭 쳤다.

"형씨, 잠깐 봅시다."

고개를 돌려보니 송가네 남편 송복성과 교수댁 남편 김필수, 그리고 처음 보는 얼굴의 남자 세 명이 서있었다. 그를 부른 것은 송복성이었다.

"무슨 일이오?"

"사람이 사람을 보자는데 이유가 필요하우? 볼일이 있으니까 보자는 거지 웬 잔말이 그리 많아?"

갑자기 말이 거칠어지며 아랫배로 억센 주먹이 날아들었다. 엄청난 통

증과 함께 숨이 막혔다. 어느새 두 사람이 달려들어 꼼짝 못 하도록 어깨를 붙잡고 주먹질을 계속했다. 무열은 컥컥거리기만 할 뿐 사람 살리라는 소리조차 낼 수가 없었다. 송복성 일행은 그를 외진 곳으로 질질 끌고 가서 몇 차례 더 폭행했다. 그리고 쓰러지는 것을 일으켜 세우고 뒤에서 발길질하며 산 아래 있는 갱구까지 염소 몰 듯 데리고 갔다. 갱구에 이르자 안으로부터 찬바람이 휙 몰아치고 으스스한 기분이 들었다.

"들어가, 이 새끼야."

무열이 들어가지 않으려고 발버둥 쳤지만 우왁스러운 광부들의 손을 당해낼 수 없었다. 매만 벌 뿐이다. 서늘하고 음습한 갱도를 따라 얼마나 들어갔을까. 광부들은 랜턴을 켰다. 그제야 길이 좀 보였다. 시커먼 굴속은 마치 지옥으로 이어져 있는 듯 캄캄했다. 한 걸음도 옮기기 싫었다. 갱도는 여러 갈래로 나뉘고 있었다. 송복성은 무열을 외진 갱도를 끌고 가더니 동발에 꽁꽁 묶어버렸다.

"이제 정신이 좀 드니? 이 쳐죽여도 시원찮을 놈아."

"도대체 왜 이러는 겁니까? 사람을 치지 말고 말로 하세요."

"말? 혀는 짧아도 침은 길게 뱉으랬다 이거지. 오냐, 말해주마."

그들은 어디선가 몽둥이를 들고 와 바닥에 짚고 서서 국문을 하듯이 무열의 죄를 나열하기 시작했다.

"네가 어디서 굴러먹던 놈인지는 모르겠다. 헌데 넌 여기 탄광촌을 너무 우습게 봤어. 아무것도 모르는 가정주부들을 꾀어 춤을 가르치는 춤선생 노릇을 했겠다? 그것만이 아니지. 아마 모르긴 해도 네놈에게 몸을 버린 여자들도 부지기수일 것이다. 이번에 네가 운이 좋아서 용케 경찰서를 빠져나왔다만 오늘 여기서 살아나가긴 어려워. 뭐 하고 있어? 이놈을 요절내버려."

송복성의 말에 따라 광부들이 몽둥이찜질을 시작했다. 금방 머리가 터지고 입술이 찢겼다. 양복 단추가 후드득 떨어져 대롱거렸다. 이들은 모두 무열에게 춤을 배웠던 여자들의 남편이었기 때문에 더욱 힘을 실어 매질했다. 무열은 땅바닥에 쓰러져 몸을 웅크리고 살려달라는 말 대신 악에 받힌 소리를 질렀다.

"이놈들, 두더지처럼 땅을 파느라고 세상 물정을 모르는구나. 네놈들이 여편네 간수를 잘했으면 춤을 배우러 다닐 턱이 없을 것이다. 왜 나한테 화풀이를 하느냐. 나는 춤을 가르쳐 달라기에 가르쳐 준 죄밖에 없다. 이놈들아."

이 말은 남자들의 화를 북돋게 만들었다. 그들은 몽둥이를 들고 마치 막장에서 곡괭이질을 하듯 거친 숨을 몰아쉬며 두들겨 패는 일에 몰두했다. 매에 장사 없는 법이다. 무열은 섭산적이 되도록 얻어맞고 주꾸미를 삶아 놓은 것처럼 축 늘어져버렸다.

"형님, 이 자식 어떻게 할까요?"

한참 동안 매질하던 남자가 송복성에게 물었다.

"어떻게 하긴 뭘 어떻게 해? 저기 폐광 속에 넣어놓고 다이너마이트를 터트려버리면 무너져서 무덤이 되겠지. 이런 놈은 죽어야 해."

끔찍한 소리를 하며 송복성이 다가왔다. 축 늘어져 있는 무열의 턱을 잡고 잠시 노려보다가 따귀를 철썩 때렸다.

"짐승만도 못한 자식."

이번엔 김필수가 거들고 나섰다.

"아닐세, 죽이는 것보다 평생 사내 구실을 못하도록 만드는 게 낫겠지."

그는 말을 꺼내놓고 동료들의 반응을 살폈다. 때리느라 이마에 땀이 송글송글 맺힌 동료들이 그거 좋은 생각이라는 듯 고개를 끄덕였다.

"다시는 사내 구실을 못하게 만들어서 쫓아버리자고."

"물건은 개나 줘버리지 뭐."

무열은 간신히 고개를 들고 가로저었다. 그리고 있는 힘껏 고래고래 소리 질렀다.

"안돼! 네놈들 지금 무슨 짓을 하려는 거야? 왜 죄 없는 사람을 잡아다 두들기고 악행을 가하는 게냐. 하늘이 시퍼렇게 두 눈을 뜨고 바라본다. 이놈들아. 할 말 있으면 법대로 해야지, 여기는 법도 없어?"

하지만 돌아온 것은 몰매뿐이다. 김필수가 주먹으로 사정없이 그의 얼굴을 난타하며 비웃었다.

"법? 웃기고 자빠졌네. 오냐, 이놈. 여기선 이것이 법이다. 에잇!"

무열은 무슨 말인가 하고 싶었지만 입안이 터졌는지 살점과 피가 가득해서 말이 제대로 나오지 않았다. 그저 짐승처럼 우우우 할 뿐이다.

"시작해."

송복성도 김필수의 말에 동의했다. 말이 끝나기 무섭게 두 명의 남자가 무열의 허리띠를 풀고 바지를 풀어헤쳤다. 그리고 팬티를 내렸는데 뜻밖의 상황에 흠칫 멈추고 말았다.

"아니, 이거."

바지를 잡고 있던 두 명이 못 볼 것이라도 본 것처럼 인상을 쓰곤 그대로 고개를 돌렸다. 송복성과 김필수도 깜짝 놀라긴 마찬가지였다.

"이거 병신이잖아? 제대로 써먹지도 못하겠는걸."

"낭패로군."

무열은 아무도 몰랐던 치부를 드러내고 말았다. 이제 소리 지를 힘도 없는지 그저 고개만 푹 숙이고 있을 뿐이었다. 어쩌면 너무 수치스러워서인지도 몰랐다. 남자들은 한쪽에서 담배를 꺼내 물고 두런두런 이야기를 나누었다. 그냥 죽여 버리자느니, 그래도 살인은 안 된다느니, 흠씬 두들겨 패서 내쫓자느니, 이미 사내 구실을 못 하게 된 놈이니 몸을 버린 여자들이 없어 다행이라느니, 병신을 두고 괜히 아내와 싸웠다느니, 자기들끼리 옥신각신 입씨름하다가 결국 내쫓아버리자는 쪽으로 결론이 났다.

"잘 들어. 오늘은 우리가 이쯤 해두지만 다음에 걸리면 그땐 정말 관 속에서 못 박히는 소리를 듣게 될 거야. 보아하니 제비 노릇 하다 어디서 잘못 걸려 물건을 상한 모양인데, 그거라도 간수하려면 우리말대로 해. 좋은 말로 할 때 여기를 떠나."

무열은 고개를 푹 숙이고 다리 사이에서 볼품없이 달랑거리는 자신의 물건을 바라보았다. 자기도 모르게 짐승 같은 소리가 터져 나왔다. 그것은 더 이상 수컷 노릇을 할 수 없게 된 한 남자의 절규였다. 소리는 갱도를 따라 멀리 퍼지다가 메아리로 다시 돌아왔다. 송복성 일행은 무열을 끌어다 안경다리 근처에 팽개쳐두고 사라졌다. 무열은 걷지 못하고 한참 동안 땅바닥을 기었다. 그리고 간신히 몸을 일으켜 몇 발작 걷는가 싶더니 그대로 쓰러지고 말았다. 몽롱한 정신을 부여잡고 살아야 한다는 생각에 입술을 깨물 때, 강섭이 외치는 소리가 들렸다.

"무열이, 거기 무열이 맞지?"

대폿집을 나온 그가 누군가에게 얻어맞고 끌려가는 것을 본 사람이 있었던 모양이다. 그 사람은 남 다른 옷차림과 말쑥한 행색 때문에 끌려가는 사람이 춤 선생 무열임을 바로 알아차렸다. 그는 강섭에게 이 사실을 알렸고 강섭이 부랴부랴 무열을 찾아 나섰던 것이다. 다행히 무열을 발견했기에 망정이지 그대로 내버려두었다면 어떻게 됐을지 모른다.

강섭은 어디선가 리어카를 가져와 그를 싣고 읍내를 가로질러 성화에게로 갔다. 혼자 비탈길을 오르기는 힘들었다. 강씨와 길동 엄니를 불러서 리어카를 밀고 끌어다가 간신히 무열을 방에 뉘었다. 얼굴은 온통 피범벅이고 옷은 갈가리 찢겨 볼품없었다. 사람들이 모두 놀라 할 말을 잊었다. 그런데 어찌된 일인지 성화는 담담한 표정으로 물수건을 가져다 얼

굴을 닦아냈다. 사람들이 돌아간 후,

"또 이런 일이 벌어졌네요."

마치 남의 일처럼 말할 뿐이었다. 왕진 온 의사가 다행히 뼈가 부러진 곳은 없고 매를 맞아 골병이 들었으니, 약을 먹고 시간이 지나면 괜찮아질 것이라고 안심시켰다. 무열은 근 열흘 동안 바깥 거동을 못하고 자리에 누워 있어야 했다. 생각 같아서는 그놈들을 몽땅 고소하고 싶었지만 여기 경찰도 광부들과 한패처럼 여겨졌기 때문에 속으로 끙끙 앓을 뿐이었다.

가재는 게 편이다. 광부들과 경찰은 탄가루 날리는 지역에서 얼굴 맞대고 사는 사람들이고 자신은 이방인에 불과하다. 저번에도 지서에 근무하는 경찰이 자신을 잡아다 얼마나 모욕감을 주었던가. 그들에게 신고해봤자 대충 조서를 꾸미는 척 하다 증거가 없다며 그들을 풀어줄 것이 분명했다. 아니면 사건 접수 자체를 하지 않고 아직도 여기를 떠나지 않았느냐, 오히려 윽박지를지도 몰랐다. 별 도리 없이 혼자 앓고 있을 때 강섭은 세상에 이런 법은 없는 것이라고 지서로 쫓아가 몇 사람을 고발하였다.

경찰은 탐탁잖은 얼굴로 사건을 접수하고 송복성 일행을 불렀다. 그러나 그들은 이미 깨끗하게 입을 맞춘 상태였다. 사건 당일 자신들은 다른 광부들과 함께 있었다며 딱 잡아뗐다. 경찰은 미온적인 태도로 사건을 해결할 의지가 없어 보였다. 며칠 후 강섭이 수사가 어떻게 되어 가느냐고 묻자, 그제야 경찰은 구렁이 담 넘어가듯 얼버무렸다.

"아, 그 사건이요? 용의자들 알리바이가 확실해서 쉽지 않겠습니다. 물론 우리도 노력은 하고 있어요."

그를 돌려보내고 사건 서류를 다시 서류함 깊숙한 곳에 처박아버렸다. 그 후에도 지서를 찾아갔지만 돌아온 대답은 한결같았다. 지금 조사 중에 있으니 기다리라는 것. 이것을 보다 못한 가다계 유사 최씨가 강섭을 불렀다.

"자네, 쓸 데 없는 고생을 하고 있군. 같이 탄가루 마시는 사람들을 꼭 콩밥 먹여야 되겠는가. 이 동네에서 그 사람을 위해 증언해줄 사람은 아무도 없을 걸세."

틀린 말이 아니었다. 회사에서도 강섭을 좋게 보지 않는 시선이 있었고, 오히려 무열을 나중에 한 번 더 흠씬 두들겨주자는 소리까지 나돌았던 것이다. 이런 사실을 모를 리 없는 무열이 친구를 만류하고 나섰다.

"그만 두게. 괜히 자네까지 구설수에 오르고 다칠까 두려워."

"정말 칼을 물고 토할 노릇이구먼. 사람을 이렇게 두들겨 패도 된단 말인가."

그가 울분을 토했지만 폭행 사건은 그렇게 묻히고 말았다. 며칠 후 무열은 몸이 웬만큼 회복되어 바깥나들이를 할 수 있게 되었다. 처음엔 마루에 앉아 먼 산을 바라보고 마당으로 내려서 지팡이를 짚고 다니더니, 어느새 지팡이 없이도 비탈길을 오르내리게 되었던 것이다. 그는 더는 이곳에 머물고 싶은 생각이 없었다. 성화를 설득해 하루 빨리 뜨고 싶었다. 그런데 그녀는 어찌 된 일인지 가타부타 말이 없고 날마다 화장품 가방을 메고 사택으로 올라가 장사하고 돌아왔다.

어느 날 그녀가 없을 때다. 무열은 마당에서 서성이다가 비탈길을 올라오는 인덕을 발견했다. 처음에 길동의 새아버지 강씨에게 볼 일이 있는가 보다 생각했는데, 그 집을 지나치더니 그에게 다가와 꾸벅 인사한다.

"이제 몸이 괜찮아진 것 같수. 참 다행이우."

"고맙습니다. 그런데 무슨 볼 일이라도?"

"오늘은 형님에게 할 말이 있어서 찾아 왔수. 시간 좀 내줄 수 있겠수?"

그는 마루에 털썩 걸터앉았다. 무열은 손님을 그대로 앉혀둘 수 없어 안으로 맞아들였다. 성화가 있다면 차 대접을 할 텐데 물 한 잔 내놓지도 못하고 재떨이를 내밀었다. 두 사람은 재떨이를 사이에 두고 마주 앉아 잠시 침묵을 지켰다. 인덕은 담배를 꺼내 무열에게 권했다. 서로 불을 나눠 붙이고 한 모금씩 깊숙이 빨아들였다. 무열은 손님이 연기를 천천히 내뱉는 것을 바라보며 말을 꺼냈다.

"친구에게 모두 들었습니다. 이번에 황장사가 힘을 많이 써서 무사히 나올 수 있었다 하더군요. 고맙습니다. 언제고 한번 인사를 해야겠다 생각하고 있었습니다. 마침 이렇게 얼굴을 보게 되었군요."

"뭐, 그만한 일을 가지고. 사실 내가 형사반장에게 납작 엎드리고 형님의 구명을 부탁한 이유는 따로 있었수."

"네?"

인덕은 바로 대답하지 않고 잠시 뜸을 들인다. 그리고 의외의 말을 한다.

"성화씨가 하도 딱해 보여서 말이외다."

무열은 그제야 왜 이 사람이 찾아왔는지 알 것 같았다. 예전부터 성화를 바라보는 눈빛이 예사롭지 않더라니, 기어코 올 것이 왔다는 생각이 들었다. 인덕은 무열의 얼굴이 굳어지는 것을 보고 예상하고 있었다는 듯,

"형님이 오해하지 말고 들어주시면 고맙겠수."

천연덕스럽게 말을 이어갔다. 난처해진 것은 무열이다. 이제 무슨 말이 나올지 대충 짐작할 수 있겠는데 그 말을 끊을 수가 없으니 말이다.

"난 두 사람이 가시버시 아니란 것도 알고 있수."

"…"

"말하자면 아무런 관계도 아니고 서로 남남이란 소리잖우. 나는 그게 다행이라고 생각하우."

"말을 빙빙 돌리지 말고 본론을 말해보시오."

무열은 불쾌한 표정으로 말을 자르고 나섰다.

"좋수. 나는 두 사람이 어떻게 만났으며 지금까지 어떻게 살아왔는지 다 알게 되었수. 게다가 이번 일로 형이 남자 구실을 못한다는 것까지 드러나 버렸고, 나로선 뭐 천만다행이라고나 할까."

"뭐?"

무열은 자기도 모르게 화가 치솟아 하마터면 방바닥에 놓인 재떨이를 면상에 집어던질 뻔했다.

"기왕 말이 나온 김에 다 합시다. 아버지뻘로 보이는 형이 젊은 여자를 끼고 전국 팔도를 떠돌아다니는 것은 누가 봐도 이상한 일이우. 처음에 그녀가 형을 따라나선 것은 해괴한 소문 때문이었지, 당신을 사랑해서 그런 것이 아니잖우."

그는 이제 무열을 형님이라 부르지 않고 따지듯 말하고 있었다. 무열이 더는 참지 못하고 와락 달려들어 그의 멱살을 잡았다.

"너 이놈. 지금 무슨 말을 하는 거야? 어디서 까마귀 아래턱 떨어질 소리를 지껄이고 있어?"

"왜, 내가 틀린 말 했수?"

인덕은 굳이 떨쳐내지 않고 담담한 말투로 물었다. 무열은 부르르 떨며 그를 노려보았다. 힘으로는 어떻게 할 수 없다는 것을 깨닫고 슬그머니 손을 내렸다. 하지만 아직 화가 풀린 것은 아니었다.

"성화가 그런 말을 하든, 응?"

"그 사람이 말을 했든 말든 그건 중요한 것이 아니라 생각하우. 이제 여자로 살게 내버려 두시우. 제발."

"시끄러워. 당장 내 집에서 꺼져라, 이놈."

고래고래 소리를 질렀다. 그래도 그는 나갈 기미를 보이지 않고 다시 담배 하나를 빼물었다. 무열은 금방이라도 잡아먹을 듯 엉덩이를 들썩이며 방바닥을 쓸고 다녔다. 하지만 곧 잠잠해졌고 그때를 기다리고 있던 인덕이 말을 이어갔다.

"형, 저번에 말이우. 형이 경찰에 잡혀갔을 때 나도 여러 가지 생각을 했었더랬수. 그냥 콩밥 먹도록 내버려두는 것이 낫지 않을까, 그렇게 되면 성화씨 마음이 자연스레 형에게서 떠나지 않을까, 별의별 궁리를 해보았다우. 하지만 나는 사내요. 치사한 방법으로 형이 곤경에 처한 상황을 이용해 그 마음을 가로채고 싶지 않았다 이 말이우. 나는 성화씨가 걱정하는 것이 싫었고 그녀가 바라는 것이 무엇이든 다 해주고 싶었수. 그래서 형사반장에게 납작 엎드려 형을 구명해 준 것뿐이우."

이제 담배를 빼어 문 사람은 무열이다. 그는 떨리는 손으로 불을 붙이고 가슴속 깊숙이 연기를 빨아들였다. 나 없는 사이에 두 연놈이 어디까지 간 것일까. 그는 곰곰이 생각해 보았다. 이놈이 찾아와 조곤조곤 말하는 것을 보면 무엇인가 믿는 구석이 있어 보였다.

"그래, 바라는 것이 무엇입니까?"

마음이 어느 정도 가라앉은 후에 물었다.

"그 말을 기다렸수. 형이 좀 섭섭하더라도 이쯤에서 포기하고 성화씨를 놔 주시우. 여자로 살게 내버려 두란 말이외다."

"여자?"

"그렇수. 양심이 있다면 평생 남자 구실 못하는 형을 따라다니며 뒤치다꺼리 하란 말은 못 하겠지. 그 사람도 어떤 남자의 아내가 되고 아이를 낳고 오순도순 살고 싶은 마음이 있을 거유. 왜 없겠소. 그것을 형이 가로막고 있다는 생각은 안 해보셨수?"

무열은 할 말이 없었다. 지금껏 성화가 나 때문에 제 갈 길을 가지 못하고 있었더란 말인가. 갑자기 머리가 멍해지고 바보가 된 것 같았다.

"잘 생각해보고 답을 주시우."

그는 말을 마치고 돌아갔다. 그 날 무열은 방에서 한 발짝도 나가지 않고 줄담배를 피워가며 성화를 기다렸다. 그녀가 돌아온 것은 해가 서산에 걸려 있을 때였다. 찬거리를 사가지고 와,

"조금만 기다려요. 곧 저녁을 준비할 테니."

말하고 부엌으로 들어갔다. 무열은 아무 말도 못 하고 기다렸다. 들어오기만 하면 머리끄덩이를 잡고 그놈하고 무슨 일이 있었는지, 무슨 말을 미주알고주알 주어 삼켰는지 묻고 싶었다. 그런데 막상 얼굴을 대하고 보니 재갈 먹인 말처럼 말문이 막혀버리고 말았다. 맛깔나게 차린 밥상을 물리고 난 후 무열이 어렵게 말을 꺼냈다.

"낮에 황장사가 왔다 갔다."

"그래요?"

그녀는 대수롭지 않은 것처럼 대꾸하곤 걸레로 방바닥을 훔쳤다.

"그놈이 와서 막 지껄이더구나."

그놈이란 말이 낯설었는지 성화가 고개를 들고 그를 바라본다.

"너와 내가 어디서 어떻게 만나서 여기까지 왔는지 다 알고 있더라. 네가 이야기해주었니?"

그녀는 대답을 않고 저쪽으로 자리를 옮겨 걸레질을 계속했다.

"그놈이 말이다. 내가 너를 잡고 있다는 거야. 네가 여자 구실을 못하도록 가로막고 있다는 말을 하며 이제 그만 놔주라고 하더구나. 내 참 어이가 없어서."

그는 성화가 무슨 말이라도 좀 했으면 좋겠는데 아무 말도 없이 걸레질만 하고 있으니 답답하였다.

"무슨 말이든지 해봐. 내가 널 가로막고 있었니, 응?"

역시 대답이 없다. 무열은 이제 거의 혼잣말처럼 중얼거리다가 큰소리로 묻기를 반복했다.

"애당초 너를 데리고 떠나는 것이 아니었다. 거기서부터 잘못되었던 거야. 성화야, 너에게 난 어떤 사람이냐?"

"고마운 사람이에요."

이번에는 성화가 또렷이 대답했다. 그는 그것이 반가워 바짝 다가앉으며 되물었다.

"고마워? 그리고?"

그런데 그녀는 고맙다는 말을 마치고 다시 걸레를 잡았다. 참 사람 미치고 팔짝 뛸 노릇이었다. 무열은 이제 슬슬 화가 치밀기 시작했다. 사람이 말을 하면 듣고 대답할 일이지, 이건 숫제 벽을 보고 독경하고 있는 꼴 아닌가. 그는 걸레를 뺏어 저쪽으로 휙 던져버리고 성화를 돌려 앉혔다.

"그놈하고 무슨 일이 있었지? 나 없는 사이에, 응?"

"무슨 말씀이세요?"

무열은 그녀가 딱 잡아뗀다고 생각했다.

"바른대로 말해. 그렇지 않고서야 그놈이 이 방까지 쳐들어올 이유가 없지 않아?"

"터무니없어요. 그런 사람이 아니에요."

"뭐?"

그녀가 인덕을 두둔하며 단호하게 부인하는 것을 보고 무열은 눈에 불이 붙었다. 그대로 손을 뻗어 성화의 뺨을 갈기고 말았다.

"이년, 그동안 쌓아온 정이 얼마인데, 네가 한순간에 이럴 수 있단 말이냐."

성화는 방바닥에 푹 쓰러져서 어깨를 들썩거렸다. 잠시 후 고개를 들었다. 그새 눈물을 쏟았는지 눈동자가 빨갛고 볼 전체로 눈물이 번져 있었다.

"정이요? 아저씨가 나한테 정을 준 적이 있긴 해요?"

이렇게 톡 쏘아붙이고는 다시 방바닥에 엎드려 한참을 울었다. 난감해진 것은 무열이었다. 한 번도 그녀에게 큰소리를 내본 일이 없었다. 그런데 손찌검까지 하고보니 미안한 마음이 들었다. 하지만 기왕 벌어진 일, 어설프게 물러서기 어려웠다. 단단히 못을 박아두어야겠다는 생각이 들어 말을 한다는 것이 그만,

"너도 내가 사내 구실 못한다는 것을 알고 있었니?"

뜻밖에도 이 말이 툭 튀어나가고 말았다. 아마 남녀가 정을 꼭 통해야만 부부라더냐, 마음이 통해야 부부지, 우리 앞으로 잘 살아보자는 말을 하고 싶었던 것일 게다. 그런데 자기 입에서 엉뚱한 말이 나오고, 그 말은 메아리를 치며 온방을 떠다니는 것 같았다. 생각지 못했던 말에 성화는 갑자기 들썩이던 어깨를 멈추고 조용했다. 무열은 그녀가 무슨 말을 할까 기다리며 침을 꼴깍 삼켰다. 그런데 그녀는 아무 말도 하지 않고 다시 어깨를 들썩이기 시작했다.

무열은 오늘 인덕이 찾아와 했던 말을 떠올려보았다. 여기 사는 아이들까지 모두 알고 있는 사실이라고 했다. 그렇다면 성화가 모를 리 없을 것이다. 어쩌면 오래 전부터 알고 있었을지도 모른다. 단 한 번도 안아준 적이 없었으니까. 자신이 사내 구실 못하는 사람이라는 것을 알면서도 지금껏 뒤치다꺼리를 해주고 따라다녔단 말인가. 생각이 여기에 미치자 그는 성화 옆에 있을 수가 없었다. 조용히 일어나 밖으로 나갔다. 그때까지 쫄닥구덩이 할머니가 싸움을 엿듣고 있었던 모양이다.

"내외간 싸움은 개싸움이라네."

훈수를 두고는 생쥐처럼 쪼르르 자기방으로 달려가 방문을 닫아걸었다. 무열은 고개를 들어 하늘을 바라보았다. 이제 가을이 오려는지 사방에서 '찌찌 찌르르 찌찌 찌르르' 풀벌레 소리가 요란하다. 검은 하늘에 별들이 보석처럼 박혀 반짝거리고 건너편 산에서 짐승 울음소리가

들려왔다.

이렇게 싸운 후 무열은 성화를 어떻게 하지 못하고 우물쭈물 시간을 보내고 있었다. 사흘쯤 지났을까. 인덕이 만나자는 연락을 해왔다. 보나마나 그녀에 대한 이야기를 할 것이 뻔해 영 마음이 내키지 않았다. 그렇다고 그를 회피한다고 해서 해결될 일은 아니었다. 차라리 만나서 단호하게 못을 박는 것이 낫겠다는 생각이 들었다.

이번에는 신세계 다방에서 기다리고 있었다. 무열이 바깥나들이를 하고 돌아올 때 가끔 들러보았던 곳이다. 인덕은 먼젓번에 성화랑 앉았던 바로 그 자리에서 기다리고 있었다. 아직 차를 시키지 않은 상태였다.

"뭐 드시겠수?"

"아무거나."

그는 커피 두 잔을 시키고 무열의 얼굴을 찬찬히 바라보았다.

"생각 좀 해보셨수?"

무열은 대답 대신 물을 마시고 마음대로 지껄여 보라는 투로 의자에 몸을 기댔다.

"난 형이 무슨 답을 해줄 줄 알았수. 그런데 아무런 말도 없기에 이렇게 보자고 한 거유. 우리 솔직하게 한번 이야기해 봅시다."

"도대체 무슨 얘기를 하자는 거요?"

"다 이야기했잖수. 그녀가 새처럼 훨훨 날아가도록 풀어주고 형은 이곳을 뜨시우. 그게 서로에게 좋을 텐데."

"내가 왜? 당신이 뭔데 남의 일에 끼어들어서 감 놔라 배 놔라 하는 거지?"

작심하고 무열이 따져 물었다. 그 말에 인덕이 씽긋 웃었다.

"따지고 보면 형과 나, 그리고 성화씨. 모두 남남 아니우?"

"뭐요?"

"왜, 내 말이 틀렸수? 성화씨도 남들처럼 살림하고 애 낳고 지아비 바라보며 살 권리가 있는 사람이우. 그걸 형이 가로막고 있다는 생각은 안 해보셨수?"

"당신이 우리 사이에 대해서 뭘 알고 있다고 그런 소리를 함부로 하는 거야? 정말 기분 나빠서 더 듣지 못하겠군."

그는 금방이라도 자리를 박차고 일어날 태세다. 그때 인덕이 헐겁게 걸친 잠바 안주머니에서 봉투를 하나 꺼내서 탁자 위에 내려놓았다.

"받으시우. 이거면 어디 가서 새 출발할 수 있을 거외다."

"이게 뭐요?"

"한번 살펴 보시우. 내 마음이라고 생각하고."

그가 봉투를 들어 슬쩍 보니 빳빳한 지폐가 가득 들어 있었다. 어림잡아 광부 두어 달 치 월급은 되어 보였다.

"지금 돈을 줄 테니 성화를 놔 달라 이 말인 것 같은데."

"어떻게 생각해도 좋수. 이제 우리가 그녀를 붙잡고 이래라 저래라 할 수는 없다고 생각하우. 결정은 그 사람이 하도록 내버려둡시다. 그전에 형과 나, 두 사람은 그 사람이 어떤 결정을 하든 그 결정에 대해서 꼬투리 잡지 말고 깨끗하게 따르기로 하자는 말이외다."

"이 돈 가져가시오."

그가 봉투를 밀었다. 그러나 인덕은 받을 생각을 하지 않고,

"이번엔 사내구실 한번 해보시우."

톡 쏘듯 말을 내뱉고는 그대로 나가버렸다. 무열은 망치로 뒷머리를 얻어맞은 것처럼 정신이 멍해졌다. 기가 막혀 담배를 연거푸 빼물고 물을 벌컥벌컥 들이켜다 한참 후에야 다방을 나섰다.

17

광부 아리랑

광부들이 모여 사는 사택은 하나의 거대한 마을이었다. 사북읍에 속해 있긴 하지만 사택 단위로 생활하는 광부와 가족들은 그들만의 돈독한 유대관계를 형성하고 있었다. 회사가 사택을 지은 이유는 두 가지였다. 하나는 복지 차원에서 주택을 보급한 것이고, 다른 하나는 광부들을 집단으로 거주하게 함으로써 관리가 용이하였기 때문이다.

사택은 회사와 분리할 수 없었다. 항상 회사의 관리와 지원을 받고 있으므로, 광부가 회사에 반발하거나 그 아내가 불건전한 행동으로 도마 위에 오르면 사택에서 쫓겨나는 경우도 있었다. 각 사택에는 스피커가 설치되어 있어 광부들의 출퇴근 시간, 그리고 점심 시간에 맞추어 경쾌한 음악이 흘러나왔다. 음악 속에서 하루를 시작하고 마감한다고 봐도 과언이 아닐 만큼, 사택에 사는 사람들의 일과는 음악에 맞추어져 있고 그러한 생활을 또 당연하게 여겼다.

하지만 탄광에서 사고가 발생하거나 광부가 죽었을 때는 음악이 나오지 않는다. 경건한 분위기를 위해서다. 항상 나오던 음악이 나오지 않으면 사람들은 그 이유가 뭘까 궁금하고 불안해진다. 자기도 모르게 스피커에서 경쾌한 음악이 흘러나오는 환청을 경험하기도 한다. 오래지 않아 우물방송을 통해 그 이유가 순식간에 전파되고, 그때부터 사택 분위기는 갑자기 경건해지기 마련이었다.

아직 퇴근하지 않은 남편이 있는 가정은 아내가 아이들 손을 잡고 나가 이제나 저제나 눈이 빠지게 기다렸다. 저 멀리 남편이 도시락 가방을 들고 터벅터벅 걸어오는 것을 보면 참았던 눈물이 줄줄 쏟아졌다. 아이들이 '아빠' 목청껏 부르고 달려가 그 품에 안겼다. 그렇게 한참 동안 거친 아버지의 손길을 느꼈다. 이들 가정은 사고를 피해 다행이지만 필시 어느 집에선 울음소리가 그치질 않고 흐느끼는 소리가 흘러나왔다. 사고를 당한 것이다.

오늘도 음악이 나오지 않아 불안하더니 어느 집에선가 애처로운 흐느낌이 새나왔다. 귀 밝은 여자들이 잔뜩 굳은 얼굴을 하고 모여든 집에서 여자 아이가 넋을 놓은 채 울고 있었다. 동생을 껴안고 구슬프게 울고 있는 아이는 송복성의 큰딸 종희다. 썰렁한 집에서 동생을 껴안고 닭똥 같은 눈물을 뚝뚝 흘리지만, 그 눈물을 닦아주거나 다독여줄 엄마가 보이지 않는다. 송가네가 남편과 싸우고 집을 나간 이후 딸이 집안일을 도맡아 하고 있기 때문에 집안 꼴은 말이 아니었다.

"에그, 미친 년."

누군가 집안을 휘 둘러보고 송가네를 향해 욕을 퍼부었다. 남편을 위해 따뜻한 도시락을 싸고 아이들을 건사하지 못할망정 춤바람이 다 뭐야? 이래서 죽은 사람만 불쌍하단 게지. 저 철없는 것들을 누가 돌볼꼬. 이웃들은 속으로 이런 생각을 하며 장례 준비를 도왔다. 몇 명은 집안을 치우고 몇 명은 송복성이 안치된 동원보건원 영안실로 쫓아갔다.

보건원은 1976년 상공부와 광업진흥공사 그리고 사북에서 제일 큰 동원탄좌가 후원하여 세운 민간병원이다. 정형외과와 내과, 신경외과를 비롯한 9개의 진료과목과 응급실을 갖추고 탄광사고가 났을 경우에는 제일 먼저 보건원이 나섰다. 의료 사각지대나 다름없던 첩첩산중에 120병상을 갖춘 병원이 개원함으로써, 광부가족들 뿐만 아니라 읍내에 사는 주민들도 혜택을 받을 수 있었다. 사고를 당했을 때 광부들이 치료를 받거나 안치되는 곳은 보건원이었다.

송복성은 아침에 딸이 챙겨준 도시락을 채 먹기도 전에 사고를 당했다. 그가 일하는 곳은 650갱이었다. 수평 갱구로부터 6천여 미터 지점 막장에서 발파작업을 하던 중이었다. 갑자기 날아온 주먹 크기의 돌을 가슴에 맞고 그대로 절명하고 말았던 것이다. 발파 전 충분한 안전거리 밖으로 피신해야 되는데 갱도가 복잡해서 그것이 어려웠던 모양이다. 그는 동료 광부들에 의해 급히 보건원으로 옮겨졌다. 소식을 듣고 달려온 사택 주민들이 영안실을 지키며 한숨을 내쉬었다.

"송가네가 이 사실을 알고 있을까?"

"아무렴, 지아비가 죽었는데 그것을 모르고 있을라구."

"팔자가 핀 년이야. 죽음은 급살이 제일이지. 춤바람 난 여편네가 두둑한 보상금을 챙기게 되었으니, 물 만난 고기마냥 치마를 더욱 휘날리게 생겼어."

"누가 아니래, 재수 없는 년이 넘어지면 자갈밭이요 재수 있는 년이 달라도 뭐가 달라. 그렇잖아도 사네 못 사네 하며 집을 뛰쳐나갔다잖우. 남편이 덥석 황천길로 가버리고 돈방석에 주저앉는 꼴이지 뭐야. 쯧."

저마다 한 소리씩 해대며 무거운 분위기를 걷어내려고 노력했다. 아니 조금 전 송가네를 욕하며 혀를 찬 여자는 정말 부러운 표정이다. 마치 고래심줄처럼 명이 긴 자기 남편을 원망하는 것 같다.

송가네는 남편이 죽었다는 연락을 받고 자정이 다 되어서야 쫓아 들어왔다.

"아이고, 아이고. 종희 아버지. 어쩌다 이리 되셨소. 이제 우리 가족 어떻게 살라고. 이럴 줄 알았으면 살아 생전 뜨뜻한 밥 한 술이라도 더 챙겨주고 잘 해줄 것을."

파마머리를 손가락으로 들쑤셔 풀어헤치고 울며불며 곡을 하는 것이 자못 처량했다. 듣는 사람마다 눈시울을 적셨다. 아무리 그녀가 얄미워도 남의 일처럼 느껴지지 않았기 때문이다. 여자들은 사택과 영안실을 오가며 일을 도왔다. 행여 아이들이 뛰어다니고 방정을 떨까 싶어 단단히 주의를 주었다. 그리고 침울한 표정으로 돌아온 남편을 위로했다.

송복성의 갑작스러운 죽음으로 인해 무열과 성화는 당분간 다른 생각을 하지 못하게 되었다. 먼저 성화는 초상을 도와주러 간 길동과 준섭의 어머니를 대신해 아이들을 돌봐주게 되었다. 두 집을 왔다 갔다 하더니 나중에는 길동을 데리고 아예 준섭네 집으로 내려가 버렸다. 무열은 혼자 밥을 차려먹지 못하고 쫄쫄 굶다 강섭의 연락을 받고서야 겨우 숨통이 트였다.

"그래도 자네 집에 드나들던 여자의 남편 아닌가. 자네가 그에게 구타당한 것을 생각하면 죽도록 싫겠지. 허나 세상을 원한만 가지고 살 수 없는 법이지. 참 허무한 일일세. 멀쩡하던 사람이 죽어버리다니. 떼 장 밑이 저승이라는 말이 틀리지 않아. 자네 그러지 말고 나와 함께 문상 가세."

강섭은 넌지시 무열에게 문상을 권했다. 무열은 문상 따위 가고 싶지 않아 애꿎은 담배만 뻑뻑 피워댈 뿐이다. 하지만 이미 죽어버린 사람을 원망하고 미워해서 뭐 하랴, 가늘고 길게 사는 놈이 이기는 것이다, 가서 명복이나 좀 빌어주자는 마음이 들어 친구를 따라 나서게 되었다.

보건원 영안실은 병원 규모에 걸맞지 않게 무척 초라했다. 보호자가 앉을 만한 마땅한 의자가 보이지 않았고, 시멘트 바닥에 구멍이 숭숭 뚫린 가마니 두어 장을 깔아놓았을 뿐이다. 그 한 편에서 광부들이 삼삼오오 모여 술을 마시고 있었다. 그가 들어서자 술에 취해 눈이 벌게진 김필수가 버럭 소리를 질렀다.

"저 새끼, 아직도 여기를 뜨지 않았구나. 여기가 어디라고 함부로 기어들어오는 거야?"

비틀거리는 것을 보니 사고 이후 계속 술을 마신 것 같았다. 동료 광부들이 그를 주저앉히지 않았더라면 또 한바탕 소란이 벌어졌을 것이다. 무열은 강섭과 함께 조문하고 얼이 빠진 채 앉아 있는 송가네를 힐끗 보았다. 그녀는 두 딸을 양쪽 가슴에 안고 백짓장처럼 새하얀 얼굴로 벽을 기대고 있었다. 쭈뼛거리며 인사하는 무열을 보고도 표정의 변화가 없었다. 그만큼 충격이 컸기 때문이리라. 강섭은 무열을 데리고 앉아 술을 권했다.

"자네, 이제 어떻게 할 텐가?"

"떠나야지."

"갈 곳은 정해졌고?"

"모르겠네. 바로 집으로 가야 할지, 아니면 또 다른 곳을 떠돌게 될지."

"이제 자리를 잡아야지. 그런데 성화씨가 함께 가겠대?"

그도 여기저기 많은 말을 주워들은 모양이다. 무열은 대답 대신 술잔을 쭉 들이키곤 주위를 둘러보았다. 얼굴이 벌게진 광부들이 장터에라도 온 듯 시끄럽게 떠들다 언성을 높여 말다툼을 벌이고 있었다. 그러다가 또 금새 웃는다. 다시 술을 권하고 늦게 온 동료들을 불러댔다. 같이 일하던 동료가 죽었는데 어쩌면 저렇게 태평할 수 있을까. 꼭 남의 일처럼 대하는 그들을 보고 무열은 머리가 복잡해졌다. 하나같이 투박한 얼굴, 거친 말투, 회색 작업복 차림이었다. 일을 돕고 있는 여자들은 무열을 힐끔거리고 자기들끼리 귓속말을 속닥거렸다. 아마 저놈이 송가네를 춤바람 나게 만든 놈이고, 송복성에게 죽도록 얻어맞았다는 이야기를 하고 있는 것 같았다. 거기에 덧붙여 어디선가 물건을 상해 사내 구실 못하는 병신이라고 비웃을지도 몰랐다. 그는 갑자기 취기가 확 올라오는 것을 느꼈다.

"빌어먹어도 손발이 맞아야지. 내가 가잔다 하면 가고 있으라 하면 있겠나."

무열은 이곳은 자기가 있을 자리가 아니라는 생각이 들었다. 빈 잔을 강섭에게 건넸다. 모두 한 덩어리로 어울려 돌아가건만 저 혼자 개밥의 도토리처럼 구르고 있는 것 같고, 마치 바늘방석에 앉은 듯 불편하기만 하다. 그는 더는 자리에 앉아 있을 수가 없어 광부들과 술잔을 주고받는 강섭을 내버려두고 밖으로 나갔다.

별이 참 맑고 총총했다. 탄광에서 내려와 읍내를 지나고 고한 방향으로 올라가다 보면 사북고등학교가 나온다. 그 건너편에 보건원이 자리 잡고 있었다. 그가 터벅터벅 길을 내려가고 있을 때 한 무리 광부들이 올라오며 노래를 불렀다. 들어보니 광부 아리랑이다. 정선 아리랑 곡조에 가사를 바꿔 광부들이 부르는 것이다. 모두 술에 취한 듯하다.

무열은 구슬프고 느린 광부 아리랑을 듣고 갑자기 슬픔이 확 밀려왔다. 송복성. 나를 죽도록 두들겨 패고 꿈에도 있지 못할 정도로 망신을 주었던 놈. 조금 전 영정 사진을 보았을 때 희미하게 웃고 있더라만 넌 죽었고 난 살아있다. 이래서 길고 짧은 것은 대봐야 아는 것이야. 이놈, 잘 죽었다, 잘 죽었어. 그런데 왜 가슴이 이토록 먹먹하고 슬픈 것일까.

그는 찬바람에 찔끔 눈물이 난다. 소매를 들어 닦아내면 또 흐르고 닦아내면 또 흐르고 좀처럼 눈물이 멈추질 않는다. 아마 광부들이 부르는 아리랑이 바람에 실려와 그의 가슴을 후볐기 때문인지도 모른다.

아리랑은 지역에 따라, 부르는 사람에 따라 종류가 많고 곡조도 다양하다. 호미를 들고 자갈밭을 일구던 농부의 아내, 벌목한 나무를 엮어 강을 따라가던 뗏목꾼, 온 산을 누비며 삼을 캐던 심마니가 부르던 아리랑이 다르다. 마찬가지로 광부들도 그들의 삶과 애환을 그대로 투영한 아리랑을 불렀다. 무열은 자기도 모르는 사이에 아리랑 아리랑 아라리요를 읊조리고 있었다. 광부들을 지나쳐 거리가 점점 멀어지지만, 그의 귓가로 아리랑 곡조가 메아리처럼 남아 계속 들려왔다.

집에 돌아와서도 구슬픈 노래가 어디선가 계속 들려오는 듯하다. 그는 텅 빈 방안에 벌렁 누운 채 송가네를 생각해 본다. 누구보다 열심히 춤을 배우던 여자, 그 춤 때문에 남편과 틈이 벌어지고 결국 죽는 날까지 함께 하지도 못한 불쌍한 여자다. 조금 전 상복을 입고 초점 없는 눈으로 허공을 응시하던 얼굴을 생각하니, 그는 가정불화의 불씨를 제공한 것 같아 마음이 편치 못하다.

꼭 내 잘못만은 아니지. 그는 머리를 흔들어 억지로 송가네를 떨쳐버린다. 그런데 이번엔 송가네 대신 영정 사진 속에서 자신을 노려보던 송복성의 얼굴이 떠오른다. 손에 침을 퉤퉤 뱉어가며 몽둥이찜질을 하던 놈, 그 어둡고 습한 폐광 속에서 무참하게 자신을 짓밟고 수치심을 안겨주었던 놈, 이제 그는 죽고 없는데 마음이 왜 이렇게 허허로운지 모를 일이다.

그는 갑자기 송복성이 측은하게 느껴졌다. 술 한 잔 걸치고 아리랑을 부르며 문상을 가던 광부들과, 왁자하게 떠들던 광부들의 얼굴이 겹쳤다. 도대체 그들의 삶은 무엇일까. 어둡고 습한 막장 속에서 무엇을 캐고 있는 것일까. 갑자기 온갖 생각이 머릿속을 가득 채우고 나중에는 이곳이 어디인지도 모를 지경이 되었다. 자기가 어디에 와있는지 무엇을 하고 있는지 종잡을 수가 없었다. 그렇게 잠이 들고 말았다.

강섭은 노조 일을 하고 있어 여간 바쁜 게 아니었다. 탄광에서 죽음은 낯선 것이 아니고 일상이다. 대형 사고가 터지면 한꺼번에 여러 사람이 죽기도 했기 때문에 이집 저집 돌아다니며 상여를 꾸미느라고 날을 꼬박 새는 경우도 있었다. 그리고 남은 유가족들을 위해 회사와 보상 문제를 협의했다. 한 푼이라도 더 받아내 가족의 손에 들려주는 것도 그의 몫이었다. 만일 이곳에 남아 있기를 희망한다면 죽은 광부의 아내가 선탄부에 취직할 수 있는지 알아봐야 했다.

광부들은 송복성의 장례가 끝나기 전에 또 도시락 가방을 들고 갱도를 따라 깊고 어두운 막장으로 들어갔다. 광부의 일은 어제까지 옆에서 일하던 동료가 죽어도 멈출 수 없다. 그 자리를 다른 광부가 채우고 계속 착암기와 곡괭이를 들고 탄을 캤다. 그래야만 가족이 먹고 살기 때문에 죽음 따위에 슬퍼할 겨를이 없었던 것이다.

송복성의 장례는 광부들과 이웃들 손으로 치러졌다. 함께 일하던 김필수와 동료 광부들, 그리고 힘 좋은 인덕이 상여를 멨다. 송가네와 두 딸은 하얀 소복을 입고 흐느끼며 상여를 따라갔다. 검은색에 익숙해 있던 사람들 눈에 하얀 소복은 보기만 해도 슬퍼 보였다. 검은 탄가루 때문에 간수하기 힘들어서 싫어했던 하얀 옷, 그런데 남편과 아버지 장례를 치르느라 하얀 소복을 입고 있다. 구경하는 여자들은 마치 자기가 죽은 광부의 아내라도 되는 듯 울지 않는 사람이 없었다.

상여꾼들은 어젯밤 빈 상여를 잡고 대드름을 해보았기 때문에 발이 잘 맞았다. 이번에도 상두꾼은 목청 좋은 최씨가 맡았다. 그는 구슬픈 만가를 부르며 행렬을 이끌었다. 나중에는 밑천이 떨어졌는지 광부 아리랑을 부른다.

태백선 기차소리는 매봉산을 울리고
깊은 막장 발파소리는 내 마음 울리네.

가기 싫은 병방생활 어느 누가 알겠나.
샛별 같은 자식 생각에 또 한 짐을 지네.
오늘 떠날지 내일 떠날지 뜨내기 인생길
돈 떨어지면 술집문전도 박대를 받네.
아리랑 아리랑 아리라가 났네.
아리랑 고개고개로 날 넘겨주네.

이 노래가 더 슬프다. 상여를 멘 상여꾼이나 멀찍이 언덕 위에서 구경하던 사람들이 저도 모르게 따라 부른다. 모두 남편이 광부이거나 아버지가 광부이거나 또는 아들이 광부인 사람들이다. 장례 행렬은 좋은 구경거리다. 평소 가슴속에 쌓이고 막혔던 한을 남의 눈치 보지 않고 풀어버릴 수 있기 때문이다. 여자들은 남이 보든 말든 아랑곳하지 않고 꺼이꺼이 울었다. 아이들은 엄마가 우는 것을 보고 입을 삐죽거리다 따라 울고, 광부들은 그것이 보기 싫은 듯 잔기침을 해댔다. 억지로 고개를 돌리지만 역시 눈가가 젖어있기는 마찬가지다.

무열은 언덕 위에서 이 광경을 보고 있었다. 그런데 상여를 메고 있는 황인덕, 김필수. 낯익은 광부들의 얼굴을 보고는 지금껏 느껴보지 못했던 색다른 감정이 밀려왔다. 그렇게 거칠어 보이던 광부들이 침울한 표정으로 나지막한 소리를 내며 발을 맞추고, 한발 한발 상여를 옮기는 것이 뭉클하게 다가왔던 것이다. 아, 저들은 광부구나. 생과 사를 넘나드는 막장에서 두려움 없이 일하는 광부, 어쩌면 죽음까지도 초월했을지 모른다는 생각이 들었다. 그의 옆에서 행렬을 지켜보던 쫄닥구덩이 할머니가 한숨을 쉬고 손을 비빈다.

"인생 백 년에 고락이 상반이라. 이승 일은 모두 잊고 부디 좋은 곳으로 가소."

송복성의 장례가 끝나고 사람들은 다시 일상으로 돌아갔다. 성화가 돌아오고 골목에는 아이들이 뛰어다니기 시작했다. 달라진 점이라면 그녀의 뒷머리에 푸른색 머리핀이 꽂혀 있다는 것이었다. 양쪽 귀밑에서 머리를 뒤로 걷어 올리고 핀을 단정하게 꽂았다. 무열은 사소한 머리핀에 신경을 쓰지 않아 언제부터 머리핀을 꽂았는지조차 모른다.

어느 날 성화는 장사를 나가려고 부지런히 화장품 가방을 정리하고 있었다. 그 옆에서 무열이 말을 꺼냈다.

"이야기 좀 하자꾸나."

"말씀하세요."

그녀는 가방을 저만치 밀어놓고 마주 앉았다. 언제고 말이 나올 것을 알고 있었다는 표정이었다.

"난 여기를 떠나려고 한다. 너도 함께 가겠니?"

무열이 그녀의 얼굴을 뚫어져라 바라보면서 답을 기다렸다.

"…"

아무 말이 없었다. 다시 물었다.

"아니면 여기에 남을 생각이니?"

이번엔 성화가 고개를 끄덕였다. 그것을 보고 그는 와락 성화의 어깨를 잡고 흔들 것처럼 다가앉으면서 또 물었다.

"왜?"

"나도 몰라요."

"모르다니, 네가 왜 몰라? 그새 그놈과 정이라도 들었니?"

인덕을 두고 하는 말에 그녀는 고개를 들고 좌우로 흔들었다.

"그럼, 내가 싫어졌니?"

이번에도 그녀가 고개를 가로저었다. 무열은 속이 답답해서 미칠 지경이었다. 이도저도 아니라면 도대체 왜, 같이 가기 싫다는 것일까. 그녀의 속내를 짐작할 수 없어 주먹으로 방바닥을 쾅쾅 치고 싶었다. 무열이 묻는 말에만 마지못한 듯 대답하던 성화가 이번엔 그를 바라보고 찬찬히 말을 이었다.

"이제 떠돌아다니는 것에 지쳤어요. 하지만 꼭 그것 때문일까 자문해보면 나도 뭐라고 확답하기 어려워요. 그리고 몇 달 동안 이곳에 살다보니 정든 것도 사실이구요. 주인집 쫄닥구덩이 할머니, 옆집 길동 엄니, 준섭 엄마, 그리고 사택에 사는 언니들 모두 정이 들었고."

"또?"

"그 사람도 이제 낯설어 보이지 않아요."

마지막 말에 무열은 온몸의 힘이 탁 풀려버렸다. 전혀 어울리지 않았다. 곰처럼 미련하고 힘만 믿고 까부는 놈, 그 거친 광부와 절름발이 성화가 어떻게 어울린단 말인가. 적어도 자신의 눈에는 그렇게 보였다. 그는 사정없이 고개를 흔들면서,

"그건 안 될 말이다."

단호하게 부인하고 나섰다.

"왜 안 되는데요?"

"그걸 몰라서 묻는 거니?"

대화를 할수록 그녀의 숨소리가 거칠어졌다. 여태까지 무열은 이런 성화를 본 적이 없었다. 나 모르는 사이에 정말 변하긴 변했구나 싶었다. 그는 짧은 시간 동안에도 어떻게 하면 마음을 돌릴 수 있을까 궁리했다. 하지만 마땅한 답이 떠오르지 않았다. 기껏 한다는 말이,

"그러니까 왜 안 되는 줄 몰라서 묻는 거냐고!"

소리 지르는 것뿐이었다. 스스로 생각해도 어이없었다. 성화는 저만치 밀쳐놓았던 가방을 끌어당겨 품에 안고는 숨소리를 고르는 것처럼 긴

숨을 내쉬었다.

"아저씨, 그만 둘래요."

"그래, 그만 하자꾸나."

무열은 입씨름 길게 해봤자 서로 좋을 게 없다는 생각이 들어 그녀의 말에 동의했다. 그런데 성화가 가방을 들고 나간 후에 다시 생각해보니 조금 전 그녀가 했던 말, '그만 둘래요.'에 다른 의미가 있는 것 같았다. 사업상 동업관계를 비롯해서 나와 얽힌 모든 관계를 그만 끊고 싶다는 말 아닌가. 도대체 어디서부터 잘못되었을까. 그는 골머리를 싸매고 고민하다 문득 이런 생각이 들었다. 아니지, 애당초 성화와 결혼할 생각이 있었던 것도 아니고 그 애 부모가 억지로 떠맡기다시피 해서 데리고 다녔던 것 아닌가. 내가 왜 그녀에게 매달리고 있는 거지? 스스로 생각해보아도 도대체 뭐가 뭔지 알 수가 없었다. 마음이 정말 성화를 향하고 있는 것인지, 그녀를 사랑하고 있는 것인지, 아니면 그녀가 나를 사랑해주길 바라는 것인지 판단하기 어려웠다.

어쩌면 인덕을 향한 질투심 때문인지도 몰랐다. 생각이 여기에 미치자 갑자기 자신이 너무 싫었다. 당장이라도 지장천으로 뛰어 내려가 옷을 훌러덩 벗어던지고 마음속의 때를 박박 문지르고 싶었다. 이곳에 사는 광부들은 겉은 검을지언정 속엔 무처럼 새하얀 정이 넘쳤다. 그런데 나는 뭔가. 이때껏 그녀를 아내로 생각해본 적 없고 아내로 삼아야겠다는 마음을 가진 적이 없었다. 그럼에도 불구하고 무작정 떠나자 강요만 하고 있으니. 갑자기 인덕이 문밖에서 이렇게 소리칠 것 같았다.

'에이, 여보슈. 저 먹자니 싫고 남 주자니 아깝수?'

그는 귓구멍을 틀어막고 큰방으로 건너갔다. 그리고 치워놓았던 독수리표 쉐이코 카세트를 꺼내 버튼을 누르고 볼륨을 최대로 높였다. 쿵짝 쿵짝쿵짝 경쾌한 비트가 방안을 가득 메웠다. 책상 위에 있던 노트와 볼

펜, 구석에 처박혀 있는 걸레, 천정에 매달린 백열 전구, 유리창을 가린 커텐이 제각기 몸을 흔들며 춤을 춘다.

그는 아무도 없는 방에서 마치 댄스홀에 와있기라도 한 것처럼 한발을 뒤로 살짝 빼고 손을 내밀었다. 그리고 스텝을 밟는다. 왼발부터 시작해 마지막 6박을 다시 왼발로 끝내는 지르박. 이제 그는 누가 뭐래도 춤꾼이었다. 처음 아내를 찾아다니기 위해 배웠던 춤이 서서히 자신을 물들이고 다시는 본바탕을 찾을 수 없도록 만들었다. 아무래도 좋았다. 누가 뭐라던 춤을 출 때만큼은 세상 시름을 잊고 눈앞에 있는 파트너에게 집중할 수 있으니까. 열심히 추면 그 실력으로 대우받는 곳이 바로 무도장이다.

정부에서 제 아무리 단속반을 가동시키더라도 여자들은 4주 코스에 얼마, 댄스 3종 마스터하는데 얼마, 살림 밑천을 아낌없이 갖다 마치고 춤을 배우러 다니지 않던가.

본래 우리나라에 댄스가 처음 선보인 곳은 구한말 정동 외교가 손택 호텔이었다. 이상한 춤을 추는 외교관과 부인들을 보고 조선의 관원들은 서양 춤을 배워야 행세를 하는 것으로 생각했다. 물론 파란 눈의 여자들이 손을 내밀면 기겁을 하고 뒷걸음질을 치는 바람에 웃음거리가 되기도 했다. 그래도 주미 대리공사로 가 있던 이하영이 버선에 구두를 신고 상투머리로 춤을 춰서 멋쟁이 대접을 받았다는 것쯤은 들어 알고 있었다. 관원들이 배우니 사업을 하는 사람들도 따라하게 되었고 이들을 상대하는 업소가 하나둘 생겨났던 것이다.

그런데 댄스는 오랫동안 역겨운 곰팡이 취급을 받았다. 무도장을 들락거리는 사람들은 어둡고 습한 곳에 기생하며 음식과 물건을 상하게 하는 곰팡이처럼 여겨졌다. 재판소는 '법은 보호할만한 가치가 있는 정조만을 보호한다' 는 판결을 내려 자유부인들에게 철퇴를 가했다. 하지만 인간의 욕망을 법으로 억누를 수 없는 것이다. 카바레가 성업이고 댄스교습소의 문턱이 닳는 이유는 여자들이 심리적 공복감을 채울 만한 것을 찾지 못했기 때문이다. 한번 리듬에 맞춰 스텝을 밟게 되면 태엽을 감아놓은 장난감처럼 그 힘이 빠질 때까지, 늙은 부엉이가 나뭇가지에 앉아 고개를 흔들고 좌로 우로 간신히 걸음을 옮기는 것처럼, 노쇠하여 제 스스로 구두를 신지 못할 때까지 춤을 멈추기 어려웠다.

아무튼 무열은 허전한 여자의 마음을 달래주는 춤이 뭐 어때서? 너희들이 잘해봐라, 그러면 여자들이 내게 손을 한번만 잡아달라고 애원을 하겠나. 아니 호의호식하고 호강하면 할수록 새롭고 자극적인 것을 찾는 것이 사람의 마음이니라. 댄스는 영원할 것이다, 이놈들! 이렇게 자신을 다독거리며 미친 듯이 춤을 추었다. 춤을 추니 조금 전 성화가 한 말이 무엇이었던가 생각나지 않았다. 덩달아 자신을 보고 비웃던 이곳 사람들, 아무도 떠오르지 않게 되었다.

쫄닥구덩이 할머니는 근래 조용하다 싶더니 갑자기 요란한 음악이 들리자 깜짝 놀란 얼굴로 뛰어나왔다. 그런데 사방을 두루 살펴보아도 사람들이 온 것 같지는 않았다. 그녀는 이상하다 싶어 고개를 갸웃거리며 무열이 춤추고 있는 방을 기웃거렸다. 그 넓은 방을 좁아라고 신내림이라도 받은 무당처럼 저 혼자 왔다 갔다 춤추는 선생이 보였다. 아마 각설이더러 술 한상 내줄 테니 미친 척 놀아보라고 해도 저렇게는 놀지 못할성싶어,

"아이구야. 미친년 속곳 가랑이 빠지는 줄도 모르겠네."

연신 감탄 아닌 감탄을 늘어놓았다. 그리고 한 십 년만 젊었더라면, 이 허리가 굽지 않았더라면 당장 쫓아 들어갔을 텐데, 무척 아쉬운 표정으로 오래오래 춤 구경을 하였다.

18

제비는 철새다

인덕은 출근하기 전 성화가 사는 집을 한번 올려다보고 막장으로 들어가서는, 그 옆집에 사는 강씨를 붙들고 무열이 무엇을 하고 있나 꼬치꼬치 캐묻는 것으로 업을 삼고 있었다. 별 일 없다는 말을 들으면 갑자기 화가 난 것처럼 거칠게 곡괭이질을 하고, 퇴근하면 사북교 근처를 어슬렁거리며 무열이 가는지 오는지 지켜보았다. 그것을 본 사람들은,

"저 사람이 경찰서 누구하고 친하다더니 밀정이 된 게야."

이렇게 넘겨짚을 정도였다. 어느 날 그가 끈기 있게 사북교를 지키고 있을 때다. 성화가 가방을 매고 내려오는 것이 보였다. 그날은 무열이 당장 여기를 떠나자고 재촉하는 것을 뿌리치고 나오는 길이었다. 그녀가 사북교를 막 건너 번화한 읍내로 들어설 즈음 인덕이 부르는 소리가 들렸다.

"성화씨."

길 건너 상점 앞에서 손짓하는 것이 보였다. 성화는 일단 주위를 한번 둘러본 다음 그쪽으로 걸어갔다.

"왜요?"

"그 사람 아직 집에 있수?"

그녀가 고개를 끄덕였다. 인덕은 잠시 낭패라는 듯 미간을 살짝 찡그리고 섰다가 어디든지 좀 들어가고 싶은 얼굴로,

"시간 좀 내주시우."

간청하듯 말하고 앞서 걷기 시작했다. 그녀는 아무 말 없이 따라간다. 인덕이 사북에서 마땅히 갈 곳은 없었다. 성화를 만나기 전이라면 서울옥 문지방이 닳도록 드나들었겠지만 이미 출석부를 치워버린 지 오래였다. 역으로 올라가자니 그녀의 불편한 몸이 떠올라 그리 가기도 어려웠다. 만만한 것이 다방이다. 그는 이번에도 대로변에 붙어 있지 않고 골목 안에 자리 잡은 신세계 다방으로 들어가 차를 주문했다. 조용히 이야기하기엔 여기만큼 좋은 곳이 없었다.

"또 무슨 일이세요?"

성화가 바쁜 사람 불렀으면 빨리 말하라고 재촉하는 것 같다. 하지만 눈앞에 그녀를 두고 앉아 빤히 바라보고 있으려니 인덕은 고질병이 도진 것처럼 말문이 자꾸 막힌다.

"그게."

"네?"

"그러니까, 그게. 그 사람 아직도 집에 있수?"

조금 전 했던 말을 또 반복한다. 그녀는 답답하다는 표정으로 차를 홀짝 마시고 인덕이 하고 싶은 말을 대신해 준다.

"떠났는지 안 떠났는지 그게 궁금하신 거죠?"

"그래요."

"그리고 내가 따라갈 것인가, 그것도 궁금하겠구요."

"맞수."

그는 자꾸만 고개를 끄덕인다. 마치 학동이 선생님 앞에서 묻는 말에

고분고분 대답하는 것 같다.

"왜 그게 궁금하신 거예요?"

그는 정곡을 찌르는 질문을 받고 고개를 세워 성화를 바라보았다. 언제 보아도 참 맑은 눈이고 뽀얀 살결이다. 그냥 안아서 볼을 비비고 싶다는 생각을 잠시 하느라 말을 꺼내지 못한다.

"횃대 밑 사내처럼 그러지 말고 말을 해봐요."

톡 쏘아붙이는 그녀의 말에 정신이 번쩍 들었다. 문득 자기도 모르게 오랫동안 가슴속에 품고 있던 말이 불쑥 튀어나왔다.

"가지 말고, 같이 삽시다."

그는 어디서 그런 용기가 생겼는지 모른다. 이번에는 성화가 눈을 동그랗게 뜬다.

"당신이 가게를 하겠다면 내 어떻게든 가게를 내주겠수. 나는 탄을 캐고 당신은 가게를 하고, 둘이서 힘을 합치면 태백준령을 못 넘겠수, 아니면 만항재를 못 넘겠수?"

한번 말문이 터지니 제삿날 중만큼이나 구변이 좋았다. 그는 지금 성화 앞에서 새로운 인생 계획표를 선보이고 있는 것이나 마찬가지였다.

"남들처럼 연을 맺고 아이 낳아 어르고 달래며 사람 사는 정을 느끼고, 때 되면 자식 덕을 보면서 그렇게 삽시다. 난 이미 작정했수, 그래서 내가 그 사람더러 여기를 잊고 당신을 새처럼 날려 보내고 혼자 떠나라 당부했수."

성화가 할 말을 잊고 겨우 찻잔을 드는데 바르르 떨려서 물이 넘칠 것처럼 불안해 보인다.

"물론 그 사람이 나쁘단 말은 아니우. 짚신도 짝이 있듯 사람에게도 짝이 있는 법이오. 하지만 그 사람은 성화씨 짝이 아니우. 짝은 따로 있수. 누가 뭐라던 내가 당신 짝이 되겠수."

성화는 여태껏 살면서 한 번도 이렇게 박력 있고 솔직한 고백을 들어본 일이 없었다. 가슴속으로 밀물이 쏴아 밀려들어와 가득 채우는 것 같은 기분, 어릴 적 아버지가 자신을 소쿠리에 앉히고 번쩍 들어 올렸다 내렸다 하며 비행기를 태워줄 때 느꼈던 기분, 아니 까마득한 낭떠러지 위에서 한 발 헛디디면 그대로 떨어질 것 같은, 자기도 모르게 오금이 저리고 등줄기가 시늘한 기분이라고나 해야 할까.

아무튼 그녀는 묘한 감정에 휩싸여 그저 황홀할 뿐이었다. 그런데 교수 댁 남편 김필수가 문을 벌컥 열고 들어오는 바람에 분위기가 깨지고 말았다. 그는 나름대로 교양을 찾는 사람이라 읍내 많은 다방 가운데 유독 신세계 다방만 드나든다. 사실은 다방 레지들이 찰거머리처럼 옆에 앉아 주스를 숭늉 마시듯 퍼마시는 것이 마뜩찮기 때문이다. 그는 문을 열고 들어오다 한쪽에서 진지한 이야기를 나누고 있던 인덕을 발견하고 소리지른다.

"야, 황장사. 자네 이제 사람 됐구먼. 서울옥에서 섭섭하다 그러겠어."

인덕은 못마땅한 표정으로 그를 애써 무시해버리고 성화에게 다가앉았다.

"내말 진심이우. 당신이 결정해 주면 일이 쉽게 끝난단 말이우. 내 말 알겠소, 응?"

성화는 대답을 못하고 자리에서 일어섰다. 그녀도 김필수를 모르는 바 아니다. 강섭 아내가 이것저것 이야기를 해준 덕분에 무열이 경찰서를 드나들고 폭행당한 것에 김필수가 관련되어 있다는 것을 알고 있었다. 그래서 자리를 피하고 싶었다. 또 두 사람이 괜히 사람들의 입방아에 오르내리도록 만들기 싫었다. 그런데 인덕은 남의 눈을 의식하지 않고 그녀의 손을 덥석 잡았다.

"내말 명심하시우."

그녀는 손을 가볍게 비틀어 빼고 아무 말 없이 다방을 나간다. 돌아선 성화의 뒷머리에 푸른빛을 내는 머리핀이 곱게 꽂혀 있다. 그것을 보고 인덕의 가슴이 벅차오르고 한없이 기쁜 마음이 들었다. 석탄 보다 까만 머릿결에 옥색으로 빛나는 푸른색 머리핀, 회사 경리가 꽂고 있는 자주색 머리핀과 비교할 수 없을 정도로 우아하고 아름답게 보였다. 그가 성화의 뒷모습에 넋을 빼놓고 있을 때, 김필수가 건너편에 앉아 하품을 한다. 두 사람이 무슨 수작을 벌이는지 지켜보고 있노라니 한심하게 보이는 모양이다.

그는 성화가 나가자마자 인덕을 부른다. 갑자기 멍청해진 사람처럼 넋 놓고 있는 그에게 연신 손짓한다. 인덕은 황홀경을 깨트리는 김필수를 잡아먹을 듯 쏘아보며,

"왜 뒷간에 앉아서 개 부르듯 자꾸 나를 부르는 거유?"

버럭 소리쳤다. 김필수는 어이가 없는 표정으로 입맛을 다시곤 자리를 건너왔다.

"자네, 완전히 정신이 나갔구먼. 내가 충고 하나 해줄까? 놀던 계집은 결딴나도 엉덩이짓은 남는다고 그랬어. 조금 전 저 여자가 무열이란 놈을 따라다닌 세월이 얼마인 줄 알아? 그놈이 난봉꾼에 춤꾼이니 저 여자도 볼 장 다 보지 않았겠나, 안 그래?"

충고인지 빈정거림인지 알 수 없는 말을 마구 쏟아냈다. 인덕의 성격이 아무리 소처럼 참을성 있다지만, 그녀를 두고 이러쿵저러쿵 하는 말은 듣기 싫었다.

"그만 하슈. 더 듣다간 아무리 형님이래도 큰일 벌이게 생겼으니까. 주먹에 눈 달린 것 봤수?"

붉으락푸르락 예사롭지 않은 낯빛으로 그를 쏘아보았다. 김필수는 찔끔 놀라 후다닥 건너편 자리로 돌아갔다. 다방에 있던 사람들이 무슨 일

이래? 하는 표정으로 인덕을 바라보았다. 그는 여기 있는 사람 다 들으라는 듯,

"관 속에 들어가도 막말은 말라고 했수."

못을 박고는 성큼성큼 나가버렸다. 그가 나가버리자 여기저기서 볼 멘 소리가 터져 나왔다. 괜히 다방에 왔다가 못 들을 말을 들었으니 억울할 만도 했다.

"놔두게. 도포를 입고 논을 갈아도 제멋이지, 뭐. 절름발이 년을 데리고 살든 말든 우리가 상관할 바 아니지. 어서 차나 들게."

만약 이 소리를 인덕이 들었더라면 당장 쫓아 들어와 탁자를 뒤집어엎었을 것이다. 다행히 작은 소리로 소곤거렸기 때문에 이미 거리로 나가버린 그에게 들리지 않은 것이 다행이었다. 그는 동냥 나온 중처럼 읍내를 쏘다녔다. 성화가 꽂고 있던 머리핀을 떠올리면 괜히 웃음이 멈추질 않았다.

한편 다방을 나온 성화는 몇 군데 들러 가방을 펼쳤지만 더는 장사할 기분이 나지 않아 걸음을 돌렸다. 집으로 돌아가는 길에 조금 전 저 사람이 한 말이 진심일까, 아니면 나 듣기 좋으라고 해보는 소리일까. 생각에 잠긴 채 걷다가 사북교에 이르러 무심하게 흘러가는 지장천 물을 하염없이 바라보았다. 저 사람이 나를 사랑하고 있다면 어떻게 해야 되지? 그동안 무열은 한 번도 이런 말을 해준 적이 없었다. 그는 나를 사랑하지 않는 걸까. 나는, 나는 누구를 사랑하는 거지? 몇 번을 자신에게 물어보아도 답이 나오지 않았다. 그녀의 마음은 무열과 인덕을 저울질하며 중간에서 어디로 가야 할지 몰라 갈팡질팡하고 있었다.

그때 위쪽에서 길동이 친구들과 놀다 그녀를 발견하고 쏜살같이 달려왔다.

"이모."

"길동아."

그녀가 허리를 숙여 안아주자 아이는 고개를 묻고 이모 이모를 연발한다. 길동은 엄마가 안아주어도 좋지만 이모가 안아줄 때 더 기분이 좋다. 말캉한 젖가슴이 한없이 포근하고 좋은 비누를 썼을 때 나는 향기가 은은하게 풍겼기 때문이다. 성화는 가슴을 파고드는 길동을 안고 토닥였다.

문득 머릿속에서 복잡하게 얽혀있던 실타래가 술술 풀리는 느낌이 들었다. 아이를 안는 느낌, 젖먹이 아기에게서 나는 젖 냄새가 항상 그녀에게 행복감을 주었던 기억이 떠올랐던 것이다.

그녀는 아이의 손을 잡고 구멍가게에 들러 과자를 하나 사주고 비탈길을 올라갔다. 이제 그에게 말을 해주어야겠다 생각하곤 마음을 다잡았다. 집에 도착했을 때 마침 쫄닥구덩이 할머니가 마루에 앉아 잘게 썰어놓은 고추를 뒤적이고 있었다. 할머니는 그녀를 보고 웬일이냐는 표정으로 물어왔다.

"아니, 왜 혼자 오는 거야?"

"네?"

"새댁 나가고 얼마 지나지 않아 그 사람이 방 안에서 음악을 틀어놓고 미친 듯이 춤을 췄다네. 덕분에 눈 호강을 잘했지. 정말 혼자 보기 아깝더라니까. 선생 혼자 신들린 무당처럼 한바탕 춤을 추고 물을 벌컥벌컥 들이키더니만, 부리나케 짐을 싸서 온다간다 말도 없이 나가던데."

"어디로 갔어요?"

"그걸 내가 어찌 아우. 난 또 새댁한테 물건을 전해주려고 나간 줄 알았지 뭐야, 혹시 어디로 짐을 부치러 갔을라나? 암튼 들어가 봐. 기다리면 곧 오겠지."

대수롭지 않게 말했지만 성화는 뭔가 이상한 느낌이 들었다. 가방을 마루에 내던지고 방으로 뛰어 들어갔다. 큰방은 이미 깨끗하게 치워져 있었다. 윗목 가운데 항상 자리 잡고 있던 커다란 카세트가 보이지 않는다. 그녀는 깜짝 놀라 이번에는 작은방을 살펴보았다. 그가 입던 옷가지가 모두 사라지고 없다. 예상하지 못 한바 아니었지만 막상 눈앞에 겪고 보니 온몸에 힘이 풀려 덜썩 주저앉고 말았다. 아마 다방에서 인덕을 만나고 있을 때, 아니면 몇 군데 들러 물건을 펼치고 있을 때 그가 떠난 것 같았다.

"이렇게 가면 난 어쩌란 말이야."

혼잣말을 하면서 초점 없는 눈빛으로 작은 화장대 거울을 바라보았다. 거울 속 여자가 눈물을 흘리는 것이 보인다. 성화는 자기를 빤히 바라보고 있는 여자에게,

"가증한 것."

저주하듯 내뱉고 눈길을 떨구었다. 문득 화장대 위에 놓여 있는 봉투 하나가 눈에 들어왔다. 이게 무엇일까, 의아한 기분으로 꽤 묵직하고 두툼한 봉투를 들어 확인하고는 깜짝 놀라고 말았다. 적잖은 지폐가 들어 있는 돈 봉투, 아마 그가 놔두고 간 것이 분명하리라. 그가 왜 이 돈을 남기고 갔을까. 왜 내가 이 돈을 받아야 하지? 짧은 순간에도 여러 가지 생각이 솟아오른다. 아마 기다리다 못해 포기하고 떠났을 것이다. 가면서 이 돈을 남겼겠지. 아니면 일부러 나를 피하고 여기에 이렇게 돈만 남겨두고 갔을 수도 있다.

성화는 더욱 슬픈 마음이 들어 더는 그대로 있을 수가 없었다. 가서 이 돈이라도 돌려줘야해. 아니, 함께 가자면 따라가야지. 그동안 함께 산 세월이 얼마인데. 아니야, 그럴 수는 없어. 한 걸음 걸을 때마다 솥뚜껑 위의 전을 뒤집듯 마음이 이렇게 변했다 저렇게 변했다 반복하고 있었다. 조금 전 길동의 손을 잡고 올라올 때는 마음이 분명하게 정리되어 있었

다. 그러나 막상 무열의 부재를 확인한 순간 자기도 모르는 감정의 회오리 속으로 빠져들었던 것이다.

　그녀는 미친 듯 비탈길을 달려 내려가 사북교를 건넜다. 마침 읍내를 배회하고 있던 인덕이 그녀를 보고 달려왔다.

　"무슨 일이우?"

　하지만 성화는 그 말을 듣지 못하고 자신의 걸음이 불편하다는 것도 잊은 채 달리기만 계속할 뿐이었다.

　"무슨 일이냐니까. 성화씨, 무슨 일이우?"

　그제야 겨우 성화가 그를 발견하고 멈추었다. 얼굴은 눈물범벅이고 무슨 말을 하려는지 입술을 씰룩거리고 있다.

　"말해보우."

　"그 사람, 그 사람이 떠났어요."

　아, 드디어 그가 떠났구나. 인덕은 가슴이 뻥 뚫리는 듯 시원한 느낌과 함께 갑자기 찬바람이 쏴아 몰아치는 것을 느꼈다. 시원섭섭한 것이다. 그런데 왜 이 사람이 울고 있지? 그것이 궁금하여 성화에게 물어보고 싶었다.

　"이렇게 보낼 순 없어요."

　그녀가 말을 마치고 다시 달리기 시작했다. 인덕은 그 뒤를 따라가며 참 복잡하고 미묘한 감정이 들었다. 정말 두 사람이 그동안 정이 들었단 말인가. 울긴 왜 울지? 혹시 그를 따라가버리겠다고 하면 어떻게 해야 할까. 별의별 생각이 다 떠올랐다. 그는 성화의 손을 잡아 세우지 못하고 묵묵히 그 뒤를 따라 역으로 올라갔다.

　무열이 떠난 것은 성화가 생각한 그대로였다. 미친 듯 한바탕 춤을 춘 다음 이곳에 올 때와 마찬가지로 카세트를 들고 작은방에 들러 옷가지를 챙겨 집을 나섰던 것이다. 다방을 나온 성화가 몇 군데 들러 가방을 펼치고 있었기 때문에 마주치지 않았고, 혹시 그가 먼저 그녀를 발견했더라도 피해서 길을 돌아갔을 것이다.

아무튼 그는 사북에 올 때처럼 역 광장에 서서 읍내를 천천히 바라보았다. 처음 왔을 때 이곳은 검고 칙칙하다는 느낌이 가득했었다. 탄가루로 범벅이 되어 질척거리는 길을 장화도 없이 걸어갔었지. 그러고 보니 시간이 참 빠르다는 생각이 들었다. 어느새 나무에 새순이 돋고 산에 꽃이 피더니 무더운 여름, 이제 제법 시원한 가을이구나. 곧 저 산에 단풍이 가득하고 계절이 바뀌면 철새가 날아오고 또 날아갈 것이다.

그는 갑자기 자신이 철새라는 생각이 들었다. 철새, 어느 한 곳에 정착하지 못하고 계절이 바뀌면 살 곳을 찾아 쉼 없이 날아가야 하는 새. 누군가 여기는 철새 마을이라고 했다. 그것이 바로 자신을 두고 한 말임을 이제 깨달을 수 있었다. 결국 나는 철새였구나. 그는 울적한 마음이 들어 저 아래 펼쳐진 사북 읍내를 둘러보며 사진을 찍듯 모든 풍경을 눈에 담았다.

차표를 끊고 열차에 올라 의자에 앉았을 때, 레일 건너 저쪽에 활짝 피어 있는 연분홍 코스모스가 눈에 들어왔다. 허락된다면 몇 송이 꺾어다 성화의 머리에 꽂아주고 싶다는 생각이 들었다. 하지만 이제 다 부질없는 짓이다. 그는 차창에 머리를 기대고 눈을 감았다.

성화의 걸음은 빠른 편이 아니다. 그녀가 아무리 빨리 뛴다고 한들 불편한 몸은 어쩔 수 없었다. 그녀는 허겁지겁 사북역으로 통하는 오르막길을 기다시피 올라 곧장 구내로 뛰어들었다. 그런데 역무원이 개찰구 문을 닫고 나오고 있었다

"벌써 열차가 움직이기 시작했습니다. 들어갈 수 없어요."

"안돼요. 그 사람, 그 사람에게 이야기하고 싶어요."

역무원 말대로 저 앞에 열차가 움직이는 것이 보였다. 성화가 안달하며 어서 들여보내 달라고 애원했다. 역무원은 그럴 수 없다고 문을 열어주지 않았다. 그때 뒤따라온 인덕이 역무원에게 다가가 부탁했다.

"잠깐이면 되우. 플랫폼에서 배웅만 하고 나올 테니까."

안면이 있는 역무원이어서 다행이었다. 그는 난감하다는 표정을 지으면서도 개찰구를 열어주었다. 성화는 철길을 건너 플랫폼을 뛰어 들어갔다.

사북역을 출발한 기차는 청량리를 향해 서서히 움직이고 있었다. 오른쪽으로 내려가는 방향이다. 그녀는 열차의 창문을 뚫어지게 바라보고 절룩거리는 걸음으로 한 칸씩 확인해 나갔다. 열차의 속도가 점점 빨라지고 사람들의 얼굴이 휙휙 지나갔다. 어느 순간 차창에 무열의 얼굴이 보였다.

"아저씨."

성화가 손을 흔들며 열차를 따라간다. 초점 잃은 눈으로 무심하게 창밖을 응시하고 있던 무열도 그녀를 보았는지 양손을 창에 붙이고 뭐라 말하는 것 같다.

"아저씨, 그렇게 가면 내가 미안해서 어떡해요."

그녀는 엉엉 울며 열차를 따라 달린다. 인덕은 혹시 그녀가 넘어지면 어떡하나 조바심이 나 함께 달렸다. 야속하게도 열차가 거리를 점점 벌리더니 어느새 저 아래 안경다리 위를 지나고 있었다.

성화는 팔짝팔짝 뛰다 결국 포기하고 차가운 플랫폼 바닥에 풀썩 주저앉았다. 그때 열차의 맨 뒤쪽 문으로 무열이 손을 흔드는 것이 보였다. 뭐라고 외치는 것 같은데 쇳 바퀴의 굉음에 묻혀 들리지 않는다. 잘 있으라, 잘 살라고 말하는 것 같다.

인덕은 점점 멀어지는 열차와 손을 흔드는 무열을 보고 자기도 모르게 눈물이 핑 돌았다. 그는 성화의 어깨를 잡아 일으켰다. 그리고 그녀를 품에 안은 채 손을 흔들었다.

"형, 잘 가시우."

웬일인지 그의 가슴속에 터널처럼 구멍이 뻥 뚫려 찬바람이 씽씽 몰아치는 것처럼 허허롭다. 그는 열차가 산모퉁이를 돌아 보이지 않을 때까지 오래오래 손을 흔들었다. 좋은 사람 남기고 떠나서 고맙수. 당신도 좋은 사람이우. 언젠가 떠날 줄 예상했었지만 막상 무열이 떠나는 것을 보니 미안하고 그 신세가 처량해 보여 마음이 무거웠다.

성화는 그에게 몸을 기댄 채 열차가 완전히 사라지고 화물열차가 새로 들어올 때까지 움직이지 않았다. 무열과 전국을 떠돌며 지낸 정이 있는지라 그의 빈자리는 마치 떡시루가 무너진 것처럼 난감하고 두렵기조차 하였다. 그녀는 겨우 의자에 앉았다. 갑자기 사북에 홀로 남겨진 것을 깨닫고 낯선 땅에 와 있는 느낌이 들었다. 그때 인덕이 옆에 앉아 어깨를 내밀었다. 성화는 잠시 망설이다 듬직한 그의 어깨에 머리를 기댔다.

이제 그녀는 더 이상 이곳이 낯설지 않았다. 검은 산, 검은 냇가, 탄가루 날리는 길이 익숙하게 느껴졌고 알고 있는 모든 사람들이 정겹게 다가왔다.

열차가 지나간 철길 옆으로 소담스럽게 피어있는 코스모스가 활짝 웃고 있는 가을 오후, 하늘은 눈이 시리도록 청명하고 맑았다.

광부아리랑
mine worker alilang

초판 인쇄   2025년 5월 15일
초판 발행   2025년 5월 20일

지 은 이   박이선
펴 낸 이   김한창
펴 낸 곳   **도서출판 바밀리온**
주   소   전주시 덕진구 기린대로 359. 2층
대표 전화   (010) 6439 - 2405
팩   스   (063) 253 - 2405
이 메 일   kumdam2001@naver.com
인   쇄   유진보라

등   록   제2017-000023
I S B N   **979-11-90750-19-6**
정   가 : 18,000원

이 도서의 국립중앙도서관 출판예정도서목록(CIP)은 서지정보유통지원시스템 홈
페이지(http://seoji.nl.go.kr)와 국가자료종합목록 구축시스템(http://kolis-net.
nl.go.kr)에서 이용하실 수 있습니다.

이 책은 전북특별자치도 문화관광재단 2025 지역문화예술육성지원사업으로 일부
지원 받아 발간되었습니다.